郭璞诗赋研究

赵沛霖 著

中国社会科学出版社

图书在版编目(CIP)数据

郭璞诗赋研究／赵沛霖著 .—北京：中国社会科学出版社，2015.7
ISBN 978 - 7 - 5161 - 6568 - 3

Ⅰ.①郭…　Ⅱ.①赵…　Ⅲ.①郭璞(276～324)—古典诗歌—诗歌研究　Ⅳ.①I207.22

中国版本图书馆 CIP 数据核字(2015)第 160082 号

出 版 人	赵剑英	
选题策划	刘　艳	
责任编辑	刘　艳	
责任校对	陈　晨	
责任印制	戴　宽	

出　　版	中国社会科学出版社	
社　　址	北京鼓楼西大街甲 158 号	
邮　　编	100720	
网　　址	http://www.csspw.cn	
发 行 部	010 - 84083685	
门 市 部	010 - 84029450	
经　　销	新华书店及其他书店	

印刷装订	三河市君旺印务有限公司	
版　　次	2015 年 7 月第 1 版	
印　　次	2015 年 7 月第 1 次印刷	

开　　本	710×1000　1/16	
印　　张	16.25	
插　　页	2	
字　　数	301 千字	
定　　价	58.00 元	

凡购买中国社会科学出版社图书，如有质量问题请与本社联系调换
电话：010 - 84083683
版权所有　侵权必究

郭璞詩賦研究

——作者手迹

目　录

第一章　郭璞生平 …………………………………………（1）
　第一节　郭璞生平若干史实考辨 …………………………（1）
　　一　关于郭璞隐居青溪山的时间 …………………………（2）
　　二　郭璞隐居的青溪山究竟在湖北临沮还是在
　　　　河南登封? ……………………………………………（5）
　　三　郭璞与丞相王导的关系及其为皇帝直接效命的机缘 ……（9）
　　四　占卜生涯对郭璞人生态度和人生道路的影响 …………（11）
　第二节　郭璞的神仙道教信仰 ………………………………（15）
　　一　郭璞对于神仙道教的思想认同 ………………………（15）
　　二　郭璞对于神仙世界的向往和追求 ……………………（20）
　　三　小结和说明 ……………………………………………（26）
　第三节　尸解升遐:郭璞之死解读 …………………………（27）
　　一　政治、宗教背景 ………………………………………（30）
　　二　郭璞荒诞乖谬之言行 …………………………………（33）
　　三　宗教动机——内在驱动力 ……………………………（36）
　　四　小结与其他 ……………………………………………（41）
　第四节　郭璞的生平简历和特色人生 ………………………（43）
　　一　郭璞生平简历 …………………………………………（43）
　　二　郭璞人生的重要特点 …………………………………（47）

第二章　郭璞的诗歌之一:《游仙诗》 ………………………（49）
　第一节　《游仙诗》研究历史的教训和启示 …………………（53）
　　一　《游仙诗》内容的特殊性和复杂性 ……………………（53）
　　二　《游仙诗》研究历史的教训和启示 ……………………（55）

第二节 "序诗":全诗的思想基点和思想指向 …………… (65)
　　一　两种对立的人生价值取向的抉择 ……………… (66)
　　二　走隐遁之路,与入世观念彻底决裂 …………… (72)
　　三　序诗的意义及其与正文之间的关系 …………… (73)
第三节 学道修仙的原因和思想基础 ………………… (75)
　　一　生命悲剧及其带来的焦虑和痛苦 ……………… (75)
　　二　探索和寻求摆脱生命悲剧的途径 ……………… (79)
　　三　对于学道修仙之路的肯定及其原因 …………… (83)
第四节 神仙世界与宗教存想 ………………………… (85)
　　一　通过宗教存想而出现的神仙世界之一 ………… (86)
　　二　通过宗教存想而出现的神仙世界之二 ………… (91)
　　三　第三、九这两首的共同点与具体差别 ………… (96)
第五节 第二、六、八、十首诗解析 ………………… (100)
　　一　第二首:学道修仙之始——山林隐逸 ………… (100)
　　二　第六首:以历史题材表现对学道修仙的观点和认识 …… (107)
　　三　第八首:修德悟道 ……………………………… (114)
　　四　第十首:修炼成仙,赴神仙世界 ……………… (119)
第六节 《游仙诗》内容的构成和段落划分 ………… (124)
第七节 《游仙诗》是学道修仙历程的"自叙"
　　　　——《游仙诗》的主题及其思想特征 ………… (126)
第八节 《游仙诗》的结构特点 ……………………… (135)
第九节 关于方术修炼的艺术处理 …………………… (140)
　　一　关于静啸、服食、行气和服炼津液的艺术处理 …… (141)
　　二　关于存想幻视所见神仙世界的艺术处理 …… (146)
　　三　小结 …………………………………………… (150)
第十节 《游仙诗》对中国诗歌史的重要意义和贡献 ………… (151)

第三章 《游仙诗》残句的性质与价值 …………… (157)
第一节 正确认识《游仙诗》残句的前提 …………… (158)
第二节 《游仙诗》残句内容分析 …………………… (160)
　　一　残句一、二、三 ……………………………… (160)
　　二　残句四 ………………………………………… (165)

三　残句五 …………………………………………………… (166)
　　四　残句六、七、八 ……………………………………… (167)
　　五　残句九 …………………………………………………… (169)
　　六　残句十、十一 ………………………………………… (170)
　　七　残句十二 ………………………………………………… (171)
第三节　结　论:《游仙诗》残句的性质、特点和重要价值 ……… (172)

第四章　郭璞的诗歌之二:颂歌和赠答诗 …………………………… (177)
第一节　一首富于时代特征和人生悲情的颂歌——
　　　　《与王使君诗》 ………………………………………… (177)
　　一　结合历史巨变赞颂王导功德 ………………………… (179)
　　二　结合个人遭遇,寄托人生悲情 ……………………… (182)
　　三　强烈的君权至上观念和君权神授观念 …………… (184)
　　四　艺术表现特点和成就 ………………………………… (185)
　　五　小结 ………………………………………………………… (188)
第二节　赠答诗 ……………………………………………………… (189)
　　一　《赠温峤诗》 ……………………………………………… (190)
　　二　《答贾九州愁诗》 ……………………………………… (191)
　　三　《答王门子诗》 ………………………………………… (193)
　　四　《赠潘尼》 ……………………………………………… (194)
　　五　小结 ………………………………………………………… (195)

第五章　郭璞的辞赋 …………………………………………………… (198)
第一节　中国历史上第一次南北对立与《江赋》 ……………… (199)
　　一　前人研究的成绩和存在的问题与不足 …………… (200)
　　二　《江赋》是历史上第一次南北对立特定
　　　　背景下的产物 ………………………………………… (203)
　　三　长江的艺术形象及其意义 ………………………… (206)
　　四　作者对东晋君臣所寄托的希望 …………………… (211)
　　五　长江孕育了崇高的道德精神 ……………………… (217)
　　六　结构安排的得与失 …………………………………… (220)

第二节　关于《客傲》……………………………………（223）
第三节　辞赋残篇 …………………………………………（228）
　一　《蜜蜂赋》……………………………………………（229）
　二　《蚍蜉赋》……………………………………………（230）
　三　《井赋》………………………………………………（230）
　四　《巫咸山赋》…………………………………………（232）
　五　《盐池赋》……………………………………………（232）
　六　《流寓赋》……………………………………………（233）
　七　《登百尺楼赋》………………………………………（235）
　八　《南郊赋》……………………………………………（237）
第四节　小结 ………………………………………………（238）

结语 …………………………………………………………（242）
附录 …………………………………………………………（247）
后记 …………………………………………………………（249）

第一章 郭璞生平

第一节 郭璞生平若干史实考辨

郭璞是魏晋时代一位享有"中兴第一"①美誉的著名诗人和辞赋家，其作品在文学史上产生了广泛影响。然而，关于他的生平经历，人们不但知之甚少，而且存在很多模糊不清的问题。而这些问题或被完全忽略，或见解不一却又缺乏深入研究，往往令人莫衷一是。

有关郭璞生平的文献，除《晋书》本传之外虽还有一些，如《建康实录》《世说新语》《荆州记》和《洞仙传》等，但其文献意义都十分有限：《建康实录》的几则资料一无例外都是关于占卜的事例，而没有提供其他更有价值的信息；《世说新语》《荆州记》关于郭璞的记载都只是片言只语，②而未能提供更多的资料；《洞仙传》除了几则占卜事例之外，主要是在说明郭璞名著仙籍，已经成为神仙，除此之外，其他一些内容多与本传重复。资料的缺乏是一方面；另一方面，更为重要的是，作为郭璞生平资料最主要根据的本传却并不完全真实可靠：房玄龄等人修《晋书》，特别是《郭璞传》，其中掺杂了很多怪诞的传说和逸闻故事，"这些故事不但情节难以置信，连据此推测郭璞的行踪，也往往不可靠"③。以上两点成为郭璞生平研究的最大的不利条件，影响和制约着郭璞研究的进一步发展。虽然如此，但并不意味着在有新的资料发现之前在郭璞生平研究方

---

① 钟嵘：《诗品·晋弘农太守郭璞诗》，参见王叔岷《钟嵘诗品笺证稿》，台湾中研院中国文哲研究所1992年版，第247页。
② 《世说新语》注还引用了《郭璞别传》等佚书资料。
③ 曹道衡：《〈晋书·郭璞传〉志疑》，参见《中古文学史论文集》，中华书局2002年版，第386页。

面就不能有所作为。众所周知，历史有三重性，主要体现为历史的三种形态：客观存在的历史、文献记载的历史和学者研究的历史。前二者，即客观存在的历史和文献记载的历史都是凝固的已然事实，除非发现新的资料不能人为地加以改变，但是在学者研究的历史方面却是大有可为，诸如辨别史料真伪，评断人事是非，整合历史碎片，彰显潜隐史实，等等。在文献不足征的情况下，学者研究的历史对于克服上述不利条件，进而推进有关研究方面可能会起到某些作用，因而尤其显得重要。

基于这种认识，本文对于郭璞生平中的若干问题，如郭璞在青溪山隐居的时间、青溪山的地点、郭璞与东晋丞相王导之间的关系及其对于郭璞进仕的意义、终生从事占卜对郭璞人生道路和文学创作的影响以及郭璞之死的性质等问题做了初步的考辨。考订和辨明有关事实和问题，得出的结论虽然未必就是定论，但起码可以促进对于有关问题的思考，有利于明辨是非，从而有助于正确认识郭璞的生活经历和人生道路，而这对于郭璞生平和文学创作，特别是对于《游仙诗》研究都有一定的意义。

一 关于郭璞隐居青溪山的时间

在郭璞的一生中有过一段隐居的经历，《游仙诗》之二对这段隐居生活做了这样的描写：

> 青溪千余仞，中有一道士。云生梁栋间，风出窗户里。借问此何谁，云是鬼谷子。翘迹企颖阳，临河思洗耳。阊阖西南来，潜波涣鳞起。灵妃顾我笑，粲然启玉齿。蹇修时不存，要之将谁使？

关于这段隐居经历的时间，现代学者有两种不同的说法：

一种以陆侃如为代表，陆氏《中古文学系年》："吴士鉴、刘承幹《晋书斠注》卷七十二：'……庾仲雍《荆州记》曰：临沮县青溪山，山东有泉；晋郭璞为临沮长，常游此。赋《游仙诗》云：青溪千余仞，中有一道士。即此也。'案璞为临沮长，不见于传，当在过江之前。今假定在师郭公后五年左右。"① 据《晋书》本传，郭璞师从郭公学占卜之术是在晋惠帝元康五年（295），五年之后当是晋惠帝永康元年（300），据此，

---

① 陆侃如：《中古文学系年》，人民文学出版社1985年版，下册第793页。

陆氏将郭璞在青溪山隐居的时间系于晋惠帝永康元年（300）。

另一种意见认为郭璞隐居青溪山是在他任临沮县令期间，时间"是在郭璞为王敦记室参军时"①。郭璞任王敦记室参军的时间是太宁元年（323），即郭璞被王敦杀害的前一年。

以上关于郭璞在青溪山隐居时间的两种说法都不能成立。

前一种说法不能成立的原因十分明显：从上面所引《中古文学系年》的论述可以知道，陆氏的论断即郭璞在青溪山隐居是在晋惠帝永康元年，完全是根据庾仲雍《荆州记》的一段文字做出的，但这段文字只是说明了郭璞在任临沮长时，常游青溪山，即使这就是所谓的隐居的话，也仅仅是说明在此隐居而已，而根本没有涉及隐居的时间，更没有说明或暗示是在晋惠帝永康元年隐居，此其一。其二，陆氏可能是知道找不到任何根据，所以结论只能这样表述："今假定在师郭公后五年左右"，并据此得出了郭璞在青溪山隐居是在晋惠帝永康元年的结论。可见，陆氏的结论仅仅是一种假定的推测之词，而不是严谨的科学论证，此其二。其三，再说陆氏据以推论的"根据"，即"庾仲雍《荆州记》曰：'临沮县青溪山，山东有泉；晋郭璞为临沮长，常游此。赋《游仙诗》云：青溪千余仞，中有一道士。即此也'"。这则资料本身即存在明显的问题，与已知的郭璞的生平经历的诸多事实严重抵牾（详后），说明其本身即存在失误。正是这几个原因成为陆氏说法的致命伤，而根本无法服人。

再说后一种说法，即郭璞在王敦麾下任临沮县令期间曾在青溪山隐居。这一说法矛盾百出，同样不能成立：叛将王敦既委任郭璞为参军，又如何会容忍他去隐居？特别是在叛乱和平叛的战争一触即发，形势异常紧张的形势下，更是没有这种可能。再说，郭璞在叛将王敦营中，朝廷又怎么可能命他为县令？退一步说，即使朝廷有这样的任命，王敦也绝不可能允许他去赴任，因为郭璞在王敦与朝廷的矛盾斗争中由于站在朝廷一方早已引起王敦的强烈不满和警觉，在这种情况下，王敦怎么可能让他为朝廷效命？②

再从《晋书》本传行文的惯例来看，这种说法更是靠不住：《晋

---

① 聂恩彦：《郭弘农集校注》，山西人民出版社1989年版，第298页。
② 关于郭璞与王敦的紧张关系以及在王敦营中的危险处境，详见本章第三节"尸解升遐：郭璞之死解读"之一"政治、宗教背景"。

书》本传凡说到郭璞任何职时都有明确具体的交代，不但皇帝直接任命的著作佐郎、尚书郎等官职是如此，就是任殷祐、王导和王敦的参军这类幕僚之属的小吏也都是如此。本传这样重视所任官职，而对所任的朝廷命官临沮县令反而失声，如果郭璞果真担任过临沮县令，这岂不是自乱体例？

总之，无论从当时的形势背景和郭璞的具体处境看，还是从《晋书》的记载看，都说明这一说法纯属臆测之辞。

以上两种说法都不能成立，那么，郭璞隐居究竟是在什么时间呢？

事实上，关于这段隐居经历的时间郭璞在作品中透露过，《与王使君诗》：

  道有亏盈，运亦凌替。茫茫百六，孰知其弊！蠢蠢中华，遘此虐戾。遗黎其咨，天未忘惠。云谁之眷，在我命代。

  遭蒙之吝，在我幽人。绝志云肆，如彼涔鳞。灵荫谬垂，跃我龙津。翘情明规，怀德鉴神。虽赖暂盼，永愧其尘。

王使君即在东晋王朝建立和巩固过程中建立了丰功伟绩的丞相王导，此诗是郭璞献给对自己有知遇之恩的王导的颂歌。全诗共五章，这里引录的是第一、四两章。第一章开头四句中的百六，即厄运、灾难，句中指造成历史大劫难的永嘉之乱。这四句从历史发展规律的角度说明兴衰治乱的交替是社会历史发展的常态，但神妙莫测的厄运突然降临带来如此巨大的灾难还是令人震惊。第四章写自己在这场历史灾难中的不幸遭遇和对王导知遇之恩的无限感念。其中前两句"遭蒙之吝，在我幽人"写的正是自己隐居经历与这场历史大劫难的关系，是说自己正在隐居之际，适逢异族入侵之变。吝，耻辱；"遭蒙之吝"是指永嘉之乱中异族入侵为民族造成的奇耻大辱。幽人，即隐士，郭璞以隐士自称说明当时他确曾隐居。接下去的两句"绝志云肆，如彼涔鳞"是说为了躲避战乱和灾难，人们决心离开家乡犹如云散；生活困苦不堪，如同涔中之鱼陷入了绝境。[①] 可以看出，这两章诗虽然简短，但却为郭璞生平研究提供了确切而丰富的信息：

[①] 详见第四章第一节对《与王使君诗》的有关分析。

（一）郭璞正在隐居，否则不会说"在我幽人"；

（二）隐居的时间是在民族遭受奇耻大辱的永嘉之乱期间；

（三）"避地东南"途中受尽了痛苦折磨。

简言之，郭璞在诗中的自述表明：隐居青溪山的时间就是发生在"避地东南"的途中。这样看来，前人关于郭璞隐居青溪山时间的两种说法都与作者自道的"遭蒙之吝，在我幽人"等事实相矛盾，因而都不能成立。

我们把郭璞隐居的时间锁定在永嘉之乱"避地东南"的途中，除了上面说的作品的根据之外，还可从他隐居的青溪山的具体地点得到进一步证明。

二 郭璞隐居的青溪山究竟在湖北临沮还是在河南登封？

郭璞在《游仙诗》之二中说的隐居之地青溪山究竟在什么地方，对于郭璞生平研究来说，不单单是一个地理问题，而更是直接关系到郭璞生活经历和对《游仙诗》理解的重要问题，因此有必要辨别清楚。关于青溪山的具体地点主要有两种不同说法：

一是在湖北临沮（今湖北南漳，一说在湖北远安。以下简称"临沮说"），此说出自庾仲雍《荆州记》，《文选》《游仙诗》李善注曾引用此说。[①]

二是在河南登封（今河南登封东南。以下简称"登封说"），此说根据《仙传拾遗》关于鬼谷子隐居青溪山和《史记》的有关记载得出。[②]

关于青溪山地点的上述两种说法中，我认为，"登封说"比较可信，而"临沮说"虽然由于《文选》李善注的引用而流行广泛，但却有违事实而难以服人。主要根据有三：

第一，"登封说"虽然从《晋书》本传也找不到根据，但却可以从郭璞的作品得到有力的证明："登封说"与《游仙诗》之二的内容之间具有内在的统一性，而"临沮说"相反，与诗义抵牾难通。

我们知道，前面所引的《游仙诗》之二，除了交代青溪山的隐居环境和隐居生活（即作品的前六句）之外，另外还写了两个内容，一个是

---

① 《文选》李善注，中华书局1977年版，第306页。
② 《仙传拾遗》见《太平御览》，《史记》的有关记载见《苏秦列传》集解。

"翘迹企颍阳,临河思洗耳",即对高士许由的仰慕;另一个是"灵妃顾我笑,粲然启玉齿。蹇修时不存,要之将谁使?"即对神女宓妃的向往。而这两件事中的高士许由和神女宓妃,从有关的神话传说可以知道,其出没地点都在今登封以及洛阳东南一带,与"登封说"在地理上完全一致。

先说前一事即"翘迹企颍阳,临河思洗耳"涉及的地域问题:相传,唐尧时代高士许由隐居于箕山,尧让天下于他,被他拒绝;又召许由为九州长,许由认为这有辱于自己的品德,不欲闻之,便到颍水洗耳。故事表现了许由"膻腴荣利,厌秽声名"[①]的崇高精神品德。从地域上看,诗人仰慕的"颍阳"和许由洗耳的"颍河"都在登封。据《登封县志》:登封古又称颍阳,因"在颍水之阳"[②]而得名,而颍水的正源正是出于登封石道西的颍谷。另外,许由隐居的箕山则在登封县的南部,"颍河自西而东由箕山北面流过"[③],后折向东南流入豫东平原。

再说后一事中的神女宓妃所涉及的地域问题。相传宓妃本是伏羲氏之女,溺死洛水而为洛神。据曹植《洛神赋》:曹植是在"济洛川"、"背伊阙"、"越辕辕"、"经通谷"、"陵景山"[④]之后而见到宓妃的,这说明宓妃的活动区域都在洛河下游龙门、偃师和缑氏等地,也就是登封与洛阳的交接处,即今洛阳东南和登封西北一带。[⑤]

总之,前一事所涉及的"颍阳"、"颍河"、箕山和后一事所涉及的龙门、偃师、缑氏,都在登封及其与洛阳之间一带,与"登封说"所主张的诗人隐居的登封青溪山完全属于同一个地区。这就是说,按"登封说"来解读《游仙诗》之二,诗人在青溪山隐居期间,由于隐居的地点与往昔高士许由和神女宓妃出没的地点在同一地区而触动情思,引发艺术联想和想象,于是借有关的神话传说以抒怀,表现了诗人对于世俗社会的否定和疏离,对于神仙世界的追求和向往以及无由交接神女的惆怅。这清楚体现着《游仙诗》之二各层内容之间的时空一致性和艺术形象的统一性。再看"临沮说",按此说,郭璞隐居的青溪山远在湖北临沮,与许由、宓

---

① 《庄子集释·逍遥游疏》,郭庆藩《庄子集释》,中华书局2004年版,第25页。
② 《登封县志》,河南人民出版社1990年版,第53页。
③ 同上书,第945页。
④ 曹植:《洛神赋》,参见《文选》第270页。
⑤ 参见陈桥驿校证《水经注校证·洛水》,中华书局2007年版,第369—373页;赵幼文《曹植集校注》,人民文学出版社1984年版,第285—286页。

妃事发生的登封、洛阳一带相距超过千里，隐居于此而情志在彼，中间又没有提供任何可资跳跃的中介，因而在三层内容之间形成明显的断裂，既使行文走势不明，又破坏了时空的统一性和艺术形象的完整性。

特别应当指出的是，《游仙诗》的一个重要特点正是李善所说的"璞之制，文多自叙"①，就是说诗中所写都是作者自己生活经历的"自叙"，正是因为如此，所写的内容不但有事实根据，而且完全符合生活逻辑。而按"临沮说"，身在湖北临沮而又没有任何由头地突然驰思洛阳，那是既不符合事实的本来面貌，又违背了生活逻辑和艺术创作规律，因而是无论如何也说不通的。

第二，"临沮说"与郭璞"避地东南"的行走路线相背离，而"登封说"与此行走路线相一致：前面已经证明郭璞隐居青溪山是发生在永嘉之乱"避地东南"的途中，那么，"避地东南"的行走路线也就成为确定青溪山地点的重要参照。

关于郭璞从他的家乡山西闻喜"避地东南"最后到江苏南部暨阳的行走路线，现存文献没有提供完整的资料，当代学者曹道衡先生根据本传和有关文献所提供的资料以及他的《盐池赋》《巫咸山赋》《流寓赋》和《登百尺楼赋》等早期作品，推知其行程大体如下："他从闻喜出发，取道今运城、安邑附近的盐池……经过盐池之后，大约是在陕县（今河南三门峡市）附近渡过黄河，又向东到达洛阳。在洛阳……又继续向东南进发，直抵今安徽的庐江……南行过江到宣城……又沿江东下到今江苏南部，定居于暨阳（今江苏江阴东）……"②按"临沮说"，郭璞在湖北临沮的青溪山隐居，那么其行走路线就是：离开洛阳之后先到湖北临沮，然后才到安徽庐江、宣城等地。我们知道，庐江、宣城都在洛阳的东南方向，而湖北临沮则在洛阳正南方，且洛阳在河南北部，临沮在湖北中部，两地南北遥遥相望。就是说，按"临沮说"，郭璞去庐江先向南跨越河南、湖北两省，然后再从湖北中部向东奔庐江。如此连跨两省绕行，比从洛阳向东南直接到庐江要多走一千多华里，这在缺乏便捷的交通工具，路途又十分艰险的古代是不可想象的事情。相反，"登封说"则根本不存在

---

① 《文选》李善注，第306页。
② 曹道衡：《郭璞》，参见《中国历代著名文学家评传》，山东教育出版社1983年版，第1卷第380页。

这样的问题：如前所说庐江在洛阳的东南，而登封不但距离洛阳很近，而且恰恰也在洛阳的东南，就是说从洛阳奔赴庐江，登封是顺路的必经之地。

第三，从隐居的时间看：如前所说，诗人"避地东南"途中逗留洛阳、登封是在西晋末期，这说明，青溪山在登封之说也就意味着诗人在青溪山隐居是"避地东南"漂泊时期之事。而青溪山在荆州临沮之说则完全不同。我们知道，诗人晚年任王敦的记室参军时，王敦驻守荆州，所以主张青溪山在荆州临沮之说的学者，一般都认为诗人到过荆州是在任王敦记室参军时。而诗人任这一职务大约是在永昌二年（323），距离被王敦杀害最多也只有一年多的时间。这说明，主张青溪山在荆州临沮之说，就意味着诗人隐居青溪山是在他人生的晚期。可见，对于青溪山具体地理位置的认识，直接关系到对于诗人隐居生活的具体时间和人生历程的看法。

另外，诗人任职政敌王敦麾下对他来说充满了杀机，处境十分危险（详本章第三节《尸解升遐：郭璞之死解读》）。在这样的情势下却过着悠然闲适的隐居生活，无论如何是不可想象的。不止如此，魏晋时期学道修仙都是从山林隐逸开始（详后），主张青溪山在荆州临沮之说就意味着学道修仙是从他人生的最后几年才开始，从事理上也说不通。相反，主张青溪山在登封之说则根本不存在这些窒碍。

总而言之，诗人隐居的青溪山在登封之说既有文献根据，又与其人生经历、魏晋时期的学道修仙习俗（从山林隐逸开始学道修仙）和诗歌内容相吻合，而青溪山在荆州临沮之说则不具备文献根据和这些条件，所以本文肯定了登封之说。

根据这样的认识可将诗人的这段生活经历概述如下：诗人在"避地东南"途中，经过洛阳和登封时曾在这个地区的青溪山度过了一段隐居生活，由于隐居的地点与传说中的高士许由和神女宓妃出没的地点相接近，而触动情思和联想，于是借往事以抒发其内心情志，生动真实地反映了隐居生活和内心世界的变化。青溪山隐居生活结束以后，郭璞继续向东南出河南而到达庐江。

除以上三点之外，还有一点应当提到："临沮说"主要是根据庾仲雍《荆州记》所谓的"郭景纯尝作临沮县"推演而来，而作为立说基础的这一观点根本不能成立：

从以上所述可以看出，"临沮说"不但于文献无据，而且谬误明显又十分离奇。之所以如此，我认为《荆州记》的这段文字可能存在错讹。这段文字全文如下："临沮县有青溪山，山东有泉，泉侧有道士精舍。郭景纯尝作临沮县，故《游仙诗》嗟青溪之美。"文中的郭景纯即郭璞，实际应为其父郭瑗，即本应作"郭瑗尝作临沮县"。根据如下：

如前所说，郭璞既没有可能到荆州临沮，更没有可能任临沮县令；而其父郭瑗却完全有这种可能。《晋书·郭璞传》：其"父瑗，尚书都令史。时尚书杜预有所增损，瑗多驳正之，以公方著称。终于建平太守。"①晋时建平为郡，属荆州，据《晋书·地理志》："荆州统南郡、武昌、武陵、宜都、建平、天门、长沙……始安十五郡。"②郭瑗"终于建平太守"是说建平太守是他一生升迁的最高官职，郡太守下为县令，而临沮县即在荆州，这说明郭瑗是完全有可能从临沮县令（或还经过其他官职）而升迁为建平太守的。如果这一推测不错的话，就是说郭瑗曾任临沮县令，而"瑗"、"璞"二字都从玉，声符形又相近，是很容易错"瑗"为"璞"的。而这一错讹在庾仲雍写《荆州记》之前可能就已出现，庾仲雍在此基础上踵事增华，与郭璞的创作联系起来，遂演绎出"《游仙诗》嗟青溪之美"云云。

三 郭璞与丞相王导的关系及其为皇帝直接效命的机缘

郭璞初到江南，就以一个庶族出身的下层幕僚身份为九五之尊的皇帝所知并多次为皇帝占卜，地位如此悬殊，为皇帝所知如此之快，这在一般情况下是根本不可能的。究竟是什么机缘使得郭璞交此"好运"呢？对此，本传并没有交代，但此事对郭璞的人生十分重要，有必要揭示出被遮掩的史实。

郭璞得此机缘与丞相王导密不可分，这涉及郭璞与王导之间的关系。对于这种关系，除本传所提供的事实之外，郭璞写给王导的颂歌《与王使君诗》中透露了更为重要的信息，十分含蓄地反映出两人非同一般的关系：

灵荫谬垂，跃我龙津。

---

① 《晋书·郭璞传》，中华书局1974年版，第六册第1899页。
② 《晋书·地理志》，第二册第454页。

"跃我龙津"四字很有分量,《艺文类聚》引《辛氏三秦记》:"河津一名龙门,大鱼集龙门下数千不得上。上者为龙,不上者('者'字后阙'鱼'字)。故云曝鳃龙门。"①古代多以"鱼跃龙门"指一个人的进仕前途无限广阔。联系"灵荫谬垂,跃我龙津"之前的"遭蒙之吝"四句,可以知道:永嘉之乱,人们纷纷逃离家乡,正当郭璞走投无路之际,王使君给予他有力庇护,不但使他摆脱了流离和困顿,而且栽培和提携他,使他如同鱼跃龙门。可以看出,郭璞认为王导对自己有重大的知遇之恩,否则绝不会用"跃我龙津"来形容他们之间的关系。

王导对郭璞的重大知遇之恩究竟是指什么呢?可以肯定,绝不仅仅是指王导引他为参军事(据《晋书》本传,王导引郭璞为参军),因为参军不过是一个普通幕僚,连低级的朝廷命官都算不上,如何谈得上"跃我龙津",为进仕打开了无限广阔的前途?何况,在王导引他为参军之前,在"避地东南"途中宣城太守殷祐早就命他担任过参军。可见,任参军一事算不上什么令人艳羡的大事。

据本传,原来,王导十分赏识郭璞所擅长的占卜技能,不但多次让他为自己占卜,而且多次命他就军政大事为当朝皇帝司马睿占卜。②这说明,郭璞为司马睿所知正是王导从中有意无意推介的结果。王导兼具皇帝近臣和郭璞上司的双重身份,并深得司马睿的信任,完全具备在皇帝面前推介自己属下的方便条件和可能。正是王导的关系才使郭璞有可能接近皇帝,为皇帝所知,从而给了郭璞一个大展宏图,实现理想抱负的机缘。对于渴望建功立业的诗人来说这无疑是天大的恩德,本传接下去的记载也可以证明这一点:正是在已经为皇帝所知的基础上,他的《江赋》《南郊赋》等作品才有可能得到皇帝的赏识,进而被授予著作佐郎和尚书郎。诗人对于王导心存无限感激,并特地写了颂歌《与王使君诗》献给他,一方面热烈讴歌王导的丰功伟绩和道德精神,一方面抒发自己的感激之情。

不过,郭璞因王导的关系在获得升迁的同时,也招来了物议,受到缙绅们的嘲笑和讥讽。

缙绅们一方面傲视和讥笑郭璞"陵扶摇而竦翮,挥清澜以濯鳞……

---

① 《艺文类聚》,上海古籍出版社1982年新一版,下册第1663页。
② 关于郭璞为皇帝多次占卜的情况,请参见《晋书·郭璞传》,第六册第1901页。

攀骊龙之髯，抚翠禽之毛"，即傲视和讥笑郭璞投靠和依附权贵，凭借他们的权势而"傲岸荣悴之际，颉颃龙鱼之间"，挥澜濯鳞，沉浮宦海；一方面又傲视和讥笑他"响不彻于一皋，价不登乎千金……不得绝霞肆，跨天津"①，即未能飞黄腾达，青云直上，而不得不靠占卜打卦招摇于世。所谓投靠和依附权贵，实际就是指郭璞与王导的关系，即王导对他的栽培和提携。可见，尽管郭璞自叹"才高位卑"，壮志未酬，但他的经历和作为还是令某些缙绅眼红了。②

实际上，凭借门第，攀附权贵是两晋时期弥漫官场的普遍风气，对此缙绅们见怪不怪，而偏偏揪住郭璞大肆挞伐，其根本原因除了他"好卜筮"授人以柄之外，根本原因还在于《客傲》开头所说的"荫弱根于庆云"：郭璞系"弱根"，出身庶族，属于寒门下品，没有强有力的托护。

由此不难看出两晋时代庶族知识分子进仕立身之难。

四　占卜生涯对郭璞人生态度和人生道路的影响

郭璞自青年时代起即与占卜结缘，终生从事占卜活动迄未间断，直至最后因占卜构祸而被杀害。关于郭璞的占卜活动，除《晋书》本传所记为晋元帝司马睿、王导、王敦、温峤、庾亮、庾翼、胡孟康、殷祐等人共约十几次占卜之外，在其他篇章，如《五行志》《桓彝传》和《许迈传》以及《建康实录》之"中宗元皇帝"部分也有记载。晋元帝等人请郭璞占卜事一般都不见于他们各自的本传，而统统集中于郭璞传中，这一事实在一定程度上说明了在时人心目中郭璞就是一介卜者。除了占卜决疑之外，郭璞还写有关于占卜方面的著作："璞撰前后筮验六十余事，名为《洞林》。又抄京、费诸家要最，更撰《新林》十篇、《卜韵》一篇。"③可以说，占卜生涯不仅贯穿了郭璞的一生，而且对他的生活态度、精神品德、人生道路乃至文学创作产生了重要的影响，换言之，有关郭璞人生和文学创作的一些重要问题在一定程度上都可以从占卜生涯得到说明和解释。然而对于郭璞研究来说如此重要的一项内容却始终无人问津。这或许有其思想认识根源：占卜具有浓重的迷信性质，属于难登大雅之堂的

---

① 《晋书·郭璞传》，第六册第 1905 页。
② 详见第五章第二节《关于〈客傲〉》。
③ 《晋书·郭璞传》，第六册第 1910 页。

"术数之流",向为人所轻贱,因而不值得研究。事实上,这种设置研究禁区,把占卜排斥在研究范围之外的做法是完全错误的。作为研究对象,占卜与其他各种资料一样,都有其意义和价值。

综观郭璞一生的经历,可以说,占卜对他来说具有多方面的意义:既是谋生、结交和进身的手段,也是表达政治观点和主张的工具。

郭璞一个庶族出身的士人,既无一官半职,又无家势荫庇,面对苍黄乱世,千里迢迢,经过长期漂泊到达江南,其间仅解决衣食温饱和行旅问题就是一项极为沉重的负担。从本传所记可知,作为一种谋生和结交的手段,占卜为他适时地打通了人际关系,赢得了一定"资给",为他"避地东南"最终达到江南提供了必要的物质保证。

占卜也是郭璞进身的阶梯。如前所说,郭璞作为一名出身庶族的下层知识分子,在以九品中正制选拔人才的两晋时代很难找到进身的机会,报国之志根本无从实现。诚然,郭璞博学多才,文章翰藻尤为所长,但他到达江南之际正值东晋建国前后,司马氏的统治尚未稳定和巩固,对于文章翰藻这类"润色鸿业"之举,根本无暇顾及。例如,当有人向晋元帝司马睿建议设置史官时,"元帝以草创务殷,未遑史官,遂寝不报"①。修史尚且如此,文章翰藻更是排不上日程。然而,郭璞的占卜之术却为东晋统治者所急需,并立即派上了用场:"自古圣王将建国受命,兴动事业,何尝不宝卜筮以助善!"②司马睿也是如此,从移镇建邺到正式立国之后这段时间内曾多次命郭璞占卜。郭璞就这样为皇帝所知,并成为对东晋统治者来说的"有用之才"。不难想象,如果不是擅长占卜而仅凭其才学和诗赋创作,郭璞将很难打开仕途大门,其经历也许完全是另外一个样子。

除谋生和进身之外,必要时占卜也是郭璞表达政治观点和主张的工具,即把自己的政治观点和主张以占卜结果的形式表达出来。比如,司马睿正式即位以后,郭璞便通过占卜说明东晋王朝的建立上契天意,下合人心,表达了对司马睿建立东晋王朝的拥护和支持,因而也赢得了皇帝的欢心。再如,司马睿即位不久,有人在井中发现一口铸有"古文奇书"的钟。这本是毫不相干的两件事,但郭璞却将它们联系起来,并发表了这样一番宏大议论:

---

① 《晋书·王隐列传》,第七册第2143页。
② 《史记·龟策列传》,中华书局1982年版,第十册第3223页。

盖王者之作，必有灵符，塞天人之心，与神物合契，然后可以以言受命矣。观五铎启号于晋陵，栈钟告成于会稽，瑞不失类，出皆以方，岂不伟哉！若夫铎发其响，钟征其象，器以数臻，事以实应，天人之际不可不察。①

如此为东晋王朝的建立大造舆论，当然十分有利于新王朝的巩固，因而甚得皇帝的欢心。

在朝廷与王敦叛乱的斗争中，郭璞是站在朝廷方面反对王敦叛乱的，只是在王敦的幕府中处于王敦的监督之下不便直接表达而已，但他反对叛乱的立场和态度却通过占卜十分明确地表达出来：例如，王敦就叛乱命他占卜，他直言相告："举兵""无成"，极力加以阻止。而当他的好友温峤、庾亮等朝廷重臣就平定王敦叛乱请他占卜时，他以"举事必有成"予以鼓励。同样，当他认为朝廷某些弊政应当革除时，为了便于让皇帝接受，往往也是借故"太白蚀月"、"薄蚀之变"②等天文异象上疏劝谏皇帝采取措施。凡此种种，都是假卜筮以寄托而又不露痕迹地达到目的，可以说占卜成了他得心应手的工具。

郭璞终生从事占卜，以占卜谋生、结交、进身和表达立场，耳濡目染，浸肌杂髓，不受其影响是不可能的。其中，最为突出的是通过占卜郭璞知道自己寿命不长，从而深刻影响了他的人生态度和人生道路。

据本传，郭璞有"性轻易，不修威仪，嗜酒好色，时或过度"③的弱点，同僚著作郎干宝曾有善意的提醒，希望他行"适性"之道，检点自持。对此，郭璞做了这样的回答："吾所受有本限，用之恒恐不得尽，卿乃忧酒色之为患乎！"④ 大意是说，生死有命，一个人寿命的长短冥冥中已有定数，而自己的寿命不长，不得尽享即已到大限，所以，忧虑酒色伤身完全是多余的。这段话表明郭璞已经知道自己寿命不长，显然这是通过为自己占卜而得知的。原来，为自己测寿命长短并以此为能事在卜者中是十分常见的现象，例如，三国时期的卜者管辂就说过："吾自知有分直

---

① 《晋书·郭璞传》，第六册第1901页。
② 同上书，第六册第1902、1904页。
③ 同上书，第六册第1904页。
④ 同上书，第六册第1905页。

耳，然天与我才明，不与我年寿，恐四十七八间，不见女嫁儿娶妇也。"①另外，《后汉书·方术传》中的术士，如谢夷吾、郭凤、折像、计子勋等都是自知死期。② 这些例证都可以证明卜者自测寿命并非罕见。另外，在郭璞因占卜而触怒王敦，高调宣称自己将"命尽今日日中"，③ 同样也是以他为自己占卜结果为根据。

至于通过占卜自知寿命不长对郭璞的影响，具体说来主要有两个方面：

首先，郭璞"嗜酒好色"及时行乐的人生态度，不能不说与他自知寿命不长，享乐犹恐不尽的思想有直接关系。其次，自知寿命不长进一步强化了他超越生命短暂的决心。从《游仙诗》可以知道，郭璞对于时间和生命具有强烈而深刻的感受和体验："晦朔如循环，月盈已复魄。蓐收清西陆，朱羲将由白。""寒露拂陵苕，女萝辞松柏。蕣荣不终朝，蜉蝣岂见夕？"诗人对于时光不可逆转的飞逝和生命短暂，不可避免地走向死亡充满了焦虑和恐惧。④越是知道自己寿命不长，这种焦虑和恐惧也就越加强烈，克服或超越它的要求和愿望也就越加迫切。而以追求长生不老和自由快乐为教旨的神仙道教恰恰可以满足这种要求和愿望。由此不难看出，郭璞信仰神仙道教，⑤"寻仙万余日"，即终生追求神仙世界，坚持学道修仙，与他通过占卜自知寿命不长之间具有直接关系。而作为诗人学道修仙历程"自叙"的《游仙诗》正是在他终生信仰并实际践行神仙道教教义的基础上完成的（详后）。这一切说明，占卜对郭璞的生活道路、人生价值取向和文学创作都产生了巨大而深刻的影响。

正视和研究郭璞的占卜打卦经历及其对他人生的影响，有助于把握郭璞的多面人生。

除以上所述之外，对郭璞生平史实的考辨中还包括对郭璞之死性质的考辨，由于内容较多，本章第三节"尸解升遐：郭璞之死解读"专论这一问题。

---

① 《三国志·魏书》，中华书局1982年版，第三册第826页。
② 参见《后汉书·方术传》上、下，中华书局1965年版，第2703—2751页。
③ 《晋书·郭璞传》，第六册第1909页。
④ 详见第二章第三节"学道修仙的原因和思想基础"。
⑤ 详见本章第二节"郭璞的神仙道教信仰"。

第二节　郭璞的神仙道教信仰

郭璞生活的两晋时代，由于统治集团继续推行腐朽的门阀制度，造成了阶级矛盾、统治阶级内部矛盾的空前加剧；与此同时，北方少数民族贵族势力乘虚而入，民族矛盾尖锐，民族存亡危机加深。政治腐朽，社会黑暗，战争频仍，生活动荡，广大劳动人民和中下层知识分子陷入贫穷、苦难和死亡恐怖的深渊之中。在思想领域，自汉末开始的儒学危机进一步加深，传统道德哲学对知识分子人生道路和精神的统驭作用也相应减弱。由于规范瓦解，生活失序，人们精神空虚，道德无助，在无限痛苦和迷惘中，只能把摆脱苦难现实的欲求和愿望寄托在另一个"世界"。这一切为宗教的滋生和泛滥提供了天然的温床。

魏晋时期，以追求神仙世界，成为快乐神仙为理想的神仙道教，不但满足了士族大户、王公贵族延续享乐生活的欲求，而且也迎合了中下层知识分子摆脱道德危机，寻找精神寄托的需要，这说明，神仙道教在一定的范围内体现了魏晋时期共同的价值观。所以，神仙道教的信众甚多，人们对于神仙世界和求仙修炼的兴趣与日俱增。为了壮大自己，吸引广大人群参加，神仙道教也进一步世俗化：学道修仙的方式更加趋于自由和适应世俗生活，不但允许信道者娶妻生子，过世俗生活，而且可以出仕为官，"业余"修炼。

正是在这样特定的背景下，仕途坎坷，才高位低，抱负无从实现的一代杰出诗人、辞赋家和学者郭璞终生向往和追求神仙世界，成为神仙道教的虔诚信仰者。

一　郭璞对于神仙道教的思想认同

郭璞对于神仙道教的基本教义，即神仙世界是独立于人间之外的真实存在和人通过修炼可以成仙这两条基本内容，持有完全肯定的态度。

魏晋时期，随着神仙道教的迅速发展和影响的不断扩大，人们对于神仙世界和学道修炼的兴趣与日俱增。特别是晋武帝太康二年（公元281年，这一年郭璞六岁）仙话故事《穆天子传》的出土，尤其激起了人们对于神仙世界的向往。而郭璞更是与这一出土文献结下了不解之缘：他不但是我国历史上第一个为这一出土文献作注的学者,①而且也是首先将其中的材料用于《山海经》研究的人,这足以说明他对于《穆天子传》的熟悉程度和巨大兴趣。

众所周知,在《穆天子传》出土之前,神话人物西王母在《山海经》的部分篇章中,如《西次三经》《海内北经》和《大荒西经》中只有简略、零星的记述,《左传》《史记》关于周穆王和西王母的传说也是片言只语;由于缺乏具体详细的记载,其历史真实性受到人们的广泛质疑。《穆天子传》的出土使有关的传说得到了极大的丰富和充实,并形成了完整的神奇故事。或许是由于《穆天子传》刚刚出土,其内容还未广为人知,郭璞在《注山海经叙》中兴趣盎然地介绍了故事梗概,如有关周穆王命驾八骏之乘,驰驱千里,宾于西王母,觞于瑶池之上以及袭昆仑之丘,游轩辕之宫的神奇经历,等等。当然,无论是《穆天子传》,还是《山海经》等,所记周穆王与西王母的神奇故事,都是理性和经验无法证实的虚幻神话传说,是人们想象中的产物,根本不具备历史真实性。但是,在郭璞看来却并非如此,他认为它们都是曾经发生过的真实的历史往事,为此,他在《注山海经叙》中针对前代一些学者对于这些故事历史真实性的质疑和保留态度特别指出:

> 按《史记》说穆王得盗骊、骒耳、骅骝之骥,使造父御之,以西巡狩,见西王母,乐而忘归,亦与《竹书》同。《左传》曰:"穆王欲肆其心,使天下皆有车辙马迹焉。"《竹书》所载,则是其事也。而醮周之徒,足为通识瑰儒,而雅不平此,验之《史考》,以著其妄。司马迁叙《大宛传》亦云:"自张骞使大夏之后,穷河源,恶睹所谓昆仑者乎?至《禹本纪》、《山海经》所有怪物,余不敢言也。"不亦悲乎!若《竹书》不潜出于千载,以作征于今日者,则《山海》之言,其几乎废矣!②

可以看出,郭璞正是以《穆天子传》这一最新出土文献作为自己立

---

① 郑杰文:《关于〈穆天子传〉出土、整理、流传诸问题的考辨》,《古籍整理研究论丛》,(山东大学出版社1991年)对郭璞注此书有所质疑,但所提出的证据还不足以推翻成说。
② 《郭弘农集·山海经序》,《汉魏六朝百三家集》,江苏古籍出版社2002年影印版,第三册第56—57页。

论的根据，证明西王母和穆天子神奇故事的历史真实性，并对"醮周之徒"的质疑提出了针锋相对的驳斥。醮周是三国时代蜀国的著名学者，有《古史考》（郭璞称之为《史考》）等多部著作。他质疑有关神话和仙话的真实性正是以《古史考》作为根据。郭璞对于醮周的质疑和司马迁对有关神话的保留态度，极为不满，并认为是可悲的。值得注意的是，本来醮周所质疑的仅仅是《左传》《史记》等史书所记载的西王母和穆天子神奇故事的历史真实性，而郭璞在反驳他时，除了西王母和穆天子的故事之外，还特别增加了"《山海》之言"，认为《山海经》的有关神奇故事同样可以从《竹书》中得到证明。就是说，郭璞不但认为西王母和穆天子的神奇故事是真实的，而且连同《山海经》的其他有关记载也一并加以肯定。显然，这是郭璞为了证明自己观点的正确性而扩大论证范围的结果。

十分明显，郭璞不遗余力地证明西王母和穆天子神奇故事的历史真实性，批评对于其历史真实性的质疑，目的完全在于为他的神仙道教的宗教信仰提供事实根据，进而证明神仙道教教义，即神仙世界是客观存在，其真实性不容置疑。

郭璞肯定了神仙世界的存在，但这个神仙世界究竟在何处，具体是什么样子，却没有涉及。缺少这个内容，对于建立神仙世界是真实存在的信仰来说，无论如何是不完整的。为了弥补这个漏洞，增加神仙世界的可信性，郭璞在《山海经注》中对蓬莱山中的神仙世界作了具体说明：

> 上有仙人宫室，皆以金玉为之，鸟兽尽白，望之如云，在渤海中也。①

这就是郭璞心目中地处渤海仙山蓬莱山上的神仙世界。其实，关于蓬莱、方丈、瀛洲的海上仙山早就有传说流传，正如神话学者袁珂所指出的，郭璞之说原有所本，即《史记·封禅书》所云：

> 此三神山者，其传在勃海中，去人不远；患且至，则船风引而去。盖尝有至者，诸仙人及不死之药皆在焉。其物禽兽尽白，而黄金

---

① 袁珂：《山海经校注》，上海古籍出版社1980年版，第325页注一。

银为宫阙。未至，望之如云；及到，三神山反居水下。临之，风辄引去，终莫能至云。①

司马迁对三神山的说明虽然很详细、具体，但却特别说明仅仅是据传闻，而非亲见，最后又强调传闻虽"尝有至者"，但实际"终莫能至"。显然，司马迁对其真实性是持有强烈的保留态度的。郭璞的注释虽是依据《史记》而做，但却将"其传在勃海中"中的一个十分关键性的"传"字去掉，从而使子虚乌有的传闻变成了真实的存在。这说明郭璞与司马迁的观点完全相反：海上仙山并非传说，而是客观存在的事实。这十分清楚地说明郭璞对于神仙实有，人间之外存在着一个独立的神仙世界的充分肯定。

肯定神仙世界是真实的存在，必然会强化人们对于神仙道教的信仰，进一步唤起对于神仙世界的向往和追求，并为此而坚持刻苦修炼。

那么，坚持学道修仙，刻苦修炼是否就能够成为神仙呢？对此，郭璞坚信不疑：任何凡人，只要坚持修德悟道和方术修炼就完全可以成为神仙，到神仙世界永享青春年华和自由快乐。他的《山海经注》和图赞通过大量的具体例证充分说明了这一点。

先看《山海经注》。如《南山经》堂庭之山水玉注："水玉，今水精也。相如《上林赋》曰：'水玉磊砢。'赤松子所服；见《列仙传》。"② 再如《西山经》太华之山，郭璞引《诗含神雾》注："……上有明星玉女，持玉浆，得上服之，即成仙。"③ 此类例证很多，这里不再一一列举。这些例证都在证明神仙世界并非渺不可及，成为神仙，与神仙同游也并非痴心妄想。

郭璞的《山海经注》是《山海经》研究史上的第一个注本。郭璞在为某些名物做必要的解释和说明时，还从不同角度将它们与神仙世界和服食修炼联系起来。这突出说明，郭璞的注释贯穿着他的神仙道教的宗教信仰。

这一思想在他的《山海经图赞》中同样有突出的反映：

---

① 《史记·封禅书》，中华书局1959年版，第四册第1369—1370页。
② 袁珂：《山海经校注》引郭璞注，上海古籍出版社1980年版，第2页。
③ 同上书，第22页。

水玉沐浴，潜映洞渊。赤松是服，灵蜕乘烟。吐纳六气，升降九天。

　　华岳灵峻，削成四方。爰有神女，是把玉浆。其谁游之，龙驾云裳。

　　榣为灵树，爰生若木。重根增驾，流光旁烛。食之灵化，荣名仙录。①

这些都充分肯定了通过养生方术修炼即可成为神仙。道教的养生方术种类很多，郭璞的图赞主要涉及吐纳、辟谷和服食等，其中尤以服食为最多。在以上所引的三条图赞中就有服食水玉（即水晶）、玉浆（即玉液，仙人饮用的饮料）和榣树。按道教教义，养生可以内修形神，外攘邪恶，所以养生就是修道，即"生道合一"，因而坚持修炼即可成为神仙。神仙道教的信徒对此深信不疑，例如，葛洪也曾说过服玉，即可"令人身飞轻举，不但地仙而已"②。从这个意义上说，郭璞的某些注和图赞不过是神仙道教教义的具体演绎而已。

综上所述，郭璞的学术著作充分说明，他坚信神仙实有，神仙世界是真实的存在；人通过修炼可以达到这个世界，成为与神同游的神仙——而这两点恰恰正是神仙道教的基本教义。这就是说，郭璞完全接受了神仙道教的基本教义，不但据此建立起对于神仙道教的虔诚信仰，而且将它们充分融入到自己的学术著作中，赋予他的著作以鲜明的宗教色彩。

宗教神话研究的历史表明，对于超自然的神秘力量是否信以为真，是理性精神和宗教观念的根本区别之一。例如，从文明时代的理性精神来看，荒诞离奇的神话本是原始先民想象的产物，根本不具备客观性，但在创造神话的先民和文明时代持有宗教观念的人看来恰好相反：神话是曾经发生或正在发生的真实故事。英国文化人类学家爱德华·泰勒通过世界多个民族文化的考察证明了这一点。③另一位英国文化人类学家马林诺夫斯基说得更为概括：原始初民看神话，就像"忠实的基督徒看创世纪，看

---

　　① 以上三条资料分别参见《山海经图赞·水玉》、《山海经图赞·太华山》和《山海经图赞·榣木》。

　　② 《抱朴子·仙药》，王明：《抱朴子内篇校释》，中华书局1985年版，第204页。

　　③ 参见爱德华·泰勒《原始文化——神话、哲学、宗教、语言、艺术和习俗发展之研究》关于神话部分，连树声译，广西师范大学出版社2005年版。

失乐园，看基督死在十字架上给人赎罪等新旧约的故事那样"，这些神话"不是我们在近代小说中所见到的虚构，乃是认为在荒古的时候发生过的实事"。[①]这样看来，郭璞把子虚乌有的神仙世界看作真实的存在，把想象中神仙的虚幻、神奇故事看作曾经发生的历史，恰恰是宗教信仰和宗教观念的反映，也是违背理性，违背经验的神话式思维的结果。

二　郭璞对于神仙世界的向往和追求

如果说郭璞对于神仙道教的思想认同主要反映在他的《山海经》叙、注和图赞等学术著作中，那么，对于神仙世界的向往和追求则主要反映在他的《流寓赋》《客傲》和《游仙诗》等诗赋作品中。这里所说的对于神仙世界的向往和追求，不只包括思想和精神方面，而且包括方术修炼和修德悟道的实际践行方面。对于郭璞的宗教信仰研究来说，郭璞的学术著作和诗赋作品在很大程度上可以弥补《晋书》本传对有关史实失记的缺憾。

《文选·游仙诗》李善注指出："璞之制，文多自叙。"[②]这是说《游仙诗》是诗人"自叙"其修仙历程的诗歌，其中所记必有其生活依据。另外，诗歌的具体语境也完全可以证明诗歌所述的行为主体不可能是其他人，而只能是郭璞本人。因此，我们完全可以据此了解诗人的生平经历和宗教信仰，解决研究中的某些问题。

《游仙诗》之十"璇台冠昆岭"在描写昆仑山仙人居处的神奇和美丽以及与神仙同游的自由和快乐时，有两句诗特别值得注意："寻仙万余日，今乃见子乔。"这里的"见子乔"并非一般的看见或见到王子乔，而是说受到神仙王子乔的接引和点化，亦即接受了他的"授度"，表示神仙认可了他的虔诚信仰和修炼功夫，并愿意接引他到神仙世界与神仙同游。从道教史上诸多信徒的修炼经历可以知道，修仙者"见到"神仙是很难的事情，而一旦有幸"见到"神仙也就意味着修仙者即将成为神仙。可以看出郭璞不但具有如前所说的对于神仙道教的思想认同，而且将他的信仰付诸实践，参与了求仙修炼的宗教活动。而这种求仙修炼活动持续的时

---

① 马林诺夫斯基：《巫术科学宗教与神话》，李安宅译，中国民间文艺出版社1986年版，第85页。

② 《文选》，中华书局1977年版，第306页。

间很长，达"万余日"，即三十余年之久。郭璞于太宁二年（324）四十九岁时被杀，这说明，郭璞最晚从十几岁就开始了求仙修炼活动，[①]并于三十余年之后"见到"他期盼已久的神仙王子乔，[②]如前所说，按神仙道教信仰者的说法，修炼者见到神仙就意味着他的修炼得到神仙的认可而即将成为神仙。

应当说明的是，十几岁即开始"寻仙"活动在晋代并非个别现象，与郭璞大约同时代的隐士陶淡就是从这个年龄开始学道修炼的："淡幼孤，好导养之术，谓仙道可祈。年十五六便服食绝谷，不婚娶。"[③] 还有，神仙道教理论家葛洪也是从少年时代即开始"好神仙导养之法"[④]，并最终修炼成仙。这足以说明，魏晋时代不但很多成年人信仰神仙道教，青少年也深受影响，很早就开始信教并参与修炼活动。这样看来，郭璞自谓十几岁即开始"寻仙"绝非无稽之谈。

十分明显，"寻仙万余日，今乃见子乔"这两句诗对三十年经历所做的高度概括是以大量的事实为基础，所以要真正理解它，就需要通过有关事实来还原。幸运的是，郭璞"寻仙"的思想历程基本上能够从他的诗赋中得到证明。[⑤]

郭璞青年时代，正值西晋末年中原丧乱，为逃难避死，郭璞与亲友一起离开故乡闻喜，经猗氏、南山、王屋、河北、函谷到达王城洛阳。在流寓洛阳之际写有《流寓赋》：

> ……陟函谷之高关，壮斯势之险固。过王成（一作城）之丘墉，想谷洛之合斗。恶王灵之壅流，奇子乔之轻举！

郭璞从洛阳的战争废墟，联想到与西周末期天下大乱有关的"谷洛合斗"和对"壅流"认识产生分歧的周灵王和太子晋（即后来的神仙王

[①] 《游仙诗》既是写在经过三十余年的修炼并见到了神仙之后，那么，《游仙诗》的写作时间必在郭璞生活的晚期，与他被杀的时间相距不久。这与一些学者对于此诗写作时间的考订是完全一致的。

[②] 其实，道教信徒的所谓见神仙，不是神秘的宗教幻觉，就是对于一些人事和生活现象的误读。

[③] 《晋书·隐逸传》，第八册第2460页。

[④] 《晋书·葛洪传》，第六册第1911页。

[⑤] 详见对郭璞诗赋的有关分析。

子乔）。谷、洛是流经洛阳的两条河流，"灵王时，谷水盛出于王城之西，而南流合于洛水，毁王城西南，将及王宫"①。面对河水猛涨的威胁，灵王主张"壅流"以保护王宫的安全，而太子晋反对，理由是"民有怨乱，犹不可遏，而况神乎？王将防斗川以饰宫，是饰乱而佐斗也。其无乃章祸，且遇伤乎？"②灵王没有采纳太子晋的进谏而"卒壅之"，《国语》的作者认为，王室大乱正是因为由此而种下的祸根。面对这段历史，因战乱而饱受困苦的郭璞触景感遇，随事寄情，抒发了对于周灵王和太子晋截然不同的态度和情感："恶王灵之壅流，奇子乔之轻举！"恶，此为动词，憎恶和痛恨。奇，并非奇怪，而是美、嘉之意。如屈原《涉江》："余幼既好此奇服兮，年既老而不衰。"王逸注："奇服，好服也。"③ 又《古诗十九首》："庭中有奇树，当春发花滋。"奇，亦嘉、美之意。此引申做动词用，嘉许、赞美之意。轻举，出自《楚辞·远游》，王逸注："高翔避世，求道真也。"④根据上述理解，这两句话的大意是：我无限憎恶拒绝接受太子晋进谏而坚持壅流并最终导致天下大乱的周灵王，而由衷嘉许和赞美"高翔避世，求道真"，并最终成为神仙的王子乔。王子乔是周灵王的太子，本可以成为统驭万民，主宰天下的万乘之尊，即未来的周天子，然而，他不但超脱世事，而且舍弃了一切荣华富贵，遽然归于仙道。郭璞对于两种不同主张所反映的不同人生道路和理想的一"恶"一"奇"，十分清楚地表现出他所向往的人生道路正是太子晋的"远游"、"轻举"之路，亦即远离尘世，执着于神仙道教信仰和对神仙世界的追求。显然，郭璞对于太子晋的人生理想和信仰的嘉许与赞美，实际上也是对于自己从青少年时代即已开始信仰神仙道教的肯定。

《流寓赋》大约作于永嘉元年（307），这一年郭璞三十二岁（一说作于永兴二年，即公元305年）。⑤这说明，郭璞从十几岁开始追求神仙道教的宗教理想，到三十二岁之际还在坚持着。

再看另一篇作品《客傲》。

据《晋书》本传，郭璞才高位低，嗜好卜筮术数，遭到缙绅的嘲笑，

---

① 《国语·周语下》韦昭注，《国语》，商务印书馆1935年版，第35页。
② 同上书，第37页。
③ 《楚辞补注》，中华书局1983年版，第128页。
④ 同上书，第163页。
⑤ 详见第五章第三节关于《流寓赋》的分析。

郭璞满怀愤激之情作《客傲》，通过自我解嘲的方式予以针锋相对的回击。赋的末段，在批判盛行于士大夫群体中的身在江海，心存魏阙风气之后，笔锋一转，意味深长地列举了他心目中的多位"贤者"：

> 若乃庄周偃蹇于漆园，老莱婆娑于林窟，严平澄漠于尘肆，梅真隐沧乎市卒，梁生吟啸而矫迹，焦先浑沌而槁杌，阮公昏酣而卖傲，翟叟遁形以倏忽。吾不能几韵于数贤，故寂然玩此员策与智骨。

"贤者"共八位：庄周、老莱、严平、梅真、梁生（即梁鸿）、焦先、阮公（即阮籍）和翟叟（即翟公）。这八位贤者中有四位，即庄周、老莱、梅真和焦先都是神仙：庄周本是战国时代的思想家，道家学派的代表人物，后来道教徒把他的部分著作列为道教经典，并将他神化，奉为神仙。老莱即老莱子，本为春秋时隐士，后被《列仙传》奉为神仙。①梅真，于王莽篡汉时"一朝弃妻子，去九江，至今传以为仙"。②焦先，相传活了二百余岁，后成仙，名著仙籍。③

另外四人中，除阮籍外，其他三人，即严平、梁鸿和翟公都是遗民即避世的隐士。④在现代语境中，神仙与隐士分别属于神、人两个不同的范畴，二者之间的界限十分清楚，但魏晋时期却并非如此：神仙与隐士并非截然分开，彼此之间的界限有时很模糊。这是因为在魏晋人看来，山林"遐栖幽遁，韬鳞掩藻"，隐士隐居于此可以遏制人的种种欲望，有利于"守雌抱一，专气致柔"⑤，所以一些人把山林隐逸视为修道成仙的必经之途，以致从隐居山林开始最终修炼成仙，也就是由隐士而转化为神仙成为当时的一种普遍的现象。正是基于这种事实，当时才有"为道者必入山林"⑥和隐士多兼治道术之说。神仙的这种来历使他先天地与隐士结合在一起，并形成了中国古代特有的宗教文化现象："古代传说的神仙，大多

---

① 《史记·老子韩非列传》正义，中华书局1982年版，第七册第2142页。
② 《汉书·梅福本传》，中华书局1962年版，第九册第2927页。
③ 《神仙传》第25页，《道藏精华录》下册。
④ 关于严平、梁鸿的隐士身份，分别参见《汉书》第十册第3058页、《后汉书》第十册第2766页。翟公的隐士身份参见《史记》第十册第3113—3114页，翟公因世态炎凉而拒绝交往，所以郭璞说他"遁形以倏忽"。
⑤ 《抱朴子内篇·至理》，王明：《抱朴子内篇校释》，中华书局1985年版，第111页。
⑥ 《抱朴子内篇·明本》，王明：《抱朴子内篇校释》，第187页。

是神化了的隐士,而隐士也就是未神化的神仙。"①这样看来,郭璞赋中所写的那三位隐士,在魏晋时期的特定语境中,与神仙没有什么区别,就是人们心目中的神仙。

最后,还有阮籍。众所周知,阮籍是具有某些隐士特征的"竹林七贤"之一。不止如此,更为重要的是,阮籍经过终生的探索,最终找到了"摆脱烦恼,解除痛苦和达到心灵自由的理想生活方式:那就是超然独立于世俗社会之外,出世远游,在'忘我'和'自遗'的境界中享受生活的快乐"②。这就是说,阮籍虽无神仙和隐士的称号,而仅仅是一般的"名士",但在心灵深处,他与上面说的神仙、隐士是完全一致的。郭璞在赋中将他与神仙、隐士相提并论也正是基于这一点。

总之,郭璞所列的八位"贤者",身份上虽有神仙、隐士和一般名士之别,但在人生价值取向上却完全一致:超越世俗,摆脱烦恼,向往心灵的自由和快乐。而这些恰恰正是神仙道教所追求的理想境界,也是快乐神仙的基本特征。这就是说,郭璞心目中的"贤者",既不是为民立德的圣人孔子、孟子及其后学,也不是功勋卓著,名垂青史的文臣武将,而仅仅是出世远游,追求心灵自由和生活快乐的神仙。十分明显,对这种人生价值取向的肯定与他的宗教信仰是完全一致的。

《客傲》写于郭璞人生的晚期,大约在46～47岁之际,也就是他被杀的前二三年。③ 这说明,直到晚年郭璞仍然坚持神仙道教信仰,可以说,对于神仙世界的向往和追求贯穿了他的一生。

与其他宗教相比,道教具有注重实际践行的突出特征:按神仙道教的教义、教规,信仰者要实现自己的宗教理想,成为神仙,对神仙道教除了思想认同之外,还必须进行方术修炼和修德悟道,以充实、提高自己的修养和道性。那么,除了以上所说的在精神上对于神仙世界有所向往和追求之外,郭璞是否也在坚持实际践行呢?

答案是肯定的。在实际行动上,郭璞像一般的神仙道教信徒一样,也是从山林隐逸开始学道修仙,并坚持进行多种方术修炼和修德悟道,这一点在《游仙诗》中有明确的反映。

---

① 胡孚琛:《魏晋神仙道教》,人民出版社1989年版,第66页。
② 赵沛霖:《论阮籍〈咏怀诗〉——出世思想与〈咏怀诗〉发展的三个阶段》,《北京大学学报》2010年第3期。
③ 关于《客傲》的写作时间,详见第五章第二节"关于《客傲》"。

郭璞早年曾在青溪山隐居，《游仙诗》之二"青溪千余仞"正是对这段隐居生活的集中描写；《游仙诗》之三"翡翠戏兰苕"和九"采药游名山"不但具体描写了服食丹药、行气、服炼津液和"静啸"等多种不同的方术修炼，而且具体描写了方术修炼所诱发的宗教存想幻视，即诗人在神秘宗教观念和神话思维主宰下，在失去自我的迷失状态中见到了随风驾龙，乘雷逐电，直奔天庭的神奇图画以及"自己与神灵融为一体"的飘飘欲仙的神秘而奇特的感受。[①]这些描写生动、具体地再现了宗教修炼生活和修炼者的精神状态和内心体验，内容具有高度的真实性，如果不是亲身实际践行，这些文字是根本写不出的。

道教认为，学道修仙除了方术修炼，习学具有可操作性的修炼要领和技巧之外，更要修德悟道，激发内在的自我超越，使精神脱离世俗而转向神圣的境界，只有方术修炼与修德悟道二者兼顾，才能最终实现宗教理想，修炼成仙。《游仙诗》之八不但叙写了修德悟道的具体内容，而且通过"悠然心永怀，眇尔自遐想。仰思举云翼，延首矫玉掌。啸傲遗世罗，纵情任独往"等诗句，形象描绘了修德悟道时的悠然自得，意存高远，心向虚无，自由驰骋的内心活动，从而把修仙者与世俗罗网以及有关的思想观念彻底决裂，向往神仙世界，追求精神超越和心灵自由的心理状态表现得淋漓尽致。同样，如果没有修德悟道的实际践行经历和体验，这些文字也是根本写不出的。

这一切说明，《游仙诗》作为诗人学道修仙历程的"自叙"，它所叙写的对于方术修炼和修德悟道的实际践行等具体学道修仙经历（详后），具有不可置疑的真实性。

综上所述，从青少年时代的"寻仙"开始，到三十岁以后对王子乔"高翔避世，求道真"人生道路的嘉许和赞美，再到晚年对于他心目中"贤者"的神仙生活和存在方式的崇敬和肯定，郭璞对于神仙世界的向往和追求可谓贯穿终生。为此，他隐逸山林，进行多种方术修炼，坚持修德悟道，并在见到王子乔，得到他的点化和授度之后，又按照神仙道教的有关规定，借政敌王敦的屠刀践行了成为神仙的最后一道程序——"尸

[①] 关于郭璞进行方术修炼及其所取得的神奇效果，详见第二章第四节"神仙世界与宗教存想"。

解",而最终成仙。①郭璞死后成仙,在当时就得到了肯定,例如,与他同时代的道教思想家葛洪将郭璞列入《神仙传》,并明确指出:"璞得兵解之道,今为水仙伯。"②

三 小结和说明

魏晋时代,随着神仙道教的迅速发展和影响的不断扩大,很多中下层知识分子与神仙道教结缘,不过,由于具体环境和生活道路的不同,他们受神仙道教的影响和濡染的深浅彼此之间存在较大的差别。因此,有关的研究特别应当注意具体分析,不能笼统而论,更不能以偏概全。就郭璞来说,他对于神仙世界的追求绝非一时的冲动和偶然的兴趣,而是他一以贯之的宗教信仰的表现。他认为在人间之外存在着一个独立的神仙世界,而人通过修炼可以成为神仙。这一认识不只是反映在他的学术著作和诗赋作品中,更被他付诸实践:为了成为神仙,他曾隐逸山林,并进行了多种方术修炼和修德悟道。郭璞对于神仙世界的向往和追求贯穿终生,并最终通过"兵解",正式成为神仙。正确认识郭璞的神仙道教信仰,对于全面认识郭璞的人生道路和他的诗赋作品,特别是正确认识和评价《游仙诗》都有重要意义。

最后,有一个问题有必要做简要说明:郭璞既"好经术",几度出仕,具有鲜明的以儒学济世的志向,又信仰神仙道教,终生追求神仙世界,这岂不是自相矛盾?

确实如此:相互对立的思想观念和价值理想在郭璞身上并存是不争的事实。

然而,如果放开视野,就会发现这种情况并非特例,而是一种具有鲜明时代特征的普遍现象。魏晋时代,一些中下层知识分子虽然信仰神仙道教,但根深蒂固的儒学思想和人生哲学并没有因此而立即消解,而是彼此并立共存,由此最终形成了通经致用与学道修仙兼行的又一魏晋文化奇观。

例如,仅就名著仙籍的神仙而言,就有很多曾经通经致仕的例证,据

---

① 详见本章第三节"尸解升遐:郭璞之死解读"。
② 葛洪:《神仙传》第38页,《道藏精华录》下册,浙江古籍出版社1989年版。

《神仙传》,王远、刘根、黄敬、张道陵、左慈、介象和尹轨等,[1]都曾致力于经学,其中前三人即王远、刘根、黄敬不仅通经,而且出仕。但这一切并不妨碍他们最终羽化升天,修炼成仙。

这一点在葛洪身上表现更为突出。葛洪从少年时代就以"儒学知名",但又好神仙之道;成年后,在数次出仕的同时仍坚持学道修仙,直到晚年才彻底弃儒,隐居罗浮山专事修炼和著述。像葛洪这种"既主张道本儒末,道先儒后,追求神仙不死超脱尘世,又不能忘怀治世经国,维护君臣礼义的人间俗务"[2]的情况,可以说在一定程度上代表了包括郭璞在内的魏晋时代部分士大夫的共同思想经历和人生特点。

第三节 尸解升退:郭璞之死解读

东晋明帝太宁二年(324)六月,在晋王朝与王敦谋反的斗争中郭璞被他的上司、叛将王敦杀害。魏晋时期,在残酷、复杂的政治斗争中文人被杀可谓司空见惯,然而,郭璞的被杀非同一般,不仅其性质极为复杂,而且充满了传奇色彩:从郭璞与王敦的冲突开始直到被押赴刑场斩首的整个过程始终充满了矛盾,违背理性和日常经验的荒诞、乖谬之事丛生,而历史的真相却被重重的迷雾遮掩得严严实实。

郭璞之死是一个广泛涉及魏晋文学史、道教史和文化史研究的生动个案,正确认识其性质,具有多方面的意义。

关于郭璞被杀害的具体过程,《晋书·郭璞传》记载如下:

> 王敦之谋逆也,温峤、庾亮使璞筮之,璞对不决。峤、亮复令占己之吉凶,璞曰:"大吉。"峤等退,相谓曰:"璞对不了,是不敢有言,或天夺敦魄。今吾等与国家共举大事,而璞云大吉,是为举事必有成也。"于是劝帝讨敦。初,璞每言,"杀我者山宗",至是果有姓崇者构璞于敦。敦将举兵,又使璞筮。璞曰:"无成。"敦固疑璞之劝峤、亮,又闻卦凶,乃问璞曰:"卿更筮吾寿几何?"答曰:"思向

---

[1] 这些神仙的经历分别参见《道藏精华录·神仙传》第6、10、42、16、19、35、36页。
[2] 任继愈主编:《中国道教史》,中国社会科学出版社2001年版,第95页。

卦，明公起事，必祸不久。若住武昌，寿不可测。"敦大怒曰："卿寿几何？"曰："命尽今日日中。"敦怒，收璞，诣南冈斩之。

璞临出，谓行刑者欲何之，曰："南冈头。"璞曰："必在双柏树下。"既至，果然。复云："此树应有大鹊巢。"众索之不得，璞更令寻觅，果于枝间得一大鹊巢，密叶蔽之。初，璞中兴初行经越城，间遇一人，呼其姓名，因以袴褶遗之。其人辞不受，璞曰："但取，后自当知。"其人遂受而去。至是，果此人行刑。①

应当说，本传对于郭璞如何卷入东晋上层统治集团斗争的漩涡以及由此导致的被杀过程叙述得是比较具体的，特别是突出了直接导致郭璞被杀害的事件和他面对屠刀临危不惧、轻松自如的情景，但是，究竟是什么力量支撑郭璞视死如归，从容自若地走向刑场却没有说明。而这恰恰是问题的关键，这一点不搞清楚，也就无从了解郭璞"壮举"的思想性质和意义，并直接影响到对他的思想、作品的认识和评价。

从古至今，关于郭璞之死性质的认识和评价，存在着两种相互对立的观点：

一是"得兵解之道"说，认为郭璞之死是"得兵解之道"，死后成为神仙。此说以与郭璞同时代的道教思想家葛洪为代表。葛洪在他的《神仙传》中对郭璞之死的性质做了这样的总结："郭璞知五行、天文之术，后为王敦所杀……璞得兵解之道，今为水仙伯。"②所谓"兵解"，是说修仙者死于兵刃而登仙。"得兵解之道"即善于利用刑场就刑的机会实现"兵解"，使魂魄离开形骸飞升成仙。按这一说法，郭璞获斩就不完全是被动接受，在很大程度上也是他主动的追求，即为了成为神仙而自愿按神仙道教的教义、教规行事。此说充分肯定了郭璞之死的宗教性质和特征。出于宗教信仰的原因，历代道教信徒和有关著作深信此说，但在道教信仰者之外，尚未见从者。

一是"烈士殉义"说，认为郭璞之死践行和体现了"杀身成仁"、"舍生取义"的儒家人生价值取向。此说以明代张溥为代表，认为郭璞的

---

① 《晋书·郭璞传》，中华书局1974年版，第六册第1909—1910页。
② 葛洪：《神仙传》，《道藏精华录》下册，浙江古籍出版社1989年版，卷九第38页。又见《洞仙传》，文字略有不同。

举动是"抗节王敦,赞成大事",体现了"匡国之志",他的被杀是"烈士殉义"[1],即为了君国敢于对抗乱臣,舍生取义,体现了报国之志和忠贞之节。有些现代学者论及郭璞之死,观点与张溥基本一致:"郭璞的英勇就义是实践儒家杀身成仁之壮举"[2],也是从儒家人生哲学的角度予以肯定。

除以上两种相互对立的观点之外,大多数宗教、文学和史学研究者对这个问题基本上采取了回避的态度:有关的论著对于郭璞之死,一般只是说"因借卜筮阻王敦谋反,被杀"[3],至于郭璞之死的性质却未置一词。就是说,学术研究者对于郭璞之死只是做了事实判断,而根本回避了价值判断:既未对上述针锋相对的两种评价做出肯定和否定,也未提出任何新的看法,而是将问题悬置起来,这显然不利于研究的深入发展。

鉴于这种情况,本节以此为题做了一些粗浅的探索,希望引起有关学者的重视并展开深入研究。

郭璞诚然是死于朝廷与叛将王敦谋反的激烈政治斗争,但不能仅仅因为死于政治斗争,就把他面对屠刀临危不惧和视死如归的精神力量锁定为杀身成仁、舍生取义,赋予儒家政治理念和道德精神的性质。这样未免过于简单化了:因为这仅仅是根据表面现象所做的推论,而完全忽略了郭璞之死的特定政治背景和个人的思想经历以及在就刑前的大量反常举动及其所显示的内心状态。就是说,张溥的"烈士殉义"说与历史真相完全南辕北辙,是根本错误的。葛洪的"得兵解之道"说虽然肯定了郭璞之死的宗教性质和特征,基本符合历史事实,但完全是出于道教信仰[4],而没有提出任何事实根据,更没有进行科学论证,这或许正是此说在道教界之外未能引起注意的根本原因。

事实上,郭璞思想中确实具有儒家政治理念和道德精神的成分,但支撑他勇赴刑场,从容就义的精神力量,主要不是儒家政治理念和道德精神,而是他的神仙道教的宗教信仰和宗教理想:郭璞长期学道修炼,最后

---

[1] 张溥:《郭弘农集题辞》,《汉魏六朝百三家集》(光绪五年信述堂刊本),江苏古籍出版社2002年版,第三册第35页。
[2] 连镇标:《郭璞研究》,上海三联书店2002年版,第96页。
[3] 郭预衡主编:《中国古代文学史》,上海古籍出版社1998年版,第二册第62页。
[4] 葛洪不仅是道教思想家,而且是神仙道教的虔诚信徒,并终生坚持学道修炼,最后成为神仙,详见《晋书·葛洪传》。

根据具体斗争形势和可能,力图通过政敌王敦之刀现实"兵解",以摆脱人间苦难,到神仙世界永享快乐。正是这一理想所构成的内在驱动力,支配郭璞做出了一系列荒诞、乖谬的事情,并使他面对屠刀从容自若,视死如归。

一 政治、宗教背景

为了便于理解,在对本传进行具体分析之前,有必要先把郭璞之死的政治背景和他对于神仙世界的追求做一简要说明。

(一) 社会政治背景与郭璞的政治态度和危险处境

永嘉元年(307),为了摆脱北方少数民族的统治和为自己在政治上寻找出路,郭璞举家南迁,并先后被宣城太守殷佑和丹阳太守王导"引为参军"。[①]东晋建立以后,先后任著作佐郎、尚书郎,在此期间,他利用一切机会积极进取,效忠朝廷,如多次就朝政大事上疏,充分反映了郭璞心系天下,匡时济世的襟怀。正当郭璞力争有所作为,实现自己的理想抱负之时,一场上层统治集团内部斗争把他推向了生死关头。

东晋王朝建立之初,士族大家的代表王氏家族完全控制了朝政大权:王导主导政治,其堂兄王敦掌握军权。王敦权倾朝野,骄横跋扈,早就引起了朝廷的不满而对其抱有戒心,进而不断削弱其力量。王敦对此极为恼怒,于晋元帝永昌元年(322)以清除奸佞刘隗、刁协为名在武昌起兵,长驱直入,攻入建康。刘隗、刁协被击溃以后,朝廷力量被极大削弱,不得已向王敦做了妥协:"以敦为丞相、江州牧,进爵武昌郡公,邑万户……"[②]但是,王敦并未就此满足,权势欲极度膨胀,虽还军武昌,但却遥控朝政,日益显露出逆篡之心。

就在朝廷与叛将王敦之间的战争爆发前不久,郭璞身不由己地走进了这场斗争的漩涡。大约太兴四年(321):

> 璞以母忧去职……未期,王敦起璞为记室参军。[③]

[①] 《晋书·郭璞传》,第1900页。《晋书》另一处为"引参己军事",第1901页。

[②] 《晋书·王敦传》,第2560页。

[③] 《晋书·郭璞传》,第1908页。文中"去职"是指郭璞在朝廷的任职,详后。

前面说过，在南迁的过程中郭璞曾先后被殷祐、王导"引为参军"。这里却是"起璞为记室参军"。同样是任参军之职，一个是被"引为参军"，一个是"起璞为记室参军"，二者明显不同："引"为引荐，引用；"起"，举也，即选用或任用；显然"起"比"引"更为直接和确定。前面说过，郭璞一直是心向朝廷的，现在却被叛将王敦"起"为记室参军，正好站在了原来政治立场的对立面！然而，这是出自"手控强兵，群从贵显，威权莫贰……既得志，暴慢愈甚"①的王敦的命令，慑于权势，郭璞怎敢违逆？就这样，心向朝廷的郭璞不得不供职于叛将王敦的麾下，时时刻刻近距离地面对自己的政敌。可以想见，其处境是何等艰难和危险！

但是，郭璞并未因此而改变对于朝廷的忠心，而朝廷也像以前一样地与他相往来。下面这段记载充分说明了这一点：

> 时明帝即位逾年，未改号，而荧惑守房。璞时休归，帝乃遣使赍手诏问璞……璞乃上疏请改年肆赦……②

晋明帝于元帝永昌元年（322）即位，"遣使赍手诏问璞"之事是永昌二年（即郭璞被杀的前一年）之事。其年号正是从永昌二年改为"太宁"，据《明帝纪》："太宁元年……三月戊寅朔，改元……"③太宁元年即永昌二年（323）。这是否是明帝采纳了郭璞建议，史书没有说明，但在"遣使赍手诏问璞"之后，年号确实改了。后来的事实说明：在朝廷与王敦叛乱活动的斗争中，郭璞始终站在朝廷一边，并一直以自己所擅长的占卜效命于朝廷。

不过，郭璞与朝廷的关系很快就引起了王敦的注意（详后），这当然更增加了郭璞处境的艰难和危险。

（二）寻求践行"尸解"的机会

关于郭璞的宗教信仰在《郭璞的神仙道教信仰》一章中曾指出：郭璞是神仙道教的虔诚信仰者，对神仙道教的基本教义持有完全肯定的态度：认为神仙世界是独立于人间之外的真实存在，人通过修炼即可到达神

---

① 《晋书·王敦传》，第2557—2560页。
② 《晋书·郭璞传》，第六册第1909页。
③ 《晋书·明帝纪》，第一册第159页。

仙世界，成为快乐神仙。郭璞不只是相信这些，而且从十几岁就开始学道修炼的实际践行，至晚年迄未间断，直至"今乃见子乔"。这说明他的虔诚信仰和修炼功夫获得了神仙的认可，成为快乐神仙的宗教理想即将实现，对他来说无疑这是一个巨大的鼓舞。

按道教教规，学道修仙者在得到神仙的授度以后，还要换上仙冠、仙衣，并举行一定的仪式才能正式成为神仙。《游仙诗》之十在"寻仙万余日，今乃见子乔"两句之后的"振发睎翠霞"六句诗写的恰恰正是成为神仙以后到神仙世界与神仙同游，永享自由快乐的情形。这不但说明郭璞对于神仙道教的虔诚信仰和对神仙世界的不懈追求，而且说明他还在按照神仙道教关于成仙的有关程序和惯行节仪在严格践行。①

不过，在实际生活中修仙者得到神仙的"授度"以后要想真正成为神仙，还有一件十分重要的事情要做，那就是通过一定的方式进行"尸解"。"尸解者，言将登仙，假托为尸以解化也。"②由"尸解"而成的神仙称为"尸解仙"，即人死后魂魄离开形骸而成仙。按葛洪《抱朴子·内篇·论仙》所引《仙经》的分类，"尸解仙"只是神仙中的一类：所谓"上士举形升虚，谓之天仙；中士游于名山，谓之地仙；下士先死后蜕，谓之尸解仙。"③"尸解仙"又因"尸解"的方式不同而有所区别：死于水的称为"水解"，死于兵器的称为"兵解"。但不管采用什么方式，也不管是否情愿，要想成为快乐神仙，对于一般修仙者来说，践行"尸解"都是不可回避的。这说明，已经得到神仙授度的郭璞，要想真正成为神仙还必须迈过最后一道门坎——践行"尸解"。

看来，跨越生死大限的"尸解"就这样提到了已经修炼三十余年的郭璞的日程上。

综上所述，在郭璞被杀前的一二年，无论是政治形势、郭璞的处境，还是他个人的学道修仙经历都是十分不平常的：

从政治形势和个人处境来说，朝廷与叛将王敦之间的矛盾斗争迅速激化，正是平叛与反叛之战即将爆发的前夕；而身陷敌营的郭璞已被其上司、杀人不眨眼的王敦怀疑和嫉恨，对郭璞来说，屠刀就悬在头上，随时

---

① 参见第二章第五节关于《游仙诗》第十首的分析。
② 《后汉书·王和平传》注，中华书局1965年版，第十册第2751页。
③ 王明：《抱朴子内篇校释》，中华书局1985年版，第20页。

有被杀的危险。从郭璞的宗教信仰和追求来说，经过三十余年的学道修炼，终于得到了王子乔的接引和点化，只待"尸解"即可实现终生追求的宗教理想。可以看出，对于这个时期的郭璞来说，寻求践行"尸解"的机会和途径，已经成为他的当务之急。

将以上两个方面结合起来，便可以看出：事情十分凑巧，就在郭璞为了实现宗教理想而等待和寻求践行"尸解"的机会和途径之际，政敌王敦的屠刀恰恰高悬在他的头上，随时有可能将他杀死。就是在这种极为特殊而巧合的语境中，发生了前面所引本传记载的那些事。

二 郭璞荒诞乖谬之言行

在本传关于郭璞之死的两段文字中，第一段主要叙述了直接导致郭璞之死的政治斗争，具体包括与王敦谋反有关的两件事：第一件事是郭璞的好友温峤和庾亮就此事请他卜筮，此事发生于"王敦之谋逆"之际，即王敦的叛乱尚处于谋划阶段。据《晋书·明帝纪》，"敦将谋篡逆"[1] 是太宁元年（323）四月之事。第二件事是王敦就此事请郭璞卜筮，并因此导致郭璞被杀。此事发生于"敦将举兵"之际，即叛乱谋划已毕，即将付诸行动。据《晋书·明帝纪》，"敦将举兵内向"[2] 是太宁二年（324）六月之事。可以看出两次卜筮之间相距大约有一年又两个月之久。

第二段主要追述了郭璞在刑场上轻松自如、视死如归的情形，并特别突出了郭璞未卜先知的非凡和神奇。

值得注意的是，在这两段文字中，无论是第一段所记郭璞与温峤、庾亮以及王敦的对话，还是第二段所记郭璞在刑场上的言行，都存在很多违背理性和日常经验的矛盾现象。透过这些矛盾现象，或许能够看出事实的本来面目。具体说来，矛盾有四：

矛盾之一：郭璞担心政敌王敦过早死亡。

太宁元年（323）四月，温峤、庾亮就王敦谋反事请郭璞占卜时，郭璞的反映很值得玩味：他一方面肯定平定叛乱"大吉"，"举事必有成"，即讨伐王敦叛乱必然取得完全胜利，一方面却又担心"天夺敦魄"即担心政敌王敦过早死亡而"不敢有言"。

---

[1] 《晋书·明帝纪》，第一册第 160 页。
[2] 同上书，第一册第 161 页。

"天夺敦魄"源自"天夺之魄",《左传·宣公十五年》:"不及十年,原叔必有大咎,天夺之魄矣!"①后以"天夺之魄"指有大咎之人被天夺去魂魄而死。在当时的背景和语境中,郭璞担心"天夺敦魄"是无论如何也说不通的:于公来说,王敦犯上作乱,阴谋推翻"圣上",对于心向朝廷的郭璞来说自是大逆不道;于私来说,王敦怀疑郭璞对自己不忠,是彼此积怨颇深的政敌。按常理,于公于私郭璞都必欲置之死地而后快,"天夺之魄"应当是正遂其愿,然而,实际情况却恰好相反:他虽然肯定了"举事必有成",但却"不敢有言",而"不敢有言"的原因不是担心开罪王敦,招致杀身之祸,而是担心王敦过早死亡。十分明显,这种担心,无论是从政治斗争的角度还是从日常情理的角度都根本无法做出合理的解释,那么,郭璞的担心究竟是出于什么原因呢?

矛盾之二:郭璞为王敦占卜时态度反常。

前面说过,王敦谋反,使得心向晋室而身在王敦麾下的郭璞处境变得艰难而危险,随着形势的发展和变化,特别是太宁二年(324)六月王敦即将"举兵内向"之际,其危险性更是空前加剧:

首先,按一般事理来说,任何谋反者在举事之前,都要大力清除异己,绝不会把暗藏的敌人留在自己的身边。事实正是如此:这时王敦也是大开杀戒:"敦又忌周札,杀之而尽灭其族。常从督冉曾、公乘雄等为元帝腹心,敦又害之。"②不但有通敌嫌疑者一律诛杀,稍有拂逆其意者也是格杀勿论:"敦从弟豫章太守棱日夜切谏,敦怒,阴杀之。"③对于自己的从弟尚且如此,对其他人可想而知。除此之外,在这前后,王敦还杀了周颛、周嵩、周莚等人。诚如明帝诏书所说:"敦之诛戮,傍滥无辜,灭人之族,莫知其罪。"④在这种情况下,杀掉已被怀疑不忠,与朝廷有来往的郭璞,绝非意外之事。

其次,就在这个关键时刻,王敦不但知道了"璞之劝峤、亮",即郭璞鼓动温峤、庾亮讨伐自己,而且又有"姓崇者构璞于敦",这无疑火上浇油,使王敦对郭璞更加怀恨在心,二人的关系因而也变得更加紧张。

在这样的形势下,凡是珍惜自己生命的人,即使不能事先伺机逃脱,

---

① 《左传·宣公十五年》,《十三经注疏》,中华书局1980年版,第1888页。
② 《晋书·王敦传》,第八册第2561页。
③ 同上书,第八册第2560页。
④ 同上书,第八册第2562页。

也一定会采取必要的措施，或防范王敦突然采取行动，或缓和与王敦的紧张关系，以摆脱被杀害的命运。然而郭璞根本没有这样做，而是采取了完全相反的举动：

当王敦对郭璞痛恨有加，又因"闻卦凶"而变得怒不可遏之际，一个凶蛮无理的问题破口而出："卿寿几何？"仅仅四个字即把郭璞逼上了死路。面对这个充满杀机的问题，在一般情况下，被问者或者据理力争，驳斥对方，或者保持沉默，无声对抗——这样做都是符合情理和逻辑的，也是政治斗争中常见的现象。然而郭璞既没有为自己辩解，指斥对方，也没有保持沉默，以示抗议，而是说了一句完全出人意料的话："命尽今日日中。"就是说，对于这个置人于死地的问题，郭璞不但欣然接受，还更进一步：不但甘愿去死，而且甘愿立即就去死。如此违背情理和逻辑的应对，除了说明郭璞甘心送死之外，还能说明什么呢？

或曰：这是郭璞以自己的生命殉国，向朝廷表示自己的忠心。这样的认识是完全站不住脚的，因为郭璞与王敦的对话和在刑场上的举动根本没有表现出这种意向，相反，倒是提供了完全相反的证据（详后）。

矛盾之三：对王敦谋反，前后两次占卜的态度不但截然相反，而且违背常理。

如果把太宁元年（323）四月和太宁二年（324）六月郭璞前后两次为同一件事即"王敦之谋逆"占卜时的反应加以比较，就会发现两个更为突出的问题：

从第一次为庾亮和温峤卜筮因担心"天夺敦魄"而对王敦谋反的"不敢有言"，到第二次为王敦卜筮的直言不讳，从担心"天夺敦魄"到不再担心王敦死亡，并指出其"无成"，即叛乱必败的结果，在郭璞心向朝廷的政治立场没有发生任何变化的情况下，对同一事件前后的态度竟完全相反，显然，另有其原因。

不仅如此，更为重要的是，这两次占卜郭璞的态度都违反常理：第一次就王敦谋反事为庾亮和温峤卜筮时，王敦并不在场，而庾亮和温峤又是郭璞的朋友，在这种情况下，郭璞说话当然可以直言不讳，无所顾忌地指出王敦必败的结局，然而他却"不敢有言"；相反，第二次为王敦卜筮，与王敦直接面对面，按常理，对他谋反失败的结局当面不便直言，有所顾忌"不敢有言"才是，然而，他却直言不讳地指出其必败的结局。简言之：背后郭璞"不敢有言"，当面反倒是直言不讳。如此违背理性和日常经验的举动，不能不令人深思。

那么，究竟是什么原因使郭璞在这个关系到个人生死存亡的问题上，发生了如此荒诞、乖谬而又重大的变化呢？

矛盾之四：郭璞就刑时的心态以及刑场的气氛都明显违反常理。

关于郭璞在刑场上的表现，本传用了一整段（即本文引用的第二段）做了追述，提供的情况比较具体。

首先，如果郭璞是杀身成仁，舍生取义，为了政治目的而献身，在刑场上必然是大义凛然，慷慨激昂，表现出崇高精神和悲壮情怀，但是，实际完全不是这样：没有任何足以彰显他的政治信念和道德精神的举动。其次，从刑场的气氛看，一般说来，刑场上总会是惨烈而森严的。无论是为了政治理想而献身，还是其他原因被杀害，也无论被杀者是抗争还是屈服，愤怒还是沉痛，悲惨还是悲壮，不管怎样，心情总会是沉重的，气氛总会是严峻的。然而，从郭璞在赴刑场的路上主动向监押者提出的三件事来看，情况完全相反。这三件事是：当得知行刑地在南冈头时，郭璞特别补充道："必在双柏树下。"此其一。其二，又说树上"应有大鹊巢"，众人开始没有找到，郭璞让他们再仔细找，才知道原来是被密叶遮挡住。其三，东晋建立之初，郭璞在越城将自己的袴褶送给了一个路人，"其人辞不受，璞曰：'但取，后自当知。'"而最后行刑者正是此人。可以看出，郭璞不但没有任何悲愤和沉痛，反倒显得十分轻松自如，甚至是充满了闲情逸致。这样的心情和气氛，哪里是赴刑场就刑，分明是兴致颇浓的街头漫步——郭璞何来如许的轻松、愉悦和兴致？

以上所述，无论是担心政敌王敦过早死亡，还是与王敦对话的反常表现，也无论是对王敦谋反前后态度截然相反和违背常理，还是刑场上的轻松自如和闲情逸致，其矛盾性的举动可谓贯穿始终。这一连串的荒诞、乖谬的举动根本无法从理性和日常经验的角度做出合乎实际的解释，那么，究竟是什么动机在支配郭璞呢？这显然是认识郭璞之死的性质必须回答的问题。

三 宗教动机——内在驱动力

关于人的历史行为动机问题，马克思曾做过深入的研究，他将支配人的历史行为的动机按性质分为三大类：政治的、经济的和宗教的。其中前两类即政治动机和经济动机属于理性，后一类即宗教动机属于非理性。从前面的分析可以知道，郭璞的诸多荒诞、乖谬举动显然不是出于政治动机和经济动机，那么，是否出于宗教动机呢？

事实证明，支配郭璞做出种种荒诞、乖谬举动的正是非理性的宗教动机。

前面说过，处境危险，随时有被杀可能的郭璞，正在等待和寻求"尸解"的机会和途径。这说明，在政治斗争漩涡中郭璞虽然承受着巨大的压力，但心中却燃烧着宗教的理想和希望。正是因为如此，对一般人来说，政敌的杀戮乃是避之犹恐不及的可怕灾难，但对郭璞来说却完全相反：被杀就是"尸解"，而"尸解"正是他的渴求。所以，郭璞十分自然地便把实践"尸解"的希望寄托在政敌王敦身上，希望在残酷激烈的政治斗争中，借王敦的屠刀为自己打开通向神仙世界的大门。就这样，通过政敌王敦的屠刀"尸解"，以实现成为快乐神仙的宗教理想便成为郭璞行为的内在驱动力。

由于郭璞计划中的"尸解"不是自行完成，而是借政敌王敦的屠刀完成，因而他不能自行确定"尸解"的具体时间，而只能等待与王敦接触的机会。因为只有与王敦接触，有机会触怒他，使他产生杀机，才能达到"尸解"的目的。这就是说，郭璞为自己选择的"尸解"之日即在寻找机会触怒王敦之时。这样看来，郭璞等待和寻找触怒王敦的机会，实际就是道教史上所谓的"自择亡日"。

原来，为了"尸解"升仙而"自择亡日"，即自己选择适当的死亡时间是道教史上的一种普遍现象。为了理解郭璞的这一行为，让我们看一看道教史上的有关记载。

众所周知，黄帝本是传说中的历史人物，后来成为神仙，被奉为元圃真人，并在道教史上产生了巨大的影响。他就是主动选择死亡的具体时间的。《列仙传·黄帝》：

> 黄帝者，号轩辕……自以为云师，有龙形。自择亡日，与群臣辞，至于卒……[1]

---

[1] 王叔岷：《列仙传校笺》，台湾中研院中国文哲研究所（中国文哲专刊）1995年版，第9页。

晋代的葛洪也是"自择亡日"。葛洪不但是道教的理论家，而且也是长期入山修炼，最终"尸解得仙"的神仙。①《晋书·葛洪传》：

> 洪博闻深洽，江左绝伦……后忽与嶽疏云："当远行寻师，克期便发。"嶽得疏，狼狈往别。而洪坐至日中，兀然若睡而卒。嶽至，遂不及见。时年八十一。视其颜色如生，体亦柔软，举尸入棺，甚轻，如空衣，世以为尸解得仙云。②

除此之外，在神仙道教史上类似的情况还有很多，例如，后汉的方术道士谢夷吾"预克死日，如期果卒"；又如郭凤"先自知死期，预令弟子市棺敛具，至其日而终"；再如计子勋"一旦忽言日中当死，主人与之葛衣，服而正寝，至日中果死"③。可见，在笃信神仙道教的修仙者中，"自择亡日"是他们面对死亡的一种通行的做法。

可见，郭璞为了完成"尸解"而等待和寻求触怒王敦的机会实际上就是"自择亡日"，也就是说，作为虔诚信徒，郭璞不过是在按道教教规行事而已。

这说明，为了实现成为快乐神仙的宗教理想，郭璞从他所处的具体斗争形势和处境出发，巧妙地选择了一种特殊的"尸解"方式，由此构成的内在驱动力，支配他做出了如上所说的那些荒诞、乖谬的蠢事，并心甘情愿地走向刑场，迎接死刑。

以上结合当时的斗争形势和道教史有关史实说明了支配郭璞的宗教动机，以下再从几个方面做进一步的分析和论证：

第一，郭璞的那些无法从理性和日常经验得到解释的荒诞、乖谬举动，如果从宗教动机的角度去看则皆可迎刃而解。

首先，郭璞在见到政敌王敦之前，为什么竟违背常理而担心他死亡？十分简单：在郭璞已经知道自己即将成仙，并已确定了"尸解"途径而正在等待机会的情况下，如果发生了"天夺敦魄"，王敦过早死亡，他和王敦无缘相见，其借刀"尸解"成为神仙的如意盘算也就完全化为泡影。

---

① 胡孚琛：《魏晋神仙道教》，人民出版社 1989 年版，第 81 页。
② 《晋书·葛洪传》，第六册第 1913 页。
③ 分别参见《后汉书·方术列传》上、下，第十册第 2715、2748 页。

其次，郭璞担心的"天夺敦魄"之事果真没有发生，并如愿以偿地得到了与王敦相见的机会。面对杀气腾腾的王敦，明知自己处境危急，命悬一线，为什么还要违背常理，不去缓和与王敦的关系，以摆脱被杀害的命运，反而以挑衅性的语言拂逆、激怒王敦？从郭璞宗教动机的视角来看答案也十分清楚：不这样就不能激怒王敦，而王敦不产生杀机，郭璞的"尸解"也就无从实现。就是说，为了实现自己的宗教理想，通过"尸解"成为神仙，拂逆和激怒王敦完全是郭璞有意为之。

再次，郭璞在两次占卜中，背后"不敢有言"，当面反倒直言不讳，如此违背常理也是由于同样的道理。

最后，郭璞在刑场上，不但没有表现出任何具有政治性质和道德意义的举动及其所体现的崇高精神和悲壮情怀，甚至也没有一般刑场上所常见的悲愤和沉痛，反倒是显得轻松自如，甚至是充满了闲情逸致。为什么会出现这种怪异现象？同样，这个问题也可以得到解答：郭璞认为他的死不同于一般的死，不是走向可怕的黑暗和虚无，而是"尸解"升仙，到他梦寐以求的神仙世界，在那里可以长生不老，永享逍遥快乐。就是说，他是带着宗教理想即将实现的喜悦而欣然就刑的，这当然会使他轻松自如，没有任何悲愤和沉痛。道教史证明，虔诚的修仙者为了"尸解"成仙从不畏惧死亡，甚至会主动选择和迎接死亡，顾颉刚通过具体例证说明了这一点："燕国人宋毋忌、正伯侨、羡门子高等都是修仙的，他们会不要这身体，把灵魂从身体中解脱出去，得到了一切的自由。"① 同样，《列仙传》《神仙传》和《洞仙传》等仙籍所写的修仙者诀别尘世时的轻松和平静，也可以证明这一点。在宗教发展史上，为了殉道，殉自己的宗教理想，虔诚的信徒视死如归是常见的事。这样看来，郭璞在刑场上的表现并不足为奇，不过是升仙者面临"尸解"时普遍心态的写照。

总而言之，上述诸多荒诞、乖谬之事既然是宗教动机支配的结果，因而也只能从宗教动机的角度才能予以合理的解释，而这正是对这一观点是否正确的必要检验。

第二，赴刑场路上的三件琐事，不但真实地反映了郭璞的内心世界，而且与支配郭璞的宗教动机完全一致。

前面所说郭璞在赴刑场途中发生的那三件琐事，说明郭璞在事先甚至

---

① 顾颉刚：《秦汉的方士与儒生》，上海古籍出版社1978年版，第9页。

数年之前所说的话无不一一应验。在临刑的残酷而严峻的场合，郭璞为什么要特别凸显自己的未卜先知的神奇？对此，除了下面的解释恐怕再找不出更为合乎情理的理由：郭璞是在巧妙地向世人暗示，以他的非凡和神奇而被王敦处死，绝不同于一般的受刑，而是另有其神圣目的宗教行为，亦即他是在"自择亡日"通过就刑实践"尸解"。

对于这一解释，或许有人会提出怀疑：直接声言"自择亡日"实践"尸解"岂不更好，何必还要暗示？

从当时的具体语境来看，郭璞是不可能直接声言的。原因有二：从宗教层面看，通过"尸解"使灵魂脱离躯壳，是成为快乐神仙的关键一步，也是最为神秘和神圣之事，属于"天机不可泄露"的范围；从政治层面看，郭璞苦心谋划的行动方案绝不能让他的政敌王敦知晓，否则自己的如意算盘有可能完全落空。

如此看来，郭璞在生死关头特别提出那神奇而怪异的三件事，既没有透露他的任何"机密"，使政敌得逞，又巧妙地暗示了自己被杀的非同寻常，可见郭璞对于自己在刑场上如何表现实在是煞费苦心。不过，郭璞的"苦心"并没有白费：从时人的反映看，他确实达到了目的（详后）。

而从本传的写作来看，作者据事实录的这些琐事虽然与一般刑场氛围毫不谐调，但却是郭璞内心世界的真实反映，并与支配郭璞的宗教动机完全一致。

第三，时人认为郭璞被杀是为了自己实践"尸解"成仙，肯定了郭璞是为宗教目的而死：

今天看来，郭璞在赴刑场路上特别提到的那几件琐事或许是在"作秀"，但不管怎样，他达到了预期的目的：他以被杀实现"尸解"成仙的意图完全获得了时人的首肯。

所谓时人主要指两个方面：一是同时代的道教思想家葛洪，一是当时的民间。

葛洪认为郭璞被他的政敌王敦杀害是"得兵解之道"，并肯定了他死后成为神仙。这一点前面已经说过，这里不再重复。

当时民间对于郭璞之死的反应，在郭璞被杀害不久，民间就流行着这样的传说：

> 殡后三日，南州市人见璞货其平生服饰，与相识共语。敦闻之，

不信，使开棺，无尸。①

按神仙道教的传说，人成仙后与神仙同游，弃在世间的尸骸多不见踪影，关于这方面的资料，文献多有记载，这里不一一罗列。② 在民间传说中，郭璞也是死后不见尸骸，这不但证明了时人相信郭璞死后已经成仙，而且证明了葛洪的郭璞"得兵解之道"的论断也得到了时人的广泛认同。

总之，当时葛洪和民间的反应可以进一步印证郭璞赴刑场就刑不是被动的接受，而是他有意识的追求，也就是肯定了郭璞是在按神仙道教的教义、教规行事，而这恰恰体现着郭璞之死的宗教性质和特征。如前所说，究竟是什么精神力量支撑郭璞临危不惧，视死如归，本传没有直接说明，以致留下了千古之谜，而时人的反应透露了历史的某些真相，恰好可以弥补正史的缺憾。

四　小结与其他

（一）郭璞因为卷入东晋上层统治集团内部斗争而被他的上司、叛将王敦杀害，虽然是死于残酷的政治斗争，但是，支撑他临危不惧、视死如归的精神力量却不是杀身成仁、舍生取义的儒家政治理念和道德精神，而是神仙道教的宗教信仰和宗教理想：郭璞相信修仙者坚持长期学道修仙，在有神仙接引的前提下，通过"尸解"使魂魄离开形骸就可以成为神仙。

就在郭璞等待和寻求"尸解"机会和途径之际，朝廷与叛将王敦之间的矛盾斗争急剧激化，心向朝廷的郭璞与王敦之间的关系也随之更趋紧张，处境更加危险，被杀的可能性也空前增大。正是本来毫不相干的这两件事——政治斗争形势的急剧激化和郭璞渴望"尸解"现实宗教理想——的偶然叠合，才使郭璞有可能把事关朝廷命运的政治斗争与实现个人的宗教目的联系起来，通过政敌之刀为自己打开通向神仙世界的大门。就这样，通过"尸解"实现成为快乐神仙的宗教理想构成了郭璞行为的内在驱动力。在宗教动机的支配下，郭璞做出了一系列荒诞、乖谬的举动，并使他面对屠刀从容自若，视死如归。

---

① 《云笈七签·洞仙传》，《四库全书》，上海古籍出版社1987年版，第1061册第275页。
② 《列仙传》所记黄帝、吕尚、钩翼夫人、谷春等诸多仙人都是死后棺内无尸，分别见《列仙传》第9、26、106、129页；又汉武帝时的仙人李少君也是死后不见尸体，棺内唯剩衣冠。《史记正义》引《汉书起居》，参见《史记》，中华书局1959年版，第二册第455页。

显然，郭璞最后被押赴刑场就刑，既是统治阶级内部矛盾斗争发展的必然，也是他在宗教观念支配下主动追求的结果。从政治斗争的角度看，作为东晋上层统治集团内部斗争的牺牲品，其下场是悲惨的；从追求宗教理想的角度看，作为神仙道教的虔诚殉道者，通过"兵解"驾鹤升遐，郭璞自认为其结局又是"圆满"的。

综观道教史上一些信徒成仙的具体经历，可以知道，郭璞为自己寻求死亡的机会和途径以及实施的具体时间并非什么新鲜事，不同的是，与一般道教信徒相比，郭璞不过是"因地制宜"地把它与政治斗争巧妙地结合起来，在不同势力的政治角逐中既实现了自己的宗教目的，同时又使"尸解"被赋予了鲜明的政治意义和色彩，而这恰恰成为后来"烈士殉义"说的"历史根据"。从这个角度看，葛洪以"得兵解之道"来评价郭璞之死，倒也恰如其分。

（二）"郭璞的神仙道教信仰"一节曾指出：如果从魏晋时代特定的历史文化背景出发，特别是考虑通经济世与学道修仙兼行是当时的一种相当普遍的现象，那么，郭璞的这种二重人生价值取向和人格矛盾特征，就绝非什么新鲜事，因而也并不令人感到奇怪。虽然如此，郭璞在他生命最后阶段的所作所为还是令人深感惊奇：郭璞竟把二重人格机巧地贯穿到死亡的边缘以及一个令人毛骨悚然的特殊场合——结束鲜活生命的刑场，从而为自己的悲惨下场平添了几分喜剧色彩。

一个人选择什么样的死亡方式绝非偶然，而与他的思想观念和理想追求密切相关。从这个视角看，郭璞在刑场上的颇有戏剧性的人生"谢幕表演"，则为他的生活、思想、信仰和文学创作乃至人格特征和人生道路做了很好的证明和注解。显然，这为认识魏晋士人如何痴迷神仙道教，神仙道教如何渗透和融合到他们的个人生活和社会活动，乃至如何影响和决定他们的人生道路和历史命运，提供了一个十分生动的个案。无疑，这对促进魏晋文学史、道教史和文化史有关问题的研究具有重要意义。

（三）本文认为郭璞之死出于宗教动机，揭示了郭璞之死所包容的宗教内涵和性质，并肯定了葛洪的"得兵解之道"说，这一切并非基于宗教信仰，而是基于对郭璞生平、作品和道教史，特别是那些违背理性和日常经验的一系列历史事实的科学分析，还原历史本来面貌的结果。当然，这丝毫不意味着否认郭璞之死的荒谬、愚昧的本质。

从史书写作的角度看，《晋书》的作者虽然没有明确交代郭璞之死的性质,但是,由于作者秉笔直书,真实地记录下郭璞之死的具体过程以及诸多反常的矛盾现象,为后人留下了十分宝贵的资料。正是凭借这些资料,使我们在远离现场的一千七八百年之后,还有可能来揭示历史的本来面貌,还原郭璞的内心世界。

第四节 郭璞的生平简历和特色人生

以上三节,除集中考察郭璞神仙道教的宗教信仰和郭璞之死的宗教性质之外,还就郭璞生平中的若干史实问题,如郭璞在青溪山隐居的时间,青溪山的地点,郭璞与东晋丞相王导之间的关系及其对于郭璞进仕的意义,终生从事占卜对郭璞生活道路、人生价值取向和文学创作的意义和影响等问题做了初步的考辨。通过上述研究,对郭璞生平经历、宗教信仰和郭璞之死的性质等问题有了一些新的认识和见解,其中有的与原来的认识不同,可以纠正错误的认识和说法;有的为原来所没有注意到,可以为生平经历补充新的材料。这也正是本书在概述郭璞的生平简历之前首先进行专题考察的主要原因。

一 郭璞生平简历

现在,根据郭璞的诗赋作品和《晋书》本传等文献资料,结合上述研究成果,将郭璞的生平简历概述如下:

郭璞,字景纯,河东闻喜(今山西闻喜)人。生于晋武帝咸宁二年(276),卒于晋明帝太宁二年(324),享年四十九岁。

郭璞的父亲郭瑗曾任尚书都令史,官至建平太守。尚书都令史是尚书省曹郎的下属小吏,负责公文书写;建平即荆州建平郡,太守为郡的最高行政长官,其上有州刺史,下有县令,是地方的中级行政官员。这说明,郭璞虽非出身士族大家,但也是官宦之家,属士大夫中的下层。至于郭瑗对于青少年时代郭璞的影响,《晋书》中没有任何记载。不但如此,后来郭璞为了躲避战乱,"避地东南"的漫长途中为了寻求"资给"和帮助,投奔了很多人,如原晋朝将领赵固、庐江太守胡孟康、宣城太守殷祐和丹阳太守王导,等等,唯独没有投奔其父。特别是经过荆州、庐江、宣城等地,其中有的正是其父郭瑗的任职之地(详后),但本传中也没有任何有关投奔其父或父子相见的记载。一般说来，外出逃难到达陌生之地往往要投奔亲人，何况其父又是官员，安排和照顾郭璞一行人会十分容易。如果郭瑗尚在人世，如此舍近求远，舍亲就疏是很不正常的。这说明，郭瑗很可能在其子郭璞离家出逃之前甚或更早就已离开人世。早年失怙，促使郭璞更加自强自立。

郭璞的青少年时代是在家乡闻喜度过的。出身于下层官僚之家，为他读书创造了一定的条件，郭璞博学多才，好古文奇字和算术历象以及日月运行之学。当时，擅长卜筮的郭公正在他的家乡闻喜客居，郭璞便向他学习卜筮，并获得郭公所赠的占卜专书《青囊中书》九卷，由此而精通五行、天文、占卜之术，其测算凶吉、"消灾转祸"的本领远远超过前人。这为他后来终生从事占卜之术，并以此赢得东晋开国皇帝司马睿和其他各方人士的青睐打下了基础。

青年时期在家乡的郭璞，除了如上所说的读书、学习占卜之外，还做过什么营生，本传没有正面说明，但从侧面的记述可以得知一些信息："璞门人赵载尝窃《青囊书》，未及读，而为火所焚。"既称"门人"，当然就意味着正式设帐授徒。这说明，郭璞精通占卜之术后，也曾传授门人，而授徒所得或许也是他的生活来源之一。

从以上所述，再结合郭璞年轻时代所作的《蜜蜂赋》《蚍蜉赋》《盐池赋》和《井赋》等具有轻松、闲适格调的作品来看，青年时代的郭璞，在家乡过的是一种比较平稳、安适的生活。如果不是社会动乱，这样比较惬意的生活或将继续下去。

然而，巨大的灾难突然从天而降，八王之乱（291—306）和随之而来的永嘉之乱（304—311）彻底改变了他的生活。"惠怀之际，河东先扰。"郭璞通过占卜，实际是通过观察预见到形势要发生急剧变化，大难即将临头，于永嘉元年（307）左右果断出逃，从而开始了他人生的漂泊生涯。这时，郭璞大约三十二岁。

郭璞出逃的目的地是江东即今长江下游南岸一带，与出发地相距数千里，漫长的行程充满了艰难困苦，又逢战乱，灾难随时可能降临："荆棘成林，豺狼满道"，"群胡数万，周匝四山，动足遇掠，开目睹寇……寇贼纵横，道路断塞……"[①]郭璞一行就是在生命财产安全毫无保障的情况

---

① 《晋书·刘琨传》，第六册第 1680—1681 页。

下穿行，其行程大体是这个样子：

郭璞离开家乡闻喜向东南经运城、盐池，转向东奔安邑，翻越南山（即中条山）经焦丘转西南经芮城，至陕城（今三门峡市）过黄河，向东直奔洛阳。郭璞到达洛阳的时间，大致在八王之乱结束后和王弥窜入洛阳的永嘉二年（308）前之间。

郭璞离开洛阳以后向东南到登封，在登封的青溪山隐居了一段时间。郭璞自青少年时代起即信仰神仙道教，而山林隐逸是学道修仙的必经之途。山林是神仙的栖居之所，隐居期间，郭璞除表达了对于神仙世界的强烈向往和追求之外，还进行了方术修炼。

隐居生活结束以后，郭璞继续向东南出河南到达安徽庐江。郭璞在庐江并没有赢得庐江太守胡孟康的青睐，胡孟康不相信他的占卜，更没有像后来殷祐、王导那样"引"他为参军，郭璞只得"促装去之"。

郭璞最晚于永嘉五年（311）即已到达江南，①到达江南以后的具体情况是这样的：郭璞从庐江渡长江到宣城，被宣城太守殷祐引为参军，并以占卜作卦得到殷祐的器重，"祐迁石头都护，璞复随之"。石头即石城，属宣城郡，而宣城为扬州府所辖郡。②由庐江到宣城再到石城，距离王导任职的丹阳和扬州等地越来越近。（此前王导先后任丹杨太守和扬州刺史）③无疑，这为郭璞后来接近王导并入其幕府创造了条件。建兴三年（315）郭璞离开殷祐投奔王导，"王导深重之，引参己军事"。后来的经历说明，投奔王导对郭璞人生道路的转折和仕途的发展具有十分重要的意义。

王导命郭璞"参己军事"目的是利用他的占卜之术：王导不但令郭璞为自己占卜，而且还让他为晋元帝多次占卜。王导的栽培和提携使郭璞如跃龙津，为他后来入朝和升迁打开了大门。为此，郭璞对王导感恩戴德，特别写颂歌《与王使君诗》献给王导。

大约建武元年（317）郭璞离开王导幕府进入朝廷，太兴元年（318）参加了晋元帝即位的祭天大典，并于第一时间写了反映这一大典全过程的《南郊赋》。此赋得到皇帝的赏识，被授予著作佐郎。此前还写有体物大

---

① 曹道衡：《中古文学史论文集》，第388页。
② 《晋书·地理志》，第二册第458—460页。
③ 《晋书·王导传》，第六册第1746—1747页。

赋《江赋》，并产生了广泛的影响。

入朝以后，郭璞凭借敏锐的政治嗅觉，强烈感受到刚刚建立不久的东晋王朝面临的严峻形势：外有胡马临江的严重威胁，内部皇威不振，朝纲废弛，悲观失望情绪在公卿大夫们中间广为弥漫。对此，郭璞深感忧虑，在给朝廷的上疏中指出："陛下即位以来，中兴之化未阐，虽躬综万机，劳逾日昃，玄泽未加于群生，声教未被乎宇宙，臣主未宁于上，黔细未辑于下，《鸿雁》之咏不兴，康哉之歌不作者……"①并充分说明振兴朝纲，重树皇威，提振信心，鼓舞士气，乃是关乎东晋王朝生死存亡的当务之急。这充分反映了郭璞对于东晋王朝前途和命运的关注。

除此之外，郭璞还"数言便宜，多所匡益"，在《省刑疏》《因天变上疏》中针对朝政弊端，如"刑狱殷繁，理有壅滥"、"法令不一"、"职次屡改"、"官方不审"、"惩劝不明"以及"赋税转重"、"百姓困扰"等影响国家长治久安，百姓安居乐业的严重问题提出谏议和匡正措施。这些奏疏辞情恳切，直击要害，充分反映了郭璞心系天下，匡时济世的襟怀和对于晋王朝的拳拳之忠。他曾这样表述自己对于朝廷的态度："……耻其君不为尧舜者，亦岂惟古人！是以敢肆狂瞽，不隐其怀。"②他的部分奏疏被晋元帝采纳，如实施大赦和改年号等。太兴三年（320），郭璞升迁为尚书郎。

正当郭璞为王朝的中兴和实现自己的理想抱负而尽心竭力之际，一场上层统治集团内部斗争把他推向了生死关头。

永昌元年（322），郭璞因"母忧去职"，葬母以后没有回朝廷任职。不久，王敦蓄意谋反，在朝廷与王敦的斗争中，郭璞明显心向朝廷，反对王敦叛乱。永昌二年（323）王敦"起璞为记室参军"，郭璞深知王敦骄横暴虐，杀人无数，故"不敢辞"③，只好勉强就任。

郭璞虽身处王敦营中，但却利用一切机会为朝廷效力，如通过占卜，鼓励庾亮和温峤平定叛乱；同样通过占卜，明言王敦叛乱必然失败，力图促使他打消叛乱的野心。④

正当朝廷与叛将王敦之间的矛盾斗争迅速激化，郭璞的处境十分危险

---

① 《晋书·郭璞传》，第六册第 1903 页。
② 同上书，第六册第 1903 页。
③ 汤球：《晋中兴书》卷七《东阿郭录》。
④ 详见本传。

之际,①在郭璞的生活中发生了一件对他学道修仙来说十分重要的事情:郭璞在经过漫长的"寻仙万余日"之后,终于"见到了"神仙王子乔。对于学道修仙的人来说,"见到"神仙就意味着得到了神仙的认可和"授度",意味着自己的修炼已经完全符合了成仙的条件。这就是说,对于郭璞而言,只要再迈过修仙的最后一道"门槛"——践行"尸解"——即可成仙进入神仙世界。就这样,寻求"尸解"的机会和途径提上了郭璞的日程。

就在郭璞等待和寻求"尸解"机会之际,政敌王敦的屠刀恰好高悬在他的头上,于是,郭璞顺水推舟,把践行"尸解"的宗教行为与政治斗争巧妙地结合起来;为此,他以一系列荒诞、乖谬的举动极力激怒王敦,并最终促使"敦怒",决心诛杀他。而郭璞在宗教动机的支配下,面对屠刀从容自若,视死如归。太宁二年(324)郭璞被他的政敌王敦杀害,终于实现了借政敌屠刀实现"尸解"的目的。

"总辔临少广,盘虬舞云轺。永偕帝乡侣,千龄共逍遥!"在他生命的最后阶段所完成的《游仙诗》中,这样描写了他修炼成仙以后到神仙世界与神仙同游的无限自由和快乐。显然,在郭璞看来,作为神仙道教的虔诚殉道者,通过"兵解"驾鹤升遐,自己的结局是十分"圆满"的。

二 郭璞人生的重要特点

郭璞短暂而丰富的一生,具有三个重要特点:

(一)郭璞的人生明显地呈现出阶段性特征,他不长的人生历程可以划分为四个阶段:

第一阶段,三十一岁(306)之前,平稳、安适的家乡生活;

第二阶段,三十二岁至四十一岁(307—316),"避地东南"的漂泊生活:为躲避战乱,寻找政治前途,离开家乡在青溪山隐居一段时间之后奔赴江左,并先后任殷祐、王导参军;

第三阶段,四十二岁至四十七岁(317—322),朝廷命官生涯:离开王导幕府入朝为官,先后任著作佐郎、尚书郎;

第四阶段,四十八岁至四十九岁(323—324),王敦帐下的幕僚生

---

① 关于王敦对郭璞的怀疑和嫉恨以及郭璞在王敦营中的危险处境,详见本章第三节"尸解升遐:郭璞之死解读"之一"政治、宗教背景"。

涯，这是其人生的最后阶段：母亲去世后没有回朝廷任职，不得已出任政敌王敦参军，并借他的屠刀践行"尸解"而最终"成仙"。

郭璞的诗赋作品分别写于四个不同的人生阶段，具体情况详后。

（二）郭璞的人生角色具有明显的多面性和复杂性特征：既具有鲜明的儒学济世志向并几度出仕，又信仰神仙道教，学道修仙，终生追求神仙世界；既是著述颇丰的学者，又是具有"中兴之冠"荣誉的赋家和诗人；既是精明敏锐洞察世事的智者，又是占卜打卦推测凶吉的术士。不同的侧面之间相互影响，决定了郭璞的复杂的一生。从总的方面看，可以说这几个方面贯穿了他的一生，但在人生的不同时期，对立的思想层面往往有所侧重：有时儒学济世倾向比较突出，有时学道修仙出世倾向比较突出。

（三）郭璞为了在不同势力的政治角逐中实现自己的宗教目的，使得政治因素和宗教因素彼此渗透纠结，这使郭璞之死的性质显得更加复杂：与一般道教信徒相比，他的"尸解"在客观上具有鲜明的政治意义；但与魏晋时代诸多被杀的文人相比，他的被杀又具有明显的宗教性质特征。

（四）综观郭璞的一生，从与时代的关系看，郭璞虽然说不上时代风云人物，但他的命运和一生经历却与时代风云密切相关，所以，无论是他的生活经历和人生态度，还是他的人生观、价值观乃至其诗赋作品无不深深地打着鲜明的时代烙印。

以上四点可以说是郭璞这个平凡人物的不平凡特点。

第二章 郭璞的诗歌之一:《游仙诗》

郭璞《游仙诗》是两晋时代的重要诗歌作品之一,在魏晋文学史,特别是游仙诗的发展史上占有重要地位,并产生了深远影响。自刘勰、钟嵘以来,古代学者围绕《游仙诗》的创作主旨,特别是"列仙之趣"说和"非列仙之趣"说展开的争论一直没有中断;在此基础上,近现代学者从新的角度和视野对《游仙诗》继续展开研究,并取得了一定的成绩,但疑问和争议却始终存在着。近年来,鉴于"列仙之趣"说和"非列仙之趣"说都不能正确阐释《游仙诗》创作主旨,无奈之下,有些学者,特别是几部通行的文学史便"化整为零",把《游仙诗》分为互不相干的两部分或几部分,并认为各有其不同的题旨。① 这种观点将《游仙诗》人为肢解,不但彻底否定了《游仙诗》具有统一的主题,而且也否定了《游仙诗》具有完整的结构,而视之为互不相干的十首诗的无序集合。事实证明,这种观点是完全错误的,遗憾的是,却得到了越来越多学者的认同。

说来令人惊奇,自《游仙诗》诞生的一千七百年来,历代研究络绎不绝,但一个对于作品来说最为重要的基本问题,即作品的主题思想却始终未能得到正确理解。主题是文学作品思想内容的集中概括,是深藏于作品架构深处的灵魂和中心思想,因此,正确认识主题不但关系到对作品思想内容和基本精神的认识和理解,而且直接影响和决定着有关作品的其他种种问题,如作品与时代的关系、作品的意义价值、结构特点、艺术成就

---

① 如徐公持:《魏晋文学史》,人民文学出版社1999年版,第481、483页;章培恒、骆玉明主编:《中国文学史》,复旦大学出版社2007年版,上卷第308页;袁行霈主编:《中国文学史》,高等教育出版社2005年第二版,第二卷第50页。

及其在文学史上的地位和影响以及"残句"①等问题的认识和评价。从接受美学的角度看,主题思想没有得到正确理解的《游仙诗》对于我们来说,只能说是一部陌生的作品,没有达到把握它的最低要求。这种情况,在我国浩如烟海的古代文学作品中是比较罕见的:一般说来,古代文学作品中长期无法得到解决的问题多是一些具体性的问题,诸如名物训诂、典章制度、作者生平、作品背景以及有关的历史、地理等具体问题,而在作为作品灵魂的主题思想方面即使是存在问题,往往也多属于对主题理解的深浅、全面和片面以及评价的高低,等等,而不会出现认识上的重大偏差,更不会像《游仙诗》一样,对主题不但众说纷纭,而且最终否定了主题的存在。

一个本该解决的重要学术问题却长期得不到正确解决,总有其深刻的原因。回顾《游仙诗》研究的曲折艰难历史,便可发现其中给我们留下了太多值得思考的问题,其教训和启示正殷切召唤着人们予以评说。不认真总结和汲取这些教训和启示,在《游仙诗》研究中就不可避免地会重蹈前人的覆辙,如此下去,《游仙诗》的主题思想和有关问题将永远得不到正确解决,《游仙诗》也将永远以其神秘而陌生的面孔悬在文学史的上空。

为此,本书研究《游仙诗》没有像通常那样在阐释自己的观点之前首先介绍前人的研究成果,而是从《游仙诗》研究的历史中总结教训和启示,并从方法论的层面进行思考和分析,这就是置于本章最前面的《〈游仙诗〉研究历史的教训和启示》。我相信,如果能够正确总结这些教训和启示,那么,应当走的正确道路也就明确了。这不仅会促进《游仙诗》研究的深入发展,而且对其他古代文学作品的研究同样具有重要意义。

鉴于《游仙诗》研究历史的教训和启示,本书研究《游仙诗》没有走前人的老路,既没有躺在"列仙之趣"说和"非列仙之趣"说等传统观点上,也没有以《游仙诗》没有完整统一的主题和结构这样一种毫无根据的主观臆测作茧自缚,而是打破思维定势和传统观点的束缚,在前人研究成果的基础上,根据《游仙诗》的具体内容和特点,在观点、方法、所提出的问题及其处理顺序等问题上做了新的尝试和探索,并结合郭璞的

---

① 对《游仙诗》"残句"的认识和评价主要是指对这些"残句"性质和价值的认识和评价。

生平和神仙道教信仰对《游仙诗》做了与前人完全不同的解读，对主题思想、结构特征和其他有关问题做了全新的诠释。笔者希望通过这样的努力来打破《游仙诗》研究长期以来停滞不前的沉闷局面，抛砖引玉，与诸同道一起共同推动《游仙诗》研究的深入发展。

为了方便读者阅读和理解，现将《游仙诗》[①]全诗抄录如下：

第一首：
　　京华游侠窟，山林隐遁栖。朱门何足荣？未若托蓬莱。临源挹清波，陵冈掇丹荑。灵溪可潜盘，安事登云梯？漆园有傲吏，莱氏有逸妻。进则保龙见，退为触藩羝。高蹈风尘外，长揖谢夷齐。

第二首：
　　青溪千余仞，中有一道士。云生梁栋间，风出窗户里。借问此何谁，云是鬼谷子。翘迹企颍阳，临河思洗耳。阊阖西南来，潜波涣鳞起。灵妃顾我笑，粲然启玉齿。蹇修时不存，要之将谁使？

第三首：
　　翡翠戏兰苕，容色更相鲜。绿萝结高林，蒙笼盖一山。中有冥寂士，静啸抚清弦。放情凌霄外，嚼蕊挹飞泉。赤松临上游，驾鸿乘紫烟。左挹浮丘袖，右拍洪崖肩。借问蜉蝣辈，宁知龟鹤年！

第四首：
　　六龙安可顿，运流有代谢。时变感人思，已秋复愿夏。淮海变微禽，吾生独不化。虽欲腾丹溪，云螭非我驾。愧无鲁阳德，回日向三舍。临川哀年迈，抚心独悲吒。

第五首：
　　逸翮思拂霄，迅足羡远游。清源无增澜，安得运吞舟？圭璋虽特达，明月难暗投！潜颖怨青阳，陵苕哀素秋。悲来恻丹心，零泪缘缨流。

[①] 本文所引郭璞诗赋，出自张溥编《汉魏六朝百三名家集》，光绪五年信述堂刊本，江苏古籍出版社，2002年影印版，并参见逯钦立《先秦汉魏南北朝诗》，中华书局1983年版。

第六首：

杂县寓鲁门，风暖将为灾。吞舟涌海底，高浪驾蓬莱。神仙排云出，但见金银台。陵阳挹丹溜，容成挥玉杯。姮娥扬妙音，洪崖颔其颐。升降随长烟，飘摇戏九垓。奇龄迈五龙，千岁方婴孩。燕昭无灵气，汉武非仙才！

第七首：

晦朔如循环，月盈已复魄。蓐收清西陆，朱羲将由白。寒露拂陵苕，女萝辞松柏。蕣荣不终朝，蜉蝣岂见夕？园丘有奇草，钟山出灵液。王孙列八珍，安期炼五石。长揖当途人，去来山林客。

第八首：

旸谷吐灵曜，扶桑森千丈。朱霞升东山，朝日何晃朗。回风流曲棂，幽室发逸响。悠然心永怀，眇尔自遐想。仰思举云翼，延首矫玉掌。啸傲遗世罗，纵情任独往。明道虽若昧，其中有妙象。希贤宜励德，羡鱼当结网。

第九首：

采药游名山，将以救年颓。呼吸玉滋液，妙气盈胸怀。登仙抚龙驷，迅驾乘奔雷。鳞裳逐电曜，云盖随风回。手顿羲和辔，足蹈阊阖开。东海犹蹄涔，昆仑若蚁堆。遐邈冥茫中，俯视令人哀。

第十首：

璇台冠昆岭，西海滨招摇。琼林笼藻映，碧树疏英翘。丹泉漂朱沫，①黑水鼓玄涛。寻仙万余日，今乃见子乔。振发晞翠霞，解褐被绛绡。总辔临少广，盘虬舞云轺。永偕帝乡侣，千龄共逍遥！②

---

① 逯钦立辑校《先秦汉魏晋南北朝诗》漂作溧。
② 本书认为《游仙诗》"全诗"即指它所包括的十首完整的诗，而不包括"残诗"，后有专章论述这一问题。

第一节 《游仙诗》研究历史的教训与启示

众所周知,揭示和总结一段历史、一个事件和一部作品的教训和启示,只能是在对这段历史、事件和作品有了新的正确的认识之后,原因很简单:任何对于历史、人物和作品的重新审视都必须以新的观点和认识为基础和支撑。同样,本书对于《游仙诗》研究历史教训和启示的总结也是在对《游仙诗》及其研究历史有了新的认识之后,用新的观点重新审视这段历史的结果,因此,文中不可避免地涉及本书关于《游仙诗》的新的观点和认识,这些新的观点和认识在后面的有关章节中都做了严格的论证,特此说明并请参阅。

一 《游仙诗》内容的特殊性和复杂性

大体说来,《游仙诗》的主题思想长期得不到正确揭示的原因主要有两个方面:一是作品本身方面的原因;一是研究者方面的原因。

从作品本身来说,《游仙诗》的内容比较复杂和特殊,给正确把握它确实造成了较大的困难:

(一)《游仙诗》题材和思想内容的特殊性

自周秦至汉魏的一千多年间,诗歌作品关注的对象和题材多集中于社会、家庭和个人出处等方面,诸如政治黑暗、社会动乱、民生疾苦、家庭婚姻乃至日常生活以及个人理想、抱负和经历、遭际,等等,总之,多是一些具有较强社会性的现实问题,反映的多是对于美好未来的向往,对于不合理现实的不平和理想抱负不能实现的痛苦、悲哀,等等。《游仙诗》虽然也是从人的生存状况出发,但所关注的却不是这些问题,而是人在宇宙中即由时间和空间方面的局限性所造成的悲剧性命运及其所带来的焦虑和痛苦,以及为了摆脱这种焦虑和痛苦而学道修仙的历程。可见《游仙诗》写的不是社会、家庭和个人的悲剧,而是人所不可避免的生命悲剧以及如何摆脱这种悲剧,这说明《游仙诗》已经超越了世俗性的理想和追求,而具有明显的终极关怀的特征。就是说,郭璞的强烈生命悲剧意识使他在前人关注和惯用的题材范围之外,从另一个角度聚焦人的生存状况和命运,从而赋予《游仙诗》以全新的思想内涵和主题;而在艺术表现上，诗人没走前人的老路，而是大胆创新，另辟蹊径，这些都不为人们所熟悉。

(二)《游仙诗》思想内容复杂，表面看来头绪纷繁

《游仙诗》不但题材和内容在我国古代诗歌中前所未见，而且内容繁富，思想性质复杂，涉及广泛，头绪纷繁。《游仙诗》的"自叙"是从学道修仙的原因和思想基础"自叙"起，经过方术修炼和修德悟道最终成为神仙（详后），这个漫长而纷繁的过程广泛涉及不同范畴、不同时空和不同境遇的各种各样事物，诸如现实生活、历史场景、神仙世界、山林隐逸、生命悲剧、生命意义、人生道路、方术修炼、修德悟道、宗教信仰、成仙仪式，等等，除此之外，还有内心世界的种种状态，如生命悲剧带来的痛苦、焦虑，对于神仙世界的向往和追求，宗教情绪控制下的存想、幻视以及挣脱世俗罗网以后，得道直进的轻松和自如，等等。由于在十分有限的篇幅内（除了序诗只有九首诗），要摄取如此广泛的题材，衔接如此大的跨度，安排如此繁富的内容，必然造成神界、人间时空的迅速转换，历史、现实场景的彼此交汇乃至叙事的中断、抒情的穿插，景物环境（包括仙境和"人境"）的描写，如此不同范畴的内容、多种多样的场景和复杂感情的集中，不可能完全按照一般的顺序展开抒写，特别是由于诗歌体裁的限制，对这些转换、穿插和交汇等无法做直接说明，致使不同内容之间的关系和转换比较隐蔽，所以，表面看来显得头绪纷繁难于理清，通篇走势难于把握。正是因为如此，迄今为止，连作品的经纬脉络尚未理清，遑论思想内容和主题！难怪有人认为《游仙诗》是十首诗的无序集合，根本没有完整统一的主题和结构。

(三) 在题目运用上的创新

作者在题目运用上大胆创新，完全突破了"游仙诗"的本意，所以，从传统的观点，即"游仙诗"的本意看，内容与题目之间不一致，从而引起认识的混乱。

我们知道，"游仙诗"是我国古代一种常见的诗歌类别，本是指通过描写神仙世界以寄托主观情思的诗歌，但是，郭璞却以"游仙诗"为题，旧瓶装新酒，写了包括信仰和追求神仙道教原因在内的自己的学道修仙的具体历程，确实是从根本上颠覆了"游仙诗"的本意，其创新之举可谓前无古人。就是说，郭璞的《游仙诗》题目虽为"游仙诗"，但其思想内

容却与以嵇康、阮籍和曹植等为代表的所谓"正格的游仙诗"①完全不同,而是容纳了全新的内容,形成了新的特点,甚至完全失去了"游仙诗"的本意(详后)。无视"游仙诗"在郭璞笔下已经有了重要发展的客观事实,一味拘泥于"游仙诗"本意而"按图索骥",即按照题目"游仙诗"的定义去"寻绎"作品的思想内容,必然会坠入迷雾中而难有所获。这说明,如果不能正确认识诗人不受传统定义和现成"规则"的约束,扩大了传统"游仙诗"题目的容纳范围而赋予其以全新的意义,那么,不但不能理解诗人的创新之举,反而很容易被题目"误导"。

二 《游仙诗》研究历史的教训和启示

看来,作品本身带来的困难确实不少而且比较特殊,但《游仙诗》研究历史的教训和启示却告诉我们:造成《游仙诗》研究长期停滞不前的根本原因不在作品本身,而在研究者的主观方面。具体说来,这些教训和启示主要有以下几个方面:

(一)传统思维定式严重削弱了实事求是的研究精神和对材料的敏感性,对研究对象不能提出新问题和新见解

长期以来,《游仙诗》研究的视野和思路十分狭窄并趋于模式化,形成了牢固的思维定式,这突出表现在就《游仙诗》思想内容所提出的问题上。众所周知,在学术研究工作中从什么角度提出什么问题作为考察和研究的对象,在很大程度上决定着研究成果的学术含量和水平以及创新的程度,其重要性是自不待言的。然而,多年来《游仙诗》思想内容研究所提出的问题却很少变化,基本上都是就《游仙诗》中神仙世界提出问题,而所提的问题无一例外都是关于神仙世界的描写"是否有所寄托"这一源自古代的老问题。

神仙世界是否有所寄托主要是着眼于有关描写的目的和意义,对于游仙诗研究,特别是对认识其思想内容和社会意义来说当然是十分必要的。但是,像任何研究都有其特定的适应对象和范围一样,考察游仙诗中神仙世界是否有所寄托也有其特定的对象和范围。例如,对于所谓"正格的游仙诗"来说,这样的研究可谓抓住了问题的症结;但是对于郭璞的

---

① 关于"正格的游仙诗"及其代表诗人,参见张海明《魏晋玄学与游仙诗》,《文学评论》1995年第6期。

《游仙诗》来说，如果研究范围也仅仅是局限于此，就未免削足适履了。因为如前所说，郭璞的《游仙诗》是学道修仙历程的"自叙"（详后），与一般所谓的"正格的游仙诗"根本不同。比如，仅就诗中所描写的神仙世界的来源途径看，郭璞的《游仙诗》与所谓"正格的游仙诗"二者之间就有本质区别。

一般所谓的"正格的游仙诗"，其神仙世界的来源途径多为古代神话传说基础上的艺术想象和虚构，这样的艺术想象无论多么离奇荒诞，终究是植根于现实土壤中，有其直接或间接的现实原因和根源，因而具有一定的现实性。郭璞《游仙诗》中有五首诗（即第二、三、六、九、十首）描写了神仙世界，但这五首诗中神仙世界的来源途径除了常见的现实生活基础上的艺术想象和古代神话传说的移植之外，还有另外一个途径：道教方术修炼所诱发的宗教存想幻视，如第三、九两首诗中的神仙世界就是如此（详后）。《游仙诗》中这些来源于不同途径的神仙世界，其思想性质和意义也完全不同，分别反映着诗人在学道修仙历程中所处的不同阶段的不同内心状态，具有完全不同的意义。第三、九两首诗中的神仙世界说明诗人对于神仙道教的信仰和追求不止于精神的层面，还体现在具体行动上，即神仙道教的方术修炼上。由此可见正确认识神仙世界的来源途径和思想性质对于把握《游仙诗》思想内容和主题的重要意义。

然而，面对《游仙诗》中思想内涵如此丰富和复杂的神仙世界，研究者却不去考察其不同的来源途径、思想性质和在诗中的不同意义，而一概以研究"正格的游仙诗"的方法和视角，即神仙世界"是否有所寄托"的标准予以衡量。这实在值得深刻反思：对待来源途径和思想性质完全不同的神仙世界，为什么不加区别和辨析，而一律以神仙世界是否有所寄托的同一把尺子来衡量？为什么不能根据作品的实际情况和特点提出新问题，以理性精神和批判性思维进行实事求是的研究？其实，诗人对于第三、九两首诗中神仙世界的思想性质和来源途径已经做了明确的说明：在这两首诗中在神仙世界出现之前都是先写方术修炼，如第三首的"静啸"和第九首的采药服食、服炼津液、行气，等等，然后才写神仙世界。这就十分明确地说明了后面的神仙世界正是方术修炼所诱发的存想幻视的结果，而绝不是一般的艺术想象。尽管如此，但研究者还是偏偏要走老路，完全按照研究"正格的游仙诗"的路数对待之！

看来，传统思维定式的束缚已经严重削弱了学者的实事求是的研究精神和对于材料、问题的敏感性，并使眼睛有了"选择性"：只能看见那些想看见的，其他则一律视而不见。如此下去，所谓的研究也就只能是为预先设定的见解寻找根据，其结果不但距离正确答案越来越远，而且徒然增加了混乱。显然，这正是多年来《游仙诗》研究始终停留在"是否有所寄托"的传统视域而未能扩大视野，发现新问题，进行新探索，提出新见解，进而正确阐释《游仙诗》的思想内容和主题的一个重要原因。

（二）对古人的观点和见解缺乏批判精神和理性分析，丧失了问题意识和创新精神

关于《游仙诗》的创作主旨自古以来就存在"列仙之趣"说和"非列仙之趣"说的争论，直到今天这场争论还在继续。这说明，像古代一样，很多当代学者还是把这两种观点作为《游仙诗》的主题思想看待。事实上，这种认识存在着很多似是而非和模糊不清的认识，直接妨碍了《游仙诗》研究的顺利发展，而我们对此竟浑然不觉。

关于"非列仙之趣"说：后世学者奉钟嵘为《游仙诗》创作主旨"非列仙之趣"说的开创者，根据是钟嵘《诗品》中论述《游仙诗》的如下一段话：《游仙诗》"辞多慷慨，乖远玄宗。而云'奈何虎豹姿'，又云'戢翼栖榛梗'，乃是坎壈咏怀，非'非列仙之趣'也"①。他们根据钟嵘所说的"坎壈咏怀"与一般游仙诗所写的"飧霞倒景，饵玉玄都"②等具有神仙思想和色彩的内容大异其趣，便认为这是钟嵘对《游仙诗》创作主旨的"非列仙之趣"说的阐述。事实上，这样的认识并不符合钟嵘论述的本意。钟嵘做出上述论断的根据仅仅是就他所引证的"奈何虎豹姿"、"戢翼栖榛梗"③这两句诗，那么"奈何虎豹姿"和"戢翼栖榛梗"究竟是什么意思呢？"虎豹姿"而冠以"奈何"，飞鸟栖于榛梗而不得不"戢翼"，正是以"虎豹姿"而无从伸展，飞鸟栖于榛梗而难以翱翔的形象喻俊杰之才仕途阻塞不通，济世报国之志难酬的现实困境。十分明显，这正是现实生活中诗人境遇的真实写照，同时也是他"坎壈咏怀"的中心情结。④但这只是《游仙诗》思想内容的一个方面。这就是说，即

---

① 《诗品》卷中。
② 李善：《游仙诗》注，《文选》，中华书局1977年版，第306页。
③ 这些都是所谓《游仙诗》的散佚之句，即"残句"。关于这两则残句的解释和分析，详第三章第二节"《游仙诗》残句内容分析"之六。
④ 详见本章第三节"学道修仙的原因和思想基础"。

使宽泛地看，钟嵘的论述也只是针对他所引用的诗句和与之思想性质相同的内容而言，而根本没有涉及其他内容，更不是对作品主题思想的概括。

关于"列仙之趣"说：与《游仙诗》创作主旨"非列仙之趣"说对立的是"列仙之趣"说，此说被后世学者认为起源于刘勰的《文心雕龙》。同样，这也是对刘勰有关论述的严重误读。

《文心雕龙》中共有两处论及《游仙诗》：一是《明诗》："景纯《仙篇》，挺拔而为俊矣。""仙篇"指《游仙诗》；俊，俊杰，杰出之士，此指杰作。这句话的大意是说：郭璞《游仙诗》刚健超拔，为时代之杰作。一是《才略》："景纯艳逸，足冠中兴……《仙诗》亦飘飘而凌云矣。"大意是说：郭璞的诗赋作品华美超逸，确为中兴诗赋之冠……而《游仙诗》仙气弥漫，读来令人飘飘凌云。可以看出，《文心雕龙》关于《游仙诗》的两处论述，其意都在说明《游仙诗》的艺术风格特点和所取得的杰出成就，《才略》虽指出了"飘飘而凌云"的特征，但充其量也只是说明其题材的神仙性质，而没有涉及主题思想。这样理解《明诗》和《才略》关于《游仙诗》的论述，完全符合刘勰这两篇论文的主旨：《明诗》主要是阐明诗的意义在于"言志"，并从这个角度评价了历代作品；《才略》主要是论"九代之文"：以"征圣"和"宗经"为标准评论各家的才略和成就。可以看出《明诗》和《才略》的论述主旨不在作品的主题思想。这说明，把刘勰的上述论述作为"列仙之趣"说起于他的根据，不但是对这些论述的误读，而且也不符合《明诗》和《才略》的论述主旨。

虽然把钟嵘奉为《游仙诗》创作主旨"非列仙之趣"说的开创者，把刘勰奉为"列仙之趣"说的远祖，是对他们有关论述的严重误读，根本不符合其本意，但这种观点却广有影响，历代都有学者相从。特别是"非列仙之趣"说，从者更多。他们认为《游仙诗》主要是抒写诗人在现实中的困顿、失意和不得志，所谓"坎壈咏怀，其本旨也"[①]。直至现代，这两种观点的影响仍广泛存在。

既然后代学者的观点违背了钟嵘和刘勰有关论述的本意，那就应当把二者，即钟嵘、刘勰的有关论述和作为《游仙诗》创作主旨的"非列仙之趣"说、"列仙之趣"说区别开来并分别进行评价：钟嵘、刘勰就《游

[①] 沈德潜：《古诗源》，中华书局1963年版，第179页。

仙诗》部分内容和个别问题所做的论断本身没有任何问题和不当，而历代学者把它们作为《游仙诗》的创作主旨，即"列仙之趣"说和"非列仙之趣"说，却明显存在以下问题：

一是其观点笼统泛泛，缺乏明确、具体的思想内涵。

先说"列仙之趣"说，如前所说，一般认为此说主张《游仙诗》表现了追慕神仙世界的旨趣，那么，其思想内涵究竟是什么：是把神仙世界作为独立于人间之外的真实存在去追求，还是把神仙世界作为象征用以寄托对于现实的不满和对美好未来的向往？①诸如此类的不同见解都可以被这个观点所容纳，这本身就足以说明问题。同样，"非列仙之趣"说也存在思想内涵笼统，过于泛泛的问题，如认为《游仙诗》"题曰游仙，实是歌颂隐居生活，表现忧生愤世的心情"②，或认为《游仙诗》"非列仙之趣"部分表现了"身世之感"和"世俗之累"③，等等，都是如此。

二是作为《游仙诗》的创作主旨，无论是"非列仙之趣"说还是"列仙之趣"说，其观点都十分片面，不能涵盖作品整体。稍有文学常识的人都知道，文学作品的创作主旨是根据作品整体即作品全部内容归纳出的中心思想，而根本不存在根据部分内容归纳出的所谓"创作主旨"。但是，"列仙之趣"说和"非列仙之趣"说都只是根据作品的某一部分内容归纳出的思想认识："列仙之趣"说只是针对"列仙之趣"部分的内容，"非列仙之趣"说只是针对"非列仙之趣"部分的内容，除此之外，其他所有内容都被忽略掉。例如，有的现代学者认为"非列仙之趣"说是就具有"辞多慷慨"、"坎壈咏怀"特征的"非列仙之趣"部分而言，主要是抒写"身世之感"和"世俗之累"，是"诗人自叙胸臆……可以说是游仙为名，咏怀其实。"④十分明显，这只是对"非列仙之趣"部分所做的概括，而其他内容则统统被忽略。不仅如此，"非列仙之趣"说和"列仙之

---

① 曹道衡、徐公持认为《游仙诗》中的神仙世界"表现了对于神仙世界的向往和追求，并非寄托之言"。参见曹道衡《中国历代著名文学家评传·郭璞评传》，山东教育出版社1983年版，第385页。徐公持：《魏晋文学史》，人民文学出版社1999年版，第481、483页。而以黄侃、程千帆为代表的学者，认为《游仙诗》中所表现的仙道内容属于寄托之言。参见黄侃《文选平点》，中华书局2006年版，上册第210页。程千帆：《古诗考索》，上海古籍出版社1984年版，第299页。
② 程千帆、沈祖棻：《古诗今选》，上海古籍出版社1983年版，上册第73页。
③ 张海明：《魏晋玄学与游仙诗》，《文学评论》1995年第6期。
④ 徐公持：《魏晋文学史》第483页。

趣"说还忽略了另一个重要问题：两部分即"列仙之趣"部分和"非列仙之趣"部分之间的关系问题。因为对于这两种相互对立的所谓"创作主旨"来说，这个问题根本就不存在。在把如此多的重要内容和问题都排除在视域之外的情况下，这样归纳出的所谓"创作主旨"究竟还有什么意义呢？

可以看出，导源于对钟嵘和刘勰有关论述的误读而形成的"列仙之趣"说和"非列仙之趣"说这两种相互对立的基本观点，作为《游仙诗》中部分内容的概括尚有其值得借鉴的价值，而作为《游仙诗》的创作主旨却存在着严重的问题和缺失，以致完全丧失了作为主题思想的基本条件。

事实上，作为《游仙诗》创作主旨的"列仙之趣"说和"非列仙之趣"说不仅误读了钟嵘和刘勰的有关论述，更为重要的是，严重妨碍着对《游仙诗》主题思想展开实事求是的研究：既然关于作品创作主旨的两种对立观点都有其作品的根据与合理性，那就意味着《游仙诗》是由题旨完全不同，没有任何联系的两部分内容构成，"既有借游仙题材以发坎壈情怀的'非列仙之趣'的作品，也存在表达其倾心仙道的'列仙之趣'的篇什"①。正是在此基础上终于形成了近年来以几部通行的文学史为代表的一种颇为流行的观点：《游仙诗》可以分为题旨不同的两部分（有的学者认为不只是两部分，而是几部分），而根本没有完整统一的主题和结构。②至此，在这一错误观点的遮掩下，《游仙诗》主题研究的道路被完全堵塞了。

这说明，当代颇为流行的这种错误观点，可以一直追溯到古代学者对钟嵘和刘勰有关论述的误读并"发展"为"非列仙之趣"说和"列仙之趣"说。换言之，从"非列仙之趣"说和"列仙之趣"说出现的那一刻起，就已经埋下了将完整统一的《游仙诗》人为肢解的错误基因。

总而言之，《游仙诗》主题思想之所以至今尚未得到正确揭示，与作为《游仙诗》创作主旨的"非列仙之趣"说和"列仙之趣"说的影响有直接关系，但是，导致这种影响不断扩大并延续至今的原因，却完全在于

---

① 陈道贵：《东晋诗歌论稿》，安徽教育出版社2002年版，第29页。
② 如徐公持：《魏晋文学史》第481、483页；章培恒、骆玉明主编：《中国文学史》上卷第308页；袁行霈主编：《中国文学史》第二卷第50页。

研究者的主观方面，即对于古代流传下来的观点和见解缺乏批判精神和理性分析，以致完全丧失了问题意识而唯古人是从。这样，思想既被古人的观点和见解套牢，也就不可能对作品展开独立思考和实事求是的研究，而只能习惯于盲从古人的观点和见解，从"列仙之趣"说、"非列仙之趣"说出发提出问题和解决问题，其结果只能是重复前人而难于有所开拓和进步。相反，如果我们在"非列仙之趣"说和"列仙之趣"说面前，能够保持清醒的头脑，以批判的精神对它们进行实事求是的分析，既看到其正确的一面，也充分注意所存在的问题，那么，我们就绝不会全面照搬，原封不动地拿来作为自己思考的基础，而是集中力量深入作品，从作品的内容及其特点出发，并在判定古人观点和见解的意义和价值的基础上吸取其有益的养分，这样，也许就不会重蹈前人的覆辙，而不断推动《游仙诗》研究的深入发展。

以上我们指出了古人观点和见解存在的问题和不足，并不意味着不重视和随便否定它们。一般说来，古代学者的观点和见解历经时间的检验流传下来，为我们提供了十分宝贵的参考和借鉴，自有其独特的价值，是非常值得珍惜的。不过，古人的观点和见解往往有其具体的针对性和历史局限性，不注意他们是从什么角度出发，针对什么具体问题及其结论的正误得失以及这些观点与前人之间的关系，等等，而把它们作为普遍性的结论到处生搬硬套，那就只能适得其反，不但不能促进，反而会妨碍研究的健康发展。

古代的《游仙诗》研究基本上都是围绕着关于创作主旨的这两种相互对立的观点，即"非列仙之趣"说和"列仙之趣"说展开。对此当代学者多有评述，[①] 本书不再重复。

（三）片面"重视"有关作品主旨的大问题，而忽略局部性的具体问题，在很多具体问题都没有弄明白的情况下就力图一举破解主题

这里所谓的局部性的具体问题，是指关于《游仙诗》局部和个别方面的具体问题，相对于形式结构、主题思想等涉及《游仙诗》整体的全局性问题而言。例如，在《游仙诗》研究中，往往不是首先解决局部性的具体问题，而是在很多局部性的具体问题没有解决的情况下就力图一举破解主题，诸如首先提出《游仙诗》的创作主旨究竟是"列仙之趣"说

[①] 参见陈道贵《东晋诗歌论稿》第二章第二节"《游仙诗》主旨说述评"。

正确呢，还是"非列仙之趣"说正确等，从而一开始就把注意力完全集中在所谓"解决"主题的问题上。凡对《游仙诗》研究历史稍有了解的人都会知道，这种情况从古到今可谓司空见惯。

《游仙诗》研究的历史说明，这种做法与揭示《游仙诗》主题思想的复杂任务相比，显得未免过于草率了。这种违背研究规律和正常程序的做法给我们留下了十分深刻的教训：由于很多重要的具体问题没有解决，各部分之间的关系没有搞清楚，很多"障碍"横亘路上，通往主题的道路是根本走不通的。因为只有解决了那些局部性的具体问题才能从各方面为正确认识主题思想提供可靠的根据，从而正确把握主题，否则就只能流于凭空臆断，亦即仅凭一些表面的印象和肤浅的感想而提出不着边际的论断。这样的"研究"无异于猜谜，与实事求是的研究和科学严谨的论证相距何止天壤？迄今为止，《游仙诗》的主题思想仍然是迷雾一团就是最好的证明。

作为作品思想内容集中概括的主题，是深藏于作品构架深处的灵魂和中心思想，而不是浮在表面的思想泡沫，主题涉及作品整体和全部内容的方方面面，因此，要正确把握它首先必须正确认识它所涉及的所有局部性的具体问题，只有把这些具体问题搞清楚以后才有可能真正进入主题研究。撇开这些问题，直接面对主题是不可能的；任何一个局部性的具体问题没有解决好，都将影响到对于主题思想的认识。而对于思想内容比较复杂的作品来说，这种解决局部性的具体问题的"基础性工程"尤其显得重要，郭璞的《游仙诗》就是如此。要把握《游仙诗》的内容构成和主题，除了认识一般作品所必须首先了解的作者生平思想和所处的历史时代以及字词训释和其他有关问题之外，还必须首先认真解决以下问题：

1. 序诗所肯定的人生价值取向的意义及其与正文之间的关系。

2. 摆脱生命悲剧给人带来的焦虑和痛苦，是诗人选择学道修仙的原因。这个问题涉及"非列仙之趣"部分的思想意义及其与"列仙之趣"部分之间的关系。[①]

3.《游仙诗》中神仙世界的来源途径和思想性质及其与方术修炼之

---

① 一般认为"非列仙之趣"部分包括第四、五、七首，其余为"列仙之趣"部分，即第二、三、六、八、九、十首。本书的认识与此基本一致，只是将第六首列入"非列仙之趣"部分（具体原因详后），特此说明。

间的关系。

对于《游仙诗》主题研究来说，解决这三个问题最为重要；除此之外，还必须正确解决以下一些局部性的具体问题：学道修仙的开始（即第二首所写）为什么先写山林隐逸，也就是山林隐逸与学道修仙之间有什么关系？在学道修仙的原因和思想基础部分中为什么要插入抒写古代帝王出海寻仙的历史往事（即第六首所写）？在第八首中为什么要写修德悟道，修德悟道与学道修仙有什么关系？学道修仙的原因和思想基础部分为什么不是放在学道修仙的实际践行之前，而是放在学道修仙实际践行的初始阶段与继续阶段之间？这样非同一般的安排，有什么根据？第十首中怎样描写了成仙的仪式，这一仪式与道教经典的有关记载是否一致？在学道修仙的原因和思想基础部分中，除了直接抒写生命悲剧所带来的焦虑和痛苦之外，又通过什么方式抒写为了超越生命悲剧所做的反复探索（即第四首所写）？等等。

搞清了上述问题也就把握了正文各首诗的诗义，至此才可以说基本上具备了探索《游仙诗》思想内容和主题思想的前提条件，也只有在这时，主题思想才有可能像深藏闺中的美女如同鲜花绽放般地显露出来。

鉴于这种深刻教训，本人研究《游仙诗》的主题思想时未走前人的老路，即不是直奔主题，而是把主题和前人关于主题的论述，如"列仙之趣"说和"非列仙之趣"说等统统放下，首先根据作品内容及其特点，着力解决上述局部性的具体问题。解决了这些局部性的具体问题，为把握《游仙诗》的内容构成、通篇大意和主题思想基本上扫清了障碍，在此基础上阐释主题思想，可谓水到渠成。

（四）《游仙诗》研究与郭璞的宗教信仰研究严重脱节

长期以来，关于郭璞的宗教信仰问题，即郭璞是否信仰神仙道教的问题一直被束之高阁，这不仅影响到对于郭璞生平和人生态度的认识，而且直接制约和影响《游仙诗》研究的深入发展。

魏晋时代神仙道教盛行，很多士大夫都有濡染，郭璞是否具有神仙道教的宗教信仰，对于神仙道教持有怎样的态度和观点，是郭璞《游仙诗》研究中不可回避的重要问题。信仰构成了一个人精神世界的核心，在很大程度上决定着他的人生态度和人生道路；对于诗人来说，则是决定和影响其创作的最主要的因素之一。而对于作为学道修仙历程"自叙"的《游仙诗》来说，把握诗人的宗教信仰更是正确解读和评价它的一把钥匙，脱离诗人的宗教信仰而孤立地研究《游仙诗》无异于抽掉了灵魂。然而，《游仙诗》研究的历史说明，自古至今很少有人重视诗人的宗教信仰问题，更没有展开过系统研究，致使《游仙诗》研究与诗人的宗教信仰严重脱节而完全处于孤立的状态。这种不正常的情况是很值得深思的。那么，这种情况究竟是什么原因造成的呢？

就我国古代一般士人的精神世界的构成看，各家思想特别是儒家、道家和法家思想对士人精神世界的影响远大于宗教信仰，很多士人多以各家思想主张作为立身行事的准则，即使具有宗教信仰，也多是儒释双修或儒道双修，而占主导地位的仍然多是儒家思想，宗教信仰往往处于从属地位。但是，这只是就一般情况而言，并非没有例外，郭璞就是如此。我们知道，郭璞具有明显的二重身份：既是具有神仙道教宗教信仰的企慕世外的神仙家，又是具有鲜明济世志向的官吏和幕僚。①而在他人生的某些阶段，特别是在他母亲去世，辞去朝中官职以后任王敦参军的几年，对神仙道教的宗教信仰更占了上风。不仅如此，在他人生的最后时刻还特别按神仙道教的有关规定主动争取践行"尸解"，为成为神仙赴神仙世界而慷慨赴死。②同时代的道教思想家葛洪据此而将他列入《神仙传》更可以证明他的信仰。

可以看出，郭璞对于神仙道教的信仰有其特定的时代性和个人特征，对此应当予以特别重视，绝不能根据古代一般士人人生观的特点做简单推论，而忽略宗教信仰对他人生道路和诗歌创作的巨大影响。其实，在当代的古代文学研究中我们一向非常重视作家的思想立场和思想倾向，比如某一位作家的思想属于儒家还是道家，或受到哪一家思想的什么影响，等等，从来是研究工作中不可或缺的重要内容，同样，对于宗教信仰，特别是其宗教信仰的时代的和个人的特征也完全应当予以充分的重视。

或许认为，关于郭璞宗教信仰的资料没有流传下来，根本无法展开研究。事实上，这是一个很大的误解：无论是郭璞的学术著作，还是赋作都保存了有关他的宗教信仰的大量可靠的资料。如前所说，神仙道教的基本教义主要有两条：一条是神仙世界是独立于人间之外的真实存在；另一条是神仙可学，即通过学道修仙的实际践行凡人也可以成为神仙。相信并实

---

① 详见第一章第二节"郭璞的神仙道教信仰"。
② 详见第一章第三节"尸解升遐：郭璞之死解读"。

际践行这两条教义就是信仰神仙道教,而这些在郭璞的学术著作和赋作中都可以得到充分的证明。[①]事实说明,郭璞不但有神仙道教的宗教信仰,而且终生追求神仙世界,实际践行了这一信仰。

如果把握了郭璞的神仙道教的宗教信仰,再看《游仙诗》时与以前就会大不一样:审视《游仙诗》时便多了一个宗教学的视角,新的视角必然会带来新的发现,看到很多原来看不到的东西。事实证明,在魏晋时代神仙道教成为人们共同的价值取向的历史条件下,忽略郭璞的宗教信仰就不可能真正认识被重重误解和臆断掩盖着的《游仙诗》的本来面貌。

第二节 "序诗":全诗的思想基点和思想指向

鉴于《游仙诗》研究的教训和启示,从这一节开始,我们首先逐一解决那些局部性的具体问题,清除横亘在破解主题思想道路上的所有障碍。这一节考察《游仙诗》第一首诗即序诗的意义及其与正文之间的关系。

第一首全诗如下:

> 京华游侠窟,山林隐遁栖。朱门何足荣?未若托蓬莱。临源挹清波,陵冈掇丹荑。灵溪可潜盘,安事登云梯?漆园有傲吏,莱氏有逸妻。进则保龙见,退为触藩羝。高蹈风尘外,长揖谢夷齐。

对于此诗在《游仙诗》全篇中的重要地位和作用,一般说来并无异议,例如,很多学者认为此诗是全诗的"序诗",进一步解释则有全诗之"纲"说和全诗"宗旨"说、"主旨"说,等等,大体说来,这些说法各有一定的道理,但在进行具体分析时,不但多笼统之论,而且存在着严重的误读。其实,这首诗的内容并不复杂,语言表达也十分准确(详后),不会造成理解的歧义。那究竟是什么原因导致这种误读呢?我认为,关键在对于开头四句,即"京华游侠窟,山林隐遁栖。朱门何足荣?未若托蓬莱"的解释上存在问题和错误:

[①] 详见第一章第二节"郭璞的神仙道教信仰"。

第一，《游仙诗》以"京华游侠窟"开头，是很值得注意的。一篇以出世远游，羽化升仙为题材的诗歌为什么要从游侠写起？"京华游侠窟"的具体内涵是什么？游侠与全诗的中心内容有什么联系？这些显然是必须正确回答的问题。然而，恰恰是在这些问题上，有关论著和注本多采取回避态度：或草草带过（如仅仅指出京城是游侠藏身之所），或不置一词。事实证明，这些论著回避"游侠"问题，是因为把"游侠"的意义完全理解错了。对于这句诗及其与全诗关系的回避和误读，可以说是正确理解这首诗乃至全诗的第一个主要障碍。

第二，回避了第一句，有关论著和注本对于前四句的解释便多集中于三四句"朱门何足荣，未若托蓬莱"，而对于这两句的解释又存在根本错误。例如，流行的见解认为，这两句诗表现了诗人蔑视豪门贵族，向往蓬莱仙境。这样解释错误有二：首先，古典诗词中的"朱门"确有豪门贵族之意，但在此诗中并非此意。其次，认定"朱门"为豪门贵族，既与前面的"京华游侠窟"不搭界，又与后句中的"荣"的含义相龃龉：既然把"朱门"解释为豪门贵族，那么它所凸显的是尊贵和豪富，而非表示一般光荣和荣耀的"荣"（详后）。

第三，这样理解后两句，与前两句没有任何意义上的联系；前两句既被悬空，因而也就成为游离于全诗之外的赘疣（这或许正是一些学者对第一句不做解释的原因）。郭璞作为晋代诗赋高手，绝不至于出此败笔。事实上，一、二句与三、四句之间的联系十分密切，只是由于对"游侠"、"朱门"和"荣"的错误理解，它们之间的联系也就被彻底遮掩了。

事实上，开头四句提出了全诗的思想基点和思想指向，对于正确理解全诗来说非常重要，因此，对于这四句诗的错误理解，必然导致对全诗认识的混乱。

有鉴于此，本节对于这四句的理解没有沿袭流行的说法和做法，而对关键性的字句做了新的解释，在此基础上对序诗做了全新的解读。

序诗共十四句，可以分为两部分：第一部分包括前四句，第二部分包括后十句。现分别论述如下：

一　两种对立的人生价值取向的抉择

先说第一部分。

开门见山，前二句"京华游侠窟，山林隐遁栖"列出"游侠"和

"山林隐遁"（即隐逸者，下同），实际是以他们分别代表两种相互对立的人生价值取向：即以"游侠"为文化符号的积极作为，倾力济世的人生价值取向和以"山林隐遁"为文化符号的出世远游，学道修仙的人生价值取向。后两句"朱门何足荣，未若托蓬莱"是对这两种人生价值取向抉择的结果：朱门（泛指游侠，详后）之"荣"不值得追求，蓬莱仙境才是值得托付生命和值得追求的人生理想。

上述观点涉及三个问题，现分别解释和说明如下：

第一，关于游侠与积极作为，倾力济世人生价值取向的关系。

游侠能够成为积极作为，倾力济世人生价值取向的文化符号以及郭璞对于这种文化符号的运用，并非偶然，而与汉魏以来游侠所表现出的特点、在社会生活中的地位和作用以及对于士阶层道德人格的影响密切相关。这就是说，郭璞把游侠作为积极作为，倾力济世人生价值取向的符号，有其充分的历史文化传统根据。

游侠又称侠、侠士，是指重义轻生，急人之难的人；他们多出生于社会底层，活动于民间，是封建时代社会生活的特有产物。游侠不仅具有为公平、正义，赴汤蹈火在所不辞的献身精神，而且严格遵守社会道德规范："其言必信，其行必果，已诺必诚，不爱其躯，赴士之厄困，既已存亡死生矣，而不矜其能，羞伐其德……"[①] 正因为如此，游侠在普通百姓中享有崇高的威望，是百姓心目中与恶势力相抗衡的民间英雄。既然要主持公平，追求正义，并以此作为自己的义不容辞的责任，因而必然要积极介入社会，干预现实，有所作为，所谓"见路不平，拔刀相助"，由此决定了游侠的积极作为，倾力济世的人生价值取向和生活态度。

从西汉到魏晋的数百年间，随着游侠活动的发展和空前兴盛，他们所体现的价值取向和生活态度对社会也产生了越来越大的影响。关于汉魏时期游侠的活动，可谓史不绝书："汉兴有朱家、田仲、王公、剧孟、郭解之徒……"[②]这是西汉初期的情况；西汉中期则是"郡国豪桀处处各有……自是之后，侠者极众，而无足数者"[③]。"长安炽盛，街闾各有豪

---

① 《史记·游侠列传》，中华书局1982年版，第十册第3181页。
② 同上书，第十册第3183页。
③ 《汉书·游侠传》，中华书局1962年版，第十一册第3699、3705页。

侠";①汉末自哀帝、平帝至王莽时期也是"郡国处处有豪桀……"② 可见终西汉之世,游侠一直是一支十分活跃的力量,可谓长盛而不衰。东汉时期虽没有出现类似朱家、郭解、原涉那样名震遐迩的人物,但游侠的道德精神和影响犹存。《后汉书》未设《游侠传》,但专收"中世偏行一介之夫,能成名立方者"③的《独行列传》中就写有道德精神和行为方式颇得游侠遗风的人物,如"蹈义陵险,死生等节"的李善、王忳,"结朋协好,幽明共心"④的范式、张劭,等等。这说明,游侠的道德精神和行为作为一种做人的范式已经深入人心。不过,从《独行列传》所写的人物可以知道,东汉中前期游侠的影响主要还是限于社会的中下层。

汉魏之际,随着社会动乱和名教危机的出现,儒家经学的统治地位开始发生动摇,士大夫阶层的人生态度和价值取向也发生了相应转变:游侠所体现的那种道德尊严和积极进取精神更加受到人们的瞩目,其影响也日益扩大到社会中上层,任侠之风在社会中上层青年中逐渐流行起来。曹操、董卓、袁绍、典韦、徐庶和甘宁等早年都有"任侠"的传奇式经历,而曹植对仗剑行天下的游侠生活更是充满了憧憬。不过,曹植神往游侠生活并热情讴歌游侠精神主要是在他春风得意,充满建功立业豪情壮志的前半生,而在他失去自由,精神陷入苦闷、抑郁的后半生,则不再讴歌游侠,转而讴歌游仙。⑤

从东汉中前期到汉魏之际,游侠对于人们道德精神和行为方式的影响不断扩大,特别是曹植诗歌创作热点由游侠向游仙的转变,越来越彰显出游侠作为一种人生态度和价值取向的文化符号意义。

十分明显,游侠积极作为,倾力济世的人生价值取向与士大夫阶层所遵循的修身、齐家、治国、平天下的人生道路,在积极进取,关注现实,通过积极入世的途径实现个人价值方面,彼此完全一致。正是因为这种基本一致性,诗人在特定的历史语境中才以游侠作为传统儒家人生价值取向的代表符号。

---

① 《汉书·游侠传》,中华书局 1962 年版,第十一册第 3705 页。
② 同上书,第十一册第 3719 页。
③ 《后汉书·独行列传》,第九册第 2665 页。
④ 同上。
⑤ 关于魏晋时期游侠对于上层社会的影响和曹植诗歌创作热点从游侠到游仙的转变,参见顾农《从游侠到游仙——曹植创作中的两大热点》,《东北师大学报》1995 年第 3 期。

第二章　郭璞的诗歌之一：《游仙诗》 ≪ 69

至于山林隐遁所隐括的疏远现实，超然物外的人生态度和价值取向，与游侠恰好相反。这一点早已被广泛认同，无须此处多言。

第二，关于"朱门何足荣，未若托蓬莱"中的"朱门"和"荣"。

句中的"朱门"并非红漆大门，因而不是指富豪贵族之家，而是指朱家的门人，泛指游侠。朱家是秦末汉初鲁人，是汉代最早出现的一位游侠。"鲁朱家者，与高祖同时。鲁人皆以儒教，而朱家用侠闻。所藏活豪士以百数，其余庸人不可胜言……振人不赡，先从贫贱始。家无余财，衣不完采，食不重味，乘不过𫐐牛。专趋人之急，甚己之私。"① 朱家行侠仗义，多有壮举，却"不伐其能，饮其德，诸所尝施，唯恐见之"②，因此在民间，特别是在游侠中享有很高的威望：有的游侠以父事之，有的游侠以他为行侠的榜样，可见其影响之大。后来，"朱家"也就逐渐成为游侠的通称。"朱门"即朱家的门人，犹如孔门是孔子的门人一样，当然是指游侠，而不是代指豪门贵族。

荣，即光荣、荣耀。事实上，郭璞说"朱门"即"游侠"之"荣"并非泛泛而言，而有充分的历史事实根据，就是说"朱门"即"游侠"在历史上曾经十分"荣"过。关于这方面的情况也是史不绝书。如前所说，朱家为人所追捧，以致"自关以东，莫不延颈愿交焉"③，晚于朱家一辈的知名侠士剧孟，"以任侠显诸侯……剧孟母死，自远方送丧盖千乘"。西汉中期的郭解也是知名游侠，时人多慕其名，"……解家遂徙，诸公送者出千余万……解入关，关中贤豪知与不知，闻其声，争交欢解"。可见，"游侠"确有其非同寻常的"荣"的往昔。最后，关于游侠郭解之"荣"，太史公做了这样的总结："天下无贤与不肖，知与不知，皆慕其声，言侠者皆引以为名。"司马迁的论断在很大程度上代表了游侠作为一种身份的社会声誉。

以上是《史记》的记载。除此之外，《汉书》又补充了很多新资料，如游侠万章、楼护、陈遵如何受到诸侯和权贵的追捧和礼遇，获得了如何的尊荣和声誉等都有具体的记载，可以进一步证明司马迁的论断。这些历史事实所凸显的都是"荣"即光荣、荣耀，而没有一件能够说明游侠的

---

① 《史记·游侠列传》，第十册第3184页。
② 《汉书·游侠传》，第十一册第3699页。
③ 本段中关于游侠荣显的引文，都出自《史记·游侠列传》，第十册第3184—3189页。

豪富和显贵。

其实,以"荣"字肯定和形容游侠的社会声誉,并非自郭璞始,早在两汉时代的司马迁和班固就已经把"荣"与游侠联系在一起了。在上面所引用的太史公话的后面,司马迁接着引谚曰:"'人貌荣名,岂有既乎!'"意思是说:"人以颜状为貌者,则貌有衰落矣;唯用荣名为饰表,则称誉无极也。"① 显然,司马迁认为行侠是足以荣名的。再看班固的记载:

> 布衣游侠剧孟、郭解之徒驰骛于间阎,权行州域,力折公侯。众庶荣其名迹,觊而慕之。②

可以看出,以"荣"来肯定和形容游侠的名迹可以追溯到司马迁,而正式使用则始于班固。这就是说,郭璞所说的"朱门何足荣",不但以大量的历史事实为依托,而且在"荣"字的用法上也有其传统的依据。这些足以说明郭璞用字非常准确和有分寸,那种以豪富、显贵解释"荣",不但有违字义,而且不符合历史事实。

第三,"山林隐遁"与"托蓬莱"的关系。

"山林隐遁"即作隐士,"托蓬莱"即修炼学道,羽化升仙,也就是作神仙。搞清"山林隐遁"与"托蓬莱"、作隐士与成神仙的关系,对于理解这四句乃至全诗也十分重要。

在现代语境中,"山林隐遁"与"托蓬莱"、作隐士与成神仙各有其特定的含义,分别属于人、神两个不同的范畴,彼此之间的界限很清楚,但魏晋时期却并非如此:"山林隐遁"与学道修仙、神仙与隐士不是截然分开,彼此之间的界限有时很模糊。对于这个问题,即"山林隐遁"与学道修仙、神仙与隐士的关系,也就是"山林隐遁"对"托蓬莱"的重要意义,魏晋时代就已经引起人们的注意。郭璞同时代的神仙道教思想家葛洪对此做了这样的说明:

> 遐栖幽遁,韬鳞掩藻,遏欲视之目,遣损明之色,杜思音之耳,

---

① 《史记·游侠列传·集解》,第十册第3189页。
② 《汉书·游侠传》,第十一册第3698页。

远乱听之声，涤除玄览，守雌抱一，专气致柔……①

后三句出自《老子》，比较难理解，王明先生作了这样的解释："涤除玄览，言去欲无知。守雌，言不为人先。抱一，守一。专气致柔，言爱养精气，能使筋骨柔和。"②葛洪是说：山林隐逸能够遏制人的种种欲望，有助于提高和充实道学修养以及保养精气，锻炼筋骨，健康长寿，这与学道求仙，方术修炼的目的是完全一致的。正是因为如此，一些人把山林隐逸视为学道修仙的必经之途，从山林隐逸开始学道修炼因而也成为一种普遍的现象。由于魏晋时期的神仙多从隐士转化而来，所以有"为道者必入山林"③和隐士多兼治道术之说。神仙的这种来历使他先天地与隐士结合在一起，由此形成了我国古代特有的宗教文化现象："古代传说的神仙，大多是神化了的隐士，而隐士也就是未神化的神仙。"④

这样看来，在魏晋时代"山林隐遁"和"托蓬莱"，并非彼此对立，而是一致关系，正是在这样的语境下，郭璞诗赋中常常出现它们之间的同语代替，例如，诗中的"山林隐遁栖"与"托蓬莱"及其所代表的出世远游，学道修仙之间的关系就是如此。

综上所述，开头四句诗义十分明确：通过对于以游侠和隐逸者为代表的两种相互对立的人生价值取向的抉择，诗人从人生理想的高度出发，认为"游侠"不足为荣，否定了以"游侠"为文化符号的积极作为，倾力济世的人生价值取向，而肯定了以"山林隐遁"为文化符号的出世远游，学道修仙的人生价值取向，从而明确了自己的人生方向和所要走的道路。就作品的结构看，显然，这是为全诗提供明确的思想基点和严格遵循的思想指向。

最后还应当特别指出，如果考虑到魏晋时代在士大夫中间"既主张道本儒末、道先儒后，追求神仙不死超脱尘世，又不能忘怀治世经国，维护君臣礼义的人间俗务"⑤的情况，也就是儒道双修，兼具两种相互对立的人生价值取向这一现象的普遍存在，那么，郭璞就这两种人生价值取向

---

① 王明：《抱朴子内篇校释·至理》，中华书局1985年版，第111页。
② 王明：《抱朴子内篇校释·至理》注，第116页。
③ 王明：《抱朴子内篇校释·明本》，第187页。
④ 胡孚琛：《魏晋神仙道教》，第66页。
⑤ 任继愈主编：《中国道教史》，中国社会科学出版社2001年版，第95页。

所做的抉择，其时代特征和意义就尤其显得突出。

二 走隐遁之路，与入世观念彻底决裂

再说第二部分，即后十句。

第一部分通过人生价值取向的抉择，人生道路既已明确，接下去的十句则是抒发走这条道路，即通过山林隐逸学道修仙的决心。

这十句可以分成两层："临源挹清波"六句是第一层，最后四句是第二层。

第一层：是说走山林隐逸学道修仙的人生之路。

其中，前两句"临源挹清波，陵冈掇丹荑"是对山林隐遁生活的写照：盘桓山水之间，采药服食，学道修仙。接下去的四句"灵溪可潜盘，安事登云梯？漆园有傲吏，莱氏有逸妻"，首先明确点出在灵溪隐遁，灵溪，水名，在青溪山。《游仙诗》之二"青溪千余仞"即是。这里山水清幽，正是隐遁修仙的理想之地。下面的诗句涉及庄子和老莱子，要正确理解这四句诗，关键是要搞清郭璞心目中的庄子和老莱子究竟是怎样的人。

原来，郭璞诗赋中多次提到的庄子和老莱子与一般语境下的含义完全不同，而有其特定的含义。例如，在《客傲》中为了回击缙绅对他的嘲笑，一口气列出了他心目中作为理想人生榜样的八位"贤者"：庄周、老莱、严平、梅真、梁生（即梁鸿）、焦先、阮公（即阮籍）和翟叟（即翟公）。这八位"贤者"在身份上虽有神仙、隐士和一般名士之别，但在人生价值取向上却完全一致：超越世俗，摆脱烦恼，向往心灵自由和快乐。这说明郭璞心目中的"贤者"，既不是为民立德的圣人孔子、孟子及其后学，也不是功勋卓著，名垂青史的文臣武将，而仅仅是出世远游，追求心灵自由和生活快乐的神仙。十分明显，对这种人生价值取向的肯定与他的宗教信仰是完全一致的。[①]

搞清了郭璞心目中的庄子和老莱子是什么人，这四句诗也就容易理解了："安事登云梯"是正面设问，而不是对升仙的否定；接下去后两句是对它的回答：隐遁灵溪的目的就是学道修仙，使自己成为漆园傲吏和莱氏一样的快乐神仙。

[①] 关于这八位"贤者"的人生价值取向，请参见第一章第二节"郭璞的神仙道教信仰"之二"郭璞对于神仙世界的向往和追求"。

有的学者认为"灵溪可潜盘,安事登云梯?"意思是在此隐居,何必还要升仙?即肯定隐逸,否定升仙。这个说法是完全错误的:第一,忽略了二者的一致关系:魏晋时代学道修仙多从山林隐逸开始,因此,山林隐逸即意味着追求神仙(详前);第二,如果"安事登云梯"是对升仙的否定,如何解释紧承其后的"漆园"二句?(详后)

第二层"进则保龙见"四句,表明自己与入世处俗观念彻底决裂。

"进则保龙见,退为触藩羝。"《文选》李善注:"进,谓求仙也;退,谓处俗也。"[①]诗歌引用《周易》乾卦,说明如果"进"即出世远游,学道修仙,就像"飞龙在天",预示一切顺利畅通。相反,如果"退"即入世处俗,那么就会像《周易》"大壮"卦中的"羝羊触藩"一样,将进退失据,陷于困境。两条不同人生道路具有完全不同的后果,通过这一对比,进一步打消了诗人"退"而入世的俗念,坚定了"进"而修仙的决心。既然决心已定,就要见诸行动,"高蹈风尘外,长揖谢夷齐",正是对于诗人满怀信心地踏上学道修仙之路的传神写照。

应当指出的是,郭璞以"长揖谢夷齐"来表示自己出世学道修仙的决心是颇富深意的:伯夷、叔齐虽然放弃王位,不恋权势,然而武王伐纣时不但"叩马而谏",而且"天下宗周"以后又"义不食周粟"。在郭璞看来,他们虽身居世外,但仍心系天下,说明没有完全忘怀现实,断绝俗念。郭璞特别点出从拜别他们而开始"高蹈风尘外"的历程,正是表明自己与入世处俗观念彻底决裂的决心。

三 序诗的意义及其与正文之间的关系

以上对序诗的两部分分别作了分析,并在纠正前人在词语解释和诗义理解方面的问题和错误的基础上对此诗做了全新的解读,指出:诗人从人生理想的高度对人生价值取向做出抉择,否定了积极作为,倾力济世的人生价值取向,而肯定了出世远游,学道修仙的人生价值取向,从而明确了人生方向和人生道路,坚定了通过山林隐遁,学道修仙,使自己成为快乐神仙的决心。这种价值取向追求的是个体在宇宙中的自由和快乐,与通过积极作为,倾力济世以实现人的社会价值的取向完全不同。

我们知道,《游仙诗》是由包括序诗在内的十首诗组成,除序诗之外,

---

① 《文选》李善注,第306页。

正文即第二至第十首这九首诗都属于诗人学道修仙历程的"自叙"（详后）。在抒写学道修仙历程"自叙"的内容之前，为什么要加上这样一首序诗，也就是序诗与正文之间具有怎样的关系？其意义和作用如何？

关于序诗的意义和作用及其与正文之间的关系，首先在于序诗明确说明了诗人选择学道修仙人生之路的思想基点。思想基点既是全诗思想发展的起点，又是全诗内容的思想基础。诗人做出人生价值取向的明确抉择，最终肯定了出世远游，学道修仙的人生道路以追求神仙世界，这个决定直接关系到人生终极价值的实现，对于一个人来说其重要性是不言而喻的。因而这个决定是经过深思熟虑，特别是两种不同的人生价值取向的比较而做出的，从而形成了诗人走学道修仙人生之路以追求神仙世界的坚实思想基础。就是说，序诗不但为正文所写的学道修仙的实际践行提供了可靠的内在根据，而且突出了诗人人生价值取向抉择的严肃、郑重的思想特征。

其次，序诗为全诗提供了明确的思想指向，形成了贯穿全诗的思想线索。

如果说思想基点为全诗的思想内容提供了坚实的思想基础和内在根据，那么，思想指向则明确标示出全诗内容的走势和意义。所以，正文部分所写的学道修仙的全部历程，诸如学道修仙的原因、山林隐逸、方术修炼、修德悟道以及最后修炼成仙等这一切内容，既是建立在这个思想基点之上，又是严格遵循这个思想指向而逐渐展开，从而形成贯穿全诗的明确思想线索。

在正文之前安排这样一首序诗，把对于两种对立的人生价值取向的抉择以及有关的思考等内容，统统置于序诗中，这样正文便不再涉及这些内容，而可以集中抒写学道修仙的历程本身（包括思想历程和实际践行历程，详后），从而使正文的内容更加集中和突出。另外，如果考虑到《游仙诗》思想性质复杂，内容繁富，涉及广泛，不同范畴、不同时空的各种各样事物纵横交错的情况，[1]那么，序诗为全诗标示的思想指向就尤其显得重要。因为正是这个思想指向将纷繁复杂的内容统摄起来，使全诗内容明显自行聚敛，从而增强其整体性并呈现出"形散神不散"的特征。[2]

---

[1] 详见本章第一节"《游仙诗》研究历史的教训和启示"。
[2] 关于《游仙诗》的结构，请参见本章第八节"《游仙诗》的结构特点"。

第三节 学道修仙的原因和思想基础

《游仙诗》第四、五、七首这三首诗集中抒写生命悲剧给人带来的焦虑和痛苦以及为了超越生命悲剧，使人从悲剧性命运中解脱出来所进行的反复探索，通过探索，诗人认为要摆脱生命悲剧，只有走高举远游、学道修仙的人生之路。从全诗来看，十分明显，这部分是写诗人学道修仙的原因和思想基础。而这三首诗正是前人所说的《游仙诗》的"非列仙之趣"部分：

第四首：
六龙安可顿，运流有代谢。时变感人思，已秋复愿夏。淮海变微禽，吾生独不化。虽欲腾丹溪，云螭非我驾。愧无鲁阳德，回日向三舍。临川哀年迈，抚心独悲吒。

第五首：
逸翩思拂霄，迅足羡远游。清源无增澜，安得运吞舟？圭璋虽特达，明月难暗投！潜颖怨青阳，陵苕哀素秋。悲来恻丹心，零泪缘缨流。

第七首：
晦朔如循环，月盈已复魄。蓐收清西陆，朱羲将由白。寒露拂陵苕，女萝辞松柏。蕣荣不终朝，蜉蝣岂见夕？园丘有奇草，钟山出灵液。王孙列八珍，安期炼五石。长揖当途人，去来山林客。

一 生命悲剧及其带来的焦虑和痛苦

所谓生命悲剧是一种具有人类普遍性并对人类文化发展产生重要影响的悲剧，主要是指人类在宇宙中不可避免的局限性所造成的不幸甚至毁灭性的结局。具体说来，生命悲剧主要包括两个方面的内容：一个是人的"由时间的局限产生'死亡恐惧——生命毁灭感'"，另一个是"由空间的局限产生'尘世束缚——生命不自由感'"①。可见，生命悲剧意识所针对的不是给人带来痛苦和烦恼的世俗性的成败得失，如仕途困顿、财产损失、疾病灾难，等等，而是人生无法超越的生命悲剧及其所导致的终极关怀的失落和人生价值的虚无。历史上很多哲学家对此都做过研究，其中德国哲学家卡尔·雅斯贝尔斯论证的"人的悲剧"的思想和生命悲剧的特征②，更是具有重要意义。

具体说来，《游仙诗》表现的生命悲剧给人带来的焦虑和痛苦，正是这两个方面：

（一）对于时间飞逝的无奈和对生命短暂的焦虑

阅读《游仙诗》会突出感觉到，在一般诗歌中很少集中描写的"时间"在这三首诗中占了很大比重，比如第四首中的"六龙安可顿，运流有代谢"和第七首中的"晦朔如循环，月盈已复魄。蓐收清西陆，朱羲将由白"等都是。在一篇以"游仙"为主题的诗歌中竟有如此多的关于光阴流逝，时序代谢的描写，深刻反映着时间观念在诗人心灵世界中所占的突出地位。我们知道，高度关注和重视时间，把时间观念置于重要地位本是现代文明的体现，生于一千七百多年前的郭璞竟如此关注和重视时间绝非偶然，而必有其重要原因。这只要看一看诗人对时间的具体描写即可一目了然：

首先，诗人对于时间的感悟突出的不是时间的静止和漫长，而是时间不可逆转的飞速流逝。这从诗中所用的一连串充满动感的词语，如"安可顿"、"运流"、"时变"、"已秋"、"循环"、"盈"、"复魄"、"清西陆"、"将由白"，等等，就可明显看出。通过这些描写，看不见、摸不着的抽象的时间被充分形象化，变得富于感性特征，使人仿佛看到川流不息的"时间"巨流一去不复返的无情图景。由此不难想象诗人对于时间不可逆转的飞逝具有怎样强烈的感受！

不止如此，在诗人看来更为令人焦虑不安的是，在时间巨轮的驱使下晦朔循环，时序代谢，万物无不走向衰败和死亡。而宇宙中这种"惨象"无时无处不在发生：

---

① 梅新林：《仙话》，上海三联书店1992年版，第10页。
② 参见卡尔·雅斯贝尔斯《悲剧的超越》，亦春译，工人出版社1988年版，第101—102页。

寒露拂陵苕，女萝辞松柏。薜荣不终朝，蜉蝣岂见夕？

诗人以深秋陵苕、女萝的凋零枯萎和薜荣、蜉蝣的朝生暮死反映时光短暂，生命必然走向死亡。十分明显，这是以草木凋零折射人生：人生也是转瞬即走向衰老和死亡，一如那寒露摧残下的陵苕和女萝！诗人以具有行为特征的"拂"和"辞"来形容时间横扫一切的残酷无情以及生命的短暂和脆弱，充分表现了人生的可悲以及诗人对于生命有限性的焦虑和面对死亡的恐惧！

对时间不可逆转流逝的无奈和对生命短暂的焦虑是一个问题的两个方面，因为生命的存在就展现在时间的境域中，生命的过程就是时间的流逝过程，所以，说到底诗人对于时间的高度敏感和关注实际上是基于对生命的关注和对死亡的无奈。

"几乎在绝大多数……民族那里都具有不死信仰……"① 这是因为尽管从理性上人人都知道人终有一死，但对于死亡的恐惧和无奈还是"人之常情"，而这种"常情"归根结底是由于死亡而导致的关于价值虚无的自我意识。所以，人越想提升生命的价值，丰富人生的意义，对于生命有限性的焦虑和对死亡的恐惧也就越强烈，因而不死的信仰也就越加普遍。这样看来，诗人对于时间的高度敏感和关注以及对于生命和死亡的观点和态度，归根到底是出于对生命价值和人生意义能否实现的深刻忧虑。

（二）尘世束缚所造成的不自由感

向往和追求自由是生命的本性，然而，来自自然和社会的各种各样的威胁、制约和压迫常常使人的活动空间变得十分狭小。在社会生活领域中，统治阶级的倒行逆施、种种不合理的社会制度、违背人性的名教礼俗、荒谬愚昧的思想观念，等等，无不使人受到各种各样的束缚、压抑乃至迫害和摧残，从而失去自由而陷入悲痛和苦闷中。对此，诗人做了一个十分形象的比喻："清源无增澜，安得运吞舟？"（《游仙诗》之五）在郭璞看来，人所处的现实困境如同吞舟之鱼在浅水中无法游动一样，尘世束缚所造成的人生不自由使人难以生存。

诗人认为，尘世束缚对人来说无所不在，人的不自由具有普遍性。对

---

① 费尔巴哈：《从人类学观点论不死问题》，《费尔巴哈哲学著作选集》，生活·读书·新知三联书店1959年版，上卷第256页。

此他又做了一个形象的比喻:"潜颖怨青阳,陵苕哀素秋。"潜颖与陵苕相对,分别指生长于潜隐之处的禾苗和生长在陵阜之上的草类。这两句以"潜颖怨青阳之晚臻,陵苕哀素秋之早至"①比喻不管是贫富、穷达,也不管是卑微、显赫,总之,不管什么具体的人生境遇,都要面对现实困境,受着尘世束缚。

一般说来,人在时间方面的局限,即生命有限,必然死亡是人所共通的,在这方面人与人之间没有什么差别。而由尘世束缚所造成的生命不自由感的具体内涵、性质和程度则因人而异,这是因为社会地位和处境的不同,人们所受的束缚和限制彼此各异。就郭璞来说,从他的诗赋作品可以知道,他在现实中的不自由感是多方面的,但最主要并困扰他终生的则是遭受不合理制度的压抑,使他的才能难以施展,抱负不得实现。这段痛苦经历对他来说可谓刻骨铭心,所以《游仙诗》中特别写了这样两句:

圭璋虽特达,明月难暗投。(之五)

《礼记·聘义》:"圭璋特达,德也。"《疏》:"行聘之时,唯执圭璋,特得通达,不加余币。言人之有德亦无事不通,不须假他物而成。"②诗中从反面运用这个典故:虽说"圭璋特达",有才德的人可以不假他物而成,但如果不被人知,也会像明月之珠暗中投人一样,同样不会被接受。诗人以比喻象征的手法巧妙概括了才高德俊之士的现实困境:如果没有家世豪门的支撑,他们同样"难暗投",不可能找到用武之地。

诗人发出如此强烈的感慨,绝非无病呻吟。这只要看一看他所处的魏晋时代的特定背景以及他的坎坷经历和遭遇即可一目了然:

晋朝统治者为了笼络门阀士族,获取他们的支持,完全沿袭了曹魏以来所实行的九品中正制,即九品官人法。这个保证士族特权的官僚选拔制度,完全以"家世"为准,而不看才德,因而很快形成了"世胄蹑高位,英俊沉下僚"的畸形局面:"魏晋以来,以贵役贱,士庶之科,较然有辨。"③ 在这种制度下,出身于庶族没有显赫门庭的郭璞其悲剧性命运是

---

① 《文选》李善注,第 307 页。
② 《十三经注疏》,中华书局 1980 年版,下册第 1694 页。
③ 《宋书·恩倖传序》,中华书局 1974 年版,第八册第 2302 册。

早已注定的。

在这方面，他的交游和经历，特别是与他才学相当的同龄好友的飞黄腾达，使他对自己的不幸遭遇，尤其深感不平。

原来，郭璞从很早即与贵戚庾亮、温峤相交往，多年来结下了生死之交。①关于郭璞与庾亮、温峤之间的关系以及三人的才学，《晋书·郭璞传》说得很明确："明帝之在东宫，与温峤、庾亮并有布衣之好，璞亦以才学见重，埒于峤、亮，论者美之。"②然而，才学大体相当的过命好友前途却有天壤之别：庾亮和温峤在仕途上可谓青云直上，例如自叹才学不如郭璞的庾亮，"与王导受遗诏辅幼主。加亮给事中，徙中书令。太后临朝，政事一决于亮"③。温峤同样肩负大命："明帝即位，拜侍中，机密大谋皆所参综……俄转中书令。峤有栋梁之任，帝亲而倚之……"④ 相形之下，郭璞虽"博学有高才"⑤，怀有报国之志，并利用一切机会积极进取，效忠朝廷，如多次就朝政大事上疏，并写有为朝廷歌功颂德的《南郊赋》《晋元帝哀策文》等作品，但由于没有显赫的身世而始终未得重用，长期穷愁潦倒。最后，在他的晚年不得已而只能充任权臣王敦的幕僚。⑥

同龄好友之间命运和前途的巨大反差，使郭璞对于社会现实，特别是不合理的人才选拔制度比一般人有着更为痛切和深刻的体验。从这种特定的语境出发不难体会到：那些表面看来波澜不惊的诗句，实际上却浸透着诗人饱受现实束缚，生命不自由的无限辛酸和悲苦！

二 探索和寻求摆脱生命悲剧的途径

从上面的论述可以知道，与同时代人相比，诗人对于生命悲剧的体验

---

① 郭璞与庾亮、温峤之间的生死之交，可以从以下两件事看出：东晋太宁元年（公元323年，即郭璞被杀前一年）朝廷与王敦叛逆活动的斗争表面化，温峤给晋明帝的上疏中在历数王敦大逆不道的罪行之后，特别指出朋友们常与自己谈论王敦的这些罪行，而在给他提供王敦罪证的朋友中，郭璞的名字赫然在列。紧接着，朝廷在起兵讨伐王敦之前，担任讨伐重任的温峤、庾亮又就此事请郭璞占卜。这时，王敦尚大权在握，不可一世，足以说明郭璞与温峤、庾亮之间的以命相托的关系一直延续到郭璞生命的尽头。参见第一章第三节"尸解升遐：郭璞之死解读"之一《政治、宗教背景》。

② 《晋书·郭璞传》，第1904页。

③ 《晋书·庾亮传》，第六册第1918页。

④ 《晋书·温峤传》，第六册第1787页。

⑤ 《晋书·郭璞传》，1899页。

⑥ 详见第一章第四节"郭璞的生平简历和特色人生"。

更为深刻，感受到的痛苦和焦虑更为强烈，因而摆脱生命悲剧的要求也更为迫切。为了寻找摆脱悲剧性命运的途径，消解由它所引起的焦虑和痛苦，诗人在想象中做了多方面的探索。其间虽经历了多次挫折、失败，但他不灰心，不气馁，而是改变方向继续努力，充分表现出追求理想的执着精神。当然，这种想象中的探索只不过是一种象征，象征他对于彻底摆脱生命悲剧束缚，实现生命永恒和自由快乐的强烈向往和追求。

大体说来，诗人的探索主要表现在第四首中，探索过程可以分为以下四步：

首先，为了改变生命短暂的残酷现实，摆脱死亡的压力，诗人竟异想天开，幻想时光倒流：

时变感人思，已秋复愿夏。

在时光飞逝，生命有限这个残酷的现实面前，诗人深感无能为力，无计可施，除了焦虑和痛苦之外，唯有幻想挽住季节的脚步使时光倒流，使迅速走向死亡的过程得以逆转，从而改变生命短暂的可悲境况。幻想当然不可能实现，但却反映了诗人的向往和追求，以及在时光飞逝，生命短暂面前的可悲和无助。

幻想改变不了现实，诗人开始了第二步探索：希望具有鸟兽通过改变生命形式以延长生命的本领：

淮海变微禽，吾生独不化。

由于科学发展水平的局限，我国古代对于生命演化的规律缺乏科学认识，而认为不同的生命之间可以自由转化。"淮海变微禽，吾生独不化"正是基于这样的认识所发出的感叹。《国语·晋语九》："赵简子叹曰'雀入于海为蛤，雉入于淮为蜃；鼋、鼍、鱼、鳖，莫不能化，唯人不能，哀夫！'窦犨侍曰'臣闻之，君子哀无人，不哀无贿；哀无德，不哀无宠；哀名之不令，不哀年之不登……'"[①]从这段引文，不但可以看出上述两句诗是化用赵简子的感叹而来，而且从窦犨对赵简子话的评论，可以知道赵

---

① 《国语·晋语九》，商务印书馆1935年版，第178页。

简子感叹鸟兽"莫不能化,唯人不能"的用意即在于感叹人因为"不能化"故而寿命短这样一个"事实"。可见,这两句诗明确表现出诗人羡慕鸟兽因时、因地不断改变生命形式以延长生命的本领,言外之意是如果人也能像鸟兽那样因时、因地改变生命存在的形式,不断延长寿命,就可以把死亡推向无限遥远,从而实现长生不老。然而现实是"吾生独不化",人没有那样的本领,不能按自己的意志改变生命的形式,因而也就摆脱不了生命有限性的局限。这样,诗人的探索又告失败。

接着,诗人又想借助超自然的神奇力量克服生命有限性的局限。

时光不能倒流,人又没有鸟兽通过改变生命形式延长生命的本领,说明现实中没有解决生命悲剧的出路,于是诗人放眼神话世界,力图凭借超自然的神奇力量来改变人生悲剧性命运:

虽欲腾丹溪,云螭非我驾。

丹溪是神话传说中的神仙世界,那里的人即神仙超越了死亡的局限,可以长生不死。丹溪、云螭的神话出自曹丕《典论·论方术》:"然而惑者,望乘风云,与螭龙共驾,适不死之国,国即丹溪……"[①]可见诗人幻想驾"云螭","腾丹溪"奔向不死之国,正是为了实现长生不死的理想。然而,螭龙非我车驾,不听从我的驱使,根本无法达到。就这样,赴不死之国以逃避死亡的意图也不得已而落空。

于是,诗人又改而他求:

愧无鲁阳德,回日向三舍。

这是寄希望于上天,希望借助上天的力量延长生命,于是想到了鲁阳公的故事:"鲁阳公与韩搆难,战酣日暮,援戈而抈之,日为之反三舍。"[②] 是诗人欲借鲁阳之戈抈日使之反向而行,也就是使时光倒流,以达到延长生命的目的。然而"愧无鲁阳德,回日向三舍",这个办法也行不通。原来,鲁阳公是楚国品德高尚的"仁人",他不谋求个人的权势,

---

① 《文选》李善注,第307页。
② 《淮南子·览冥训》,《淮南鸿烈集解》,中华书局1989年版,上册第193页。

而"不忘子孙,施及楚国"①,事事为国家的前途和命运着想。他的精诚感动了上天,才得天之助而有了扬戈"回日"的本领。②诗人自叹没有鲁阳公那样崇高的品德,不能得天之助,因而也就无法达到"回日三舍"延长生命的目的。

以上以克服人在时间上的局限性为目的的各种探索,最终无不因为受到种种条件的制约而归于失败,也可以说是因为在空间上受到限制,缺乏充分的自由不能有所作为而失败,这恰好说明克服人在时间上的局限性与空间自由之间的关系。由于万物只能存在于时间和空间共同搭建的舞台,时间和空间也因物的存在而不可分地联系在一起。从这个意义上说,诗人克服时间上的局限性所做的种种探索,实际上也是为了克服人在空间上的局限性以获得充分的自由。在这方面,特别值得注意的是:在第四首在写克服时间上的局限性所做的探索和努力暂告一段落之后,紧接着第五首开头的两句"逸翮思拂霄,迅足羡远游"写的正是对于空间自由的追求和向往。时空的转换在一定程度上恰好反映了二者之间的关系。

由于探索失败,彻底摆脱悲剧性命运的目的未能达到,诗人不得不继续面对生命短暂和尘世束缚的巨大压力而陷入了绝望的深渊。至此,诗人再也控制不住自己的感情,巨大的悲痛喷泉般地倾泻而出:

临川哀年迈,抚心独悲吒。(之四)
悲来恻丹心,零泪缘缨流。(之五)

其中第四首的结尾明确指出了造成诗人巨大悲痛的原因不是一般的世俗性得失成败,而是无法解脱的生命悲剧,因此他的痛苦也不同于一般的痛苦:这种痛苦不但更加强烈和深沉,而且具有找不到人生归宿与出路的迷茫和苦闷。因为这是"一种关于人生的终极价值、终极归宿、终极关怀的痛苦,是一种即使得到了金钱、地位、物质享受和家庭温暖等而仍然弥漫心头的痛苦……"③

综上所述,诗人在大胆想象中上天入地,遍览人间、神界,乃至鸟兽

---

① 《国语·楚语下》,第210页。
② 参见《淮南子·览冥训》有关部分及刘文典注释,《淮南鸿烈集解》上册第192—193页。
③ 王江松:《悲剧人性与悲剧人生》,中国社会科学出版社1994年版,第4页。

虫鱼，从不同时空、不同角度展开了多方面探索，但目的始终如一：那就是克服人在时间和空间两个方面的局限性，解除由它们所造成的巨大压力，以彻底摆脱悲剧性的命运。但不论他怎样努力，也不论怎样改变探索的方式，最终都以失败告终。看来，诗人通过诗歌形象已经明确显示出这样一个道理：彻底摆脱生命悲剧的目的在人间根本不可能实现，要达到这个目的只有一条路可走：那就是通过学道修仙之路，到另一个世界去。

三 对于学道修仙之路的肯定及其原因

第七首的中心内容之一，正是对于学道修仙道路的明确肯定，这主要体现在最后六句中：

> 园丘有奇草，钟山出灵液。王孙列八珍，安期炼五石。长揖当途人，去来山林客。

前两句中的园丘、钟山，据《文选》李善注引《外国图》和东方朔《十洲记》，都是仙话中的名山。灵液为仙话中的玉膏之属，即玉的膏脂；奇草即芝草之类的神草。这里以它们泛指可使人成仙的灵丹妙药。魏晋时代，很多士大夫深信服食灵液、神草之属即可成为神仙，因此服食之风颇为盛行。所谓"知上药之延年，故服其药以求仙"[①]。这两句诗说明诗人对此也是深信不疑。中间两句的意思正如李善注所说："王孙列八珍以伤生，安期炼五石以延寿"[②]。安期即安期生，相传是古代的千岁仙人，汉武帝迷恋神仙，曾"遣方士入海求蓬莱安期生之属"，可见作为神仙，安期生是很有代表性的。诗中以安期生"炼五石"泛指为了成仙而炼丹的修炼生活。据《抱朴子·金丹》，用五石炼成的仙丹不但可使人长生不老，而且可使人起死回生。[③] 这样，通过"伤生"与"延寿"的对比，说明服食丹药远远胜过伤生损寿的美味佳肴，从而肯定了进行修炼即可长生不老，成为神仙。由此可以看出，诗人不但承认长生不老神仙的存在，而且认为通过服食修炼，人也可以成为神仙，而这两点恰恰正是神仙道教

[①] 葛洪：《抱朴子·对俗》，王明：《抱朴子内篇集释》，中华书局1985年版，第46页。
[②] 《文选》李善注，第308页。
[③] 参见葛洪《抱朴子·仙药》，王明：《抱朴子内篇集释》，第78页。

的基本教义。① 这就是说，诗人完全认同神仙道教和神仙思想，并充分肯定了学道修仙之路才是克服生命有限性和生命不自由感，使人摆脱悲剧性命运的途径。在此基础上，诗人在最后两句中明确表现了告别仕途，走山林隐逸学道修仙之路的决心。

其中，最后一句中的"山林客"正是通过山林隐逸学道修仙之意。如前所说，魏晋时代修仙多从山林隐逸开始，有"为道者必入山林"②和"古代传说的神仙，大多是神化了的隐士，而隐士也就是未神化的神仙"之说③，所以人们习惯上便以山林隐逸代表学道修仙。④

至于诗人为什么会认为学道修仙，认同神仙道教才是摆脱悲剧性命运的途径，可以从以下两个方面来理解：

第一，作为魏晋时期道教一个分支的神仙道教，不同于适应下层劳动人民需要，以祈福禳灾，解除病痛为本的早期民间道教，而是以"长生成仙为教旨"，并"更多地体现了传统文化中道家隐逸的特色"⑤，具有魏晋时期鲜明的士族文化特征。所以，神仙道教不但满足了士族大户、王公贵族延续享乐生活的欲求，而且也迎合了中下层知识分子摆脱道德危机，寻找精神寄托的需要。⑥像魏晋时期很多士人热衷于学道修炼，追求神仙世界一样，诗人也是如此。

第二，与充满黑暗、邪恶、贫穷和战乱的人间完全不同，神仙世界没有任何尘世束缚和灾难，没有矛盾和对抗，因此也没有任何烦恼和痛苦；不仅如此，这个世界还超越了一切因果关系和世俗常理，超越了时间和空间，在那里不但可以充分享受自由和快乐，而且获得了生命的永恒。正因为如此，神仙世界也就成为饱尝生命悲剧和尘世苦难折磨的人们心目中的闪亮灯塔和希望所在。正如宗教学家斯特朗所说："如果世俗世界是唯一适合于人类生存的世界，人类可能会绝望。然而，还有另一个世界——神圣王国，它能够提供保护和欢乐。这一王国是永恒的、纯洁（完美）的、

---

① 关于郭璞对于神仙道教思想的认同，详见第一章第二节"郭璞的神仙道教信仰"。
② 王明：《抱朴子内篇校释·明本》，第187页。
③ 胡孚琛：《魏晋神仙道教》，人民出版社1989年版，第66页。
④ 详见第二章第五节"第二、六、八、十首诗解析"之一"第二首：学道修仙之始——山林隐逸"。
⑤ 吴孚琛等：《道教志》，第28页。
⑥ 关于神仙思想和神仙道教产生的社会背景，任继愈主编《中国道教史》、葛兆光《道教与中国文化》等论著多有论述，可参阅。

超世间的、神秘的和全能的。"[1]对于魏晋时代的人们来说，神仙道教所描绘的神仙世界就是这样的"神圣王国"。十分明显，这正是具有强烈生命悲剧意识的诗人为了摆脱悲剧性命运，获得生命永恒和自由快乐，经过反复探索，终于选定山林隐逸，学道修仙人生道路的根本原因。

既然找到了人生的终极归宿和安顿灵魂的道路，笼罩在诗人心头的悲哀和痛苦随之一扫而光。前面说过，面对无法摆脱的悲剧性命运，在第四、五两首诗的结尾都喷涌出无法控制的巨大悲痛；与此形成鲜明对比的是，第七首中由于明确了摆脱生命悲剧的途径，困扰人生的终极问题得以解决，所以，诗中再也没有任何痛苦和悲哀。这从一个侧面反映了诗人内心世界发生了巨大变化，并说明诗人精神探索思想历程已经完成。

第四节 神仙世界与宗教存想

前面说过，与以嵇康、阮籍和曹植等为代表的"正格的游仙诗"[2]相比，郭璞《游仙诗》无论在内容上，还是在形式上，都有很多新特点，以致从根本上失去了"游仙诗"的本意，因此不能拘泥于"游仙诗"本意"按图索骥"，而必须根据作品的具体内容和特点有针对性地展开实事求是的研究。比如，就诗中所描写的神仙世界的来源途径看，二者就有明显的区别：一般所谓的"正格的游仙诗"，其神仙世界的来源途径或为艺术想象和虚构，或为古代流传下来的神话传说的移植，而郭璞《游仙诗》中神仙世界的来源除了这两个途径之外，还有另一个特殊的来源途径：宗教存想。艺术想象是自觉理性精神主导下形象思维的产物，而宗教存想则是非理性的宗教观念主导下神秘思维的结果，二者具有本质的区别。

郭璞《游仙诗》中共有五首诗，即第二（"青溪千余仞"）、三（"翡翠戏兰苕"）、六（"杂县寓鲁门"）、九（"采药游名山"）和十（"璇台冠昆岭"）都集中描写了神仙世界，从神仙世界的来源途径和性质看，这

---

[1] 斯特朗：《宗教生活论》，徐钧尧等译，今日中国出版社1992年版，第65页。

[2] 关于"正格的游仙诗"及其代表诗人，参见张海明《魏晋玄学与游仙诗》，《文学评论》1995年第6期。

五首诗是不同的,其中不是来源于艺术想象和古代神话传说移植,而是来源于道教修炼过程中的神秘的宗教存想,并具有鲜明宗教性质特征的是第三首和第九首。

搞清《游仙诗》中神仙世界的来源途径和性质,不仅能够恢复第三、九这两首诗的本来面貌,而且对于把握《游仙诗》的思想内容和主题,促进郭璞和《游仙诗》研究的深入发展都将大有裨益。

一 通过宗教存想而出现的神仙世界之一

现在来考察《游仙诗》第三、九首中神仙世界与宗教存想的关系。为了便于论述和理解,先来分析第九首。第九首全诗如下:

> 采药游名山,将以救年颓。呼吸玉滋液,妙气盈胸怀。登仙抚龙驷,迅驾乘奔雷。鳞裳逐电曜,云盖随风回。手顿羲和辔,足蹈阊阖开。东海犹蹄涔,昆仑若蚁堆。遐邈冥茫中,俯视令人哀。

诗中"登仙抚龙驷"六句是对神仙世界的集中描写。从来源的途径看,这个神仙世界不是艺术想象的产物,而是宗教存想的结果。

一般说来,作为现实生活和诗人理想升华的艺术想象,不管多么荒诞离奇,总有其现实的根源。正是因为如此,在诗文中当需要描写神仙世界时往往首先都要对神仙世界出现的现实基础或引发神仙世界的具体由头做出交代和说明。例如《离骚》中的上叩天阍,下求佚女的"上下求索"和驱使众神,驾驭龙凤的"远逝自疏"两部分分别描写了两个不同的神仙世界。这两个神仙世界的出现绝非诗人的随意杜撰,而与其前面所描写的楚国黑暗腐朽的现实、诗人的人生价值取向和对远大理想的追求密切相关,正是诗人人生价值取向和远大理想与黑暗现实之间矛盾冲突构成了关于神仙世界的艺术想象的现实基础。再如曹植的《洛神赋》描写黄初三年他自京都还国经洛水邂逅洛神的悲欢离合的凄婉故事虽属子虚乌有,但像《离骚》中的神仙世界一样,曹植笔下的神仙世界也与现实生活、人生经历和遭遇息息相通:无缘交接神女和美梦落空的惆怅、抑郁正是他晚年遭受压抑,理想不得实现的曲折反映。至于为什么是写洛神而不是写其他神女则与写作的具体由头密切相关:"黄初三年,余朝京师,还济洛川。古人有言，斯水之神名曰宓妃。"① 看来，正是同一空间（洛川）引发了曹植关于洛神的美丽而丰富的想象。可以看出，这些神仙世界的出现都是诗人在社会现实和个人生活经历的基础上，运用联想和想象对自己意识中储存的各种生活表象（包括古代流传下来的神话传说的表象）进行改造和重组，所创造出的新的艺术形象。这就是说，艺术想象虽然可以不受时空限制地自由驰骋，但却深深地植根于现实生活的土壤中。

那么，第九首中"登仙抚龙驷"六句所描写的关于神仙世界的"想象"，其产生的基础是什么呢，或者说是由什么具体由头所引起呢？这不可避免地涉及神仙世界与其前面四句"采药游名山，将以救年颓，呼吸玉滋液，妙气盈胸怀"之间的关系。那么，这二者即"登仙抚龙驷"六句所描写的神仙世界与"采药游名山"四句之间究竟有没有关系，如果有的话，这又是怎样的一种关系呢？要解决这个问题，首先必须搞清楚"采药游名山"四句的具体内容。

十分明显，这四句诗所写的不是一般的世俗性的日常生活，而是道教信仰者的方术修炼。其中前两句"采药游名山，将以救年颓"是对于道教信徒为了"救年颓"达到长生不老的目的而服食仙丹妙药的概括。第三句"呼吸玉滋液"中的"呼吸"，结合全诗和关于方术修炼的道教文献，可以知道这里并非指每个人须臾不能离开的简单的一呼一吸，而是一种有着特定要求的行气功法修炼，这种功法要求修炼者"澄心绝虑，调息令匀，寂然常照，勿使昏散……静极而嘘，如春沼鱼；动极而噏，如百虫蛰。氤氲开阖，其妙无穷。"②行气功法具体包括吐纳、调息、胎息，等等，至于诗中所写的是哪一种，由于没有具体说明，不便妄猜。又"玉滋液"：道教文献称口为玉池；玉滋液又称玉液，即津液，又名醴泉、玉浆，③ 这里代指服炼津液的功法。诗中"呼吸"与"玉滋液"连用，说明修炼者是把行气与服炼津液这两种功法结合起来进行修炼的。道教信仰者相信，严格按照功法程序和要领进行修炼，并长期坚持，即可取得神奇的效果，最终达到宗教目的。第四句"妙气盈胸怀"是说服食丹药、行气和服炼津液等功法之后所取得的非同寻常的效果：修炼者产生了"妙

---

① 曹植：《洛神赋·序》，《文选》，第 270 页。
② 陈虚白：《规中指南》，《道藏精华录》，浙江古籍出版社 1989 年版，下册第 7 页。
③ 详见务成子《上清黄庭内景经·口为章》注，《道藏精华录》下册第 7 页。

气"充盈胸怀的飘飘欲仙的神奇之感。

关于方术修炼的神奇效果,据说没有这方面亲身经历的非道教信徒是很难体会到的。为了理解这种效果,不妨看一看神仙家和道教思想家的有关说明。陶弘景指出:"唾者,漱为醴泉,聚为玉浆,流为华池,散为精沴,降为甘露。故曰为华池中有醴泉,漱而咽之,溉藏全身,流利百脉,化养万神,肢节毛发,宗之而生也。"①《上清黄庭内景经·口为章第三》:"口为玉池太和宫,漱咽灵液灾不干。体生光华气香兰,却灭百邪玉炼颜。"②由此不难看出,结合行气服炼津液之后,诗人产生"妙气"充盈胸怀的神奇之感并非虚词,而是方术修炼效果的真实体验。

诗歌在描写了方术修炼及其所产生的飘飘欲仙的神奇效果之后,紧接着以"登仙抚龙驷"六句描绘了修炼者与神灵融为一体走进神仙世界,并像神仙一样腾云驾雾,风驰电掣直奔天庭的神奇画面。如何看待这个神仙世界,特别是它的出现与前面所写的方术修炼及其所取得的令人飘飘欲仙的神奇效果之间有没有关系,显然是正确理解这首诗不可回避的重要问题。

有的学者把在这种语境下出现的神仙世界与前面所举的《离骚》《洛神赋》所写的神仙世界等量齐观,认为也是艺术想象的结果,显然是完全错误的。

如前所说,《离骚》《洛神赋》中通过艺术想象而出现的神仙世界不管如何虚无缥缈和荒诞离奇,终归是植根于现实,即有其现实生活和诗人人生经历的根据,因而对于二者之间的内在联系总能做出符合理性和经验的解释说明。但是,"登仙抚龙驷"六句所写的神仙世界的出现则不然,它前面的"采药游名山"四句既没有提供任何现实生活方面的内容,也不涉及作者个人的任何生活经历和遭遇,实际上完全相反,它所写的是与社会生活、个人经历和人生道路没有任何关系的方术修炼。既然"采药游名山"四句所写的内容与社会现实和诗人的个人生活经历、遭遇风马牛不相及,当然也就不是后面所写的关于神仙世界的想象赖以产生的现实基础。就是说,这个神仙世界产生的具体途径与《离骚》《洛神赋》中通过艺术想象而产生的神仙世界完全不同,不是建立在现实生活基础上的作

---

① 陶弘景:《养性延命录》,《道藏精华录》上册第2页。
② 《上清黄庭内景经》,《道藏精华录》下册第7页。

者理想的艺术升华。

既然这六句所写的神仙世界不是来源于一般的艺术想象，那么，它又是怎样产生的呢？这涉及人们心目中神仙世界形成的另一种机制，一种与艺术想象完全不同的机制，这就是方术修炼所诱发的关于神仙世界的"想象"。这种"想象"不是《离骚》《洛神赋》和一般"正格的游仙诗"中大量出现的那种艺术想象，而是性质完全不同的神秘的宗教存想。

存想也是道教方术之一，又名存思，是一种以除邪却病，长生不老为目的的凝神结想，神思守一的视观通神之术。视观通神既包括"内视内观"，也包括"外视外观"。所谓内视内观，即视观体内之神。道教认为，人体各部位和器官都有神真驻守，神真的数量多达三万余，存想这些神真即可得到神真的保护，达到却病防身，健康长寿的目的。"外视外观"就是视观体外之神。关于存想所见的体外之神，正如神仙道教思想家葛洪所说：所谓"天灵地祇，皆可接见，山川之神皆可使役也"①。这说明，通过宗教存想"外视外观"，不但可以"见到"天灵地祇、山川之神，而且修炼者可以走进神仙世界，使这些神灵供自己"使役"，从而达到修炼的目的。

道教文献关于方术修炼的记载说明，一般情况下存想不是单独进行，而是与其他方术一并修炼，这是因为其他的方术修炼有助于更快和更顺利地展开存想：原来，方术修炼即通过具有一定程序和技术规范的动作和意念变化可以使人的注意力高度集中，并忘掉外物，忘掉自己，进入"入静"状态，即进入心理和情绪被宗教力量所控制的神秘状态。而一旦进入"入静"状态，修炼者在宗教神秘思维定势的主导下，就可能在幻觉中见到梦寐以求的神仙世界，即达到了所谓的方术通神。事实上，修炼者通过方术修炼不仅能够"看到"神仙世界，而且其本人"也往往会感到自己与神灵融为一体而忘却了自己的本来面目"②，即个人受到宗教的控制而处于失去自我的迷失状态。西方宗教学家把这种在宗教观念支配下通过方术修炼而见到神仙世界的现象称为"幻视"③，并认为这是世界各种宗教的共同特征。

---

① 王明：《抱朴子内篇校释》，中华书局1985年版，第326页。
② 葛兆光：《道教与中国文化》，上海人民出版社1987年版，第82页。
③ 参见杰弗里·帕林德尔《世界宗教中的神秘主义》之第二章和第十三章，今日中国出版社1992年版。

这样看来，诗歌在写方术修炼及其所取得的飘飘欲仙的神奇效果之后，紧接着出现的随风驾龙，乘雷逐电，直奔天庭的神奇图画，不正是诗人通过方术修炼诱发了宗教存想，在"幻视"中所见的神仙世界以及"自己与神灵融为一体"的写照吗？

关于第九首中神仙世界来源于宗教存想和宗教性质除了以上所述之外，还可以通过旁证证明：

在实际生活中，郭璞是相信存想致神的，他的学术著作明确说明了这一点。《山海经图赞》："水玉沐浴，潜映洞渊。赤松是服，灵蜕乘烟。吐纳六气，升降九天。"说的正是赤松子通过服食、行气等方术修炼而举身飞升成仙的"事实"。这一观点与诗歌所描写的存想致神是完全一致的。

再有，看一看散文体的道教文献关于方术修炼与存想"幻视"之间关系的记载，或许对我们会有进一步的启发。《存思·存思三洞法》：

入室东向，叩齿三十二通……仰咒曰："洞渊幽关，上参三元，玄气郁勃，飞霞紫云……乘空驾虚，游宴玉晨，携提景皇，结友真仙。"思洞渊毕，还东向，叩齿九通，咽气九过，三洞毕矣！子能行之，真神见形，玉女可使，玉童见灵，三元下降，以丹舆绿軿，来迎兆身，上升太清。①

《存思·紫书存思九天真女法》：

……思毕，心拜真女四拜，叩齿二十四通，仰祝曰："天真廻庆，游宴紫天。敷陈纳灵，合运无间……思微立感，上窥神真。流精陶注，玉华降身。万庆无量，长种福田。"毕，仰引气二十四咽止。如此，真女感悦，神妃含欢，上列玉帝，奉兆玉名……面发金容，体映玉光，神妃交接，身对灵真，克乘飞盖，游宴紫庭。②

将以上两则资料与《游仙诗》第九首加以比较，可以明显看出两则道教文献除了多出"仰咒"、"仰祝"等文字之外，其他与《游仙诗》第

---

① 《云笈七签》，中华书局 2003 年版，第二册第 949-951 页。
② 同上书，第二册第 1004 页。

九首的内容基本相同,都是由两部分构成:一部分是方术修炼,一部分是存想"幻视"所见的神仙世界。关于这两部分之间的关系,即方术修炼诱发了关于神仙世界的存想,在两则散文体的道教文献中表述得十分明确:在叙述方术修炼之后分别用"子能行之"、"如此"等字样将它们与紧承其后而出现的神仙世界联系起来,从而充分肯定了神仙世界的出现完全是由方术修炼所引起。但是,这种方法在诗歌中则行不通:受诗歌体裁的限制,在诗歌创作中诸如"子能行之"、"如此"这类表示二者关系的字样只能省略。由于不能直接说明二者之间的关系,因而造成了理解的困难甚至误读。不过,诗歌对于这种关系虽然不便加以直接说明,但也有其相应的表现手段:《游仙诗》中关于神仙世界的描写与服食丹药、行气、服炼津液等方术修炼前后相承,紧相衔接,不正是这种关系的反映吗?

二 通过宗教存想而出现的神仙世界之二

再说第三首中的神仙世界与宗教存想的关系。第三首全诗如下:

> 翡翠戏兰苕,容色更相鲜。绿萝结高林,蒙笼盖一山。中有冥寂士,静啸抚清弦。放情凌霄外,嚼蕊挹飞泉。赤松临上游,驾鸿乘紫烟。左把浮丘袖,右拍洪崖肩。借问蜉蝣辈,宁知龟鹤年!

搞清了第九首中神仙世界的来源途径和宗教性质,第三首中"放情凌霄外"六句所描写的神仙世界与宗教存想的关系就比较容易理解了。

像第九首一样,此诗主要也是写道教修炼者的方术修炼及其在存想"幻视"中所见的神仙世界。诗中在关于神仙世界的描写之前还有六句,其中开头四句通过翠鸟兰苕,容色鲜丽,草木葱茏,笼罩高山的描写,展示了一幅远离喧扰人世的清幽而美丽的图画,而这正是修炼者进行方术修炼的场所。显然,这个自然环境并没有提供任何足以引发艺术想象的社会现实、人生理想和人生经历等方面的内容,因此,其后所写的神仙世界也不可能是由它所引发的艺术想象。

或许有人提出不同的看法:诗中所描写的神仙世界正是由其前的仙境般清幽而美丽的环境所引起,即仙境般的环境景物触发了关于神仙世界的艺术想象,而与宗教存想无关。应当说,这四句所描写的环境与后面六句所描写的神仙世界之间如果没有任何其他内容,而是二者直接衔接,这样的看法或许不无道理，但实际情况并非如此：在环境描写与神仙世界之间还有十分重要的两句诗："中有冥寂士，静啸抚清弦。"而这两句所写的不是其他什么内容，恰恰正是说明诗人正在学道修仙以及引发存想"幻视"的方术修炼。

先说前一句"中有冥寂士"。十分明显，"冥寂士"是诗人自指，就像第二首中诗人以"鬼谷子"自指一样。"冥寂"，李善解为"玄默"，[①]所谓"玄默"即清静无为，但这只是"冥寂"二字的字面含义；除了字面含义，这里更有其特定的宗教内涵。"冥寂"二字出自《三洞经教部·三洞序》："《洞神》之教，以教主神宝君为迹，以冥寂玄通元无上玉虚之气为本也。"[②]而"神宝君住太清境"[③]，这说明"《洞神》之教"即《洞神》经（道教"三洞"经之一）所规定的学道修炼内容是属于以升入太清境为目标的阶次。[④]那么，这个阶次在学道修仙的历程中究竟属于哪个仙位呢？原来学道修炼可以分为三个仙位：以升入太清境为目标的阶次为初级，太清境中有九"仙"，"仙"又分为九等；以升入上清境为目标的阶次为中级，上清境中有九"真"，"真"又分为九等；以升入玉清境为目标的阶次为上级，玉清境有九"圣"，"圣"又分为九等。[⑤]这就是所谓的"以三境三名，示其阶位之始也"。[⑥]诗人以出于"《洞神》之教"的"冥寂"形容自己，正是暗指自己学道修炼的阶次是以升入太清境成"仙"为目标的初级。道教史诸多事例说明，对于一般道教信徒来说，能够登上初级仙位，即入太清境成"仙"已是极为难得之事，至于入上清成"真"，入玉清成"圣"根本不敢奢望。郭璞也是如此，他所强烈向往的仙境始终是太清境，而根本不是上清境和玉清境。这从《游仙诗》残句可以得到进一步的证明：残句一"飘然凌太清，眇尔景长灭"[⑦]。残句七"翘首望太清，朝云无增景"。这些诗句十分清楚地表明了郭璞修仙的具体目标。

---

① 《文选》第306页。
② 《云笈七签》，第一册第87页。
③ 同上书，第一册第87页。
④ 同上书，第一册第87—88页。
⑤ 参见《云笈七签》，第一册第36、87页。
⑥ 《云笈七签》，第一册第88页。
⑦ 《游仙诗》残句的排列顺序根据逯钦立《先秦汉魏晋南北朝诗》，参见该书中册第867页。

总而言之，诗人自称"冥寂士"是说自己是一个以升入太清境为目标的修仙者，可见，这里取道教经典中的特定词语自指，不但十分含蓄地标明了自己已经开始学道修炼及其所处的具体阶次，而且与全诗所表现的宗教生活内容和基调完全一致，从而保持了诗歌艺术形象的完整统一。①

再说后一句"静啸抚清弦"。这句是写方术修炼的具体内容：与第九首中所写的服食丹药、行气和服炼津液等不同，这是另一种完全不同的方术修炼，即"静啸"。

"啸"作为一种独特的发声方法，一般说来大致分为两种，一种是日常生活中的啸，一种是道教宗教生活中的啸。日常生活中的啸作为感情交流的手段，汉魏六朝时代很多人都能运用，所谓"古人以啸为常，非绝艺也"。②而用于道教宗教生活中的啸则有其特殊要求，情况比较复杂，需要传授，不是一般人随便都能掌握的。据传这种"啸"起于道教尊神西王母，"西王母其状如人，豹尾虎齿而善啸，蓬发戴胜……"③"啸"法即由西王母传下："西王母以授南极真人，授广成子"④并传至后代。

道教宗教生活中的啸按其功能和特征又可以分为两种：一种是"禁啸"，一种是"歌啸"。⑤所谓"禁啸"是一种据说可以改变客观事物的巫咒禁术，⑥其发声方法可以是没有声调变化的念诵，也可以是与音乐密切联系的吟唱。"歌啸"可以用于方术修炼，其发声既非一般的噘口以气激舌所出之声，亦非大声呼吼，而是发声悠长的"吟"。啸本来就有"吟"意，《说文》说得很明确："歗，吟也。"⑦歗，即啸。正是因为如此，古籍中"啸"与"吟"经常连用，如《抱朴子内篇·畅玄》："吟啸苍崖之间，而万物化为尘氛。"⑧《金楼子·志怪》："乐安故市，枯骨吟啸"⑨。

---

① 关于"冥寂士"的更多论证详拙稿《关于郭璞〈游仙诗〉中的"鬼谷子"和"冥寂士"》。

② 陈伯君：《阮籍集校注》所附《阮籍传》笺注引《啸旨》，中华书局1987年版，第424页。

③ 袁珂：《山海经校注》，中华书局1980年版，第50页。

④ 陈伯君：《阮籍集校注》所附《阮籍传》笺注引《啸旨》，第424页。

⑤ 详詹石窗：《道教与女性》，上海古籍出版社1990年版，第115—122页。

⑥ 关于"禁啸"具有改变客观事物的巫咒禁术的作用，可参见《后汉书·方技列传》关于赵炳"长啸呼风，乱流而济"的记载，《后汉书》，第十册第2742页。

⑦ 《说文》，中华书局1963年版，第179页。

⑧ 王明：《抱朴子内篇校释》，第2页。

⑨ 许逸民：《金楼子校笺》，中华书局2011年版，下册第1200页。

"歌啸"中的啸既是发声长吟,不可能没有高低、轻重和缓急的变化,所以,"歌啸"的"啸"自然也就与音乐密不可分。

不止如此,诗中的"静啸"还有"清弦"伴奏,更说明它属于"歌啸"是毫无疑问的,而在"啸"前特别加了一个"静"字,不止是突出了其低声吟唱的特点,而且在功能上也有其特殊的作用(详后)。至于这个"歌啸"是有声无义,还是声义结合,诗中没有具体说明,不过,修仙者诵念经咒一般都是既有声又有义,声义结合的。①

如前所说,与音乐关系密切的"歌啸"可以用于方术修炼,在"歌啸"修炼达到一定程度时,其效果与前面所说的行气和服炼津液一样,同样可以使修炼者的心理和情绪被宗教力量所控制而产生飘飘欲仙的神奇之感。"歌啸"修炼的效果因修炼者的修炼功夫深浅不一而有很大差别,"技艺较高超者亦当可达到特别的气功入静状态,从而产生一些料想不到的效应"②。而当"歌啸"修炼达到一定程度并与存想结合时,其"料想不到的效应"之一便是"啸歌"致神,即"啸歌"存想致神。

所谓"啸歌"致神,其实并不神秘,它不过是修炼者在"啸歌"所酿成的神秘宗教氛围中更加顺利地进入存想状态,并最终在"幻视"中见到了他所向往的神仙世界。如前所说,诗中强调不是一般的"歌啸",而是"静啸",并且有"清弦"伴奏,更凸显了其和谐、静穆和深沉的特征,这当然更有利于达到"入静"状态。"……道教中人都深信正是修道者在身心高度和谐的状态下,反复地诵念经咒后发出那些内心的声波,由内而及外,由近而及于远,终能让它超出此界的时空之维而'传译'向另一他界的时空……"③这个"另一他界的时空"正是人间之外的神仙世界。这说明,在"身心高度和谐的状态下,反复地诵念经咒"诱发存想"幻视"并非什么罕见之事。

这样看来,紧承"静啸"之后诗人所"看到"的赤松、浮丘和洪崖等神仙在祥和氤氲中驾鸿飞翔,逍遥同游的神奇场景,同样不也正是存想致神的写照吗?

---

① 这从前面所引《存思·存思三洞法》、《存思·紫书存思九天真女法》以及后面所引的《高仙盼游洞灵之曲》可以得到证明。詹石窗:《道教与女性》,第121—122页。
② 詹石窗:《道教与女性》,第121—122页。
③ 李丰楙:《道教劫论与当代度劫之说》,李丰楙、朱荣贵主编:《性别、神格与台湾宗教论述》,天翼电脑排版印刷股份有限公司1997年版,第321页。

关于"静啸"诱发存想"幻视",即"啸歌"致神,除上面的分析之外,也可以通过道教文献所记载的一些真人道士所创作的"仙歌道曲"予以证明。《云笈七签》卷九十六《西王母授紫度炎光神变经颂》之一:"啸歌九玄台,崖岭凝凄凄……积感致灵降,形单道亦分。"①又《高仙盼游洞灵之曲》:"吟咏《大洞章》,唱此《三九篇》。曲寝大漠内,神王方寸间。"②这两则"仙歌道曲"明确无误地说明"啸歌"和"吟咏"具有"致灵降"和使"神王"致于"方寸间"的作用。它们都是真人道士根据自己修炼的切身体会而创作,所言不虚。从宗教修炼的角度看,《游仙诗》第三与这两则"仙歌道曲"一样,都是写"啸歌"致神,内容基本相同,区别仅仅在于两则"仙歌道曲"是对于"啸歌"致神的抽象说明,而郭璞《游仙诗》之三则是对"啸歌"所引起的存想"幻视",亦即他所见到的神仙世界的具体描绘。

另外,"仙歌道曲"中除了对于"啸歌"致神的抽象说明之外,也有不少作品对"啸歌"所引起的存想"幻视"展开了具体描绘。为了进一步说明郭璞《游仙诗》之三中神仙世界的宗教存想性质,有必要再看一看这类"仙歌道曲"。《云林右英夫人授杨真人许长史诗》是记西王母出游天庭之诗,全诗共二十六首,其一云:"驾欻遨八虚,回宴东华房。阿母延轩观,朗啸蹑灵风。"③作者云林右英夫人是西王母之第十三女,故诗中称西王母为"阿母"。"东华"即东华帝君,与西华金母即西王母共理阴阳二气,二仙仙位对应;西王母出游,来到东华之殿如同回家,故曰"回宴"。如前所说,西王母"善啸",诗中在出游之始特别交代"朗啸",就是突出说明下面出现的神仙世界都是她的"朗啸"致神之功。诗歌从第二首开始直到第二十三首中的大部分篇幅都是对于神仙世界神奇景象和与神仙逍遥同游的详尽铺陈。尽管与郭璞《游仙诗》之三对于神仙世界的简洁而传神的描绘相比,云林右英夫人之作显得繁缛而冗长,二者在写作功力及艺术水准方面存在天壤之别,但所体现的宗教观念和内在理路却完全相同:都是"啸歌"致神的具体写照。

---

① 《西王母授紫度炎光神变经颂》之一,《云笈七签》,第四册第2087页。
② 《高仙盼游洞灵之曲》,《云笈七签》,第四册第2097页。
③ 《云林右英夫人授杨真人许长史诗》,《云笈七签》,第四册第2133页。

三 第三、九这两首的共同点与具体差别

以上分别对《游仙诗》第三、九这两首诗做了初步分析，指出两首诗中的神仙世界不是作为现实生活和诗人理想升华的艺术想象的产物，而是在宗教观念和神秘思维的主导下，通过服食丹药、行气、服炼津液和"静啸"等方术修炼所诱发的宗教存想的结果。在全部《游仙诗》中集中反映方术修炼和存想"幻视"内容的只有这两首诗，为了进一步认识这两首诗的思想性质和内容，有必要再做一些综合分析。

如果暂不考虑第三首诗开头描写环境的四句诗，而就其余部分（也是该诗的主要内容）与第九首加以比较，有两个方面特别值得注意：

一个方面是：这两首诗的主要内容都是由三部分组成：方术修炼、存想"幻视"中所见的神仙世界和从神仙世界对人间的审视（详后）。就是说，两首诗的基本内容存在三个共同点。另一个方面是：两首诗在基本内容相同的基础上又存在具体差别，而这些差别无一例外都是学道修仙不断进展和加深的表现。

现将这两首诗的共同点和具体差别论述如下：

（一）方术修炼及其差别

按神仙道教教规，信仰神仙道教不能仅仅停留在精神层面，而必须同时按规定进行严格的方术修炼，这样才有可能实现长生不老，自由快乐的宗教理想。这是因为与其他宗教不同，"道教是重视实际践行的宗教，除了有对形而上之道的信仰外，也有一些可操作性的'法'与'术'"[1]。所谓"法"是指具有神秘性特征的修道的具体方法，"术"则是掌握这种规范性方法的特殊技巧。方术修炼就是掌握这种"法"和"术"并按规定反复践行。魏晋时期方术种类繁多，诸如服食丹药、思神守一、行气导引、服炼津液、存想"幻视"、辟谷不食、还精补脑等不一而足，所谓"神仙之道百数，非一途所限，非一法所拘也"[2]，说的正是这种情况。就诗中所涉及的方术修炼看，第三首主要写了"静啸"和存想，第九首主要写了服食丹药、行气、服炼津液和存想，等等。这些无疑都是诗人在学道修炼过程中结合自己情况所选择的方术修炼的具体种类。可以看出，与

---

[1] 孙亦平：《道教文化》，南京大学出版社 209 年版，第 305 页。
[2] 杜光庭：《墉城集仙录叙》，《云笈七签》，第五册第 2525 页。

当时繁多而庞杂的方术种类相比,诗中涉及的方式种类虽不算多,但也足以反映出诗人进行方术修炼活动的大体情况。

更为重要的是,两首诗虽然都写了方术修炼,但在方术修炼的具体内容上又存在明显的差别:由开始(即第三首所写)的少而简单到后来(即第九首所写)的多而复杂,不但方术修炼的种类增加了,而且是多种方术修炼结合进行,充分反映出诗人修炼由简而繁,由浅入深的发展过程。诗人这样描写方术修炼的过程,与道教经典所要求的"学道当阶浅以涉深,由易以及难"[①]完全一致,这在一定程度上可以证明诗人描写的真实性。

(二)存想"幻视"及其所见神仙世界的差别

第三、九两首诗在叙述方术修炼之后都写了存想"幻视"及其所见的神仙世界,但神仙世界的具体画面及其所显示的意义又存在明显的差别。

存想"幻视"作为一种在丧失自我的迷失状态下的无意识行为,实际上是宗教理想和宗教观念的不自觉的演绎,所以,不但与艺术想象具有本质的区别,而且对于主体(即艺术想象和宗教存想的主体)来说其意义也完全不同:一般的艺术想象虽然具有现实生活的基础和根据,但想象者本人也十分清楚:那些荒诞离奇的画面纯属虚构,而并非真实的存在;宗教存想则不然,虽然"幻视"中的神仙世界完全是子虚乌有,并非真实的存在,但在修炼者看来却并非如此:存想"幻视"中的神仙世界正是独立于人间之外的神仙世界的再现,不但具有无可争辩的"真实性",并且也是神仙道教信仰的终极根据。正是因为如此,存想"幻视"所见的神仙世界对于神仙道教的修炼者来说,也就具有非同寻常的意义:既然已经看到并进入了神仙世界,就说明自己已经超越了自身的境界,而与终极实在建立了联系,而任何宗教的终极实在都被认为是把"人类从痛苦中解脱出来的理想境界"[②],因此,修炼者从中不仅能够体验到神仙降临的神圣以及神仙世界的美好和永恒,而且还被视为自己接近神仙世界或即将成为神仙的证明。

事实上,修炼者在存想"幻视"中的所视、所感虽然与现实生活无

[①] 王明:《抱朴子内篇校释》,第123页。
[②] 斯特朗:《宗教生活论》,徐钧尧等译,今日中国出版社1992年版,第31页。

关，丝毫不具备历史真实性，但却是一种超理性的神秘的宗教经验的真实体验。这说明这两首诗所写的正是一般诗歌很少触及的修炼者的神秘宗教体验。

随着方术修炼由少而简单到后来的多而复杂和诗人修炼由浅入深的发展，相应地由它们所诱发的存想"幻视"也呈现着由外及内、由浅而深的特征：第三首的存想"幻视"仅仅是"看到"了赤松、浮丘和洪崖等神仙逍遥同游的神奇场景，而自己还是远远地在神仙世界之外。第九首则不同，诗人在存想"幻视"中不仅仅"看到"神仙世界，而且还走进神仙世界，并像神仙一样腾云驾雾远游。对于修炼者来说，这一变化反映着他距离神仙世界越来越近，所抱定的宗教理想目标正在逐步实现。

需要指出的是，诗人在存想"幻视"中所展示的神奇画面完全属于宗教性质，但是，当诗人把这些神奇画面行诸文字而写成诗时，就不单是具有宗教属性，而更兼具鲜明的艺术特征和强烈的艺术感染力。比如第三首通过写赤松、浮丘和洪崖三位神仙携手拍肩逍遥自在地同游，寥寥几笔就十分传神地表现出神仙世界的自由和快乐。第九首写诗人在"幻视"中与神灵融为一体向神仙世界飞奔，所使用的一连串形象生动而富有张力和动感的词语充分表现出诗人对于神仙世界的强烈向往和追求。①

（三）从神仙世界对人间的审视及其差别

两首诗在描写了存想"幻视"所见的神仙世界之后，都写了从神仙世界对人间的审视，即第三首中的"借问蜉蝣辈，宁知龟鹤年"，第九首中的"东海犹蹄涔，昆仑若蚁堆。遐邈冥茫中，俯视令人哀"。与一般常见的从人间看神仙世界相反，这里却是从神仙世界看人间。独特的视角决定了非同寻常的发现，并体现着诗人对人间的独特感受。

第三首诗中，在描写赤松、浮丘和洪崖等神仙逍遥同游的神奇场景之后，紧接着的两句"借问蜉蝣辈，宁知龟鹤年"，不仅表现出诗人对于诸仙长生不老，快乐自由的强烈向往，更由于"蜉蝣辈"与神仙世界隔膜，而不屑于向他们谈仙论道，反衬出自己心向神仙世界的强烈信心和希望。

与第三首相比，在第九首中随着修炼的加深，诗人从神仙世界俯视人间的感受更为丰富和复杂。主要有两点：

---

① 参见本章第九节"关于方术修炼的艺术处理"之二"关于存想幻视所见神仙世界的艺术处理"。

1. 世界渺小，没有什么值得留恋：诗人设想从九霄云外的神仙世界远望人间，发现世界原来竟是如此的渺小：浩瀚无际的东海不过如同蹄子般大小的水洼，巍然耸立的昆仑也不过如同蚁穴隆起的土堆。我们生活的世界既是如此的可怜，那么，人间的功名利禄、权势、地位、荣誉、声望、得失、成败等岂不更是微不足道？这样看来，人间还有什么值得挂念的呢！显然，只有在看破人世，超越世俗，心目中有了更高的形而上的追求，才能产生这样的感受。

2. 世事可哀，决心告别人间：诗人从天上俯视人间产生了"俯视令人哀"的感受，根本原因在于他的强烈的生命悲剧意识以及对于生命悲剧及其所造成的焦虑和痛苦的强烈感受。可见，与第三首相比，第九首结尾从神仙世界俯视人间的感受虽只短短四句，但却蕴含着更为深刻而丰富的内容，并在无限深沉的悲情中宣示自己告别人间，走学道修仙之路的坚定决心。

最后，还有一个问题应当说明，两首诗在写了方术修炼和存想"幻视"之后，为什么都要写从神仙世界对人间的审视？有的学者可能以抒发内心情怀的需要来解释这一问题，但从道教信仰者的修炼实践来看，恐怕并非如此。原来，道教信仰者有这样一种根深蒂固的观念：仙道神圣，玄理奥妙，非玉身仙人根本无法理解，因此一般不轻易为外人道。这既表现出自己的超脱，也反映了对于人间凡俗的鄙视。例如《大洞消魔神慧内祝隐文存诸真法》在吟咏《大洞真经三十九章》并取得"身致羽童，驾景乘云，飞行玉清，位齐紫宾"的神奇效果之后，特别指出："此高玄之妙道，玉清之秘篇，皆授金名玉字高仙之人。"[①]《阴真君传》在叙述他修炼之后特别说明修仙之道"亦何急令朝菌之徒，知其所云为哉！"[②]葛洪《神仙传·阴长生传》对此也有记载。[③]又在《马明生真人传》中录有太真夫人赠马明生诗之一，此诗在叙述了"上下凌景霄，羽衣何婆娑"的神游天界之后，也写道："五岳非妾室，玄都是我家。下看荣竞子，笃似蛙与蟆。顾盼尘浊中，忧患自相罗……祸凑由道泄，密慎福臻多。"[④]将这些材料与《游仙诗》第三、九首关于从神仙世界对人间的审视加以对比，可谓大有异曲同工之妙：不仅在观念上彼此相一致，而且有些词语和诗歌

---

① 《云笈七签》，第二册第 948 页。
② 《云笈七签》，第五册第 2309 页。
③ 葛洪的记载文字稍有出入，参见葛洪《神仙传》，中华书局 2010 年版，第 172 页。
④ 《云笈七签》，第五册第 2304 页，又见《太平广记》"太真夫人"条。

句式也颇多相同。

综上所述，《游仙诗》第三、九首都写了方术修炼、存想"幻视"和从神仙世界对人间的审视，但在具体内容上又存在明显的差别：方术修炼有多与少、繁与简之别；存想"幻视"部分所写的神仙世界有"看到"与"进入"之别；从神仙世界对人间的审视有不屑与"蜉蝣辈"谈仙论道和决心告别人间之别。可见，《游仙诗》第三、九首主要是由这样既有共同点又有具体差别的三部分组成。就其共同点来看，这三个部分的内容都是神仙道教修炼生活中最常见的活动，具有鲜明的宗教性质特征。关于具体差别可以从两个角度审视：从宗教信仰的角度看，这些差别反映了诗人学道修炼的不断加深和进步，体现着诗人距离实现神仙道教宗教理想的目标越来越近；从诗歌艺术的角度看，这些差别十分自然而突出地反映了诗人内心世界的深刻变化：对于人间凡俗越来越鄙弃和疏离，对于神仙世界的向往和追求越来越强烈和迫切。

根据以上所述，可将《游仙诗》第三、九首的中心内容概括如下：这两首诗是诗人对其所参与的神仙道教的学道修炼活动，即方术修炼和存想"幻视"及其所引起的人生态度变化的"自叙"，反映了诗人对于神仙世界的向往和追求，没有停留在精神的层面，而是落实在具体的修炼活动上。而这些活动都属于神仙道教的宗教生活，是学道修仙活动的重要内容之一。

第五节　第二、六、八、十首诗解析

以上三节分别论述了有关《游仙诗》的三个问题，并对涉及的诗歌分别做了论述：第一个问题集中论述了第一首诗即序诗；第二个问题集中论述了第四、五和第七首诗（即所谓的"非列仙之趣"部分）；第三个问题集中论述了第三、九两首诗。通过这些论述对这六首诗的思想内容及其与其他诗歌的关系（不是全部关系）有了初步的认识。以下继续考察上述诗歌之外的其他诗歌，即第二、六、八和十这四首诗。

一　第二首：学道修仙之始——山林隐逸

《游仙诗》第二首（以下简称第二首），全诗如下：

第二章　郭璞的诗歌之一:《游仙诗》　101

　　　　青溪千余仞,中有一道士。云生梁栋间,风出窗户里。借问此何谁,云是鬼谷子。翘迹企颍阳,临河思洗耳。阊阖西南来,潜波涣鳞起。灵妃顾我笑,粲然启玉齿。蹇修时不存,要之将谁使?

此诗以诗人在青溪山隐居为题材,抒发隐居生活的思想情志。全诗共十四句,按内容可以分为三部分:开头六句为第一部分,明确交代诗人在青溪山隐居和隐居环境的特点;第七、八句为第二部分,表现诗人对于高士许由的仰慕和向往——这是诗人隐居生活的思想情志之一;最后六句为第三部分,表现对于神仙世界的强烈向往和追求以及无由交接神女的惆怅和苦闷——这是隐居生活的思想情志之二。

众所周知,"自叙"是叙事作品的形式之一。按一般惯例,叙事作品首先要交代时间、地点、人物和事件等,作为学道修仙历程中实际践行开始的第二首正是如此:在第一部分就把这些叙事要素交代得清清楚楚:其中隐居的地点是在远离喧嚣尘世、风光秀美的青溪山;人物是名为"鬼谷子"的道士;事件是"鬼谷子"在这里的隐居生活,而表现的重点则是隐居生活中诗人的内心世界状态。下面首先对几个具体问题做简要说明,然后再分析诗中描写的神仙世界和诗人的思想情志等问题。①

第一,关于隐士身份和本诗的抒情主体:

众所周知,鬼谷子本是战国时代的纵横家,诗中的鬼谷子不是指鬼谷子本人,而是如李善所说作为"隐者通号"[②]代指隐士,诗人用以自指,就是说在青溪山隐居的隐士不是别人而是诗人本人。那么,诗人为什么要自称隐士呢?诗人与隐士有什么关系,会使他以隐士自称呢?原来,诗人确实有过隐居的经历,这段隐居经历在其《与王使君诗》中有明确的记录:"遭蒙之吝,在我幽人。"幽人,也是隐士;这两句是说自己正在修仙隐居之际,发生了"永嘉之乱",遭受异族入侵之辱。可见,以"鬼谷子"自称与此处的以"幽人"自称是一致的。由于这段隐居生活经历,诗人像南朝陶弘景等人一样在其生前就以隐士著称。[③]如此看来,《游仙

---

① 关于叙事要素的时间,本诗没有明确交代,但通过后面的景物描写,可以推知大致是在秋天,详后。
② 《文选》李善注,中华书局1977年版,第306页。
③ 姜亮夫:《中国文士阶级的类型》,蒋星煜:《中国隐士类型的区分》,参见蒋星煜《中国隐士与中国文化》,上海人民出版社2009年版,第27页。

诗》中诗人以"鬼谷子"自称确有根据,因而也是十分自然的事情。

如前所说,《游仙诗》是一篇具有强烈抒情特征的叙事性诗歌,所以诗人本人既是叙事主人公,又是抒情主人公。这一点在本诗的第二部分中得到了进一步的证明:"灵妃顾我笑"一句不但进一步证明了隐士即诗人自指,而且突出了叙事和抒情的主体都是"我":所述的隐居和后面的学道修仙历程都是"我"所经历之事,所抒发的对于神仙世界的向往和追求以及惆怅和苦闷都是发自"我"的内心之情。

第二,关于青溪山的地理位置:

诗人曾在青溪山隐居,关于青溪山的地点,学者们的意见颇有分歧,代表性的说法有两种:一种认为青溪山在河南登封,一种认为在湖北临沮。在本书第一章第一节《郭璞生平若干史实考辨》中根据有关的文献,结合诗人的人生经历,特别是他"避地东南"的行走路线等事实以及诗歌作品,证明了青溪山在河南登封之说比较可信,而湖北临沮之说有违事实,除此之外,还证明了诗人在青溪山隐居是在"避地东南"的途中。根据这样的认识,可以推知诗人隐居青溪山前后的大致情况:在"避地东南"途中经洛阳向东南到登封,在登封青溪山隐居了一段时间,然后继续向东南出河南到达庐江。①

第三,学道修仙为什么要从山林隐逸写起:

如前所说,第一首为序诗,正式写学道修仙的历程实际是从第二首所写的山林隐逸开始。学道修仙从山林隐逸开始写起是因为魏晋时期人们普遍把山林隐逸视为学道修仙的必经之途并付诸实践,可见,这样写是完全符合魏晋时期特定语境下的历史真实的,这一点前面也做了论述,这里不再重复。②

下面来探讨诗中关于神仙世界,即神女宓妃的描写。

为了正确把握此诗的思想内容,特别是诗人所抒发的思想情志,首先必须搞清这个神仙世界是如何出现的,也就是神仙世界的来源途径和思想性质。

一般说来,诗歌艺术中的神仙形象和神仙世界多是艺术想象的结果,

---

① 关于诗人隐居的时间和青溪山的地理位置问题,该章有详述,请参阅,兹不重复。
② 关于山林隐逸与学道修仙之间的关系,详见本章第二节"'序诗':全诗的思想基点和思想指向"之一"两种对立的人生价值取向的抉择"的有关分析。

因而对一般诗歌作品来说,其来源途径根本不成问题,无须特别提出和探讨。但是,这个"通例"对于郭璞"自叙"其学道修仙历程的《游仙诗》来说并不适合:因为如本章第四节《神仙世界与宗教存想》所说,《游仙诗》中的神仙世界不只是来源于艺术想象,除了艺术想象之外,还有另外两个来源途径:古代神话传说的移植和宗教存想;其中第三、九两首诗中的神仙世界不是作为现实生活和诗人理想升华的艺术想象的产物,而是通过服食丹药、行气、服炼津液和"静啸"等方术修炼所诱发的宗教存想的结果。那么,此诗中的神仙世界究竟是通过什么途径而出现的呢?来源于艺术想象,还是宗教存想,抑或是古代神话传说的移植?神仙世界的来源途径不同,不但决定了其性质特征的不同,而且反映着诗人在不同人生阶段和境遇下的不同心态,抒发着不同情思,因而具有完全不同的意义。

事实上,第二首诗中的神女宓妃的形象及其活动与第三、九首中的神仙世界的来源途径根本不同:既不是方术修炼所诱发的宗教存想的产物,也不是古代神话传说的移植,而是诗人艺术想象的结果。根据主要有三:

其一,从与宗教存想和其他方术修炼的关系看:在道教修炼活动中,存想都是与其他方术修炼结合进行,正是方术修炼诱发了宗教存想而出现幻视。例如第三首中写存想所见的神仙世界之前先写了"静啸"的方术修炼,第九首中写存想所见的神仙世界之前先写了服食、行气、服炼津液等方术修炼,明确反映出这些存想幻视都是由方术修炼所诱发。而此诗则完全不同,在神女宓妃出现之前写的是隐居地点青溪山和对古代高士许由的向往以及有关的季节和环境景物,而没有任何有关方术修炼内容的描写。既然如此,紧接其后而出现的神女宓妃的形象及其活动当然也就不是方术修炼所诱发,而是另有其来源途径。

其二,从宗教存想所见的女仙看:我们知道,宓妃作为上古神话人物,既是神(神女)也是仙(女仙),[1]但作为女仙,宓妃是十分特殊的,而与一般女仙完全不同。例如,所有的神仙传记中,无论是《列仙传》《神仙传》《洞仙传》,还是专为女仙立传的《墉城集仙录》都没有将她收入——就是说,她虽有仙格但却未登仙录。另外,在道教的存想幻视所见的女仙中也从来没有她的身影。例如修炼上真之道所存想的四位女

---

[1] 关于宓妃的仙格,请参见袁珂《中国古代神话》,中华书局1980年版,第186—192页。

仙分别为玉清神母廉贤、上清真女厥回、太极帝妃玄虚生和太上君后迁含孩，根本没有宓妃。又《神仙传》中收有六位女仙，专为女仙立传的《墉城集仙录》收有三十八位女仙，都不见宓妃的踪影。当然，有关典籍和宗教存想中不见宓妃不是没有原因的：一般说来，道教所崇拜的女仙多有贤明之德，生活中严谨自持，而神话中的宓妃却不具备这样的"贤德"，例如她与河伯、后羿之间就发生过感情纠葛，彼此关系暧昧。①宓妃的这段轻浮"涉淫"的扑朔迷离历史，从道教"崇德"、"尚贤"的立场看，她只能是属于不入仙籍的"另类女仙"。不过，宓妃虽不见于道教仙录，却常常"出没"于诗赋作品，如《离骚》："吾令丰隆乘云兮，求宓妃之所在。"《远游》："祝融戒而还衡兮，腾告鸾鸟迎宓妃。"陆机《前缓声歌》："宓妃兴洛浦，王韩起太华。"此外，庾阐、王鉴等诗人的诗歌也都写到宓妃。宓妃在这些诗中，也都是通过艺术想象或古代神话传说移植的途径而出现。《游仙诗》第二首所写的宓妃也属于这种情况，即与宗教存想幻视没有任何关系，纯粹是通过艺术想象而形成的艺术形象。

其三，从诗歌创作思路发展的走势看：如前所说，《游仙诗》第二首主要写了三个内容：

诗人在青溪山隐居和隐居环境的特点，对于高士许由的仰慕和对于神仙世界的强烈向往与追求以及无由交接神女的惆怅和苦闷。而这三方面内容所涉及的地域"颍阳"、"颍河"和箕山都在登封界内，而传说中的许由和神女宓妃的活动地点也都在这一带。这表明仰慕许由和追求宓妃的情志变化和艺术想象，正是由于地域的相同和接近所引发。②如果把宓妃的出现和诗人对她的向往和追求看做是宗教存想的结果，那么，与前面所写的仰慕许由等内容之间不但性质迥异，而且没有任何联系，这无论是从创作思路走势的"逻辑"看，还是从情志变化的原因看，都是说不通的。

综上所述，《游仙诗》第二首中的神女宓妃形象及其活动，与第三、九首中的神仙世界根本不同，它摒除了神秘思维，与宗教存想无关，不具备任何宗教性质特征，而完全是现实生活基础上的艺术想象的结果，是自觉理性精神主导下形象思维的产物。

---

① 关于宓妃的仙格，请参阅袁珂：《中国古代神话》，中华书局1980年版，第186—192页。
② 参见本书第一章第一节之二"郭璞隐居的青溪山究竟在湖北临沮还是在河南登封？"

我们证明了诗中神女宓妃形象及其活动来源于艺术想象的艺术本质,但是,艺术想象绝不是平白无故地偶然发生,而总有其发生的具体条件和诱因;根据这些条件和诱因,我们才有可能对它做出符合理性和生活经验的解释和说明。那么,诗中是否提供了这种艺术想象发生的土壤以及二者之间的联系呢?

答案是肯定的:诗歌本身已经充分提供了诱发关于神女宓妃艺术想象的环境和条件。

这里特别值得注意的是"阊阖西南来,潜波涣鳞起"这两句诗,它不只点明了季节,而且暗示了具体的环境和氛围。正是这一特定的季节、环境和氛围促发了诗人关于神女宓妃的艺术想象。原来,前一句"阊阖西南来"不只是写风,更重要的是说明了是在秋季。所谓阊阖,即阊阖风。《淮南子·天文训》:"距日冬至四十五日条风至,条风至四十五日明庶风至,明庶风至四十五日清明风至,清明风至四十五日景风至,景风至四十五日凉风至,凉风至四十五日阊阖风至……"①据此,阊阖风来的时候大约在冬至后九个月,恰好是秋季时令。这句诗与后一句"潜波涣鳞起"合起来便十分简要而传神地烘托出一个秋风吹拂,河水荡漾,微波鳞起的特定季节、环境和氛围,并构成了诱发诗人关于神女宓妃的艺术想象的最为有力的触媒。因为这样的季节、环境和氛围,正是神话传说中洛水女神宓妃出现的典型环境和背景,并由此在人们心目中形成了宓妃形象的永恒定格。

我们知道,宓妃作为神话中的神的形象出现于先秦时代,《离骚》《天问》和《远游》等作品中都曾写到宓妃,但对宓妃做了最富于艺术魅力的描写,因而使之成为影响深远的著名艺术形象的还是曹植的《洛神赋》。曹植于黄初四年朝京师后"还济洛川"(《洛神赋·序》)遇到宓妃时正是在秋季,②所以,曹植笔下的宓妃是踏洛川微波,乘秋风翩翩而来:"体迅飞凫,飘忽若神。陵波微步,罗袜生尘。"而郭璞在"避地东南"的途中曾在洛水下游,即洛阳、登封一带盘桓,不但地点、季节相同,而且也有阊阖风即秋风吹拂下的"潜波鳞起"。这说明诗人所处的情

----

① 刘文典:《淮南鸿烈集解·天文训》,上册第92页。
② 曹植:《赠白马王彪·序》:"黄初四年五月……朝京师……至七月还国。"据推算:黄初四年六月二十四日(农历)立秋。而曹植"还济洛川"遇宓妃在与白马王彪分手之后,即在农历七月后,正是清秋时节。

境与曹植《洛神赋》中所描写的宓妃形象出现的地点、季节、环境和氛围大体一致。就是说，正是相同的季节、环境和具体氛围促发了诗人的相同的艺术想象。这也是在诸多神仙形象中诗人为什么单单特别想到宓妃，而不是其他神女的根本原因。

诗人描写宓妃："灵妃顾我笑，粲然启玉齿"，由于突出了宓妃"皓齿内鲜，明眸善睐"（《洛神赋》）的特征，所以仅用短短的十个字，不但把宓妃热情、纯真、灵动和美丽的形象十分真切地再现出来，而且表现出诗人对她的强烈爱慕之情。但是，"蹇修时不存，要之将谁使？"由于找不到"蹇修"为媒以通辞理，无法向她倾述心怀，结果像《洛神赋》中的曹植一样，只能是恨人神道殊，顾望怀愁。

作为艺术想象的产物，神女宓妃的形象与通过宗教存想而出现的神仙世界，尽管都属于超自然的神灵，但在本质上却完全不同：通过艺术想象的途径而形成的神仙世界，与社会现实生活、作者的个人经历和理想追求密切相关，因而具有丰富的社会现实内容和思想意义。

诗歌对于思想情志的上述描写，十分真实而贴切地表现了彼时彼地诗人的内心状态：因为诗人当时隐居山林，正是学道修仙历程的开始，今后还要走很长很长的路才有可能达到成仙的目的；就是说，对于刚刚开始学道修仙的诗人来说，神仙世界还是远不可及的"理想王国"。正是因为如此，诗人对它的向往和追求也就更加强烈和迫切并深感"惆怅"和"苦闷"。显然，这样描写是完全符合一般修炼者在学道修仙之初的普遍心理的。再从诗人的表达方式看，对于神仙世界的强烈而迫切的向往和追求，也唯有表达男女之爱的"求女"行为才能仿佛其万一，可以说这正是诗人以"求女"的方式比喻自己行为和心理的根本原因。况且"求女"行为从来就是表现追求理想的载体，《离骚》中著名的"求女"行为之一就是追求宓妃即是最好的例证；这说明，诗人采用这种方式抒写内心情怀又是完全符合传统的。总之，在学道修仙历程的最初阶段，诗人通过"求女"的传统方式抒写内心情怀，无论从哪个角度看都可以说是"神来之笔"。

最后，还应当说一说在艺术描写方面此诗与曹植《洛神赋》的关系。由于时空和物候相同，向往和追求的对象也相同，诗人对神女宓妃的描写以及表现的情志自然也就便于从《洛神赋》取得借鉴：除了如前所说的表现内心情志的变化具有一定的共同点之外，更多的是在语言上，如

"阊阖西南来，潜波涣鳞起"与"迫而察之，灼若芙蕖出绿波"、"陵波微步，罗袜生尘"之间，"灵妃顾我笑，粲然启玉齿"与"丹唇外朗，皓齿内鲜；明眸善睐，靥辅承权……柔情绰态，媚于语言……转眄流精，光润玉颜"之间以及"蹇修时不存，要之将谁使？"与"无良媒以接欢兮，托微波而通辞"之间，等等，都是明显的例证。当然，诗人不是生搬硬套，而是富有创造力的巧妙借鉴，所以，一些描写虽只寥寥几笔，但如画龙点睛，妙笔传神，不但真切再现了神女宓妃的外在形象，而且生动传达出微妙的内心特征。

二　第六首：以历史题材表现对学道修仙的观点和认识

《游仙诗》之六是根据《史记·封禅书》等文献的有关记载，再现了燕昭王、汉武帝等古代帝王为了长生不老，永享荣华富贵，乘风破浪赴蓬莱寻仙以及远远看到美妙的神仙世界的情景，表现了诗人对于人间帝王和达官贵人学道修仙的看法以及自己对于学道修仙的态度；此诗观点明确，内容意味深长，耐人寻味。在"自叙"学道修仙历程的组诗中插入这样一首历史题材的诗歌，足以说明此诗在全诗中的特殊地位。正是因为如此，此诗历来遭到的误读也最为严重，以至于直到今天对于此诗的主旨和它与全诗之间的关系仍然未能做出正确的阐释，并直接影响到对于全诗思想内容的认识。

第六首全诗如下：

> 杂县寓鲁门，风暖将为灾。吞舟涌海底，高浪驾蓬莱。神仙排云出，但见金银台。陵阳挹丹溜，容成挥玉杯。姮娥扬妙音，洪崖颔其颐。升降随长烟，飘摇戏九垓。奇龄迈五龙，千岁方婴孩。燕昭无灵气，汉武非仙才！

全诗共十六句，可以分为三部分：开头两句"杂县寓鲁门，风暖将为灾"和结尾两句"燕昭无灵气，汉武非仙才！"各为一部分，中间十二句为一部分。第一、三两部分虽然各只有两句，但对全诗来说却十分重要。

第一部分即开头两句以历史典故的寓意含蓄地概括了诗义，可以说是为了人们正确理解诗义，诗人所给出的思想"提示"，其作用大致相当于

"三百篇"中概括和提示诗歌思想内容的兴句。此诗研究的历史说明，历来对于此诗内容的错误理解，在很大程度上正是由于对于这两句的误读。

例如，有的现代学者承袭古代学者的观点，认为开头两句"以杂县国门起兴，隐喻王敦谋逆已成，东晋王朝将有灾难"①。有的学者认为这两句与三四句是"列仙出场前的实景"②，即为列仙出场所做的环境描写。这两种说法中，前一种说法注意到这两句具有"起兴"的作用，但具体解释却脱离了诗歌形象而流于穿凿附会；后一种说法虽着眼于诗歌形象，但迂曲牵强，未合诗义：既是描写"列仙出场前的实景"，直接描写即可，何必还要迂曲牵强到数百年前的"杂县寓鲁门"一事？此外，还有的论著对这两句所蕴含的思想内容往往不置一词，把这两句诗完全排除在思考的范围之外，有的甚至引诗时干脆不引这两句而直接从第三句引起。大体说来，造成以上误读的原因主要有二：一是对这两句诗所据的本事没有完全搞清楚，二是完全忽略了本事在流传过程中被赋予的特定思想文化内涵。没有搞清楚本事，便找不到理解的根据；忽略本事在流传过程中被赋予的思想文化内涵，解释就只能流于表面。

鉴于前人失误的经验教训，要正确理解这两句诗的含义，不但要搞清楚有关的本事，尤其重要的是必须搞清楚在历史文化发展过程中人们对它的认识发生了怎样的变化。

关于"杂县寓鲁门，风暖将为灾"这两句诗，《文选》李善注认为其本事出自《国语·鲁语》："海鸟曰爰居，止于鲁东门之外三日，臧文仲使国人祭之。展禽曰'越哉！臧孙之为政也！夫祀，国之大节也；而节，政之所成也，故慎制祀以为国典。今无故而加典，非政之宜也……今兹海其有灾乎？夫广川之鸟兽恒知避其灾也'。是岁也，海多大风，冬暖。"③杂县即爰居，据《尔雅·释鸟》郭璞注："汉元帝时，琅玡有大鸟如马驹，时人谓之爰居。"④据此，可以知道"杂县寓鲁门，风暖将为灾"这两句诗的大致意思是：（春秋时期的）一年冬天，天气反常温暖，海多大风，海鸟爰居为避风灾而止于鲁东门之外多日，鲁国老臣臧文仲即臧孙以为"神鸟"降临，命国人加典祭之。

---

① 聂恩彦：《郭弘农集校注》，山西人民出版社1989年版，第303页。
② 连镇标：《郭璞研究》，上海三联书店2002年版，第212页。
③ 《国语》，第55—57页。
④ 《十三经注疏·尔雅》，中华书局1980年版，下册第2649页。

应当说，在人们的精神世界尚未完全摆脱宗教巫术观念控制的春秋时代，臧文仲命国人祭祀"神鸟"的行为并非什么新鲜事，但却受到人们的广泛注意和激烈批评。那么，人们批评臧文仲的理由是什么呢？在前面引用的展禽的话之后，他又接着说：

> 今海鸟至，已不知而祀之，以为国典，难以为仁且智矣！夫仁者讲功，而智者处物。无功而祀之，非仁也；不知而不能问，非智也。①

展禽对于臧文仲的批评影响很大，直到一百多年后，孔子还就臧文仲的举动批评他"不知"。《左传·文公二年》：

> 仲尼曰："臧文仲，其不仁者三，不知者三……作虚器，纵逆祀，祀爰居，三不知也。"②

其中"不知"之事之一"祀爰居"正是指祭祀"神鸟"而言。除了这些"不知"的举动之外，孔子还就臧文仲另一件事做了评论。《论语·公冶长》："臧文仲居蔡，山节藻棁，何如其知也！"③臧文仲盖了一间雕梁画栋的大房子饲养一种叫做"蔡"的大龟，孔子认为此事臧文仲做得愚昧。

看来，从展禽到孔子经过了一百多年，"不知"和愚昧似乎已经成为臧文仲"祀爰居"一事的"定论"。不过，事情到此并没有结束，又过了一二百年到战国时代，臧文仲"祀爰居"的行为仍广遭诟病，成为嘲笑的对象。最为突出的是，庄子以此事为基础创作了著名的寓言故事"鲁侯养鸟"。《庄子·至乐》：

> 昔者海鸟止于鲁郊，鲁侯御而觞之于庙，奏九韶以为乐，具太牢以为膳。鸟乃眩视忧悲，不敢食一脔，不敢饮一杯，三日而死。此以

---

① 《国语》，第57页。
② 杨伯峻：《春秋左传注》，中华书局1981年版，第525—526页。
③ 《论语·公冶长》，杨伯峻《论语译注》，中华书局1980年版，第48页。

己养养鸟也，非以鸟养养鸟也。①

庄子除了把"使国人祭之"具体化，并增加了鸟不食不饮"三日而死"等情节之外，还出于作"谬悠之说，荒唐之言，无端崖之辞"②的需要，把"臧文仲"换成了"鲁侯"。尽管有这些不同，但一看便知，这则寓言故事与臧文仲以为神鸟降临，命国人祭祀一事之间的渊源关系。至此，往昔的一段史实已经变成了一则嘲讽"不知"和愚昧行为的寓言故事，臧文仲"祀爰居"的行为因此也就成为"不知"和愚昧的符号。③

搞清了有关本事，特别是它在历史发展过程中被赋予的特定文化内涵，就不难理解诗人以"杂县寓鲁门，风暖将为灾"这一典故作为第六首诗的开头，既不是表示东晋王朝将有灾难，也不是写列仙出场前的实景，而是用这则本事所蕴含的"不知"和愚昧之意，在诗歌的开头，也就是在叙写人间帝王出海寻仙之前，对此举动的性质所预设的思想判定：嘲讽燕昭王和汉武帝在包揽天下大权，尽享荣华富贵的同时，又妄想成仙的"不知"和愚昧。（诗人嘲笑和讥讽人间帝王和达官贵人幻想成仙的行为是"不知"和愚昧，其原因详后）

关于第二部分即"吞舟涌海底"十二句。

这部分主要是写以燕昭王和汉武帝为代表的帝王出海求仙的情景。

"吞舟涌海底，高浪驾蓬莱"，是说燕昭王和汉武帝寻仙的大船如同海底涌动的吞舟大鱼，乘风破浪向蓬莱驶去。这两句诗是对有关史实的高度概括，据《史记·封禅书》：

> 自威、宣、燕昭使人入海求蓬莱、方丈、瀛洲。此三神山者，其傅在勃海中，去人不远，患且至，则船风引而去。盖尝有至者，诸仙人及不死之药皆在焉。其物禽兽尽白，而黄金银为宫阙。未至，望之如云；及到，三神山反居水下。临之，风辄引去，终莫能至云。世主莫不甘心焉。④

---

① 郭庆藩：《庄子集释》，中华书局1961年版，中册621页。
② 同上书，下册第1098页。
③ 参见赵沛霖《试论中国寓言的起源》，《文艺研究》1984年第5期。
④ 《史记》，第四册第1369—1370页。

这是齐威、宣二王和燕昭王使人入海至蓬莱求仙的情况。汉武帝也具有浓厚的神仙思想,终生沉迷神仙世界,关于他入海至蓬莱求神仙的事更是史不绝书。他多次听信方士怪迂胡言,为出海寻仙不但投入大量人力物力,而且多次亲临海上,但无不以失败告终。虽然如此,他仍乐此不疲:"羁縻不绝,冀遇其真。自此之后,方士言神祠者弥众"①。

接着"神仙排云出"十句写在海上所见的神仙世界:前两句是描绘云中神仙世界的楼台殿阁,一片金碧辉煌。后八句是写群仙嬉戏,各显神异。其中写了多位仙人:陵阳子明、容成公、姮娥、洪崖、宁封子和五龙(五位人面龙身的仙人),等等。诗人对于群仙的描写主要突出了两点:一是仙人超然物外,自由快乐:群仙或酌取丹药,或挥杯畅饮,或清扬长吟,或颔颐倾听,或随烟升降,或长空飞舞……每位仙人都根据自己的意愿和情趣,无拘无束,无忧无虑,尽情嬉戏,充分享受着自由和快乐。二是仙人长生不老,青春永驻:为了强调这一点,诗人特别写了"奇龄迈五龙,千岁方婴孩",虽是就"五龙"而言,实际是写群仙的共同特征。这两点即超然物外,自由快乐和长生不老,青春永驻恰恰体现了神仙的根本特征和神仙道教的基本价值取向,而这也正是神仙道教对信仰者充满诱惑力的根本原因:"追求肉体生命的永恒,进而享受永恒的欢愉,乃是士大夫向道教靠拢的根本动力"②。以燕昭、汉武为代表的人间帝王也是如此,他们热衷和痴迷于入海赴蓬莱求神仙就是为了青春永驻,长生不老,永远享受人间富贵和欢乐。

再说第三部分:"燕昭无灵气,汉武非仙才"。这部分虽只是最后两句,但却集中体现了这首诗的思想要义。从内容看,这部分紧承描写神仙世界的第二部分之后,而出语奇崛不凡,诗义为之急转直下:燕昭、汉武虽然醉心于神仙世界,多次兴师动众入海赴蓬莱求神仙,并且也远远地看到了美妙的神仙世界,但神仙世界对于他们来说可望而不可即,因为他们"无灵气",根本不是成仙之才,修炼成仙不过是痴心妄想而已。

表面看来,第二部分对美好神仙世界的描绘和第三部分对人间帝王学道修仙的议论和感叹二者之间仿佛没有什么关联,因此,由前者转入后者

---

① 《史记》,第四册第1404页。
② 葛兆光:《道教与中国文化》,上海人民出版社1987年版,第153页。

似乎显得有些突然，但实际并非如此：两部分之间在思想上关联密切，感情的抒发具有充分根据。这是因为诗人的议论和感叹并非随意为之，而是以当时普遍流行的一种思想观念为基础；只有正确把握这种思想观念，才能理解诗人如此议论和感叹的根据和内在原因，进而理解由第二部分转入第三部分的"合理性"以及这两句诗的深刻含义和妙处。

汉魏以来，随着神仙道教的不断发展和信仰人群的不断扩大，一种反映中下层民众内心愿望的观念也逐渐流行开来，这就是学道修仙不分尊卑贵贱，只要心志专一，持之以恒都可以实现成仙的宗教理想；而且，相对于富贵之人来说，贫穷信众由于生活条件的限制，受到的诱惑较少，奢望和顾念也较少，因而更便于澄静玄默，更容易得道成仙，因为"求长生，修至道，诀在于志，不在于富贵也。苟非其人，则高位厚货，乃所以为重累耳"。[1]此外，从《列仙传》所录仙人的成分也可以明显看出：书中的成仙者大多是耕牧渔猎和市井的普通人，而很少达官贵人和富商巨贾，诚如葛洪所说："得仙道者，多贫贱之士，非势位之人"[2]。

一般的达官贵人和富商巨贾是如此，那么跃登九五之尊，独享富贵之极的人间帝王又是如何呢？晋代的神仙道教思想家葛洪在其《抱朴子》中针对这个问题专门做过论述："仙法欲静寂无为，忘其形骸，而人君撞千石之锺，伐雷霆之鼓，砰磕嘈𠺑，惊魂荡心，百技万变，丧精塞耳，飞轻走迅，钓潜弋高。仙法欲令爱逮蠢蠕，不害含气，而人君有赫斯之怒，芟夷之诛，黄钺一挥，齐斧暂授，则伏尸千里，流血滂沱，斩断之刑，不绝于市。仙法欲止绝臭腥，休粮清肠，而人君烹肥宰腯，屠割群生，八珍百和，方丈于前，煎熬芍药，旨嘉餍饫。仙法欲溥爱八荒，视人如己，而人君兼弱攻昧，取乱推亡，辟地拓疆，泯人社稷，驱合生人，投之死地，孤魂绝域，暴骸腐野，五岭有血刃之师，北阙悬大宛之首，坑生煞伏，动数十万，京观封尸，仰干云霄，暴骸如莽，弥山填谷……结草知德，则虚祭必怨。众烦攻其膏肓，人鬼齐其毒恨。"[3] 这说明，人间帝王的特殊地位和权势客观上决定了他们从根本上与仙法格格不入，成仙对他们来说无异于白日做梦。

---

[1] 王明：《抱朴子内篇校释·论仙》，中华书局 1985 年版，第 17 页。
[2] 同上书，第 19 页。又关于仙人的身份可参见胡孚琛《魏晋神仙道教》第 127 页。
[3] 王明：《抱朴子内篇校释》，第 17—18 页。

一般的帝王是如此，那么，当时人们对于诗中所写的燕昭王和汉武帝学道修仙究竟是如何看呢？晋代的学者王嘉在其所著的《拾遗记》中记载了燕昭和臣下的这样一段对话：针对燕昭王想学长生久视之法，他的臣下说道："今大王以妖容惑目，美味爽口，列女成群，迷心动虑，所爱之容，恐不及玉，纤腰皓齿，患不如神；而欲却老云游，何异操圭爵以量沧海，执毫厘而廼日月，其可得乎？"①关于汉武帝学道修仙，《拾遗记》也有一段评论："夫仙者，尚冲静以忘形体，守寂寞而袪嚣务。武帝好微行而尚克伐，恢宫宇而广苑囿，永乖长生久视之法，失玄一守道之要……盖犹嬖惑之宠过炽，累心之结未袪，欲竦身云霓之表，与天地而齐毕，由系风晷，其可阶乎？"②可以看出，燕昭王和汉武帝除具有葛洪所说的一般帝王的特殊地位和特征之外，他们更加热中勉伐，迷恋权势，欲望更加膨胀，生活更加奢华，如此"偏惑尚多，滞情未尽"③，与"静寂无为，忘其形骸"的修仙之道同样也完全是南辕北辙。

《抱朴子》的作者葛洪是郭璞同时代人，《拾遗记》的作者王嘉也是东晋人，稍后于郭璞。他们对于帝王学道修仙，特别是对于燕昭王、汉武帝追求长生久视之道的认识和评价，可以说在一定程度上反映着时代的普遍认识和思想，具有广泛的代表性。

结合以上所述，可以看出诗歌的结尾议论和感叹燕昭王、汉武帝一个"无灵气"，一个"非仙才"，绝非空穴来风，而是以当时普遍流行的思想观念为基础，因而具有充分的根据。正是因为如此，诗人一语道破玄机式的议论和感叹才显得分外警策有力，并表现出对于人间帝王一边醉心皇权，一边幻想成仙的愚蠢行为的极度蔑视和嘲讽。

最后，再从《游仙诗》全诗的角度来看这首诗。前面说过，《游仙诗》的第四、五和七这三首诗为一部分即"非列仙之趣"部分，主要是从生命存在的视角抒写生命悲剧及其所引起的焦虑和痛苦，以及为了超越生命悲剧，通过探索而最终选定了高举远游，学道修仙的人生之路等内容。那么，在主要是抒写生命悲剧所引起的焦虑和痛苦以及探索摆脱悲剧性命运的段落中，为什么要插入蔑视和嘲讽人间帝王学道修仙是痴心妄想

---

① 齐治平校注：《拾遗记》，中华书局1981年版，第93页。
② 同上书，第125页。
③ 同上书，第108页。

的这样一首诗呢？

　　这个问题，只要看一看在这首诗的前后各写了什么，即可一目了然：其前的第四、五两首诗主要是写生命悲剧所造成的焦虑和痛苦以及为了摆脱悲剧性命运所做的探索，而其后的第七首主要是写通过探索找到了摆脱悲剧性命运的途径以及走学道修仙之路的决心。在这样两个内容之间安排了第六首，显然是通过人间至尊帝王"无灵气"、"非仙才"根本不能修炼成仙这样一个事实说明，权势和富贵不但不能消解生命悲剧所带来的焦虑和痛苦，反而成为学道修仙的障碍，从而既表现了自己追求神仙世界，专心修炼的虔诚，又表现出自己没有权势、富贵之累，因而对修炼成仙更有信心，从而为后面即第八、九、十首所表现的对学道修仙的实际践行做了巧妙的铺垫。

　　神仙世界和群仙的自由快乐生活历来是游仙诗表现的主要内容，对这些内容的描写是否成功在很大程度上决定着游仙诗的艺术生命和成就。而本诗对于神仙世界和群仙的绘声绘色的描绘，由于充分发挥了郭璞诗歌文藻"粲丽"、"艳逸"的优长和特征，极大地增强了其艺术表现力，从而突出了神仙世界特有的令人神往和艳羡的斑斓、神奇之美。历来很多著名诗人在游仙诗中都着力描写过神仙世界，例如阮籍《咏怀诗之二十二》："夏后乘灵舆，夸父为邓林……凤凰鸣参差，伶伦发其音。王子好箫管，世世相追寻。"[1]又如陆机《前缓声歌》："……宓妃兴洛浦，王韩起太华。北征瑶台女，南要湘川娥。……太容挥高弦，洪崖发清歌。"[2]此外曹植、谢灵运等诗人也都描写过群仙图。将郭璞此诗与这些诗歌做一比较，便可明显看出，就描写群仙的灵动传神，多姿多彩来看，可以说无出其右者。

三　第八首：修德悟道

第八首全诗如下：

　　　　旸谷吐灵曜，扶桑森千丈。朱霞升东山，朝日何晃朗。回风流曲棂，幽室发逸响。悠然心永怀，眇尔自遐想。仰思举云翼，延首矫玉掌。啸傲遗世罗，纵情任独往。明道虽若昧，其中有妙象。希贤宜励

---

[1]　陈伯君：《阮籍集校注》，中华书局1987年版，第287页。
[2]　《文选》，第400页。

德,羡鱼当结网。

按神仙道教的教规规定,学道修仙的内容主要有两个方面:一是方术修炼,一是修德悟道。道教认为,学道修仙不单单是学习具有可操作性的方术修炼的要领和技巧,更要修德悟道,激发内在的自我超越,使精神脱离世俗而转向神圣的境界。深刻理解道的真谛,使自己复归于道并勤勉修德是成仙的前提,因而同样也是修仙者必须修炼的重要内容。就是说,修仙者必须方术修炼与修德悟道二者兼顾:内功养性,外功养形,达到"性命双修",才有可能具备成仙的必要条件。诗人正是根据这样的认识和要求,既做方术修炼(如第三、九首所写),又坚持把修德悟道作为学道修仙的重要内容予以实际践行,并专以此一首诗的篇幅来抒写这一内容。

此诗共十六句,可以分为两部分:

第一部分为开头六句:"旸谷吐灵曜,扶桑森千丈。朱霞升东山,朝日何晃朗。回风流曲棂,幽室发逸响",主要写修德悟道的时间、地点和环境特点。

诗人修德悟道的时间是在旭日东升的清晨,地点是面向东山的"幽室",这本是平常而普通的环境,但诗人在描写中却以"旸谷"、"灵曜"、"扶桑"、"朱霞"和"朝日"等一系列雄浑、壮阔的自然物象构成了一个非同寻常的神奇境界:灵曜初露,朱霞满天,东山万里,扶桑千丈,灿烂辉煌,气象万千。这实际是一幅传说中神仙世界的写照:"扶桑在碧海之中,地方万里,上有太帝宫,太真东王父所治处。地多林木,叶皆如桑,又有椹子树,长者数千丈,径三千余围,树两两同根偶生,更相依倚,是以名扶桑。"[①]在这种广阔纵深的神奇境界的大背景下,诗人的视线逐渐收拢,最后集中于朝霞映照下"廻风"吹拂中不断发出"逸响"的"幽室"。(诗歌以"流",即旋风在窗棂上方向不定地吹拂来说明"廻风",是十分准确的)就是说,诗人是在这样一个直接面对遥远的神仙世界的神秘幽室中开始了修德悟道。

第二部分包括后十句,主要写精神修炼功夫,即修德悟道。所谓修德就是从道德精神上进行修炼,使自己成为一个道德自我完善的人;所谓悟

---

① 《十洲三岛》,《云笈七籤》,第二册第603页。

道就是探究、理解和参悟道的真谛，以便按照道的精神修炼和处世，使自己复归于道。这部分的内容可以分为两层：

第一层包括前四句："悠然心永怀，眇而自遐想。仰思举云翼，延首矫玉掌。"主要是写修德悟道时的心理活动和状态，即修德悟道时的悠然自得，意存高远，心向虚无，自由驰骋的内心状态：其中前两句"悠然心永怀，眇而自遐想"是对这种心理状态的直接说明，后两句"仰思举云翼，延首矫玉掌"是对这种心理的形象刻画，合起来可以说把在修炼过程中向往神仙世界，追求精神超越和心灵自由的迫切心理表现得淋漓尽致。

第二层包括"啸傲遗世罗"六句，主要是写修德悟道的内容。具体说来，修炼的内容有三：

一是彻底摆脱世俗羁绊："啸傲遗世罗，纵情任独往。"

作为精神修炼的主要内容，修德悟道的第一要务就是彻底摆脱世俗的羁绊，诗中把这种世俗羁绊称之为"世罗"，即世俗罗网，主要是指违背人性的名教礼俗、荒谬愚昧的思想观念以及相关的各种各样的诱惑，诸如"荣华势利诱其意，素颜玉肤惑其目，清商流徵乱其耳，爱恶利害搅其神，功名声誉束其体，此皆不召而自来，不学而已成，自非受命应仙，穷理独见……岂能弃交修赊，抑遗嗜好，割目下之近欲，修难成之远功哉？"[①]在道教思想家看来，对于一般的世俗之人来说，挣脱这些罗网的羁绊是十分困难的；但对于修仙者来说，却是获得心灵和形体自由，最终达到修仙目的所必须越过的障碍。正是因为如此，诗人对于这些世俗罗网则是以"啸傲"应对，表现出对于名教制度、世俗礼法有关的思想观念的极度蔑视和与之彻底决裂的决心，以及对于心灵自由和精神超越的强烈向往。下一句"纵情任独往"则是把这种态度和行动具体化，既表现了在走向心灵自由的道路上义无反顾，一往无前的精神，又表现出挣脱世俗罗网之后，得道直进的轻松和自如。

诗人关于彻底摆脱世俗罗网的束缚，追求心灵自由的描写与很多道教信仰者修炼的体会是完全一致的。请看云林右英夫人对于这种修炼体验的描写："得道者以其排却众累，直面而进，于是百度自静，众务云散。"[②]

---

① 王明：《抱朴子内篇校释》，第110页。
② 《云林右英夫人授杨真人许长史诗二十六首并序》，《云笈七籤》，第四册第2130页。

强调的也是排却众累之后的轻松自由,得道直进的精神状态。可见,诗人的描写完全是根据他的具体体验和感受,具有高度的真实性。

二是悟道:"明道虽若昧,其中有妙象。"

我们知道,"道"作为我国古代高度抽象的哲学概念,具有多种不同的含义:既是指"古道者之学"和"黄帝之学",也可以指后世所谓的"老子之学"。①诗人所悟之"道"显然是"老子之学"。其一,从道教与老子及其著作的关系看:早期道教把老子奉为教主,其著作《老子五千文》被奉为道教的主要经典。其二,从诗人对于道的认识看:老子著作中对于道的论述很多,其内涵十分丰富,而"明道虽若昧,其中有妙象"这两句诗不但高度概括了老子关于道的思想的精髓,而且在语言和表述方面也直接承袭了老子的著作。

前一句"明道虽若昧"可以说是老子原文的照搬,《老子》第四十一章:

明道若昧。②

即此句所本。后一句"其中有妙象"虽不是直接引用老子的原文,但"妙"和"象"这两个概念却都是直接出自老子。其中"妙"出自《老子》第一章:

道可道,非常道;名可名,非常名。无名天地之始;有名万物之母。故常无,欲以观其妙……③

"象"出自《老子》第二十一章:

道之为物,惟恍惟惚。惚兮恍兮,其中有象。恍兮惚兮,其中有物。④

---

① 参见葛兆光《中国思想史》,复旦大学出版社2007年版,第一卷第111—112页。
② 《老子道德经注》,楼宇烈:《王弼集校释》,中华书局1980年版,上册第111页。
③ 同上书,上册第1页。
④ 《老子道德经注》,楼宇烈:《王弼集校释》,上册第52页。

仅从概念和语言即可看出"明道虽若昧,其中有妙象"这两句诗与《老子》思想之间的密切关系,结合《老子》的有关论断,可以知道这两句诗的大致意思是:光明普照的道由于深邃、冲虚,所以表面看来好似暗昧,但却蕴含着奥妙的道理:即道生万物,万物统一于道的道理。①事实上,这一观点恰恰是老子关于道的哲学思想的最为根本的一个观点。

诗人通过理解、参悟老子的道来悟道,也就是从哲学思想的最根本处开始悟道修炼,这样的悟道方式和内容,可以说是抓住了悟道修炼的根本和要害,因为如前所说,悟道就是理解和参悟道的真谛,以便按照道的精神修炼和处世,使自己复归于道,即像道那样"无为无形"、"自本自根",②也就是清静无为,自为根本,保持永恒,从而达到"对于'人'的内在精神超越和自由境界的探寻"③。而这一切都是以对于道的正确认识为前提,即首先必须正确认识"'道'是自然、社会、人的本原与始基,所以,无论是自然、社会、还是人,都要'依道而行',都要复归'道'所显示的那种虚无空廓、默默无言,清净恬和的最高境界,才能保持永恒"④的道理。只有这样进行修炼才能充实精神的内涵,强化思想信仰的基础,进而参悟道的真谛。

按道教修炼者的体会,悟道不是通过被动的灌输,而主要是依靠自己的参悟,所谓"真常之道,悟者自得。得悟道者,常清静矣。"⑤既是"悟者自得",因而悟道的具体情况也就因人而异。那么,与一般信仰者的悟道相比,诗人的悟道有什么特点呢?看一看神仙家对于悟道的体验,也许有助于认识诗人悟道的特点和优长。例如,神仙家司马承祯这样论述悟道:"道有至力,染易形神。形随道通,与神为一。形神合一,谓之神人。神性虚融,体无变灭。形与之同,故无生死……"⑥损损斋主人这样

---

① 对这两句诗的翻译,参阅了中国科学院哲学研究所中国哲学史组和北京大学哲学系中国哲学史教研组编:《中国哲学史资料简编·先秦部分》关于《老子》部分,中华书局1962年版,上册第247—249页;罗鼓应《老子译注及评介》第四十一章,中华书局2009年版,221—224页。
② 《庄子集释》,上册第246页。
③ 葛兆光:《中国思想史》,第1卷第112页。
④ 葛兆光:《道教与中国文化》,上海人民出版社1987年版,第40页。
⑤ 李道纯:《太上老君说常清静经注》,《道藏精华录》,浙江古籍出版社1989年版,上册第2页。
⑥ 司马承祯:《坐忘论·得道》,《道藏精华录》,下册第5页。

悟道：悟道过程中要"离绝外诱，神与道会"①。可以看出，与神仙家对于悟道的认识和体验相比，诗人悟道的根本特点在于：根据道的本质做抽象的玄思，也就是从哲学思想上把握道的真谛，从而使自己从精神上向道靠拢，达到形随道通，神与道会的目的。

三是修德："希贤宜励德，羡鱼当结网。"

通过悟道，诗人进一步明确了道的真谛，强化了自己的信仰，进而则要把它落实在道德精神上，也就是要"希贤励德"，从道德精神上进行修炼。道教虽然追求超脱清静，以到神仙世界，成为快乐神仙作为宗教理想，但并不排除封建伦理道德，并认为二者完全可以相互包容，甚至把完善封建伦理道德作为成仙的必要条件。"欲求仙者，要当以忠、孝、和、顺、仁、信为本。若德行不修，而但务方术，皆不得长生也。"②此诗在写了摆脱世俗罗网的羁绊和推究、理解和参悟道的真谛之后，又特别以"希贤宜励德，羡鱼当结网"这两句专写修德，正是根据道教的这一要求。

所谓"希贤"就是以贤人为典范，力争做一个贤人；所谓"励德"即勉力修德，使自己成为一个道德自我完善的人。"羡鱼当结网"说明诗人在修炼过程中特别强调良好的道德修养关键不在于主观愿望，而在于努力实际践行，把道德教条变为实际行动。

如前所说，作为诗人心目中典范的"贤人"并非一般所指的为民立德的儒家圣贤，也不是功勋卓著的文臣武将，而是指超越世俗，摆脱烦恼，向往心灵自由的隐士和一般名士，这从诗人在《客傲》赋中特别列出的八位"贤人"，即庄周、老莱、严平、梅贞、梁生（即梁鸿）、焦先、阮公（即阮籍）和翟叟（即翟公），即可得到有力的证明。③ 这就是说，诗人希望自己成为一个既有高尚道德和完美人格，又超凡脱俗，不受名教礼俗束缚，享有心灵自由的人，而这样的人正是仙人。

四 第十首：修炼成仙，赴神仙世界

第十首全诗如下：

---

① 损损斋主人：《道学指南》，《道藏精华录》，下册第26页。
② 葛洪：《抱朴子·对俗》，王明：《抱朴子内篇校释》，第53页。
③ 关于诗人心目中"贤人"的分析详见第一章第二节"郭璞的神仙道教信仰"和第五章第二节"关于《客傲》"。

璇台冠昆岭，西海滨招摇。琼林笼藻映，碧树疏英翘。丹泉漂朱沫，黑水鼓玄涛。寻仙万余日，今乃见子乔。振发晞翠霞，解褐被绛绡。总辔临少广，盘虬舞云轺。永偕帝乡侣，千龄共逍遥！

　　第十首是《游仙诗》的最后一首，写长期学道修仙的结局：终于实现了宗教理想，修炼成仙，并赴神仙世界与神仙同游，永享自由快乐。

　　全诗可以分为三部分：

　　第一部分为开头六句："璇台冠昆岭，西海滨招摇。琼林笼藻映，碧树疏英翘。丹泉漂朱沫，黑水鼓玄涛。"写昆岭的地点和美丽而神奇的景象，与后面即第二部分所写的成仙事联系起来看，很明显，这是写成仙的地点和环境，并突显了其鲜明神话特征。其中前二句"璇台冠昆岭，西海滨招摇"写"璇台"所在的昆岭，即昆仑山的地理位置，特别是昆岭与西海、招摇山之间的位置关系：昆岭与招摇山相邻，都在西海之滨。关于招摇山的地理位置及其与西海之滨的关系，《山海经·南山经》有明确的记载："南山经之首曰䧿山。其首曰招摇之山，临于西海之上……"[1]神仙所在的楼台即璇台就在昆岭上，而昆仑山是神仙经常出没的地方，《列仙传·赤松子》："赤松子者，神农时雨师。服水玉，以教神农，能入火自烧。至昆仑山上，常止西王母石室中，随风上下。"[2]昆仑山之所以与神仙有不解之缘，原因正如闻一多所说，在古人观念中，天就在昆仑山上，"升天也就是升山"[3]。这说明，昆仑山即昆岭是从人间到达神仙世界的必经之地。接下来的"琼林笼藻映"四句所写的碧树琼林，繁花掩映，丹泉朱沫，黑水玄涛的美丽而神奇的景象中，"琼林"、"碧树"、"丹泉"、"黑水"等物象无一例外都是神仙世界中的物象，不同于人们所见的自然物象："琼林"即琼树之林。那么，琼树是什么树呢？《汉书·司马相如传》张揖注："琼树生昆仑西流沙滨，大三百围，高万仞。"[4]碧树也是传说中的神树，为神仙世界所常见，《淮南子·地形训》："掘昆仑虚以下地，中有增城九重……上有木禾，其修五寻，珠树、玉树、琁树、不

---

[1] 袁珂：《山海经校注》，上海古籍出版社1980年版，第1页。
[2] 《云笈七籤》，第五册第2333页。
[3] 闻一多：《神话与诗》，古籍出版社1956年版，第161页。
[4] 《汉书》，中华书局1962年版，第8册第2599页。

死树在其西，沙棠、琅玕在其东，碧树、瑶树在其北。"①丹泉，多指神仙世界的泉水，《拾遗记·燕昭王》："王即位二年，广延国来献善舞者二人……昭王处以单绡华幄，饮以丹泉之粟。"②黑水，出自《楚辞·天问》："黑水玄趾，三危安在？延年不死，寿何所止？"③黑水是神话传说中的神水，源于昆仑山，传说饮之不死，屈原正是就此而发问。

可以看出，诗人描写昆岭神仙世界的突出特点在于所取物象都不是取自客观世界，更不是诗人的随意杜撰，而无一例外都是取自神话传说中的神仙世界，并且具有确切的文献根据。这一特点与诗人的神仙道教宗教信仰，即相信神仙世界是独立于人间之外的真实存在密切相关。④

第二部分即中间四句："寻仙万余日，今乃见子乔。振发晞翠霞，解褐被绛绡"，主要写诗人得到神仙王子乔的"授度"而正式成为神仙。前两句是说为了追求神仙世界，经过长达"万余日"即三十余年学道修仙的实际践行，终于"见到"了神仙王子乔，得到他的"授度"。这证明自己的虔诚信仰和修炼功夫获得了神仙的认可，神仙愿意接引他到神仙世界，与神仙同游。⑤因此也就意味着自己的宗教理想即将实现，成为神仙。

后两句"振发晞翠霞，解褐被绛绡"紧承前两句成为神仙而言，写成仙的宗教仪式。按道教教规，学道修仙者在得到神仙的授度以后，还要换上仙冠、仙衣，并举行一定的仪式才能正式成为神仙，其具体过程和惯行节仪，道教著名典籍《锺吕传道集》有这样的记载："……异香散而玉女下降，受天书紫诏即毕，仙冠、仙衣之属具备，节制威仪，前后左右，不可胜记。相迎相引，以返蓬莱……"⑥而《游仙诗》在写了得到王子乔的"授度"以后，接下去的两句"振发晞翠霞，解褐被绛绡"写的正是脱下凡装换上仙帽、仙衣。上句是说在翠霞照耀下抖动头发使干并戴上帽子（仙帽），下句中的"褐"指凡人的衣服，"绛绡"指仙衣，即脱下褐衣，换上仙服。上句中虽只说"振发晞翠霞"，而未提戴帽，实际是包含

---

① 刘文典：《淮南鸿烈集解》，上册第133页。
② 《拾遗记》第93页。
③ 《楚辞补注》，中华书局1983年版，第96页。
④ 详见第一章第二节"郭璞的神仙道教信仰"。
⑤ 关于这两句诗的具体含义，在第一章第二节"郭璞的神仙道教信仰"中有比较详细的说明和解释，请参阅。
⑥ 《锺吕传道集·论证验第十八》，《道藏精华录》上册第24页。

着戴上帽子之意的。这从古代谚语可以看出，《楚辞·渔父》："新沐者必弹冠，新浴者必振衣。"①沐发与弹冠（并戴上）是联系在一起的。又，这两句在另一版本中，即作"振发戴翠羽，解褐被绛绡"②，"戴翠羽"正是戴上带有美丽羽毛装饰的仙帽之意，更可证明这一点。总之，这两句显然是通过摘下旧帽，戴上仙冠，脱去褐衣，换穿仙服的衣冠变化写由凡人而授度成仙的情景。

第三部分即最后四句："总辔临少广，盘虬舞云䡾。永偕帝乡侣，千龄共逍遥！"是说成仙以后，到神仙世界与神仙同游，永享自由快乐。

其中赴神仙世界所用的车马舆服和所到的具体地点，像前面描写昆岭美丽而神奇的景象一样，也不是诗人的随意杜撰，而有其确切的神话学文献根据。

先说到达神仙世界的具体地点："少广"，仙山名，《庄子·大宗师》："西王母得之，坐乎少广。"③是说西王母"常坐西方少广之山，不复生死"④，即在少广成仙。这里以"少广"代表神仙世界。"帝乡"，泛指神仙世界，《庄子·天地》："千岁厌世，去而上仙；乘彼白云，至于帝乡。"说的正是由人世到仙界。

再说所用的车马舆服。由于诗歌体裁的限制，诗中不允许对这方面的内容做更多的具体铺陈，但从仅有的个别描写也足以说明完全符合道教文献中赴神仙世界的车马节仪的有关规定，而不是凭主观想象随意杜撰。

这涉及神仙出行的卤簿仪仗的等级差别。我们知道，道教修炼按得道的程度和修炼的深浅而分为不同的阶次，所谓"真中有高卑，玄中有阶次"⑤，如前所说，学道修仙可以分为三个仙阶：以升入太清境为目标的阶次为初级，以升入上清境为目标的阶次为中级，以升入玉清境为目标的阶次为上级。不同仙位和阶次的修仙者其出行的车马仪仗是完全不同的：仙阶越高，节仪越加隆重。据《太上飞行九神玉经》，这三个仙阶的神仙正式出行的节仪分别是⑥："凡行玉清之道，出则……六师启路"；"行上

---

① 《楚辞补注》，第 180 页。
② 《北堂书钞》作"振发戴翠羽"，光绪五年信述堂刊本作"振发睎翠霞"。
③ 《庄子集释》，上册第 247 页。
④ 同上书，上册第 250 页。
⑤ 《太上飞行九神玉经》，《云笈七签》第一册第 459 页。
⑥ 仙道的服舆节仪不胜其烦，为节省篇幅，这里只引用与诗句有关的内容。

清之道，出则……玄龙启道"；"行太清之道，出则……白虬启道"①。（事实上，神仙正式出行的节仪很复杂繁琐，这里，为了说明问题，仅举"启路"之例，其他一概从略）那么，诗人是以哪一个阶次为修炼的目标呢？我们知道，诗人在第三首（"翡翠戏兰苕"）中以出于"《洞神》之教"的"冥寂"指称自己，明确表示自己的学道修炼阶次是以升入太清境成"仙"为目标的初级阶次。②那么诗中又是如何描写他成仙之后出行赴神仙世界的节仪呢？诗歌在"总辔临少广"之后这样写道："盘虬舞云轺。"关于"轺"，《晋书·舆服志》指出："古之时军车也。一马曰轺车，二马曰轺传。汉世贵辎軿而贱轺车，魏晋重轺车而贱辎軿。"③可见，轺车是当时比较贵重的车，前面加"云"，形容其轻便。就是说，诗人成仙是乘坐轻便而又显贵的车而赴神仙世界的。再说"盘虬舞"，驾"云轺"而"盘虬舞"，随驾而舞的既不是"六师"，也不是"玄龙"，而是"虬"（"盘"形容舞貌），就是说，诗人想象中的驾"云轺"赴神仙世界正是由盘虬飞舞开道，这与前面所引的"出则……白虬启道"恰好一致。

结尾"永偕帝乡侣，千龄共逍遥"虽只有短短的两句，但却概括了神仙世界的根本特点：与充满黑暗、邪恶、贫穷和战乱的人间完全不同，神仙世界没有任何尘世束缚和灾难，没有矛盾和对抗，因此也没有任何烦恼和痛苦。诗人在那里可以"千龄共逍遥"，不但充分享受自由和快乐，而且可以长生不老，获得生命的永恒。

显然，这是写诗人长期学道修仙的结局。这个结局说明，诗人通过山林隐逸、方术修炼和修德悟道的数十年的努力，终于获得了生命永恒和自由快乐，从而彻底摆脱了悲剧性命运，消解了生命悲剧带来的焦虑和痛苦。这就是说，诗人已经为人生找到了终极归宿，学道修仙的目的已经达到，其灵魂因而也可以得以安顿。

总之，从此诗本身来看，这两句诗是情节发展的最终结果；从组诗整体来看，这两句诗则是对于全诗的完美终结和回应。

---

① 《云笈七签》，第一册第459页。
② 详见本章第四节"神仙世界与宗教存想"。
③ 《晋书》，第三册第763页。

第六节 《游仙诗》内容的构成和段落划分

以上第二到第五节从不同角度和不同方面考察了关于《游仙诗》的四个问题：

第一个问题即第二节《"序诗"：全诗的思想基点和思想指向》论述了序诗的思想内容及其与正文之间的关系；

第二个问题即第三节《学道修仙的原因和思想基础》分析了第四、五和七这三首诗即所谓的"非列仙之趣"部分的思想内容：生命悲剧所带来的焦虑和痛苦，通过探索，诗人认识到要摆脱这种焦虑和痛苦只有通过学道修仙之路到神仙世界去；

第三个问题即第四节《神仙世界与宗教存想》通过分析第三、九两首诗，证明了诗中的神仙世界不是艺术想象的产物，而是方术修炼所诱发的宗教存想的结果，说明诗人对于神仙世界的向往和追求，除了精神层面即对神仙道教的信仰之外，更落实在实际践行即具体的修炼活动上；

第四个问题即第五节《第二、六、八、十首诗解析》分析了第二、六、八、十这四首诗，指出这四首诗分别是写山林隐逸、对人间帝王学道修仙的看法、修德悟道和学道修仙的最终结局：修炼成仙，到神仙世界永享自由快乐。

通过以上考察，对《游仙诗》所包括的十首诗都做了分析，并解决了从整体上把握《游仙诗》思想内容和主题的几个关键性问题，现在，在此基础上可以将各首诗的内容进行归纳并联系起来进行综合分析：

其一，在《游仙诗》正文的九首诗中，第四、五、七这三首诗属于一部分，这部分集中抒写的生命悲剧带来的焦虑和痛苦以及为了摆脱这种悲剧性命运所做的探索，显然，是诗人选择学道修仙人生之路的根本原因。

至于为什么把反映对于人间帝王和达官贵人学道修仙的看法，表现自己对于学道修仙的决心和信心的第六首诗放在这部分当中，为了集中起见将在后面一并说明。

其二，除了上面提到的三首诗之外，再看第二、三、八、九和十这五首诗：这五首诗明显具有相同的性质：它们所写的山林隐逸、方术修炼、修德悟道和最终修炼成仙，都属于学道修仙的实际践行。如果说第四、五和七这三首诗主要是写选择学道修仙人生之路的原因，那么，另外五首诗，即第二、三、八、九和第十首诗所写的学道修仙的实际践行和最终修炼成仙，则是选择走学道修仙人生之路的结果。这说明《游仙诗》正文就是由这样具有内在联系的两部分内容构成。

其三，搞清了《游仙诗》正文部分的内容及其构成，回过头来再看序诗的意义及其与正文部分二者之间的关系也就昭然若揭了：正文部分所表现的对于高举远游，学道修仙人生之路的探索和肯定以及实际践行等内容，如山林隐逸、方术修炼和修德悟道，等等，原来正是序诗中明确提出的出世远游，学道修仙人生价值取向的具体化。这说明，序诗为正文既提供了思想基点，又标示了思想指向，从而形成贯穿全诗的思想线索。

解决了以上几个重要问题，把握了序诗和正文的诗义以及《游仙诗》内容的构成和各部分之间的关系，便可以给《游仙诗》做段落划分并归纳段意了。

《游仙诗》共包括十首诗，由序诗和正文部分组成。

序诗即第一首诗。正文部分包括九首诗（第二至十首），是诗人"自叙"其学道修仙历程的全部内容，可以分为四部分：

第一部分包括第二、三两首诗，主要写山林隐逸和初步的方术修炼：静啸，这是学道修仙实际践行的初始阶段。

第二部分包括第四、五、六、七共四首诗，主要写诗人选择学道修仙人生之路的原因和思想基础。（关于第六首诗的思想内容以及属于这一部分的具体根据，详后）

第三部分包括第八、九两首诗，主要写修德悟道和继续方术修炼：服食丹药、行气、服炼津液，这是学道修仙实际践行的继续阶段。

学道修仙实际践行的初始阶段和继续阶段都写了方术修炼和从神仙世界对人间的审视，但两个阶段存在着明显的差别，这些差别无一例外地反映着诗人学道修炼的不断加深和精进以及内心世界的深刻变化：对于人间凡俗越来越鄙弃和疏离，对于神仙世界的追求越来越强烈和迫切。

第四部分即第十首，写长期学道修仙的最后结局：实现了宗教理想，修炼成仙，到神仙世界永享自由快乐。

如果将以上四部分按内容性质进行归类，那么，第一、第三和第四部分，即学道修仙实际践行的初始阶段、继续阶段和最后修炼成仙，显然都属于学道修仙的实际践行和最终结果，而第二部分则属于另一方面的内容，即学道修仙的原因和思想基础。如果说前者即学道修仙实际践行的初始阶段、继续阶段和最后修炼成仙是学道修仙的实际践行的历程的话，那么，后者即学道修仙的原因和思想基础部分中所写的对于生命悲剧的深刻感受和体验以及为摆脱悲剧性命运所进行的探索、对学道修仙人生之路的肯定等内容，则可以说是学道修仙的思想历程。

这样看来，《游仙诗》的内容实际上是由两个历程构成：一是思想历程：学道修仙的原因和思想基础（即第二部分）；二是实际践行历程：学道修仙的践行经历及其结果（即第一、三和四部分）。这说明，《游仙诗》作为诗人学道修仙历程的"自叙"，实际包括了学道修仙思想历程和实际践行历程这样两个历程的"自叙"。所以，表面看来，《游仙诗》内容繁复，思想复杂，历史现实，天上人间，头绪纷繁，难以梳理；但是只要正确把握了其内容构成和各部分之间的关系，那么，便可看出实际上恰好相反：全诗内容集中明了，首尾完整，段落分明，脉络清晰。

应当说明的是，《游仙诗》的几部分内容并没有完全按照先原因、后结果，先思想认识、后实际践行的一般顺序安排，而是把思想历程，即学道修仙的原因和思想基础部分放在了实际践行的过程当中，即在学道修仙实际践行的初始阶段与继续阶段之间。当然，这样的安排自有其原因，并涉及《游仙诗》的结构特点（详后）。

至此，横亘在通往主题道路上的重重障碍既已基本铲除，可以进一步探讨作品的主题及其思想特征以及结构特点等问题了。

第七节 《游仙诗》是学道修仙历程的"自叙"[①]
——《游仙诗》的主题及其思想特征

从前面的论述可以知道，《游仙诗》作为诗人学道修仙历程的"自叙"，是从学道修仙的原因和思想基础即思想历程"自叙"起，经过实际践行，最终修炼成仙而告终，完整地反映了魏晋时代在神仙道教成为人们共同价值取向的条件下，一个有抱负而又高度敏感的士人为了摆脱悲剧性

[①] 《文选》李善注："璞之制，文多自叙。"中华书局1977年版，第306页。

命运,是如何在痛苦、焦虑和苦闷中通过反复探索而最终走上学道修仙的人生之路的。就是说,诗人首先提出了如何超越生命悲剧的问题,然后又给出了答案:通过走学道修仙的人生之路来摆脱悲剧性命运。明确了《游仙诗》两个方面内容及其相互关系,那么,《游仙诗》的主题及其思想特征也就比较容易理解了。具体说来,《游仙诗》的主题思想可以这样概括:

> 通过学道修仙历程的"自叙",说明学道修仙的人生之路是超越生命悲剧及其所带来的焦虑和痛苦的根本途径,反映了诗人对于生命永恒和自由的向往以及力图摆脱悲剧性命运的超越精神。这种为寻找和确立安身立命之本以安顿灵魂的形而上的追求,既是对于人的终极关怀的体现,也是愚昧落后思想观念的反映。

从《游仙诗》的主题不难看出,诗人创作的主观意图十分明确:就是要通过自己的切身经历和对人生的体验和思考,现身说法,说明学道修仙的人生之路是摆脱悲剧性命运及其所造成的焦虑和痛苦的正确途径,宣扬消极无为,逃避现实,保全个体生命永享自由快乐的神仙思想,肯定魏晋时期广泛流行的以神仙道教为价值取向的合理性和可行性。毫无疑问,《游仙诗》的创作意图所反映的思想观念,是完全错误并应当予以批判的。但是,如果仅就创作意图便将《游仙诗》完全否定,认为没有任何可取之处,那就未免过于简单化了。因为作品的形象大于思想,具体描写重于说教,在这方面《游仙诗》尤其显得突出:其创作的主观意图与诗歌艺术形象之间存在着巨大的背离,这突出表现在它所提出的问题与给出的答案之间具有完全不同的意义和价值:诗人对于如何摆脱悲剧性命运所给出的答案是完全错误和荒谬的,没有任何积极意义可言,但他所提出的问题,即通过形象描写所反映的对于悲剧性命运的感受和体验,对于如何超越悲剧性命运的探索及其所表现的对于人的终极关怀,则集中体现着《游仙诗》的思想艺术精华,具有巨大的思想艺术价值。

由于诗人的历史局限性,使他十分荒谬地将这样两个具有完全不同思想性质和价值取向的内容捆绑在一起,纳入同一架构组成作品,这确实增加了《游仙诗》主题的复杂性,但并不能遮掩它们的不同的思想本质。大致说来,《游仙诗》主题的思想特征有如下几个方面:

第一，浓重的悲剧性特征。

从前面对《游仙诗》内容构成和主题的论述可以知道，《游仙诗》虽然把追求神仙世界，成为神仙的宗教理想作为全诗表现的中心目的，但在全诗内容的安排中却没有局限于此，而是首先寻绎导致产生这种理想和追求的原因，即生命悲剧所造成的人生困境以及为了摆脱这种悲剧性命运，消解它所带来的焦虑和痛苦所做的反复探索。这部分内容并非草草带过，而是用了三首即第四、五、七首加以描绘，其篇幅约占全诗的三分之一（除去序诗，《游仙诗》的正文共九首），这显然说明这一内容也是全诗表现的重点之一。就是说，诗人没有把反映学道修仙历程的诗歌局限于狭隘的宗教生活和宗教修炼的范围内，而是首先放在生命存在和人生理想的高度和广阔视域加以审视，从而赋予作品以鲜明的社会内容和浓重的人间色彩，这不仅极大地开掘了作品的思想空间和深度，提升了作品的意义和价值，而且也决定了《游仙诗》主题的浓重悲剧性特征，从而使之远远超越了一般游仙诗而成为不朽之作。

在学道修仙原因和思想基础部分，如第四、五、七首中，诗人一方面把看不见、摸不着因而不引人注意的抽象时间的流逝形象化，描绘出时间"巨流"一去不复返的无情图景以及面对时间流逝的无可奈何，一方面又出色地描写出空间束缚使人不得自由的悲惨处境，寥寥数语便生动有力地表现出人在时间和空间方面的局限性所造成的生存困境，从而使这部分内容弥漫着强烈的悲剧气氛。

不仅如此，诗歌还突出反映了这种局限性所带来的毁灭性的结局：从时间巨轮碾压下万物走向衰败的惨象，使人自然联想到世事的急剧变化和生命的稍纵即逝，最终走向死亡的悲惨结局以及严酷束缚下失去自由所导致的创造力的毁灭和生命的枯萎。就是说，死亡和尘世束缚所摧毁的不是什么别的东西，而恰恰是作为创造的主体，一切意义和价值因之而生的人，因此生命悲剧也就意味着最珍贵希望的破灭和幸福的丧失。正是因为如此，关于人的价值观念才被进一步唤醒和强化，悲剧感也随之油然而生：面对生命悲剧使人如身陷困境，大难临头。"当悲剧意识成为人们对于实在的意识的基础时，我们就称之为悲剧情态。"[1]可以说《游仙诗》的上述有关描写充分表现了诗人的强烈悲剧意识和令人震撼的"悲剧情态"。

---

[1] 雅斯贝尔斯：《悲剧的超越》，亦春译，工人出版社1988年版，第26页。

这样的生存困境，不分地域、民族，不论尊卑、贫富，是每个人都必须面对的现实，可以说是整个人类的必然性命运。"人生中的一切可怕的事件并不都是悲剧性的……真正的悲剧以历史必然性的观念作为基础。"①正是因为如此，生命悲剧也就使人饱受煎熬和折磨，它所引起的焦虑和痛苦远远超过一般的悲剧而显得更加凝重、强烈和深沉。在这方面，《游仙诗》通过浓墨重彩的描绘，形象有力地表现出诗人在陷入悲哀、痛苦和恐惧深渊之际的内心情状："临川哀年迈，抚心独悲吒。""悲来恻丹心，零泪缘缨流。"悲哀和痛苦之情不止于内心，更外化为无法控制而又富有特色的动作和表情，从而把具有浓重悲剧性特征的内容十分巧妙地熔铸为诗人生动具体的形象。

第二，超越性特征。

虽然生命悲剧是一切人都必然面对的"现实"，但并不是每个人对它都有强烈的感受，而只有那些有所作为，努力创造生活，也就是珍惜生命价值，寄托意义于人生的个体，人在时间和空间上的局限性才可能转化为悲剧。"如果苦难落在一个生性懦弱的人头上，他逆来顺受地接受了苦难，那就不是真正的悲剧。只有当他表现出坚毅和斗争的时候，才有真正的悲剧……悲剧全在于对灾难的反抗。"②这说明，正是悲剧使生存悟出超越的必要，生命悲剧本身就是超越生命悲剧的压力和动力。所以，生命悲剧虽然令人痛惜，但却不属于自甘沉沦的人：对于生命悲剧体验越深，感受越强烈，摆脱悲剧的诉求也就越迫切。正是在这个意义上，生命悲剧才被称为"伟大的悲剧"。

《游仙诗》的学道修仙的原因和思想基础部分正是按这样的逻辑抒写：从生命悲剧和探索摆脱生命悲剧的出路开始写起，进而描写了对于生命悲剧的深刻感受和体验，反映了生命悲剧所造成的巨大焦虑和痛苦。诗人的探索虽然都是借助幻想和神话通过象征的方式表现出来，不是生活的本来面貌，不具备历史"真实性"，但却真实地反映了诗人对于生命悲剧的态度：明知悲剧性的命运与生俱来，不可抗拒，但在强大的命运面前却没有退让，更没有束手待毙，屈服于它的威压之下，而是想尽一切办法与

---

① 普列汉诺夫：《尼·加·车尔尼雪夫斯基》，《普列汉诺夫哲学著作选》，生活·读书·新知三联书店1974年版，第四卷第67页。

② 斯马特：《悲剧》，转引自朱光潜《悲剧心理学》，参见《朱光潜全集》，第二卷第415—416页。

之抗争：为改变悲剧性命运，消解它给人造成的焦虑和痛苦进行了反复探索。即使历经了多次失败之后仍然没有灰心和气馁，而是继续其抗争的步伐。正是这种与命运抗争的超越精神闪烁着人性的光辉，并使人的存在获得了意义和尊严。

或许认为，悲剧精神自古以来就是文学作品的重要主题，但一般多表现在有完整故事情节和激烈矛盾冲突的叙事性作品中，例如，表现英雄人物与命运抗争和悲壮失败结局的古希腊悲剧。诚然，这种悲剧艺术及其所体现的悲剧精神在西方古代戏剧中得到了充分发展，但这丝毫也不意味着悲剧艺术和悲剧精神已然为戏剧所垄断，而与其他艺术形式绝缘。我国古代没有古希腊那样的悲剧，但悲剧精神却在诗歌中得到了发展。由于体裁的制约，具有浓重抒情性特征的《游仙诗》不可能再现完整的故事和激烈的矛盾冲突，但却通过对于悲剧性命运的心理感受和体验以及超越生命悲剧的诉求和探索，把悲剧性命运笼罩下的人物复杂的内心世界呈现于人们面前，从而同样反映出人与命运的关系以及在与命运抗争中所表现的超越精神。

"奋斗和克服困难则激起惊叹，因而就属于崇高。"[①]戏剧中英雄人物因"奋斗和克服困难"而"属于崇高"，以诗歌形式所表现的同样内容，当然也"属于崇高"——因为它们都体现了悲剧精神的核心：对于悲剧性命运的超越。

第三，哲理性特征。

如前所说，诗人对于生命悲剧之所以有那么强烈的感受和体验并充满了迷茫和苦闷，是因为生命悲剧直接毁灭了人的最珍贵的希望和寄托，这就是说，诗人的种种强烈反应归根结底是出于对于人生价值和生命意义能否实现的关注和忧虑，而这种关注和忧虑中所蕴含的实质性问题则是：人的命运是什么？人活在世上究竟是为什么，如何实现人生意义和生命价值？沿着诗人对于自身命运的反观自照如此追问下去，最终必然涉及为人的生存寻找根据的人生终极问题。

要提高生命的价值，充实人生意义，关键是寻找和确立安身立命之本，亦即人生目标和生命的支撑点。有了这样的"目标"和"支撑点"，使有限的生命与无限的本体联系起来，生存便有了根据，人生便找到了方

---

① 康德：《论优美感和崇高感》，何兆武译，商务印书馆2011年版，第30页。

向，生命价值因而得以生成，从而人生也才有了充实感和归属感而使灵魂得以安顿。正是因为寻找和确立这个"目标"和"支撑点"是如此重要，所以从人成为一个自觉的人，即从关于生命的价值观念产生的那一天起，就开始寻找并且直到今天也没有停止过。而诗人在《游仙诗》中为摆脱悲剧性命运所做的反复探索，虽多次失败仍不肯罢休，归根到底也正是为了寻找这个"目标"和"支撑点"。这样看来，从一定的意义上完全可以把这段文本视为人类这种形而上的精神追求的艰难历程的象征。所以，如果说诗人提出的有关人生意义和生命价值的问题是关于人生的终极问题的话，那么诗人寻找人生"目标"和"支撑点"的反复探索则体现了对于人的终极关怀。

正像反映社会生活和时代历史的作品往往具有现实性一样，涉及人生终极问题和终极关怀的作品往往具有哲理性。因为"悲剧是哲学的艺术，它提出和解决生命的最高的形而上学问题，它意识到存在的含义，分析全球性问题。"[1]就是说生命悲剧所引起的焦虑和痛苦主要不是因为世俗性的成败得失，而是对于生命悲剧所导致的终极关怀的失落和人生价值的虚无。诗人的努力充分体现了对于人生终极价值和终极归宿的哲学思考和追求。

可见《游仙诗》实际是以哲学的眼光洞察人生，体验时间，关注生命，使哲理与对人生境遇的体验和思考结合起来，并融汇进自己的内心和感情世界，从而到达诗情与哲理之间，形象与思想之间的高度统一。这不但极大地丰富了作品的思想内涵，提高了其艺术魅力，而且使其意义远远地超出了个人：由于反映了一切人类寻求解脱的共同愿望，传达了人类心底的共同呼声而具有普遍的意义。

对于人的这种终极关怀是一种具有形上特征的精神性追求，没有超越的精神和博大的胸怀是根本做不到的，这一点在诗人生活的魏晋时代尤其显得突出。在当时的特定历史背景和社会环境中，至少有两种人由于生活和精神的严重扭曲，根本无暇顾及心灵痛苦，完全放弃了精神追求和终极关怀：一种是醉生梦死，耽于享乐的门阀士族和王公贵戚；一种是丧失生活信心，消极颓废的部分士大夫。对于前者来说，物质欲望、感性享乐就是一切；对于后者来说，世界本为虚无，一切归于幻灭。在这一点上，诗

---

[1] 尤·鲍列夫：《美学》，冯申、高叔眉译，上海译文出版社1988年版，第77页。

人与他们完全不同，他既没有沉沦于享乐①，也没有坠入悲观颓废的泥潭，而是在强烈的生命悲剧意识的驱使下注重感受时间和生命，体验宇宙和人生，深入品味并力图消解生命有限性和人生不自由所带来的焦虑和痛苦，并为此而不断探索，寻找精神寄托，以慰藉人生，安顿心灵。十分明显，诗人对于生命悲剧的体验和感受以及在此基础上的探索和追求，已经完全超越了世俗性的追求和理想，而具有终极性特征。

第四，人类普遍性特征。

前面说过，《游仙诗》内容构成包括两个方面：一个是学道修仙的原因和思想基础；另一个是学道修仙的践行经历及其结果。这两个方面的内容具有完全不同的性质特征：后者即对神仙世界的追求和学道修仙的实际践行历程具有鲜明的魏晋时代的特征，而前者即对于学道修仙的原因和思想基础部分则体现着强烈的人类普遍性特征。

先说《游仙诗》的时代特征：

在追求神仙世界成为人们共同价值观的魏晋时代，《游仙诗》所反映的诗人的学道修仙历程绝非孤立的存在，而与魏晋时代众多修仙者的经历息息相通。如前所说，因为神仙道教所追求的长生不老和自由快乐，不但满足了士族大户、王公贵族延续享乐生活的欲求，而且也迎合了中下层知识分子摆脱道德危机，寻找精神寄托的需要，所以神仙思想风靡全社会，从上到下各个阶层多沉醉于神仙道教所许诺的神仙世界中，人们为了成为自由快乐神仙而纷纷走入山林避世隐居，进行方术修炼并修德悟道，已经成为生活的常态。由此不难看出，作为诗人学道修仙历程"自叙"的《游仙诗》，既是诗人个人经历的真实写照，同时也是当时人们热衷于修仙生活的集体画像，其时代气息和思想特征十分明显。

再说《游仙诗》的人类普遍性特征：

如果说《游仙诗》所表现的学道修仙，追求神仙世界是魏晋时代的社会热点问题，具有那个时代的鲜明特征的话，那么，在学道修仙的原因和思想基础部分中对于生命悲剧及其所造成的焦虑和痛苦的深刻体验，以及为了超越生命悲剧，消解悲剧性命运所带来的焦虑和痛苦所做的探索，则表达了人类的共同愿望，因而具有强烈的人类普遍性特征。而这一思想

---

① 《晋书》本传说他"性轻易，不修威仪，嗜酒好色，时或过度"，可见受时代风气的影响，郭璞也曾追求享乐，但却没有沉沦。

特征所具有的思想光辉和重大意义更是前一个特征所无法比拟的。

这是因为摆脱悲剧性命运，消解生命悲剧所带来的焦虑和痛苦，也就是寻求解脱以实现自由，是古今中外一切人的共同愿望和追求，具有基于人性的深刻根源和广泛基础。关于人类寻求解脱与对于实现自由的期待和渴望，著名哲学家卡尔·雅斯贝尔斯做过出色的描绘：

> ……被抛掷到这个世界及其一切不幸之中，对灾难的威胁无法逃避，人于是伸出双臂呼求解脱，呼求今生的援助或来世的救赎，吁求摆脱眼前的痛楚或从一切忧伤苦楚中获得解脱。①

这短短的几句话，把人类悲剧性命运的必然性和寻求今生解脱、来世救赎的迫切性，表现得可谓淋漓尽致，从一个侧面反映了关于人类"解脱"主题的重大意义。这个主题对于人类来说之所以意义重大，是因为它关系到安顿灵魂，寻找人生归宿的终极价值能否实现的人生终极问题。这恰好证明了《游仙诗》为了超越生命悲剧，消解悲剧性命运所带来的焦虑和痛苦，反复探索寻求解脱的努力，实际上提出了一个人人必须面对，因而具有全人类意义的重大问题。

从古代世界历史的角度看，诗人在一千七八百年前提出的对于解脱的吁求，在世界各民族中不但为时较早，而且充满了真诚和执着。时间证明，这个问题已经穿越历史空间直到今天仍然没有过时，这是因为生命悲剧与生俱来，只要人类存在一天，它就随之存在一天，它因此也成为一个超越时代的永恒性问题。

当然，说《游仙诗》提出的问题具有人类普遍性和永恒性的巨大意义，也仅仅是就它所提出的问题而言，而丝毫不涉及它所给出的荒谬的答案。

最后，来说《游仙诗》主题所体现的错误思想观念：

上述四个特征仅仅是就《游仙诗》内容的精华部分，即学道修仙的原因和对如何超越生命悲剧的探索等内容所作的概括。随着诗歌内容从提出问题向给出答案的转换，有关内容的思想性质也发生了根本变化：前一部分所具有的悲剧精神、超越精神和哲理性和人类普遍性特征早已杳无踪

---

① 卡尔·雅斯贝尔斯：《悲剧的超越》，亦春译，工人出版社1988年版，第71页。

影，而呈现出迥然不同的荒诞、愚昧和自私的性质特征。

前面说过，人类寻找安身立命之本和生命"支撑点"的努力从来没有停止过，但这个安身立命之本和生命的"支撑点"究竟是什么，不同的人、不同哲学的回答是完全不同的。诗人在经历了反复探索和失败之后也给出了自己的答案：即认同宗教，以学道修仙，成为神仙到另一个世界的方式来摆脱悲剧性命运及其所造成的痛苦和焦虑，即以长生不老消解生命有限性带来的焦虑，以神仙世界的自由快乐打破尘世束缚。这说明，诗人是把神仙世界作为安身立命之本和人生的归宿，也就是以此作为安顿灵魂的终极价值。诗歌后一方面内容所反映的学道修仙的实际践行正是这种观念的体现。

十分明显，诗人给出的这个答案是完全错误的：世界上根本没有超现实的存在，神仙世界不过是宗教观念的形象演绎，人能成仙更是虔诚信仰者的痴心妄想。因为人间的问题从来只能在人间解决，幻想以超现实的力量解决现实问题无异于异想天开。这种违背客观规律的荒诞、愚昧之举只能说明信仰者精神的病态扭曲。

实际上，学道修仙的人生之路是一条远离现实，回避矛盾，毫无作为的消极之路，是迷失了人生方向的士大夫的错误选择。他们完全丧失了人的主体性而不得不匍匐于神的脚下，将自己的命运交给神来掌握，成为一个不能掌握自己命运和迷失人生方向的人。在这种情况下要摆脱悲剧性命运，只能抓住宗教这根救命稻草。因为"宗教是那些还没有获得自己或是再度丧失了自己的人的自我意识和自我感觉"[1]，所以，他也就只能从宗教那里寻找寄托和希望。因此，那些关于神仙世界的美好想象，尽管十分具体，令人神往，但终究不过是他们的"自我意识"和无奈的"叹息"[2]。这样的"自我意识"和"叹息"除了使精神得到暂时的安抚——实际是麻痹——之外，根本不可能改变悲剧性命运，更不可能给人带来幸福。

退一步说，即使诗人真的成了神仙，实现了长生不老，自由、快乐的

---

[1] 马克思：《〈黑格尔法哲学批判〉导言》，《马克思恩格斯选集》，人民出版社1972年版，第一卷，第1页。这段文字中把马克思"没有获得自己或是再度丧失了自己"理解为丧失了主体性，也就是不能掌握自己命运之意，参考了吕大吉主编《宗教学通论》的观点，参见该书第60页，中国社会科学出版社1989年版。

[2] 同上书，第1卷第2页。

宗教理想，那也仅仅是为了一己之私，除了满足个人的感性欲望之外，根本没有任何其他更高层面的追求。就是说，这条人生之路不但与他人没有任何干系，不可能对世界和社会有什么裨益，而且也根本无助于个人人格的完善；恰恰相反，它只能暴露其自私、狭隘的本质。因为如果生存仅仅是为了自己，而对他人没有任何意义，那么，其生存也就失去了意义。换言之，真正有意义的人生，除了对自己有意义之外，更要有超越自我的意义，而有益于社会群体和历史进步。诗人的选择恰好相反，所以，与前一部分所表现的悲天悯人情怀和不失崇高的超越精神相比，在后一部分中其精神境界可谓一落千丈而直接坠入了另一个极端："与优美最处于对立地位的，莫过于无聊了；正有如降低到崇高之下的最深处的，莫过于是笑柄一样。"① 从今天的角度看，诗人为了那个虚幻不实的神仙世界而沉溺于宗教修炼不能自拔的愚蠢、荒诞行为，确实显得滑稽可笑。

第八节 《游仙诗》的结构特点

前面在论述《游仙诗》内容的构成、段落划分和内容排列顺序以及各部分之间的关系等问题时，曾提出与《游仙诗》结构和布局密切相关的两个问题：一个是在《游仙诗》的结构布局中，为什么不是按照先原因、后结果的逻辑顺序安排，即为什么不把学道修仙的原因和思想基础部分放在学道修仙的实际践行之前，而是放在实际践行初始阶段与继续阶段之间？另一个是在学道修仙的原因和思想基础部分中为什么要插入抒写古代帝王出海寻仙的第六首诗？其实，这两个问题并非孤立存在，而与《游仙诗》的结构和布局特点密切相关。这就是说，只要正确把握了《游仙诗》结构和布局的特点，这两个问题自然会迎刃而解。

具体说来，《游仙诗》结构和布局的特点如下：

第一，结构安排服从于历史真实和生活逻辑。

《游仙诗》作为诗人学道修仙历程的"自叙"，是叙述个人的亲身经历，因此，一个首要的问题就是历史的真实性，否则，就是自欺欺人而失去了"自叙"的意义。当然，不只是自叙性作品，对于任何作品来说，

---

① 康德：《论优美感和崇高感》，第35页。

如何处理好包括结构安排在内的表现形式与历史真实性和生活逻辑之间的关系，从来都是必须认真解决好的重要问题。而《游仙诗》在结构上的鲜明特点，也是突出成就之一恰恰就表现在这里。当结构安排与历史真实性和生活逻辑发生矛盾时，是为了结构上的整齐划一而扭曲生活逻辑、违背历史真实，还是根据生活逻辑，按照历史的本来面貌而调整结构，安排内容，体现了两种相互对立的创作精神，即是将艺术唯美放在第一位还是将历史真实性放在第一位。在这方面，《游仙诗》做了完全符合艺术规律的明智选择。

按一般情况，先写原因后写结果，即把学道修仙的原因和思想基础放在前面，然后再集中写学道修仙人生之路的实际践行，这样不但符合因果关系，而且使得实际践行的三个阶段（即初始阶段、继续阶段和最终成仙）彼此直接相连，因而显得更加清楚和整齐。然而诗人没有这样做，而是做了如现行文本顺序的安排。原因很简单：这样写符合历史真实和生活逻辑。

前面说过，诗人选择学道修仙人生之路是基于对生命悲剧所带来的焦虑和痛苦的深刻体验以及对于摆脱悲剧性命运的强烈诉求，而诗人从十几岁即开始学道修仙（从"寻仙万余日"可知，详前），"少年不知愁滋味"，这种体验和诉求在一个涉世未深的少年的心里是很难萌生的，因为生命悲剧意识的产生，除了理性认识之外，更要以丰富的生活阅历和人生体验为基础。对于少年时代的郭璞来说，后来的种种不幸经历和遭遇，特别是保证士族特权的官僚选拔制度使他饱受压抑，雄心壮志无由施展，最终只能沉于下僚等经历和遭遇，都还没有发生，这决定了他当时对于尘世束缚所造成的不自由感根本不可能有什么深刻的认识和体验。至于对时间流逝的无奈和生命有限性的焦虑，对十几岁的少年来说更是无从谈起。这清楚说明，诗人虽然从十几岁即开始"寻仙"，追求神仙世界，但在开始阶段主要还不是出于自己的内在的精神诉求，而是受当时神仙道教风靡于全社会这样一个特定环境影响的结果。

这就是说，诗人的生命悲剧意识和对生命悲剧的体验以及对于摆脱悲剧性命运的强烈诉求等，都是少年时代开始"寻仙"之后，特别是在人生道路上遭受种种挫折和失败之后的事情。既然如此，在作为学道修仙历程"自叙"的《游仙诗》中，把它放在学道修仙的初始阶段之后，以与历史真实和生活逻辑相一致，当然是完全必要和正确的。

这充分说明，在形式与内容的关系上，诗人坚持内容决定形式，将结构和内容布局建立在历史真实性和生活逻辑的基础之上，从而使结构形式与历史真实、生活逻辑之间达到有机的统一。

第二，明确的思想指向贯穿全诗，结构完整而严谨。

如前所说，《游仙诗》内容涉及广泛，诸如生命悲剧、宗教信仰、神话历史、人生道路、价值取向、山林隐逸、修德悟道、方术修炼，等等，表面看来松散凌乱，茫然无序，但全诗内容明显自行聚敛，呈现出"形散神不散"的特征，根本原因即在于具有贯穿全诗的明确思想指向，即以明确的思想和价值取向将纷繁复杂的内容统摄起来。诗人特别以序诗的形式单独抒写这一内容，就是要凸显诗人所确定的思想指向对全诗的引领和统摄作用。从第二首至第十首都是严格按照这一思想指向而展开抒写直至最终成仙，全诗就这样一路走来，不枝不蔓，直达目的，戛然而止。

不只如此，这一思想指向又通过第七首的最后六句"园丘有奇草，钟山出灵液。王孙列八珍，安期炼五石。长揖当涂人，去来山林客"做了进一步的申明。这六句诗，处于学道修仙原因和思想基础部分的最后，即第七首的结尾，下接学道修仙实际践行的继续阶段，不仅承上启下，更为重要的是又一次申明了全诗的思想指向；所以，它所起的作用也就不单单是使两部分内容之间的衔接更加自然、紧凑，更为重要的是强化它们之间的逻辑关系：亦即凸显了学道修仙的思想基础和学道修仙的实际践行之间的原因与结果、思想认识与行动之间的内在的统一性。

总而言之，由于全诗具有明确的思想指向，纷繁的内容才得以有条不紊，步步深入地展开，正如前面对内容构成和段落划分的分析所体现的：不仅段落分明，彼此之间衔接紧密，无懈可击，而且在总体上呈现出完整而严谨的特征。

第三，在结构安排上执正驭奇，收放有度，诗歌走向曲折有致。

一般说来，具有浓重人生哲学和宗教性质的内容形之于诗很容易流于呆板和枯燥，而《游仙诗》却一扫沉闷、刻板的氛围，不但形象鲜明，"文藻粲丽"[①]，而且呈现出灵活多变、跌宕起伏的态势。这除了决定于诗人高超的艺术技巧和驾驭文字的纯熟能力之外，还与诗人在结构安排上的

---

① 《世说新语·文学》刘孝标注引《璞别传》，杨勇：《世说新语校笺》，中华书局2006年版，第一册第238页。

执正驭奇、收放有度有直接关系。

《游仙诗》结构的这一特点主要体现在抒写学道修仙原因和思想基础的第二部分，即第四、五、六、七这四首诗；从总的方面看，这部分内容的安排和顺序可谓打破常规，不拘一格，取得了出人意料之外的艺术效果，主要体现在以下三处：

首先，关于第二部分在诗中的顺序安排：如前所说，这部分没有按照一般的写法放在学道修仙实际践行之前，而是放在这个过程中间，这固然是出于如前所说的遵循历史真实和生活逻辑的考量，但却完全打破了惯行的写法，而使作品显得更加跌宕起伏，绚烂多姿。

其次，就第二部分本身看，其内容的顺序安排也颇有深意：这部分既是写学道修仙的原因和思想基础，一般情况下当然要首先集中写学道修仙的原因，即生命悲剧及其所造成的焦虑和痛苦，然后再写探索和寻求解脱出路以及走学道修仙之路的决心，等等。然而，实际情况却并不完全是这样，而是将学道修仙的原因分为前后两处述说：一处是第四首的头两句"六龙安可顿，运流有代谢"，这两句诗十分形象而简要地说明时间流逝，四时交替永不停顿，令人无可奈何，显然这属于学道修仙的原因部分；另一处是第五首和第七首的前八句又用超过一首半的篇幅再次抒写学道修仙的原因。而在这两处抒写"原因"的诗句之间，却以第四首几乎整首诗的篇幅（只差开头两句，即"六龙安可顿"二句）集中抒写为寻求解脱出路所做的反复探索。如此将学道修仙的原因分置于寻求解脱出路的探索的前后两处，可谓是别具匠心：生命悲剧本来就存在，经过探索之后生命悲剧及其所带来的焦虑和痛苦仍然一如其旧。这明显说明诗人寻找解脱出路的探索已经彻底失败，超越生命悲剧，消解它所带来的焦虑和痛苦的目的并没有达到。正是由于经历了探索的失败，诗人的思想才发生了重要变化，并终于认识到摆脱悲剧性命运的希望不在人间；要超越生命悲剧，彻底消解它所带来的焦虑和痛苦，就必须走学道修仙的人生之路到神仙世界去。可见，这样安排材料，不但反映了生命悲剧带给诗人的焦虑和痛苦之强烈和深重，而且具体再现了诗人内心世界深刻变化的原因和真实历程，因而显得合情合理，更加令人信服。

还有，关于第六首诗的安排：前面说过，第六首与第四、五和七这三首诗为一部分，问题是在这样一个抒写生命悲剧所引起的焦虑和痛苦，也就是抒写学道修仙的原因和思想基础的段落中，为什么要插入讽刺和嘲笑人间帝王学道修仙是痴心妄想的这样一首诗呢？

这只要看一看在这首诗（即第六首诗）的前后各写了什么，即可一目了然：其前的第四、五两首诗主要是写生命悲剧所造成的焦虑和痛苦以及为了摆脱悲剧性命运所做的探索，而其后的第七首主要是写通过探索找到了摆脱悲剧性命运的途径以及走学道修仙之路的决心。在这样两个内容之间安排了第六首，很明显其意义主要有二：一，通过人间至尊帝王"无灵气"、"非仙才"根本不能修炼成仙的事实说明，权势和富贵不但不能消解生命悲剧所带来的焦虑和痛苦，反而成为学道修仙的障碍，燕昭王和汉武帝等人间帝王出海访仙的失败就是明证。所以，诗人面对这段历史往事抒发个人情怀，指点帝王，倾吐块垒，既表明了自己不慕富贵，专心修炼的虔诚态度，又表现自己作为普通士人学道修仙，完全没有权势和富贵的拖累，因而更增强了学道修仙的信心。二，在这首诗中自由快乐的神仙世界活灵活现地出现在天际，证明了神仙世界的"存在"和"美好"，从而为紧接其后的第七首决心告别人间，走学道修仙人生之路到神仙世界去提供了充分的"根据"和有力的铺垫。[①]

所以，从表面看在第四、五和七首这三首诗之间插入第六首诗，似乎画蛇添足，多此一举，实则不然，它们之间在精神上完全契合一致：第六首同样也是诗歌进展过程中不可或缺的有机组成部分。这样的结构安排不仅使诗人内心世界的变化显得更加合理，诗义得到巧妙的开拓和加深，而且使全诗的走势别开生面，奇崛不凡，给人以强烈的心理冲击。

这说明，无论从神仙世界的活灵活现的描写上看，还是从其别具心裁的结构上看，第六首都可以说是为全诗平添光彩的神来之笔。

总而言之，与内容集中而单纯的第一、三和四部分相比，第二部分的内容纷繁复杂，涉及面广，但由于诗人放得开，收得住，以其独具匠心的布局和安排，使这部分繁而不乱，曲折有致，散发着独特的艺术魅力。

第四，除了以上几点之外，《游仙诗》正文构成的四部分内容，从山林隐逸和学道修仙的原因开始，一气贯下，直到修炼成仙戛然而止，充分反映了作为学道修仙历程"自叙"的完整性和统一性。这一点在论述《游仙诗》内容的构成和段落划分时已经有所说明，这里不再重复。

---

① 本段中涉及的有关第六首的问题，详见本章第五节"第二、六、八、十首诗解析"之二"第六首：以历史题材表现对于学道修仙的观点和认识"。

综上所述,《游仙诗》的十首诗紧紧围绕主题展开描述,共同构成了结构严谨、首尾完整、阶段分明、衔接紧密、收放自如、曲折有致,并严格遵循生活逻辑和历史真实的优秀组诗。

第九节 关于方术修炼的艺术处理

前面说过,信仰神仙道教不能仅仅停留在精神层面,除了修德悟道以坚定精神信仰之外,还必须在生活中坚持方术修炼。道教认为,只有精神信仰与方术修炼两个方面兼顾,才有可能实现长生不老,永享自由快乐的宗教理想。魏晋时代,学道修仙一般多从山林隐逸开始,所以,山林隐逸、修德悟道和方术修炼也就成为那个时代学道修仙者必须实际践行的三项主要活动。作为学道修仙历程"自叙"的《游仙诗》除了写选择学道修仙人生之路的原因之外,重点描写的正是山林隐逸、修德悟道和方术修炼这三项活动。[①]

在学道修仙的这三项活动中,山林隐逸和修德悟道,特别是山林隐逸在一般诗歌作品中多有描写,[②]并不是什么新鲜题材;而作为修仙者必须掌握的"真功夫"和必修课的方术修炼在世俗生活中比较少见,一般诗歌也很少触及,但对于《游仙诗》来说,却是不可回避的重要内容。

根据这种情况,本文把关于方术修炼内容的艺术处理作为考察的重点,看一看在这个方面《游仙诗》取得了怎样的艺术成就。

所谓方术修炼,就是掌握那些具有神秘性特征的方术的具体方法和特殊技巧并按规定反复践行。魏晋时期,方术修炼的种类林林总总,多种多样,《游仙诗》主要写了"静啸"、服食丹药、行气、服炼津液和存想幻视,等等。《游仙诗》中写有方术修炼的内容,早已得到很多学者的肯定。[③]

指出郭璞《游仙诗》中存在方术修炼的内容固然重要,但对于诗歌艺术研究来说,仅止于此是远远不够的,更为重要的是看诗人是如何处理

[①] 关于这三项活动,详前有关章节的论述。
[②] 当然,有很多人山林隐逸并没有宗教目的。
[③] 详见詹石窗《道教文学史》,上海文艺出版社1992年版;连镇标:《郭璞研究》,上海三联书店2002年版。

这些内容的。因为方术修炼是专业技术性很强的功法践行，必须按照规定的步骤、方法和要求去做，才可能取得效果，而这些步骤、方法和要求不但非常具体，而且涉及很多专业技术性的知识和问题，诗中所写的"静啸"、服食丹药、行气、服炼津液和存想幻视等无不如此。这些内容即使是用散文体记录也很繁复、冗长和琐碎，令人感到枯燥无味，在诗中更难与诗歌艺术形象融为一体，因而很容易流于方术修炼过程和有关方法、要领的介绍，使诗歌艺术湮没于方法和技术中，最终导致诗歌创作的失败。

方术修炼题材的这一特点，决定了必须精熟地掌握多种多样的方法和手段，根据不同的功法特点采取不同的艺术处理方式，才能恰到好处地予以表现，这显然是一个巨大的艺术难题，对于作者驾驭题材和艺术表现的功力是一个前所未有的挑战。正是因为这样，考察作者如何处理方术修炼的题材，具体运用了哪些高超的艺术表现方法和手段，其效果如何，取得了怎样的艺术成就，等等，也就显得尤其重要。

事实上，郭璞杰出的艺术才华在这个问题上得到了充分发挥：通过灵活多样的艺术方法和手段成功解决了表现方术修炼内容的一系列难题，并化腐朽为神奇，使本来不适合在诗歌中表现的方术修炼内容不但没有造成技术压倒艺术的不良后果，反而使之与诗歌艺术形象融为一体，成为《游仙诗》杰出艺术成就的一个重要方面。①

从艺术表现的角度看，本文把诗中所写的方术修炼分为两类：一是静啸、服食、行气和服炼津液，二是存想幻视。诗人对于这两个方面方术修炼的艺术处理完全不同，有必要分别论述。

一 关于静啸、服食、行气和服炼津液的艺术处理

根据表现主题的需要，诗人将静啸、服食、行气和服炼津液等方术修炼内容（本节中所说的方术修炼只包括这几种，而不包括宗教存想）大胆摄入诗中，即第三（"翡翠戏兰苕"）、九（"采药游名山"）两首诗中所写：

中有冥寂士，静啸抚清弦。（第三首）

---

① 一些修仙者和道士描写方术修炼的诗歌多不成功，相比之下更能看出《游仙诗》取得的艺术成就。

采药游名山，将以救年颓。呼吸玉滋液，妙气盈胸怀。（第九首）①

那么，诗人对于静啸、服食、行气和服炼津液等方术修炼内容究竟是如何进行艺术处理的，也就是究竟采用了哪些艺术表现手段和方法呢？

第一，根据诗歌艺术形象塑造和诗意美创作的需要来安排内容及其所占篇幅。

从前面的论述可以知道，在诗人长达"万余日"的学道修仙历程中，参加的活动很多，涉及的问题很广：除了对于生命悲剧的体验和对摆脱生命悲剧途径的探索之外，仅实际践行的活动就有山林隐逸、企慕高士、向往神仙、方术修炼、修德悟道、审视人间、接受"授度"，成为神仙、逍遥远游，等等。这些活动在学道修仙的历程中，其活动量的多少、所用时间的长短及其在学道修仙历程中所起的作用，彼此之间存在很大差别。在这方面，无论从活动的内容及其所占用的时间来看，还是从对学道修仙的重要性看，方术修炼都是最为突出的：修仙者从学道修仙之初就开始进行方术修炼，直到成仙不能间断。可以说，方术修炼是学道修仙历程中活动最多，所占时间最长并贯穿学道修仙历程始终的一项重要内容。

十分明显，如果根据活动量的多少和占用时间的长短来决定其内容的篇幅，那么毫无疑问，方术修炼的内容在全诗中会占绝对的优势。但实际情况恰好相反，在全部《游仙诗》中静啸、服食、行气和服炼津液等内容只有如上所引的几句，涉及的种类只有如上所述的几种。这说明，与方术修炼的实际情况相比，有关的描写可谓少之又少，直至被压缩到最低的限度。

与此形成鲜明对比的是，《游仙诗》对于其他内容的描写，如第二、三首对山林隐逸环境和内心活动的描写，第三、六、九首对神仙世界的描写，第八首对修德悟道之际意存高远，超然物外的心境的描写，等等，虽然这些活动对学道修仙的重要性和所占用的时间根本无法与方术修炼相比，但由于它们与诗歌艺术形象塑造密切相关而在所占篇幅上远远多于方术修炼内容。

---

① 实际上，第三首中写方术修炼的只有"静啸抚清弦"一句，第九首中只有引诗中的前三句，第四句是写方术修炼的效果（详后）。

第二章　郭璞的诗歌之一:《游仙诗》　143

　　由此不难看出，诗人尽量压缩具有专业技术性特征的方术修炼的篇幅，而腾出更大的空间留给那些富于诗意特征的内容。就是说，《游仙诗》在布局谋篇，安排各项内容所占比重时所遵循的原则，既不是将各部分等量齐观，平均用力，也不是按它们在实际生活中所占的比重，而是把诗歌艺术规律和塑造诗歌艺术形象的需要作为唯一的考量（这从《游仙诗》所取得的杰出艺术成就可以得到充分的证明，详后）。

　　第二，在对方术修炼内容做了极大压缩的基础上，又通过大刀阔斧的剪裁，汰尽芜秽，保留精华，使方术修炼内容在格调上与全诗保持一致。

　　例如第九首中写为了长生不老而采药服食，后两句写行气和服炼津液及其所取得的神奇效果，无论是采药服食，还是行气、服炼津液，都有很多十分具体而琐细的技术性要求，而这些内容不着一字，一概舍弃，倒是将"游名山"与"采药"相连，赋予本来的辛劳之事以潇洒和诗意，隐隐透露出对于学道修仙生活的神往。

　　后两句"呼吸玉滋液，妙气盈胸怀"，通过大力剪裁而显得更为简洁和传神。要充分理解这一点，就不能局限于这两句诗本身：不但要看诗人写出的，还要看他可以写而未写的，即既要看到"有"又要看到"无"；这样，结合相关的内容全面审视，才有可能见出其惨淡经营的艺术匠心。

　　从道教典籍的有关记载可以知道，这里的"呼吸"不是指一般的呼吸，而是指按特定要求进行的呼吸、吐纳等养生内修术，具体包括吐纳、调息、胎息等；"玉滋液"是指在行气功法修炼时含气漱口所生的津液。①"呼吸"与"玉滋液"连用，是说诗人按有关功法的要领在行气吐纳的同时服炼津液。②道教典籍认为，行气可以服食日精月华，结合服炼津液可以诱发体内真气，达到阴阳平衡，促进健康长寿，但要达到这个目的，必须严格遵循和践行有关要求，如修炼的时间、地点、次数以及动作要领和要求，等等，③就是说这些内容都有其繁难而严格的要求和规定。不只如此，更为重要的是，无论是行气还是服炼津液，都不单单是肢体和器官的

---

① 参见《元气论》，《云笈七签》，中华书局2003年版，第三册第1228页。
② 详见第二章第四节"神仙世界与宗教存想"之二"通过宗教存想而出现的神仙世界之二"。
③ 关于行气的要领和要求，孙思邈：《摄养枕中方·行气》指出："行气之道，其法当在密室闭户安床暖席，枕高二寸半，正身偃卧，瞑目闭气，息于胸膈……耳无所闻，目无所见，心无所思……起初，三息、五息、七息、九息，而一舒气，寻更喻之。能十二息不舒气，是小通也；百二十息不舒气，是大通也。"《云笈七签》，第二册第744—745页。

运动，同时还要伴随着内在精神和意念的运行以及由此而引起的包括神秘体验在内的一系列复杂心理活动。① 但这一切在形之于诗时，所有有关专业技术性的内容统统都被舍弃，最后只剩下"呼吸玉滋液"寥寥五个字。而这五个字不但将这两种功法修炼的事实基本交代清楚，而且明确了它们的性质和特点。

诗人之所以如此毫不吝惜地舍弃，是因为这些属于功法修炼专业技术性内容本身不具备审美特征，与诗歌艺术形象的塑造及其所反映的诗人心灵历程没有直接关系。如果将它们写入诗中，必将造成诗歌表现重心的偏移，破坏诗歌艺术形象的完整统一。由此不难看出，诗人根据诗歌艺术的特点和需要去芜取精，最终写成高度凝练概括的诗句，正是对庞杂而繁复的题材进行严格剪裁的结果。

同样，表现功法修炼效果的"妙气盈胸怀"，也在剪裁上下了极大的功夫，为了方便，结合下一个问题一并论述。

第三，注重语言锤炼，创造简洁凝练、形象传神和富于美感特征的诗化语言。

诗歌的语言不但要简洁凝练、形象传神，而且必须具有诗化的艺术特征。所谓语言的诗化艺术特征，是指不但要具有足以传神并触发想象力的鲜明形象性，而且具备能够激起心理愉悦的审美特征。例如，描写方术修炼效果的"妙气盈胸怀"就突出体现了这一特征。这只要看一看道教典籍关于行气和服炼津液具体效果的记载，② 就不难看出诗人是怎样从枯燥晦涩、索然寡味的材料中提炼出具有鲜明形象和美感特征的诗化语言的：

首先，诗人完全舍弃了修炼功法对于人体影响的一般过程和具体细节，如在功法修炼过程中津液如何聚集口中、如何变化，最后达到"流利百脉，化养万神"，滋润全身的过程；

其次，诗人也根本没有袭用一般道教经典常用的那些晦涩难懂的专业性概念，如"醴泉"、"玉浆"、"溉藏"、"百脉"、"化养"、"万神"、"灵液"、"百邪"以及有关身体内正气、邪气和阴阳相生相克，等等。按一

---

① 如练习行气必须"澄心绝虑，调息令匀，寂然常照，勿使昏散……存之以诚，听之以心，六根安定，始息凝凝……静极而嘘，如春沼鱼；动极而噏，如百虫蛰。氤氲开阖，其妙无穷。"陈虚白：《规中指南》第7页，《道藏精华录》，浙江古籍出版社，1989年版，下册。

② 如陶弘景：《养性延命录》第2页和《上清黄庭内景经·口为章第三》，第7页所记。前者见《道藏精华录》上册；后者见《道藏精华录》下册。

般情况，写功法修炼效果，借用现成的专业性概念，省力而便捷，很多人这样做早已习以为常。但是，诗人没有袭用现成的语言和专业性概念，而是根据诗歌审美特点的要求，别开生面，自铸伟辞，创造了新颖别致，简洁、明快而又形象生动的诗句。

"妙气"，即奇妙之气，以"妙"形容"气"，有力突出了修炼功法带给人的非同寻常的奇妙感觉；"盈胸怀"是说这种奇妙之气充溢胸怀，并扩展开来，滋润全身，使身体充满了生机与活力。诗人把他对于行气、服炼津液所生的"妙气"充溢胸怀，化行全身的感受和体验描写为"盈胸怀"，是十分准确而传神的：它从根本上抓住了功法修炼所带来的生机和活力对肌体的化养和滋润作用："盈"，一般可以理解为满、充满，但在很多情况下不是指一般的充满，而是强调被某种富于生机和活力的东西所充满。例如《诗经·唐风·椒聊》："椒聊之实，蕃衍盈升。"椒聊即花椒树，"椒聊之实"即花椒之果实，也就是花椒子。"花椒之子虽小，以其最易蕃衍，故诗曰'蕃衍盈升'也。"[1]《小雅·楚茨》："我黍与与，我稷翼翼。我仓既盈，我庾维亿。"这是说黍稷等作物丰收，粮仓内外堆满了粮食。朱熹《诗集传》："'与与'、'翼翼'皆蕃盛貌……故我之黍稷既盛，仓庾既实……"[2]又《周颂·良耜》："以开百室，百室盈止，妇子宁止。"这是说，粮食丰收，开百室以纳谷，"百室既满，生生所资既足，妇子乃得安宁也。"[3]以上各句中"盈"所指的充满，无一例外都具有某种生生不已的特征，而生生不已的生命正是"盈"的内在本源。

从这个角度看"妙气盈胸臆"中的"盈"字，不仅简洁而形象地概括了气功功法的生命本源特征，强调了行气和服炼津液给人体带来的生机与活力，使之充满无法抑制的力量，而且突出了与一般修炼者完全不同的独特感受和体验：即如前所说的被妙气充盈而使阴阳平衡，生命力旺盛的那种奇妙感觉。

同样，在方术修炼的描写中通过剪裁、语言锤炼以消减技术性内容带来的负面影响，还突出表现在第三首关于方术修炼的描写，即"中有冥寂士，静啸抚清弦。"

---

[1] 余培林：《诗经正诂》，台湾三民书局1993年版，上册第317—318页。
[2] 朱熹：《诗集传》，中华书局1980年版，第153页。
[3] 余培林：《诗经正诂》，下册第584页。

魏晋时代,"啸"既用于日常生活,又用于宗教修炼。用于宗教修炼中的"啸"有一种是"歌啸"。所谓"歌啸"是在方术修炼中发出的具有高低、轻重和缓急变化的低声长吟,显然,"歌啸"与音乐关系十分密切。在方术修炼的过程中,"歌啸"通过其特有的低声长吟使人产生飘飘欲仙的神奇之感,最终诱发存想幻视,使神仙世界现于眼前(即存想致神,详后),从而达到修炼的目的。这一点与前面所说的行气和服炼津液等功法所产生的神奇效果完全一致。

同样,作为方术修炼的"啸",其发声方法有繁难的技术性规定和具体要领,但在诗中这一切也通通都被剪裁掉,最后仅仅剩下"静啸抚清弦"五个字。

那么,诗歌是如何凸显"啸"的上述特点足以产生存想致神的神奇效果的呢?在"静啸抚清弦"中连用了两个修饰词:"静"和"清",以强调不是一般的"啸",而是"静啸",并且有"清弦"伴奏,从而凸显了低声长吟之"啸"的和谐、静穆和深沉的宗教特征以及由此所酿成的神秘宗教氛围。在这样的氛围中当然更有利于达到"入静"状态,使修炼者的心理和情绪被宗教力量所控制,进而达到存想幻视的目的。从写作的角度看,有了这样的铺垫,下面接着写在存想幻视中所见的神仙世界就显得十分自然。可以看出,诗人仅以寥寥几字,就毫不费力地把难以状写的复杂对象自然而清晰地描摹出来,如此高妙的手笔在同时代中是不多见的。

总而言之,由于语言简洁凝练、新颖明快、准确传神、富于审美特征和鲜明个性,因而不但完全消解了方术修炼内容的艰难和晦涩,而且充溢着令人愉悦的清新自然之感,从而极大地增强了艺术感染力。显而易见,这与诗人在语言上勇于创新,精心锤炼和炉火纯青的功力有直接关系。

二 关于存想幻视所见神仙世界的艺术处理

存想幻视是《游仙诗》中所写的另一种方术修炼,与前面论述的行气、服炼津液和静啸等相比,不但性质更加复杂,而且存想幻视所见的神仙世界对于表现主题来说也显得更加重要。正是因为如此,诗人对于存想幻视所见神仙世界的描写不但所用笔墨最多,所占篇幅最大,而且艺术处理也更为精彩,更突出体现了《游仙诗》的艺术成就。

如前所说,存想又名存思,是一种以除邪却病,长生不老为目的的凝神结想,神思守一的视观通神之术。存想幻视既包括"内视内观"即视观体内之神,也包括"外视外观",即视观体外之神。神仙道教信仰者认为,存想致神是向神仙世界靠近的表现,因而被认为是修炼成仙的必经过程而必须高度重视。①在实际修炼中,存想幻视往往与其他方术修炼结合进行,《游仙诗》真实地反映了这一情况:第三、九首诗中,在存想修炼之前分别做了静啸、服食、行气和服炼津液等方术修炼,反映着存想幻视正是由这些方术修炼所诱发。第三、九首诗中存想幻视所见的神仙世界如下:

放情陵霄外,嚼蕊挹飞泉。赤松临上游,驾鸿乘紫烟。左挹浮丘袖,右拍洪崖肩。借问蜉蝣辈,宁知龟鹤年!(第三首)
登仙抚龙驹,迅驾乘奔雷。鳞裳逐电曜,云盖随风回。手顿羲和辔,足蹈阊阖开。东海犹蹄涔,昆仑若蚁堆。遐邈冥茫中,俯视令人哀。(第九首)

前面说过,修炼者在进行方术修炼及其所诱发的存想幻视的过程中,某些时候其精神会被非理性的神秘思维所控制,而处于完全失去自我的迷失状态,由此而产生的存想幻视中的神奇画面明显不属于逻辑思维主导下的艺术想象,而具有鲜明的宗教性质特征。②这是一方面,另一方面,当方术修炼及其所诱发的存想幻视结束以后,诗人就他在存想幻视中所看到的神仙世界进行诗歌创作之际,他实际上早已走出神仙世界而回归现实,精神也完全回复了清醒状态,因而这些诗歌完全是理性精神主导下的形象思维的结果。这就是说,存想幻视所见的神仙世界就其来源途径看虽然具有神秘的宗教性质特征,但以它为题材而创作的诗歌作品则完全以艺术审美为本质,因而具有强烈的艺术魅力和感染力。

第二章第四节《神仙世界与宗教存想》说过,通过方术修炼诱发的存想幻视与艺术想象都可以形成关于神仙世界的画面,但由于二者来源的途径不同而具有完全不同的本质。虽然如此,但这并不妨碍它们之间具有

---

① 详见第二章第四节"神仙世界与宗教存想"之二"通过宗教存想而出现的神仙世界之一"。

② 关于存想幻视及其所见神仙世界的宗教性质,详见第二章第四节"神仙世界与宗教存想"。

某些相似性,特别是在鲜明形象性及其所体现的"美"的因素等方面。这一点不只被很多诗人的创作所证实,而且得到了心理学家的肯定。著名的心理学家荣格在经历了由方术修炼所诱发的存想幻视之后这样写下了自己的体验:

> 不可能否认这些幻视中所感受到的美和情感的热烈。它们是我经历到的最不同寻常的事物。[1]

荣格亲历的体验说明,尽管存想幻视所看到的多是有关宗教内容的神奇画面,但却具有某些"美"和"情感"的特征或因素,这恰好说明这些神奇的画面与艺术形象的某些相通之处,也正是因为如此,诗人才能对它们展开充满激情和艺术魅力的描写,并寄托其丰富的思想感情。

如前所说,不同的方术修炼具有明显不同的性质特征和操作要领,彼此之间差异巨大,所以诗人对于它们的艺术处理也"因地制宜",采用了完全不同的表现方法和手段:如果说对"静啸"、行气和服炼津液等的处理主要是通过严格剪裁,淘汰芜秽,以高度概括凝练和富于诗意的文字浓缩丰富的内容,那么,对存想幻视所见的神仙世界的艺术处理除具有上述特点之外,还有以下两个特点值得注意:

一是抓住特点,精雕细刻。

诗人描写神仙世界紧紧抓住神仙远游的特点,使描写对象形象传神,活灵活现。第三首写赤松子与浮丘、洪崖三仙同游,仅以"驾鸿乘紫烟"一句便将神仙远游与其他神游区别开来。接着又以"挹袖"、"拍肩"两个极为简单而又富有特征的"小动作",更把三位神仙无拘无束,逍遥自在的神态和盘托出,从而十分形象地凸显了神仙的自由和快乐,含蓄地传达出诗人对神仙世界的无限向往。

第九首是写存想幻视中诗人满怀信心和向往之情向神仙世界飞奔,虽没写什么随从车马和幡旗仪仗,更没有过多的修饰和形容,只寥寥几句便将一幅风云随转,雷电闪烁,迅猛向天国进发的行进图展现于人们面前。其原因与前面所说一样,即在于抓住特点,精雕细刻。所以,描写的篇幅

---

[1] C·G·荣格:《记忆、梦和反思》,转引自杰弗里·帕林德尔《世界宗教中的神秘主义》,今日中国出版社 1992 年版,第 196 页。

不多，但取得了以少胜多的效果。例如，为了凸显飞奔的目的是凡人无法企及的神仙世界，诗人摄取了"龙驷"、"鳞裳"、"奔雷"、"电曜"、"羲和辔"、"阊阖"等富于神奇特征的物象，以特定的形象反映出此次飞奔的非同寻常的性质和意义。而在描写向天国迅猛进发的过程中，更以一连串形象生动而富有动感和气势的词语，如"抚"、"迅"、"乘"、"逐"、"随"、"手顿"、"足蹈"等所形成的强烈的视觉冲击力，把诗人深信自己完全属于他正在追求的神仙世界，渴望与神仙世界融为一体的向往和渴望之情表现得淋漓尽致，从而深刻地揭示了诗人的内心状态。

　　二是不刻意渲染，通过形象的反差显示思想和意义。

　　第三、九两首诗分别写了两个不同的神仙世界，而不同的神仙世界的具体画面显示着完全不同的意义：随着方术修炼由少而简单到后来的多而复杂，由它们所诱发的存想幻视也呈现着由外及内、由浅而深的特征。例如，如前所说，第一次存想幻视（即第三首所写）仅仅是"看到了"赤松、浮丘和洪崖等诸仙逍遥远游，而诗人自己还远在神仙世界之外。第二次存想幻视（即第九首所写）不再像第一次那样的静止远观，而是直接走进神仙世界向天庭飞奔，即自己也成为了神仙世界的一部分。从宗教学的角度看，这个变化意味着修仙者已经开始超越凡界，而与终极实在建立了联系，因而也是他即将成为神仙的证明。[①]十分明显，这对于学道修仙的人来说是梦寐以求的天大好事。按一般的写法，作为学道修仙历程的"自叙"，对于这个具有重大意义的变化当然要大书特书，然而，《游仙诗》在这里却一反俗笔的大肆渲染和声张，而是十分冷静，不动声色地进行处理：即只是客观而又简要地描绘两个不同神仙世界的具体画面，通过两个画面的对比，也就是艺术形象的明显反差来显示不同的思想和意义，从而赋予作品以丰富的内涵和含蓄蕴藉的特征。可以看出，形象的力量远胜过枯燥的说教，诗人正是借此而坐收其以少胜多，意在言外之功。

　　这个特点与前一个特点即抓住特点，精雕细刻之间，表面看来仿佛相互矛盾，实则不然，因为这两种不同的表现手段不但分别用于不同的方面，而且具有完全相同的目的：都以塑造鲜明、生动的艺术形象为归宿。

　　总而言之，由于这两个特点，使得作品对于神仙世界的描写十分到

[①] 参见第二章第四节"神仙世界与宗教存想"。

位，取得了良好的艺术效果：从整体情境来看，神仙世界的画面不但明灭闪烁，而且"镜头"转换极为迅速，令人目不暇给，从而使扑朔迷离的神仙世界与真实的现实世界明显区别开来。

三 小结

我国古代诗歌的题材比较广泛，各类题材的诗歌作品都有相当的数量；比较而言，描写方术修炼的作品却屈指可数，而在艺术上较为成功者更是凤毛麟角。在这样的语境下，郭璞《游仙诗》对于方术修炼内容的艺术处理也就尤其值得注意。

由于方术修炼内容的特殊性，在诗中表现它的难度很大，而诗人面对这个题材却应付裕如，诸多难题在他笔下一一得以圆满化解：诗人根据方术功法的不同性质和特点采用了多种多样的艺术表现方法和手段予以处理，如严格剪裁，去芜取精；着力锤炼，诗化语言；抓住特点，精雕细刻；以简驭繁，通过形象对比显示意义等，如此多种不同的艺术表现方法和手段的相互配合运用，极大地强化了诗歌的艺术表现力，充分满足了表现主题的需要。其中，特别是大刀阔斧的剪裁、对于神仙世界神奇画面的形象描绘以及别开生面，自铸伟辞，从枯燥晦涩、索然寡味的材料中提炼出具有鲜明形象和美感特征的诗化语言，更体现着诗人的艺术匠心。不只如此，更为重要的是，根据诗歌形象塑造和诗意美创作的需要，尽量压缩以技术性内容为特征的方术修炼，而腾出篇幅用以展示那些富于"美"和"情感"，并与诗人心灵密切相关的神奇画面，从而使方术修炼内容不但没有造成诗歌表现重点的偏移，破坏或削弱诗歌内容和主题，反而成为诗歌艺术形象塑造的手段，有力地促进了诗歌艺术形象的完整统一。这一切充分说明诗人是把如何符合诗歌艺术规律和塑造诗歌艺术形象的需要作为唯一的考量。正是因为如此，《游仙诗》不但真实地反映了诗人学道修仙的完整历程，而且通过方术修炼的描写巧妙展示了诗人复杂的内心状态和对人生的独特感受，从而极大地丰富了诗歌的内涵。

特别应当指出的是，上面所总结的那些艺术方法和表现手段，虽然都是为了表现方术修炼的内容，但其意义和影响却远远地超越了这个范围。就是说，《游仙诗》对于方术修炼内容的艺术处理具有更为广泛的借鉴意义，而绝不仅仅限于表现方术修炼和其他宗教生活。例如，如何大刀阔斧地剪裁，使技术性的内容尽量得以压缩并使之与"美"和"情感"牵手，从而成为诗歌艺术形象的有机组成部分；又如，除了方术修炼等技术性内容之外，如何驾驭生活中其他性质特殊、情况复杂，诗歌难以表现的题材，对这类题材如何化腐朽为神奇，在符合诗歌艺术规律，促进诗歌艺术形象完整统一的前提下予以表现；再如，如何从平淡无奇的日常生活中提炼出优美、传神和富于美感特征的诗化语言，以提高和增强诗歌作品的艺术魅力，等等。所有这些方面都可以从《游仙诗》的艺术创作经验中得到巨大的启示和借鉴，就是说，《游仙诗》在处理方术修炼内容所运用的那些艺术方法和表现手段及其所蕴含的丰富的艺术美学思想和所体现的切实可行的艺术表现技巧方面，对各类题材的诗歌艺术创作都具有广泛的借鉴意义。

总而言之，《游仙诗》对方术修炼内容的成功处理，在使《游仙诗》在艺术上更趋于完美，从而成就其"足冠中兴"[①] 的文学史地位的同时，也为我国诗歌艺术的发展做出了重要贡献：它不但成功地处理了复杂而特殊的题材，扩大了诗歌艺术的表现对象和范围，而且丰富、发展了诗歌艺术的表现手段和方法，为诗歌艺术创作积累了宝贵的经验，从而有利于诗歌艺术更好地面对广阔的生活，抒写各种各样的人生境遇和感情，而这对于我国诗歌艺术的进一步发展无疑是非常重要的。

第十节　《游仙诗》对中国诗歌史的重要意义和贡献

以前由于没有正确把握《游仙诗》每首诗的诗义、全诗段落划分、主题思想和结构特点，所以也根本无法正确评价它的思想艺术成就及其对于中国诗歌史的意义和贡献；现在，搞清了这些问题，具备了正确认识和评价《游仙诗》思想艺术成就及其对于中国诗歌史的贡献的条件。本节即集中论述这些问题：

第一，《游仙诗》主题具有全新的思想内涵和鲜明的创新特征。

郭璞具有强烈的生命悲剧意识，十分注重感受时间和生命，体验宇宙

[①] 刘勰：《文心雕龙·才略》。

和人生,[①] 这使《游仙诗》与以前的诗歌相比，在关注的对象和题材方面发生了明显而深刻的重要变化，并赋予其主题以全新的思想内涵和鲜明的创新特征。

自先秦至汉魏的一千多年间，诗歌作品的关注对象和题材多集中于社会、家庭和个人出处等方面，诸如政治黑暗、社会动乱、民生疾苦、家庭婚姻乃至日常生活以及个人理想、抱负和经历、遭际等，总之，多是一些具有较强社会性的现实问题，反映的多是对于美好未来的向往，对于不合理现实的不平和理想抱负不能实现的痛苦、悲哀等。《游仙诗》虽然也是从人的生存状况出发，但所关注的却不是这些问题，而是人在宇宙中即在时间和空间方面的局限性所造成的悲剧性命运，抒发的是生命短暂和尘世束缚所造成的不自由带给人的焦虑、痛苦。这说明诗歌题材和关注对象已经从社会、家庭和个人前途转向了人的生命，由人的现实生活转向了人的生存境遇，由对社会光明、公平、正义的追求转向了对人生意义的思考和生命价值的追求，亦即由社会的现实问题转向了人生的终极问题。相应的，作品重点描写的对象也不再是时代历史、社会现实和日常生活景象，而是与终极问题密切相关的人的内心世界和精神变化；主要揭露的也不再是现实生活中的种种黑暗和丑恶现象，而是抒发生命悲剧所引发的焦虑、痛苦和悲哀。概而言之，《游仙诗》写的不是社会、家庭和人生的悲剧，而是人所不可避免的生命悲剧。诗人对于摆脱悲剧性命运的反复探索，说明《游仙诗》已经超越了世俗性的理想和追求，而具有明显的终极关怀的特征。

总之，正是郭璞的强烈生命悲剧意识使他在前人关注和惯用的题材范围之外，从另一个角度聚焦人的生存和命运以及如何超越命运的问题，并使他在诗歌创作中没走前人的老路，而是另辟蹊径，因而赋予《游仙诗》以全新的思想内涵，其主题也具有了如前面所论述的全新的思想特征。

对于人的这种终极关怀与常见的对于人的现实境况和具体遭遇的关怀，尽管着眼点和具体内容不同，但关注的对象都是人，体现着相同的人文精神，并且对于人来说各有其不可替代的意义和价值。

第二，比较完整地写出了诗人在其人生价值取向形成过程中的丰富而

[①] 详见本章第三节"学道修仙的原因和思想基础"第一个问题"生命悲剧及其带来的焦虑和痛苦"。

复杂的心路历程。

《游仙诗》作为诗人学道修仙历程的"自叙",其引人注目之处主要不在学道修仙历程本身,而在于这个历程所展现的丰富的思想内容,特别是诗人精神世界深刻变化的心路历程。

诗人的心路历程开始于对生命悲剧及其所带来的焦虑和痛苦的感受和体验,继而为了摆脱悲剧性命运及其所带来的焦虑和痛苦,而开始了寻求解脱出路的探索。在经历了探索、失败,再探索、再失败之后,诗人认识到在人间要彻底摆脱悲剧性命运根本不可能,因而重又陷入极度痛苦和悲哀的深渊,与此同时其思想也发生了重要变化:世人要想得到彻底的拯救,摆脱人间的灾难和痛苦,唯一的希望是在人间之外的神仙世界。于是,诗人决心告别人间,走学道修仙的人生之路。就这样随着"希望"之光在诗人心中的升起,悲哀、愁苦的阴云一扫而光,而充满了前所未有的轻松和自由——从此开始诗中再也见不到前面反复出现的悲哀、痛苦的描写即可证明。接着,在对其所选定的学道修仙人生之路的实际践行中,其心境又有了新的变化:从修德悟道时心存高远和对于神仙世界的强烈向往,到与世俗罗网彻底决裂,向神仙世界奋进,再到从九霄云外的神仙世界远望人间而"发现"世界渺小、人间可哀,反映诗人已经看破人世,超越世俗,亦即表示诗人经过不断的修炼已经超凡脱俗,距离神仙世界越来越近。最后,终于修炼成仙,在神仙世界永享自由快乐。

如果把上述内容简化一下,诗人心路变化的轨迹就显得更加清晰:面对不可避免的生命悲剧及其所带来的焦虑和痛苦——寻求解脱和探索出路——失败——再探索——再失败——更强烈的痛苦和悲哀——对人间的失望——希望在神仙世界——宗教修炼——心存高远——冲破世俗罗网——超凡脱俗——修炼成仙——永享自由快乐。

可以看出,诗人对于自己学道修仙的原因和实际践行的"自叙",比较全面和完整地描述了内心世界的发展变化过程。这些充满哲理性悲情的"感受"、"体验"、"思考"、"探索"和"追求"的过程,在诗人内心掀起了巨大的感情波澜,形成了内涵丰富而又充满曲折的心路历程,反映着魏晋时期一代知识分子在精神寻觅过程中富有鲜明时代特征的精神风貌和人格特征。

在先秦汉魏诗歌中,很少有作品能够反映出涵括如此深刻、丰富而又完整有序的心路变化历程。从这个意义上，把《游仙诗》视为一篇充满苦闷、迷茫的诗人精神的"传记"并非没有根据。① 这一点，在中国诗歌史上具有特殊的重要意义。

第三，强烈的抒情特征和以抒情的方式表现悲剧美。

《游仙诗》既是学道修仙历程的"自叙"，在诗体划分上毫无疑问应当属于叙事诗，但与一般叙事诗不同的是，它根据不同内容的表现需要而分别采用了叙事与抒情的不同表现手段，从而赋予叙事作品以鲜明的抒情特征。例如，学道修仙历程的三个阶段，即第一、三、四部分以叙事为主，而学道修仙的思想基础和原因即第二部分则以抒情为主。在这部分中，由于诗人对于生命悲剧的体验比同时代诗人更为深刻，感受到的痛苦和焦虑更为强烈，因而摆脱生命悲剧的诉求也更为迫切，而这些内容无疑适于以抒情的方式予以表现，从而决定了这部分的强烈而鲜明的抒情特征。又如，对于生命悲剧的描写，诗人一方面从时间巨轮碾压下万物走向衰败的惨象，使人自然联想到世事的急剧变化和生命的稍纵即逝，最终走向死亡的悲惨结局，表现出对于时间流逝一去不复返的无可奈何；另一方面又表现了空间束缚使人不得自由所导致的创造力的毁灭和生命的枯萎，寥寥数语便生动有力地表现出人在时间和空间两个方面的局限性所造成的生存困境和毁灭性的结局。所以，如前所说，当诗人摆脱生命悲剧的多次探索都以失败告终，而陷入绝望的深渊之际，诗人的感情便再也控制不住，巨大的悲痛喷泉般地倾泻而出！由此不难看出这部分内容的强烈悲剧性特征和悲剧气氛。② 概而言之，正是这些叙写和抒情赋予了《游仙诗》以令人震撼的"悲剧情态"。

与叙事性作品如戏剧、叙事诗、小说等展示悲剧美的方式不同，《游仙诗》中的抒情部分和抒情成分则是通过诗人对于悲剧性命运的感受和体验及其所引起的内心世界的深刻变化而表现悲剧美，亦即不是通过再现悲剧性的真实"现场"，而是通过令人震撼的"悲剧情态"来感染和打动读者。由于诗人的富于感染力的引导和渲染，这种"悲剧情态"带给我们的感受之强烈和真切不仅不亚于叙事性作品的"现场"

---

① 参见顾农《论郭璞游仙诗的自叙性》，《齐鲁学刊》2001年第5期。
② 详见本章第七节"《游仙诗》是学道修仙历程的'自叙'——《游仙诗》的主题及其思想特征"。

目击和"客观"描述，而且还使沉重感和压抑感油然而生。更为重要的是，《游仙诗》除了展示"悲剧情态"之外，还象征性地表现了对于悲剧性命运的挑战，反映了诗人的超越精神和对于人的终极关怀。正是因为有了这些积极的思想因素，使我们在《游仙诗》所营造的"悲剧情态"中所感受到的恐惧和悲哀不仅不会转换为反感和厌恶，而且会由于体会到人的尊严和崇高精神而深感振奋和快慰。而这正是我们从《游仙诗》中所得到的审美心理体验！"至极的美就是属于悲剧的美！感觉到所有的事物终将飘逝的意识，使我们完全浸染于至极的悲痛当中，而这一份悲痛则又向我们展示启现那些不会飘散消逝的事物，那就是永恒的、美的事物。"① 可以说，《游仙诗》以抒情的方式所展示的正是这种悲剧美的特有魅力。

第四，《游仙诗》在题目运用上的创新。

众所周知，"游仙诗"本是指通过描写神仙世界以寄托主观情思的诗歌，所以，如果从题目的本意出发去衡量郭璞《游仙诗》的思想内容，显然存在"文不对题"的严重问题。那么，究竟应当如何看待这个问题：是从传统的观点出发判定其对题目的误用，还是根据作品的具体内容重新定义"游仙诗"这个诗歌类别？我认为，后一种认识，即从发展的角度看问题更为符合包括诗歌类别在内的事物发展的客观规律。诗人以旧题写新内容，实际是大胆突破了旧题的传统边界而将全新的内容输入，亦即以"旧瓶装新酒"，扩大了传统"游仙诗"题目的容纳范围。这样虽然使"游仙诗"失去了本意，但却换来了"游仙诗"类别的丰富和进一步发展。②

如此看来，诗人以"游仙诗"为题写全新的内容绝不是题目的误用，而恰恰是不受传统定义和现成"规则"的约束，勇于创新的生动体现。

除以上四点之外，《游仙诗》对中国诗歌史的重要意义和贡献还表现在艺术表现和艺术处理方面，特别是结构特点和对方术修炼内容的艺术处理和表现，对扩大诗歌艺术的表现对象和范围，丰富和发展诗歌艺术表现手段和方法等方面提供了宝贵的借鉴和经验，其贡献也是很突出的。这一

---

① 乌纳穆诺：《生命的悲剧意识》，北方文艺出版社1987年版，第122—123页。
② 详见第二章第一节"《游仙诗》研究历史的教训与启示"。

点前面已有专节论述,这里不再重复。[①]

以上几点突出体现着郭璞在诗歌创作中取得的巨大艺术成就和对中国诗歌史的杰出贡献,特别是前三点,无论是从主题的性质和题材的开拓上看,还是从思想内涵的深刻性和丰富性以及艺术创新性上看,在中国诗歌史上都具有开创性意义。

[①] 详见本章第八节"《游仙诗》的结构特点"、第九节"关于方术修炼的艺术处理"。

第三章 《游仙诗》残句的
性质与价值

　　本章所说的《游仙诗》残句，是指郭璞的《游仙诗》（包括十首完整的诗歌）之外的诗歌片断和零星诗句，共十二则。本文将集中论述这十二则残句和《游仙诗》十首完整诗歌之间的关系及其性质与价值。现将这些残句集中抄录如下：

　　一、吐纳致真和，一朝忽灵蜕。飘然凌太清，眇尔景长灭。
　　二、纵酒濛氾滨，结驾寻木末。翘手攀金梯，飞步登玉阙。左顾拥方目，右眷极朱发。
　　三、四渎流如泪，五岳罗若垤。寻我青云友，永与时人绝。
　　四、静叹亦何念！悲此妙龄逝。在世无千月，命如秋叶蒂。兰生蓬芭间，荣曜常幽翳。
　　五、登岳采五芝，涉涧将六草。散发荡玄溜，终年不华皓。
　　六、放浪林泽外，被发师岩穴。仿佛若士姿，梦想游列缺。
　　七、翘首望太清，朝云无增景。虽欲思灵化，龙津未易上。
　　八、安见山林士，拥膝对岩蹲。
　　九、啸嗷遗俗罗，□□得此生。①
　　十、奈何虎豹姿。
　　十一、戢翼栖榛梗。②

---

　　① 以上一至九则残句引自逯钦立《先秦汉魏晋南北朝诗》，中华书局1983年版，中册第867页。九则残句的顺序亦同此书。
　　② 以上十至十一两则残句引自王叔岷《钟嵘诗品笺证稿》，台湾久忠实业有限公司，1992年版第247页。

十二、翩翩寻灵娥，眇然上奔月。①

第一节　正确认识《游仙诗》残句的前提

　　这些片断和零星诗句在一些论著中又被称为"残篇"、"佚句"等，并认为都是《游仙诗》的组成部分，只是因为散佚和残缺不全而未被列入组诗中。换言之，这种观点认为《游仙诗》的构成，不只是现存的十首完整诗歌，除了这十首诗歌之外，还包括那些散佚的残句。例如，有的论著将所搜集到的九则残句列于十首完整的诗歌之后，冠以"游仙诗十九首"之名，有的论著将所搜集到的四则残句列于十首完整的诗歌之后，冠以"游仙诗十四首"之名。十分明显，这一认识，即把现存残句作为《游仙诗》的组成部分并没有经过论证，即不是建立在正确把握《游仙诗》的十首完整诗歌和残句的基础上，而只是根据一般常识所做的推断：既是《游仙诗》的残句，当然就是《游仙诗》的组成部分。事实上，问题就出在这种"想当然"的思维模式中。

　　那么，这些残句究竟是不是《游仙诗》的组成部分呢？如果是，它们与十首完整的诗歌究竟有怎样的关系？如果不是，那么，其内容和性质又应当如何认识？从《游仙诗》研究的历史可以知道，长期以来这些问题一直被束之高阁，从没有进行过认真研究。

　　研究残句不同于研究完整的作品：一般说来，对于完整的作品，只要结合作者的生平和时代背景，把握它相对比较容易，而残句则不然：由于残句只是孤立的片断或零星诗句，无从了解与其他各部分之间的关系，更无从了解作品全貌，因而对诗义很难做定向的思考和解读，进而也就很难真正把握它。不过在这方面，《游仙诗》的残句则不同：《游仙诗》的十首完整诗歌的存在可以为把握这些残句提供可靠的参照和根据。应当说，相对于那些没有作品可供参照的残句来说，这是一个十分有利的条件。

　　既然如此，那为什么长期以来这些残句仍然无人问津，以至于直到今天对于它们仍然没有做出正确的认识和评价？说起来原因十分清楚：不具

---

① 第十二则残句引自《北堂书钞》第一百五十八卷。

备正确认识这些残句内容、性质及其与十首完整诗歌之间关系的前提条件。这个所谓前提条件就是对于《游仙诗》所包括的十首完整诗歌的正确把握。就是说,《游仙诗》的十首完整诗歌虽然为认识这些残句提供了参照和根据,但只有在正确把握它的条件下才能成为现实,否则,对于我们来说,这些参照和根据也就还只是一种潜在性的存在,根本不可能为我们所用。这就是说,没有正确把握的参照和根据就等于没有参照和根据。

总而言之,不首先正确把握《游仙诗》所包括的十首完整诗歌,就根本不可能正确把握这些残句。

那么,迄今为止,我们对于这十首完整诗歌是否有了比较完整和正确的认识了呢？问题恰恰就在这里。应当说,自古至今关于《游仙诗》的论著数量不在少数,但对于《游仙诗》创作主旨的认识却颇有分歧。如前所说,在各种观点都未能对它做出完整统一解说的情况下,近年来逐渐形成了这样一种比较一致的认识:《游仙诗》是由主旨完全不同的两部分或几部分组成,根本没有完整统一的主题和结构。但是,这种观点并不符合《游仙诗》的实际,是完全错误的。就是说,直到今天我们对于《游仙诗》仍然未能正确把握,在这种情况下,又如何为残句研究提供必要的参照和根据呢？如此看来,残句研究陷入了漫无方向的困惑境地,长期以来毫无进展也就是必然的了。

本书在前人研究成果的基础上,特别是借鉴了《游仙诗》研究历史的教训和启示,对《游仙诗》的内容构成、段落划分、主题思想和结构特点做了研究,认为《游仙诗》十首诗紧紧围绕主题展开描写,共同构成了内容集中、主题明确、结构严谨、首尾完整、阶段分明、衔接紧密,并严格遵循生活逻辑和历史真实的优秀组诗。

以上述认识为参照和根据,笔者将全部十二则残句与《游仙诗》定稿做了系统的比较,得出了如下的结论:从思想内容方面看,全部十二则残句在内容上没有任何超出《游仙诗》十首完整诗歌的范围,就是说每一则残句都与定稿十首完整的诗相重复;而在艺术表现方面,所有残句与定稿中相应诗句相比无一例外地都显得大为逊色。两相比较取其优,由此不难断定这些残句都是写作过程中或在最后定稿时被删除的部分,因而根本就不是《游仙诗》定稿的组成部分。这说明组诗《游仙诗》定稿本来就是十首,而不是像有些学者所说的十九首或十四首。

根据上述认识,为了论述方便,以下将现存的由十首完整的诗歌所组成的《游仙诗》称为定稿《游仙诗》或简称定稿。

第二节 《游仙诗》残句内容分析

上述十二则残句有的彼此之间具有直接联系，有的是单独存在，与其他残句没有什么直接联系。根据这种情况，对前者即彼此之间具有直接联系的残句放在一起分析，对后者即单独存在的残句做单独分析。另外，根据残句内容难易程度的差异和涉及问题多少的不同，论述也有相应的区别：

一 残句一、二、三

残句一、二、三原诗如下：

> 吐纳致真和，一朝忽灵蜕。飘然凌太清，眇尔景长灭。
> 纵酒濛氾滨，结驾寻木末。翘手攀金梯，飞步登玉阙。左顾拥方目，右眷极朱发。
> 四渎流如泪，五岳罗若垤。寻我青云友，永与时人绝。

逯钦立先生在《先秦汉魏晋南北朝诗》一书中指出，这三则残句实际是一首诗的三个组成部分，并根据这一观点将它们按内容顺序做出排列。逯先生的这一观点和做出的排列顺序都是正确的，因此我们将它们放在一起讨论。但是，或许是体例所限，逯先生只是提出了这一观点并做出正确的排列，而没有说明这三则残句为一首诗的具体根据，更没有分析其具体内容、性质及其与定稿之间的关系，所以这一观点也就没有引起更多学者们的注意。根据本书研究论题的需要，本章有必要对这些问题做出具体论述，可以说是就前辈学者提出的论题"接着说"。

要搞清这三则残句究竟是不是一首诗，首先应当了解它们的具体内容以及相互间的联系。

关于残句一。第一句中的"吐纳"，是道教修炼活动中的行气功法之一，又称"呼吸"、"吐故纳新"。这里的呼吸非指每个人须臾不能离开的简单的一呼一吸，而是一种有着特定要求的行气功法修炼。"真和"本指摒除杂念，澄神静虑，保持本性，自然无为的心理状态，句中引申为注意力高度集中，忘掉外物而进入"入静"状态。第二句中的"蜕"，本指学道修仙者死去，这里与"灵"连用，是指得道成仙。"太清"，仙境之一。道教认为，仙境分为三个阶次：太清、上清和玉清①；太清是仙境阶次之初级，所谓"修道之人，初登仙域"②，所指正是太清境。道教典籍认为通过修炼吐纳行气功法可以达到神仙世界："登仙之法，所学多途"③，而其中最为重要的一种就是吐纳行气。所谓"食谷者知而夭，食气者神而寿……可久于其道者，养生也；常可与久游者，纳气也。气全则生存，然后能养志，养志则合真，然后能久登生气之域……"④综上所述，可知残句一是说，通过"吐纳"行气而到达太清境的神仙世界。

关于残句二。濛汜，神话中地名，日没之处。寻木，神话中大木名，"寻木长千里，在拘缨南，生河上西北"。⑤ "纵酒濛汜滨"四句写从濛汜之滨寻木之下继续向神仙世界进发，通过"攀金梯"、"登玉阙"而到达神仙世界。第五句中的"方目"即方瞳，方形瞳孔。方瞳为仙人特征，故以代指仙人。第六句中的"朱发"代指神仙。残句二是写诗人在神仙世界与"方目"、"朱发"等神仙同游。

残句一、二所写的到神仙世界以及在神仙世界与神仙同游的情景，实际上是"吐纳"行气等功法修炼所诱发的存想幻视之所见。如前所说，在存想幻视中，修炼者不但可以"见到"神仙，而且其本人也可以走进神仙世界，"感到自己与神灵融为一体而忘却了自己的本来面目"⑥，即个人受到宗教观念和情绪的控制而处于失去自我的迷失状态。⑦关于方术修炼诱发存想幻视以及修炼者在存想幻视中的所见、所为，第二章第七节"神仙世界与宗教存想"有详述，这里不再重复。以上两则残句是诗人通过功法修炼，在存想幻视中走进神仙世界的写照。

关于残句三。四渎，指江、河、淮、济四条大河。五岳，指泰、衡、恒、嵩、华五大名山。垤，蚂蚁筑窝时堆在穴边的小土堆。青云友，本指

---

① 《云笈七签·三洞经教部》，中华书局2003年版，第一册第87—88页。
② 同上书，第一册第88页。
③ 《云笈七签·诸家气法·服气精义论》，第三册第1244页。
④ 同上。
⑤ 袁珂：《山海经校注》，上海古籍出版社1980年版，第241页。
⑥ 葛兆光：《道教与中国文化》，上海人民出版社1987年版，第82页。
⑦ 详见第二章第四节"神仙世界与宗教存想"之一。

纯洁高尚之人，句中指隐士和神仙。残句三是写从天上审视人间之所见，并决心隐逸修仙，告别世人。

以上分别说明了三则残句的内容大意，可以看出，残句三与前两则残句之间没有什么逻辑上的联系，那为什么诗人还要这样写，也就是诗人这样写究竟有什么根据？根据当然有，但其根据不在内容方面，也不在逻辑关系方面，而是在宗教生活方面。原来，在道教修炼生活中，修炼者在存想幻视之后一般都要从神仙世界对人间进行审视，道教文献的有关记载和定稿《游仙诗》第三、九两首诗都可以证明这一点。[①]残句三这样写也是按这一惯例行事。就是说，在残句一、二写了存想幻视之所见、所为之后，残句三接着写从神仙世界对人间的审视，正是宗教修炼生活的真实反映，具有宗教生活的可靠根据。

综上所述，从三则残句之间存在的联系至少可以肯定它们是同一首诗的三个组成部分，写的是神仙道教的宗教修炼生活；至于它们是否构成了一首完整的诗歌，尚不能肯定。因为在没有任何其他证明的情况下，仅仅凭着三则残句之间存在一定的联系就断定它们是一首完整的诗，未免过于简单化。这说明，要肯定它们是一首完整的诗还必须做进一步的考察。

要证明彼此之间存在联系的这三则残句究竟是不是一首完整的诗歌，可以从定稿《游仙诗》第九首找到可靠的根据。前面曾指出定稿《游仙诗》第九首是一首反映诗人在进行方术修炼的诗歌，也可以分为三部分：前四句为第一部分，写方术修炼及其所取得的神奇效果；中间六句为第二部分，写方术修炼诱发存想幻视及其所见的神仙世界；末四句为第三部分，写从神仙世界对人间的审视及其所引起的内心变化。[②]可以看出，残句一、二、三与定稿《游仙诗》第九首在内容构成和各部分之间的关系上完全一致。既然承认定稿《游仙诗》第九首是一首完整的诗歌，就没有理由不承认由这三则残句所组成的诗歌也是一首完整的诗歌。

另外，反映诗人方术修炼活动的定稿《游仙诗》第三首，同样可以证明这三则残句的完整诗歌性质。[③]

总之，残句一、二、三与定稿《游仙诗》第三、九两首诗的内容构

---

① 道教文献《马明生真人传》，参见《云笈七籤》第五册第2304页。又定稿《游仙诗》第三、九两首在写存想幻视之后，也分别写了从神仙世界对人间的审视。
② 详见第二章第四节之二。
③ 详见第二章第四节之一。

成及其相互关系完全相同，这不但证明了这三则残句确实构成了一首完整的诗歌，而且还证明在思想内容方面它们属于同一类诗歌。

既然残句一、二、三组成了一首完整的诗歌，那为什么没有将它写入定稿，而是作为残句流传下来呢？这与它们在艺术表现方面的优劣有直接关系。凡稍有写作经验的人都会知道，同一内容写了两种不同的文字，一般情况下都会以优劣定取舍。

关于残句一、二、三与定稿第三、九两首诗究竟孰优孰劣，可以从以下三个方面进行比较：

第一，从描写的艺术成就上看，残句一、二、三远逊于定稿第三、九两首诗。

关于定稿以多样化的艺术手段，特别是严格剪裁、抓住特点，精雕细刻成功塑造诗歌艺术形象以及在锤炼准确、传神、富于美感特征的诗化语言方面所取得的艺术成就，在第二章第九节《关于方术修炼的艺术处理》中已经做了具体说明，这里不再重复。

相比之下，残句一、二、三在艺术表现方面则完全是另一幅面貌。例如，在表现方术修炼及其效果方面，由于语言呆板平淡，严重缺乏形象性和艺术表现力，而不得不靠"致真和"、"忽灵蜕"这类艰涩、生僻的专业性概念加以说明，其结果不但没有写出功法修炼给身体带来的微妙变化和感受，而且与接下来描写的存想幻视所见的神仙世界也未能形成有机的整体。同样是写这一内容，定稿第九首诗由于准确抓住特点，只用了"妙气盈胸怀"五个字，不但具体表现出功法修炼所诱发的奇妙之气充溢胸怀，滋润全身，使身体充满了生机与活力的独特感受，而且凸显了妙气充盈的飘飘欲仙的神秘特征，从而为接下来所描写的存想幻视中在神仙世界的所作所为做了有力的铺垫。至于对存想幻视中所见神仙世界的描写，残句一、二、三同样由于语言方面的原因，诗歌形象明显缺乏强烈的视觉冲击力，难以给人留下深刻的印象。

第二，从诗中三部分内容及其相互关系上，残句一、二、三也不如定稿第三、九两首诗明确而清晰。

定稿第三、九两首诗的三部分内容不但十分集中、突出，而且彼此之间的联系非常紧密，如定稿第九首第一层写采药服食、呼吸和服炼津液与其效果"救年颓"、"妙气盈胸怀"之间的关系十分明确，一看便知其神奇效果是由方术修炼所引起，并在此基础上进入第二层对存想幻视的描写，明显反映着存想幻视也是由方术修炼所诱发，然后第三部分写从神仙世界对人间的审视，三部分之间的关系明确而清晰。相比之下，残句一、二、三的层次，特别是第一部分内容与第二部分之间的关系不够明确和清晰：第一句"吐纳致真和"写了方术修炼及其效果，接下去的三句按说应当集中描写对于这种效果的主观感受，但实际却是将主观感受与神仙世界两种内容杂糅在一起，如第二句中的"忽"，第三句中的"飘然"都有一定的主观感受因素，但同时又写"太清"、"景长灭"等神仙世界的情况。这些内容已经超出了对于方术修炼效果的主观感受和体验，明显具有存想幻视的性质，而存想幻视恰恰是紧接着的第二部分表现的内容。这样一来，不但不能充分描写方术修炼的效果，而且与第二层的存想幻视内容相粘连，造成层次之间关系牵连不清。

第三，除以上两方面的不足之外，残句一、二、三还存在一个更为明显的问题：多处诗句与定稿雷同。

例如"左顾拥方目，右眷极朱发"与定稿《游仙诗》之三中的"左挹浮丘袖，右拍洪崖肩"只是神仙的名称和具体动作有别，其内容都是写神仙逍遥远游，而且句式也完全相同；又如残句三"五岳罗若垤"与定稿第九首中的"昆仑若蚁堆"，除山名有别之外，句意和修辞手法也完全相同；还有残句三结尾"寻我青云友，永与时人绝"与定稿《游仙诗》第一首（即序诗）的结尾"高蹈风尘外，长揖谢夷齐"只是表述的用语有别，而句意完全相同，都是决心走高举远游之路，彻底告别人间。这些残句与定稿之间不但句意相同，而且有的句式乃至修辞手法也完全一致，正是这种简单重复，缺乏新意使其成为平庸乏味之作。

最后，有人或许会问，定稿《游仙诗》第三、九两首诗都是写诗人进行方术修炼，在思想内容上属于同一类诗歌，这说明定稿《游仙诗》中不是同样存在内容相同的作品吗？诚然，定稿第三、九两首诗在思想内容上属于同一类，但是它们在基本内容相同的基础上又存在具体差别，如在方术修炼种类的多寡难易、存想幻视之所见和从神仙世界对人间的审视等诸多方面都存在明显差别，而这些差别无一例外都是学道修仙不断进展和加深的表现。事实上，定稿第三首写的是学道修仙初始阶段的方术修炼，而第九首写的是学道修仙继续阶段的方术修炼，正是两个不同阶段方术修炼的同时存在说明定稿《游仙诗》作为学道修仙历程"自叙"的完整性和有序性特征。①

明确了残句一、二、三与定稿第三、九两首诗的优劣高下，它究竟是定稿散佚的结果还是定稿删除的部分就十分清楚了：内容的相同和重复从根本上决定了二者不可能在定稿中同时存在，而只能是取其一。由于定稿《游仙诗》第三、九两首诗在艺术描写、层次关系和诗句新颖创意诸方面都明显优于描写苍白无力，层次关系不清和诗句雷同，缺乏新意的残句一、二、三，选择的结果只能是保留第三、九两首诗，而将残句一、二、三删除。

二 残句四

残句四共六句：

> 静叹亦何念！悲此妙龄逝。在世无千月，命如秋叶蒂。兰生蓬芭间，荣曜常幽翳。

蒂，通蔕。秋叶之蔕，即将凋落，喻生命短暂。幽翳，昏暗不明。这六句诗主要写了两个内容：前四句抒发了对于时间易逝，生命短暂的悲哀和焦虑；诗意明白如话，无须解释。后两句从字面上看是写兰的生长环境，结合诗人的人生经历和定稿《游仙诗》的有关诗篇，可以知道实际是以"兰"被蓬芭遮掩和排挤而"常幽翳"的境况象征自己在不合理的人才选拔制度下沉于下僚的不幸遭遇，抒发空有抱负和才能而不被重用的悲愤。

但是，这两个内容在定稿第五、七两首诗中都有充分的反映。这两首诗主要是从生命存在的视角抒写生命悲剧及其所引起的焦虑和痛苦，主要包括两个方面：

第一个方面，对于时间飞逝的无奈和对生命短暂的焦虑。诗歌充分描写了在时间巨轮驱使下晦朔循环，时序代谢，万物如同寒露摧残下的陵苕和女萝无不迅速走向衰败和死亡。在诗人看来，人生亦复如此！诗人对于时间的高度敏感和关注以及对于生命短暂和死亡的无奈，归根到底是出于对人生价值和意义能否实现的深刻忧虑。这说明，诗人的悲痛不是因为一

---

① 详见第二章第四节"神仙世界与宗教存想"之三"第三、九两首诗的相同点与差别"。

般世俗性的得失成败，而是人生无法解脱的生命悲剧。

第二个方面，对于尘世束缚所造成的不自由感。由于来自自然和社会的各种各样的制约、束缚、压迫乃至迫害和摧残，常常使人的活动空间变得十分狭小，并因此失去自由而限入悲痛和苦闷中。对于郭璞来说，他在现实中的不自由感主要体现在遭受压抑，空有壮志而报国无门的坎坷遭遇中。①

在定稿《游仙诗》中诗人对于自己才能抱负不得施展，不得已而沉于下僚的不幸遭遇，是作为尘世束缚造成的人生不自由而予以表现的，就是说，其遭遇与具体语境之间具有内在逻辑的统一性。那么，同一内容在残句四中又是如何表现的呢？

前面指出：残句四中以"兰"被蓬芑遮掩和排挤而"常幽翳"的境况象征自己由于出身庶族而不被重用的境况，而在此之前写的不是尘世束缚所造成的人生不自由及其所引起的悲愤，而是对于时光易逝和生命有限性的焦虑和痛苦。很明显，残句四并没有写出诗人被迫沉于下僚的不幸遭遇与其具体语境之间的关系，从而使这一描写"孤立"起来而未能得到深化。

综上所述，残句四的两个内容不但都与定稿重复，而且二者之间具有明显的优劣之分：无论是对时间易逝、生命短暂和人生不自由的感受之强烈，还是诗歌意象的丰富和描写的具体传神，也无论是思想的深刻和厚重，还是内在逻辑关系的严密和清晰，定稿都明显更胜一筹，相形之下，残句四则显得肤浅单薄，苍白无力。

三 残句五

残句五共四句：

登岳採五芝，涉涧将六草。散发荡玄溜，终年不华皓。

玄溜，深而泛黑的溪水。这四句与定稿第九首开头两句"采药游名山，将以救年颓"内容完全相同，都是写采药服食，以求长生不老。服

---

① 详见第二章节第三节"郭璞的生命悲剧意识与《游仙诗》"之二"生命悲剧及其引起的焦虑和痛苦"。

食药物也是道教修炼的内容之一，属于定稿的描写对象。

四 残句六、七、八

残句六、七都是四句，残句八只有两句：

> 放浪林泽外，被发师岩穴。仿佛若士姿，梦想游列缺。
> 翘首望太清，朝云无增景。虽欲思灵化，龙津未易上。
> 安见山林士，拥膝对岩蹲。

这三则残句都是写隐逸生活中的思想情志，只是思想情志的具体内涵有所不同。其中残句六、八两则表现的情志相同，第七则抒写的是另一种情志。

先说残句六、八：

残句六：放浪，放逸不羁，不受约束。岩穴，此指岩穴之士，即隐士；"师岩穴"即以隐士为师。若士，有道之士，指上句中的隐士。列缺，天上的裂缝，即天门，句中指天上的神仙世界。残句八：山林士，亦指有道之士、隐士。拥膝，即促膝交谈，此指谈仙论道。这两则残句大致是说为了远离世俗社会，不受礼俗名教的束缚而隐居山林，在隐逸生活中向往与有道之士谈仙论道，并梦想成为神仙在神仙世界遨游。

再说残句七：

如前所说，太清，即太清境，神宝君所在的神仙世界；太清境为学道修仙的初级阶次。道教史诸多事例说明，对于一般道教信徒来说，能够登上初级仙位，即入太清境成"仙"已是极为难得之事，至于入上清成"真"，入玉清成"圣"，一般修仙者根本不敢奢望。[①]郭璞也是如此，他强烈向往的仙境始终是太清境。增，此同层；增景，此指仙境（即太清境）中重重叠叠的亭台楼阁。灵化，仙人又称灵人，灵化即成为神仙。龙津，即龙门。《艺文类聚》引辛氏《三秦记》："河津一名龙门。大鱼集龙门下数千，不得上。上者为龙，不上者（句有脱文），故云曝鳃龙门。"[②] 鱼上

[①] 关于太清境、上清境、玉清境和仙位阶次，详见《云笈七签·道教本始部》第一册第36页、《云笈七籤·三洞经教部》第87、88页。

[②] 《艺文类聚》，上海古籍出版社1982年版，下册第1663页。

龙门，才能成龙，句中以龙门"未易上"无法成龙比喻成仙之难。

　　搞清了字词之意，便可看出残句七诗意很明确：由"翘首望太清"无由见到神仙世界，反映出对于神仙世界的强烈向往和对于学道成仙之难的感受。

　　总而言之，这三则残句都是写山林隐逸和隐逸生活中的思想情志。而定稿《游仙诗》第二首表现的也是这一内容，共十四句，按内容也可以分为三部分。关于此诗的思想内容和段落划分在第五节《第二、六、八、十首诗解析》之一《第二首：学道修仙之始——山林隐逸》已有说明，请参阅。

　　原来，魏晋时期有"为道者必入山林"[1] 之说，很多修仙者都是从隐逸山林开始学道修仙并最终成为神仙的，由隐士转化而成为神仙是当时比较普遍的现象。看来，定稿和残句都有反映山林隐逸的诗歌，而且定稿将此诗放在第二首（除去序诗，实际是第一），即作为学道修仙历程之始，实际正是这种观念的反映。

　　将残句六、七、八与定稿第二首做一比较，便可看出二者的思想内容基本相同，但在艺术表现和语言方面却有明显的高下之分：就表现隐逸生活中的思想情志来看，残句六、七、八只是通过抽象的说明，如以"被发师岩穴"、"仿佛若士姿"表现对于超然物外之士的仰慕之情；以"游列缺"、"望太清"和"思灵化"表现对于神仙世界的向往。同样是表现对于超然物外之士的仰慕之情，定稿第二首则通过"翘迹企颍阳"这一富于特征的动作，不但表现出仰慕之情，而且写出了仰慕之态，其形象内涵更为丰富，更富于艺术感染力。至于表现对神仙世界的向往，残句就更难望定稿之项背："阊阖西南来，潜波涣鳞起。灵妃顾我笑，粲然启玉齿。蹇修时不存，要之将谁使？"灵妃乘风踏波而来，无限深情地粲然一笑之后便杳无踪影，十分含蓄地表现出对于神仙世界的不尽向往之情和无由交接神女的无限惆怅。

　　不但如此，定稿第二首的语言更充分体现了简洁、明快和"粲丽"、"艳逸"的风格特征[2]，通篇散发着令人愉悦的清新自然之感。而残句的语言则相形见绌，根本不具备这些优长。这说明，诗人对语言的精心锤炼

---

[1] 《抱朴子内篇·明本》，王明：《抱朴子内篇校释》，第187页。
[2] 《文心雕龙·才略》："景纯艳逸，足冠中兴。"《世说新语·文学》刘注引《璞别传》："璞奇博多通，文藻粲丽……"

及其所体现的炉火纯青的功力在残句中并没有充分体现出来。

五 残句九

残句九只有两句,且下句缺两字:①

　　　　啸嗷遗俗罗,□□得此生。

如前所说,定稿第八首主要写学道修仙历程中的修德悟道,共十六句,可分为三部分。残句九之意与定稿第八首第三部分的头两句"啸傲遗世罗,纵情任独往"的内容大意和句式基本相同,因此,可以定稿第八首,特别是第三部分的头两句"啸傲遗世罗,纵情任独往"为参照和根据对此则残句做出分析和评价。

关于学道修仙为什么要修德悟道、修德悟道的具体内涵及其与彻底摆脱世俗罗网束缚之间的关系等,在第五节"第二、六、八、十首诗解析"之三"第八首:修德悟道",已经做了具体说明,并在此基础上概括出定稿第八首"啸傲遗世罗,纵情任独往"两句诗的大意:在世俗罗网面前我放旷不羁,彻底挣脱了它的束缚,心灵因而获得了自由,并义无反顾地向着自由快乐的神仙世界直进。

尽管残句"啸嗷遗俗罗,□□得此生"缺两字,但根据尚存的八个字和它与定稿"啸傲遗世罗,纵情任独往"的相同之处,可略知其大意:摆脱世俗罗网的束缚之后,心灵获得了自由,此生便可以适意自在地生存。(这个大意没有考虑"啸嗷"二字之意,原因详后)

如果以上所归纳的大意不错的话,那么残句九与定稿"啸傲遗俗罗"两句相比其高下立即可见,主要表现在以下两点:

第一,残句中的"啸嗷"与定稿中的"啸傲"在各自句中的地位虽然相同(分别在"遗俗罗"、"遗世罗"之前),但二者的具体内涵却完全不同:"啸傲"不但反映出外在的状态,而且蕴涵着内在精神,即如前所说的完全超越了世俗观念,并表现出对于世俗罗网的彻底否定与蔑视,等等;而"啸嗷"则是吼叫、喧嚷之意,不但根本缺乏"啸傲"所具有的丰富的内涵,而且与其后的"遗俗罗"也根本不相搭配。据此不难推

---

① "得"前脱两字,参见逯钦立《先秦汉魏晋南北朝诗》,中册第867页。

知"嗷"可能是笔误，后被改为"傲"而正式写入定稿。

第二，两个下句的不同：定稿以"纵情任独往"表现"啸傲遗俗罗"的结果，"纵情任独往"的具体含义前面已做分析。残句以"□□得此生"表现"遗俗罗"的结果：相比之下，"□□得此生"不但平面化，呆板无神，更重要的是没有表现出摆脱了世俗罗网的束缚之后诗人精神和感情的巨大变化，如获得心灵自由之后的轻松愉悦和满怀激情地向神仙世界直进等。

综上所述，残句九"啸嗷遗俗罗"二句与定稿"啸傲遗世罗"二句内容大意和句式基本相同，但无论是在内涵的丰富、深刻方面，还是在艺术表现的生动、传神方面，二者之间都可谓优劣悬殊。

六　残句十、十一

残句十、十一各一句，都出自钟嵘《诗品》，为了能够全面掌握有关情况和论述方便，将《诗品》的有关原文一并引用如下：

> ……游仙之作，词多慷慨，乖远玄宗。其云："奈何虎豹姿"，又云"戢翼栖榛梗"，乃是坎壈咏怀，非列仙之趣也。

"奈何虎豹姿"即残句十，"戢翼栖榛梗"即残句十一。

由于这两则残句都只有一句，缺乏具体语境，因此其确切句意难以把握，好在钟嵘的论断"坎壈咏怀，非列仙之趣"为理解句意提供了明确的线索，按照这一线索可以从定稿《游仙诗》中找到有关的参照和根据。

所谓"坎壈咏怀"是指抒写仕途坎坷，报国无门的悲愤情怀。如前所说，郭璞博学高才，但始终未获重用，完全是不合理的人才选拔制度造成的结果，也是尘世束缚所造成的不自由感的突出表现。而这一内容正是定稿第五首抒写的对象①，因此我们可以从定稿第五首中找到解读这两则残句的参照和根据。

先做字词训解。"奈何虎豹姿"：我们知道，"姿"有二解：除姿态、

---

① 从《游仙诗》研究史可以知道，一般认为《游仙诗》的内容包括"列仙之趣"和"非列仙之趣"两部分，其中"非列仙之趣"部分主要包括定稿第四、五、七首，而集中抒写"坎壈咏怀"的则是第五首。

姿容之意外，还可解为资质；《盐铁论·相刺》："所谓文学高第者，智略能明先王之术，而姿质足以履行其道。"[1]"姿质"即资质。那么，"奈何虎豹姿"中的"姿"究竟是解为姿态、姿容还是解为资质，结合定稿之五的具体语境，可以肯定句中的"姿"并非姿态、姿容，而是指资质，意为才能、品德。因此，句中的"虎豹姿"不是虎豹的姿势，而是喻杰出的才智、品德。奈何，怎么样。"戢翼栖榛梗"：戢翼，飞禽收敛翅膀，停止飞行。榛，丛木。梗，带刺的草木。榛梗中无法行走和飞行，结合定稿之五的语境可知句中用以喻人生道路阻塞不通。

同样，如果没有定稿第五首的语境所提供的根据和参照，孤立地看残句"奈何虎豹姿"、"戢翼栖榛梗"，恐怕也会如坠五里雾中而不知其所云；如果结合这一语境，诗义会立即显露出来："虎豹姿"冠以"奈何"，飞鸟栖于榛梗而不得不"戢翼"，正是以"虎豹姿"而无从伸展，飞鸟栖于榛梗而难以翱翔喻俊杰之才仕途阻塞不通，济世报国之志难酬的现实困境。十分明显，这正是现实生活中诗人境遇的真实写照，同时也是他"坎壈咏怀"的中心情结。

由此看来，残句"奈何虎豹姿"和"戢翼栖榛梗"与定稿第五首彼此之间的物象虽有差别，但诗义却完全相同，就是说，与定稿相比，残句并没有表现出什么新的内容。

七 残句十二

残句十二共两句：

> 翩翩寻灵娥，眇然上奔月。

灵娥即嫦娥，神话中月神，道教经典将她列为女仙。从句中的一"寻"一"上"，可知这两句诗是写诗人为了追寻嫦娥而眇然奔月，是诗人正在奔赴神仙世界的途中，反映了对于神仙世界的向往和追求。

如前所说，残句二的"纵酒濛汜滨"六句和定稿第九首中"登仙抚龙驷"六句所描写的向神仙世界飞升，都是功法修炼所诱发的存想幻视之所见。同样，残句十二所描写的"寻灵娥"、"上奔月"等神奇景象也

---

[1] 桓宽：《盐铁论·相刺》，上海人民出版社1974年版，第48页。

是如此,即存想幻视之所见。

在内容和性质上,残句十二与定稿第九首"登仙抚龙驷"六句内容完全相同(都是存想幻视所见的神仙世界),但在艺术描写上却有天壤之别:如前所说,定稿第九首只寥寥几句便将一幅风云随转,雷电闪烁,迅猛向天国进发的行进图展现于人们面前,并把诗人渴望走进神仙世界的内心情怀表现得淋漓尽致,加之其简洁凝练、形象传神,富于诗化特征的语言,使定稿充满激情和艺术魅力。① 相形之下,残句第十二由于缺乏这种富于骨力的精彩描写而给人以平淡寡味之感。

第三节 结论:《游仙诗》残句的性质、特点和重要价值

以上分别论述了十二则残句的内容和性质,可以看出,这些残句具有以下显著特点:

第一,全部十二则残句无一例外都与定稿的内容相重复。

例如残句一、二、三是一首诗的三个组成部分,主要写方术修炼及其所诱发的存想幻视和由此引起的内心世界的变化,内容与定稿第三、九两首相同;残句四主要写对于时间易逝,生命短暂的悲哀和焦虑以及空有抱负和才能而报国无门的悲愤,内容与定稿第五、七两首诗相同;残句五写采药服食,以求长生不老,内容与定稿第九首开头两句相同;残句六、七、八写山林隐逸生活的情志,内容与定稿第二首相同;残句九写摆脱了世俗罗网之后精神的巨大变化,内容与定稿第八首中的"啸傲遗世罗,纵情任独往"相同;残句十、十一写仕途阻塞不通,济世报国之志难酬的现实困境,内容与定稿第五首相同;残句十二写在存想幻视中走进神仙世界,内容与定稿第九首相同。

可以看出,全部十二则残句没有一首不与定稿相重复,有的不但内容重复,而且句式和修辞方法也相同。这说明残句虽然不在少数,但没有提供定稿以外的任何新内容。

第二,重复的范围广泛,覆盖了大部分诗篇。

---

① 详见九节"关于方术修炼的艺术处理"之二"关于存想幻视所见神仙世界的艺术处理"。

这十二则残句，除残句十二"翩翩寻灵娥，眇然上奔月"与残句二"纵酒濛汜滨"六句内容基本相同（都是写存想幻视到神仙世界遨游）之外，其他绝大多数残句彼此之间并不重复，就是说不同的残句重复的是定稿的不同内容，而不是集中重复某一首或几首。实际上，除了定稿第六、十两首之外，其他各首都被重复，这就是说，这些残句涉及定稿思想内容的方方面面，分布面很广：从学道修仙的原因和思想基础到对于学道修仙人生之路的实际践行；在实际践行部分中，从学道修仙历程的起始阶段即山林隐逸，到学道修仙的继续阶段，即方术修炼及其所诱发的存想幻视等内容都有重复。

第三，从艺术成就看，这些残句与其所重复的定稿片断相比，无一例外地都大为逊色。具体说来，这些残句在艺术表现上各有各的问题和不足，归纳起来大致有这样几个方面：

1. 艺术描写和形象塑造方面：定稿的艺术描写能够抓住特点，简洁、充分而传神，诗歌形象因而鲜明生动，活灵活现，内涵丰富：不但表现了对象的外在特征，而且富于精神气质，深刻反映了诗人的内心活动。相比之下，残句在形象描写和形象塑造方面显得先天不足，在形象描写不到位的情况下只能靠抽象说明。这样的诗句不但缺乏丰富的内涵，也不可能给人留下想象的空间，更不要说表现诗人的内在感情和精神。

2. 语言方面：定稿的语言不但简洁凝练、形象传神，而且具有鲜明的诗化艺术特征，即不但具有足以传神并触发想象力的鲜明形象性，而且具备能够激起兴感愉悦的审美感受。即使是描写枯燥晦涩、索然寡味的方术修炼，也能充分表现出这一特点。正是因为如此，定稿全诗散发着令人愉悦的清新自然之感，充分体现了简洁、明快和"粲丽"、"艳逸"的风格特征。残句的语言则不能望其项背，其描写多平面化，苍白无力，未能体现出诗人在语言锤炼方面的炉火纯青的功力和颇具特色的语言风格。

3. 层次和逻辑关系方面：由于大多数残句都是片言只语，不存在什么逻辑、层次关系的问题，但在较长的片断和组成一首诗的几则残句之间，这个问题也是比较突出的：在这方面，残句远不如定稿的层次清晰分明，逻辑关系严密。

综合残句的上述共同特点，其本来面貌和性质也就清晰地显示出来了：

除了写作过程或定稿时删除掉的诗句，还能有什么能够兼具这样三个特点呢？除非证明这些残句与定稿不相重复，也就是提供了定稿十首诗之外的新的内容，并在艺术水准方面可与定稿相媲美，否则，那种认为残句本是定稿的组成部分，只是由于散佚而残缺不全的说法，是根本站不住脚的。

这是从残句自身方面看，同样，从定稿方面来看也能充分证明这一点，即残句是写作过程中或最后定稿时删除掉的诗句：

除非证明定稿本身内容有缺失，结构不完整，需要残句予以补充才能成为完整统一的作品的情况下，那些残句或许才有成为定稿组成部分的可能，否则，就根本不可能改变其非定稿组成部分的性质。在这方面，笔者已经指出那种认为定稿《游仙诗》具有两种或几种不同主旨的观点是完全错误的，并通过证明定稿紧紧围绕主题展开描述，共同构成了主题统一，内容集中，结构严谨，脉络清晰，段落分明，衔接紧密，并严格遵循生活逻辑和历史真实的优秀组诗。

明确了这些残句的本来面貌和性质以及定稿《游仙诗》自身的完整统一性，那么，现存的定稿《游仙诗》究竟是由多少首组成自然也就清楚了：定稿《游仙诗》本来就是十首，而不是像有些学者所说的十九首或十四首；现存的十二则残句本来就是被删除的诗句，而根本不是定稿《游仙诗》的组成部分。

如果对这些视而不见，仍然停留在原有的但已经被证明错误的观点上，视这些残句为定稿的组成部分，而使定稿《游仙诗》叠床架屋，臃肿不堪，其结果只能是彻底扭曲定稿的本来面貌，直接破坏其主题和结构的完整统一性。果真如此，《游仙诗》还称得上是文学史上的优秀诗篇吗？

最后，来说这十二则残句的价值。

不要认为，既是被删除的残句，还有什么价值可言；事实绝非如此，这些残句自有其不可替代的重要价值。

作为文学史资料，这些残句有其突出的特殊性。一般说来，关于作者和作品及其历史背景的资料，都是"有用之用"，即都不是曾经被废弃的正式的资料，其价值正在于其"有用性"。对于研究者来说，在研究工作中接触和利用这样的资料可以说是难以数计，但作为"无用之用"的被废弃的"下脚料"，即"无用性"的资料恐怕很少有人遇到。广而言之，在几千年的文学史上这样的资料又有几则？悠悠岁月，大浪淘沙，有些作

第三章 《游仙诗》残句的性质与价值

为定稿的资料尚且散佚难觅踪影,何况这些写作过程中或定稿时被删除的废弃部分!正是这种"千年一遇"的罕见和稀有特征决定了这十二则残句的无比珍贵的价值。

从目前的情况看,这些残句的具体价值主要有两个方面:

第一个方面,对作者郭璞研究:

残句的存在对郭璞研究,特别是对了解他的创作态度提供了最为直接和有力的证据:如前所说,对于定稿来说,残句的内容很广泛,覆盖了定稿的大多篇幅。这无疑说明,郭璞对于几乎每一首、每一句和每个字都做过十分认真、细致的推敲和修改,只有这样才能留下那么多,覆盖面那么广的被删除的残句。诗人创作态度之严谨、认真于此可见一斑。除了大面积的普遍修改之外,再看修改的结果,只要将残句与定稿的相应部分做一比较,便可看出艺术成就相差之明显和悬殊(详前)。这充分说明,诗人对定稿的修改并非只是随便换几个字,而是从立意谋篇、形象塑造和语言锤炼多方面下了很大的功夫,只有这样,定稿的艺术水准与残句相比才可能有如此大幅度的提高,并使全诗面貌焕然一新。

如果考虑到由于资料缺乏,对于大多数作者来说,其创作态度已经茫然无考,那么,这些残句的意义和价值尤其显得突出。

第二个方面,对《游仙诗》研究:

首先,正确认识残句的本来面貌和性质为定稿《游仙诗》研究,特别是其主题和结构研究扫清了一个严重障碍。

以前由于没有正确把握残句的本来面貌和性质,而把它们视为《游仙诗》的组成部分,不言而喻,这就意味着现存的由十首诗组成的《游仙诗》只是《游仙诗》原稿的一部分,其内容是残缺的,结构是不完整的。稍有研究常识的人都知道:探索散佚了很多内容的不完整作品的主题和结构不但不可能得出正确的结论,而且这个论题本身就是无解之谜,因此很多学者不得不将它放弃——这一重要论题就这样遭"误解"被打入冷宫而沦为名副其实的禁区。一叶障目,正是由于这一先入为主的认识,使得多年来《游仙诗》主题和结构研究始终无人问津。

由于对残句本来面貌和性质的错误认识而形成的这一障碍,也必然会随着对于残句本来面貌和性质的正确把握而得以消除,从而为《游仙诗》特别是其主题和结构的研究扫清道路,促进《游仙诗》研究的深入发展。

其次,有助于认识《游仙诗》在艺术表现和语言方面的特点和成就。

前面说过，这些残句由于与定稿内容重复，在艺术表现和语言方面相形见绌而遭淘汰，那么认识定稿在艺术表现和语言方面的杰出成就和特点，最好的办法就是将二者进行比较。试想，如果诗人不将这些残句删除，而是一并写入定稿，那《游仙诗》将会是何等细碎拖沓、繁缛臃肿。例如，如前所说，残句一、二、三实际是一首诗，与定稿第九首内容属于同一类，如果将它与第九首并列，形成同一个内容的简单重复，《游仙诗》又将成为什么样子？这说明，有了这些残句的映衬，《游仙诗》结构的严谨和精干就会更突出地显现出来。同样，就定稿的艺术表现方法和语言与残句的相应部分进行比较，也能论短长，知优劣，真正认识到诗人如此取舍、定夺并最终定稿的高妙之处。无疑，这会大大地有助于理解《游仙诗》在艺术表现和语言方面的杰出成就。

《游仙诗》面世不久即获得很高的评价，例如"景纯艳逸，足冠中兴"[1]，"……文体相辉，彪炳可玩，始变永嘉平淡之体，故称中兴第一。翰林以为诗首。"[2]从残句的平庸到定稿的卓异，其间的巨大变化足以说明诗人在改变"永嘉平淡之体"，最终获得为"冠"、为"第一"、为"诗首"的充分肯定和评价，究竟付出了怎样艰辛的努力！

---

[1] 刘勰：《文心雕龙·才略》。
[2] 钟嵘：《诗品·晋弘农太守郭璞诗》。

第四章 郭璞的诗歌之二：颂歌和赠答诗

现存的郭璞诗歌作品，除《游仙诗》之外，比较重要的作品还有颂歌和赠答诗。颂歌即《与王使君诗》，赠答诗有《答贾九州愁诗》《答王门子诗》《赠温峤诗》和《赠潘尼》[①]等四首诗。这些诗歌，无论就思想艺术成就看，还是就其意义价值和在文学史上的影响看，都不能与《游仙诗》相比肩。但如果就颂歌和赠答诗自身看，那么，在诗义的深刻、丰富和历史的纵深感以及艺术表现特色等诸方面，又非《与王使君诗》莫属。根据这种情况，本章将重点分析《与王使君诗》，对几首赠答诗做简要说明。

第一节 一首富于时代特征和人生悲情的
颂歌——《与王使君诗》

可能是由于《游仙诗》光辉的遮掩，像《与王使君诗》这样一首重要的优秀诗歌作品从来也未曾引起学者们的注意：大多文学史著作对它根本没加理会，也从未见学者进行过注释和展开专题研究。为了改变这种情况，本书不揣冒昧对此诗试做一些探索。

《与王使君诗》全诗如下：

　　道有亏盈，运亦凌替。茫茫百六，孰知其弊！蠢蠢中华，遭此虐戾。遗黎其咨，天未忘惠。云谁之眷，在我命代。
　　穆穆皇帝，固灵所授。英英将军，惟哲之秀。乃协神□，馥如兰

[①] 逯钦立：《先秦汉魏晋南北朝诗》中册，中华书局1983年版。

臭。化扬东夏，勋格宇宙。岂伊来苏，莫知其覆。

怀远以文，济难以略。光赞岳谟，折冲帷幄。凋华振彩，坠景增灼。穆其德风，休声有邈。方恢神邑，天衢再廊。

遭蒙之吝，在我幽人。绝志云肆，如彼泠鳞。灵荫谬垂，跃我龙津。翘情明规，怀德鉴神。虽赖暂盼，永愧其尘。

靡竭匪浚，靡颓匪隆。持贵以降，挹满以冲。迈德遗功，于盛思终。愿林之蔼，乐岱之崇。永观玉振，长赖英风！

据学者研究，王使君即东晋的王导，①这一认识是正确的。王导（276—339），字茂弘，琅玡临沂人，出身世家大族，生当两晋之交，为东晋开国元勋，任元帝、明帝、成帝三朝丞相，为东晋政权的建立和巩固做出了重要贡献。使君，官名，即刺史或州郡长官，据《晋书·王导传》，王导曾任扬州刺史，故称之为使君。题目中称其官职而讳其名，以表示尊敬和郑重。这里的"与"不是"赠"或"给与"之意，而是赞颂、赞美的意思。一般说来，"赠"，如赠诗、赠言等多用于同辈、同僚之间，而王导曾任刺史，属封疆大吏，后任丞相，郭璞长期充当幕僚，最高的职务也仅仅是徒有其名的著作佐郎而已，二人地位如此悬殊，题目不用"赠"而用"与"，以表示对王导的衷心赞颂，显得十分得体。郭璞给同辈温峤和潘尼的诗，都用"赠"而不用"与"，如《赠温峤诗》《赠潘尼》，更可证明这一点。再看诗歌的具体内容，都是讴歌王导的丰功伟绩和崇高品德，明显是献给王导的颂歌，而不是一般的赠答诗。西晋末期，诗人离开家乡避难江南之际（详后）受到尚在刺史任上的王导的器重，"引参己军事"②，即任王导的参军。由此可以看出，本诗是一首下属献给对自己有知遇之恩的长官的颂歌。

本诗以给中华民族带来历史大劫难的"永嘉之乱"和东晋王朝复兴为背景，讴歌王导在东晋王朝建立和巩固过程中所建立的丰功伟绩和表现出的崇高品德。全诗共五章，按内容可以分为四部分：第一部分即第一章，开篇即大处着笔，从历史变化规律的角度高度概括地交代王导建立丰功伟绩的特定历史背景；第二部分包括第二、三两章，主要抒写王导辅佐

---

① 陆侃如：《中古文学系年》，人民文学出版社1985年版，第842—843页。
② 《晋书·郭璞传》，中华书局1974年版，第六册1901页。

晋元帝为东晋王朝的建立和巩固所做出的巨大贡献和表现出的崇高品德；第三部分即第四章，主要抒写王导对自己的重大恩德和诗人对他的感念与惭愧之情；第四部分即第五章，热烈讴歌王导的精神和"英风"万世永存并永远鼓舞后人。

一 结合历史巨变赞颂王导功德

西晋末期皇族之间发生了争权夺利的"八王之乱"。在混战中，为了战胜政敌，各方都利用周边地区少数民族的力量助战，少数民族贵族势力趁西晋王朝虚弱难以自保之机纷纷涌入中原立国。异族入侵到处烧杀抢劫，北方地区的人民在经受"八王之乱"的灾难之后又一次陷于"永嘉之乱"的水深火热中。战争和动乱搅乱了华夏大地，处于风雨飘摇中的西晋王朝很快于建兴四年（316）寿终正寝。在生灵涂炭，民族生死存亡的历史紧要关头，如何接续王朝大统，恢复生产、生活秩序以安顿生灵，已成当务之急。因此，在此之前已经移镇江东的琅琊王司马睿于第二年即建武元年（317）在建邺建立东晋王朝，也就成为顺应历史发展趋势的必然之举。在东晋王朝的建立和巩固过程中王导殚心竭虑，多有建树，正如他逝世后晋明帝悼念他所说："拯其沦坠而济之以道，扶其颠倾而弘之以仁，经纬三朝而蕴道弥旷，"① 这个评价可以说基本上概括了王导一生的功业和建树。

对于王导这样一位生平经历与东晋王朝的建立和巩固密切相关的时代风云人物，讴歌他的丰功伟绩和崇高品德离开了这段充满民族血泪的历史，是根本不可能的。诗人牢牢地把握住这一点，诗歌一开始即从宏观历史的大处着眼，拉开了战乱时代沉重的历史大幕："道有亏盈，运亦淩替。茫茫百六，孰知其弊！蠢蠢中华，遘此虐戾。"茫茫，模糊不清，句中引申为神妙莫测，无法理解。百六，厄运，灾难。弊，弊害，灾害。蠢蠢，骚乱的样子。遘，遭遇。虐，残暴。戾，罪恶、暴行。诗人从兴衰治乱的交替是社会历史变迁的常态说到不可预测的厄运突然降临，外族入侵，社稷倾覆，百姓被迫沦为流民，承受着残酷的暴行和灾难！短短几行诗便构建了一个两晋之交，五胡乱华的生死存亡紧急关头的特定历史语境，为讴歌对象提供了一个宏阔的时代背景和纵深的历史空间。

---

① 《晋书·王导传》，第六册第 1754 页。

在此基础上，从第二章才开始讴歌王导的功德。这样的安排如同戏剧中焦点人物的登场，不但一开始就会紧紧地抓住人们的注意力，而且使人物与其历史背景紧密结合起来，从而为讴歌王导确立了明确的历史坐标。可以看出，诗人对于讴歌对象"出场"的安排是颇富匠心的。

对于赞美诗来说，真实具体的历史背景固然重要，更为重要的是歌功颂德能否做到以事实为基础，言出有据。可以说，真实性是赞美诗的生命，是决定赞美诗价值的关键因素。在这方面本诗不溢美，不夸大，事事具有充分可靠的历史根据。

诗人讴歌王导主要有两个方面：一是他的丰功伟绩，二是他的崇高品德。

关于王导的丰功伟绩，第三章这样写道："怀远以文，济难以略。光赞岳谟，折冲帏幄。"此处的"文"不是指文德，也不是指文明，而是指以礼乐制度和有关观念为中心的文化。①这两句诗的大意是以礼乐制度安抚远方之人，以超人的谋略解救国家危难。后两句中的"光"，大也。《尚书·顾命》："燮和天下，用答扬文武之光训。"这两句诗的大意是说，以宏伟的谋划辅佐元帝治理国家，运筹帷幄，决胜千里。

翻开《晋书》便可知道这四句诗绝非空洞的溢美之词，而是对王导功业和建树的高度概括：东晋建立之前，司马睿从江北刚刚移镇建邺之初，江东的世家大族并没有把他放在眼里，"及徙镇建康，吴人不附，居月余，士庶莫有至者，导患之。"②王导的忧虑是很有道理的，因为要在江南站住脚，为东晋政权的建立打下坚实基础，必须依靠当地的世家大族的支持。为了给司马睿树立威信，使江南人心归附，王导处心积虑，在争取其从兄手握兵权的王敦的支持之后，特别导演了这样一出政治戏剧："会三月上巳，帝亲观禊，乘肩舆，具威仪，敦、导及诸名胜皆骑从。吴人纪瞻、顾荣，皆江南之望，窃觇之，见其如此，咸惊惧，乃相率拜于道左。"在江南世家大族折服的情况下，王导又建议司马睿礼遇纪瞻、顾荣等人，并通过他们招徕更多江南士人，"由是吴会风靡，百姓归心焉。自此之后，渐相崇奉，君臣之礼始定。"③仅此一事即可看出王导在争取江南

---

① 参见《论语集注·子罕》"文王既没，文不在兹乎？"注："道之显者谓之'文'，盖礼乐制度之谓。"
② 《晋书·王导传》第六册第 1745 页。
③ 同上书，第六册第 1746 页。

士族支持,为东晋政权的建立奠定坚实基础方面所起的关键作用。

不只如此,在东晋王朝建立之后王导又不失时机地提出很多对策,诸如网罗人才、广施教化、重振朝纲,设立史官,等等,有力地促进了东晋政权的巩固。(详本传)

正是以这些事实为基础,"英英将军,惟俊之秀","化扬东夏,勋格宇宙"等颂扬赞美之辞,也就不是阿谀奉承的陈辞滥调。其中"勋格宇宙"虽不无夸张,但第一,如前所说事实证明王导居功甚伟,这样说并非毫无根据;第二,类似"勋格宇宙"之类的话是当时的惯用语,并非诗人标新立异。如晋元帝给王导的诏书:"公体道明哲,弘犹深远,勋格四海,翼亮三世……"[1] 刘琨《劝进元帝表》:"……况茂勋格于皇天,清晖光于四海。"[2]可见,以"勋格宇宙"一语来形容其功勋极大,正是当时流行的说法。

除丰功伟绩之外,诗人还热烈讴歌王导的崇高品德:"穆其德风,休声有邈。"穆,温和、清明;休,美好;是说王导品德清朗纯明,美好的名声天下传扬,同样这也不是空洞的溢美之词,而有其充分的事实根据:比如,司马睿为笼络人心曾滥加封赏,"不问贤愚豪贱,皆加重号",王导认为这样下去,必然导致"天官混杂,朝望颓毁"[3],为使劝谏更有说服力,他以身作则,首先自请去掉名号。为此司马睿特下令:"导德重勋高,孤所倚重,诚宜表彰殊礼。而更约己冲心,进思尽诚,以身率众……"[4]王导的行为为群臣做出了表率,滥加封赏之风得以及时纠正。再如,其从兄王敦有"专天下之心"[5],尽管他事先反复劝止,但当王敦叛乱时他还是主动承担责任:"导率群从昆弟子侄二十余人,每旦诣台待罪。"[6]终于得到了元帝的宽谅。尤为可贵的是王导不弄权,不贪财,生活简朴,"导简素寡欲,仓无储谷,衣不重帛"[7]。这样看来,诗人对王导崇高品德的讴歌可谓实至名归。

---

[1] 《晋书·王导传》,第六册第 1752 页。
[2] 《艺文类聚》卷十三,上海古籍出版社 1982 年版,上册第 251 页。
[3] 《晋书·王导传》第六册第 1746—1747 页。
[4] 同上书,第六册 1747 页。
[5] 同上书,第六册 1749 页。
[6] 同上书,第六册 1749 页。
[7] 同上书,第六册 1752 页。

二 结合个人遭遇，寄托人生悲情

以上说了讴歌对象在这场民族历史巨变中建立的功德，作为王导的同时代人，作者也不是这场民族历史大劫难的局外人，而与之有着千丝万缕的联系，并因此而改变了他的人生经历。所以，在讴歌王导时他情不自禁地写到了这段经历，并结合自己的悲惨遭遇，从患难之人的角度表达了对于王导恩德的发自内心的感念，不但表现出讴歌的真诚，而且寄托了自己的某些人生悲情。

我们知道"永嘉之乱"始于河东，所谓"怀惠之际，河东先扰"，[①]而郭璞的家乡闻喜即在河东，所以，敏感的诗人很早就意识到即将大难临头，并开始"潜结姻昵及交游数十家"，"避地东南"[②]，这时正值"永嘉之乱"之始。这说明诗人是这场历史大劫难和随之而来的民族大迁徙的最早亲历者和见证者。对于自己的遭遇，诗人这样写道：

> 遭蒙之吝，在我幽人。绝志云肆，如彼涔鳞。

吝，耻辱；"遭蒙之吝"是指"永嘉之乱"，遭受异族入侵之辱。幽人，即隐士。按魏晋时期的习俗，人们学道修仙多从山林隐逸开始，诗人学道修仙也曾在山林中隐居，故自称隐士。[③]这两句是说自己正在修仙隐居之际，遭受异族入侵之辱。后二句中的绝志，即决断之志，绝决之志。肆，扩张，延伸，引申为散，云肆，即云散。涔鳞，路上水洼中的鱼。这两句是说，"永嘉之乱"，异族入侵，人们决心离开家乡犹如云散；生活困苦不堪，如同涔中之鱼陷入了绝境。在这里诗人特别提到了自己在迁徙途中的悲惨遭遇。这种情况完全可以从历史文献中得到有力的证明，诸如"……流移四散，十不存二，携老扶弱，不绝于路。及其在者，鬻卖妻子，生相捐弃，死亡委危，白骨横野，哀呼之声，感伤和气。群胡数万，周匝四山，动足遇掠，开目睹寇……寇贼纵横，道路断塞……府寺焚毁，僵尸蔽地，其有存者，饥羸无复人色。荆棘成林，豺狼满道……"[④]结合

---

① 《晋书·郭璞传》第六册第 1899 页。
② 同上。
③ 详见第二章第五节"第二、六、八、十首诗解析"关于第二首的分析。
④ 《晋书·刘琨传》，第六册第 1680—1681 页。

这些记载，不能看出这短短的四句诗不但概括了诗人在这场民族灾难中遭受的痛苦和磨难，而且字里行间透露出他的独特感受。

接下去的二句写王导对他的恩德："灵荫谬垂，跃我龙津"，大意是说：（正当自己避难江南走投无路之际）得到了王使君的庇护，使我如同鱼跃龙门。这"跃我龙津"四字很有分量，一般是指为一个人的进仕打开了无限广阔的前途。王导对诗人的提携正是如此，他不仅仅是引诗人"参己军事"，更为重要的是将诗人的才能，特别是他的占卜技能推介给皇帝，郭璞因此而为皇帝所知，并多次奉命为皇帝占卜。[①]诗人十分清楚地知道，自己的才能为皇帝所知就意味着可以大展宏图和理想抱负的实现，这对于渴望建功立业的诗人来说无疑是重大的恩德。本传接下去的记载也完全证明了这一点：正是由于有了这个机缘，他的作品《江赋》《南郊赋》才有可能得到皇帝的赏识，进而被授予著作佐郎。这样看来，诗人对于给自己提供了这种机遇的王导以"跃我龙津"相称颂，也就绝非是虚张声势了。

不过，对于王导的恩德心存感激，在赞美诗中抒发致谢和感激之情才符合情理，但是，诗歌没有任何表示致谢和感激之情的文字，而是说了这样两句出人意料之外的话："虽赖暂盼，永愧其尘"，即凭借王使君的惠顾，我得以鱼跃"龙津"，但我对他的提携却永远感到惭愧。不言"谢"，而言"愧"，这其中自有深意在。

我们知道，郭璞于永兴三年（306）左右离开家乡走上"避地东南"的逃难之路，最晚于永嘉五年（311）到达江南，[②]又过了一段时间被王导命为参军，并在此后不久通过王导开始为司马睿占卜，直到太兴元年（318）参加了晋元帝即位的祭天大典，并于第一时间写了反映这一大典全过程的《南郊赋》，这说明郭璞在朝中前后最少也有五六年之久，时间并不算短；但在这样长的时间内，除了几次占卜决疑、就朝中政事上疏之外郭璞再没有给朝廷做其他任何事情（实际上是根本没有给他更多施展才能的机会，详后），更不用说建立什么功勋了。[③]以这样微薄的业绩与王导对他的惠顾和提携相比，应当说，诗人感到惭愧是正当的反应，完全符

[①] 详见第一章第一节"郭璞生平若干史实考辨"之三"郭璞与丞相王导的关系及其为皇帝直接效命的机缘"。

[②] 曹道衡：《中古文学史论文集》第388页。

[③] 《晋书·郭璞传》，第六册第1901页。

合人之常情。

可见,这里的"愧"不但有其充分的事实根据,而且比"谢"的感情分量更重,内涵也更为丰富:"愧"是发自内心的真实表白,表示自己的作为有愧于王导提携的盛情,所以,虽未言"谢",但比"谢"更能说明王导的恩德在他心中的分量,此其一。其二,如果结合诗人的经历,特别是仕途坎坷的情况,①那么,这里的"愧"十分明显地隐含着对于自己匡时济世之志得不到伸展的遗憾甚至不平②,而这正是他对王导难言的人生悲情。

十分明显,在献给对自己有知遇之恩的王导的赞美诗中不好过多地抒写自己的挫折和失意,由此可知诗人的无尽的人生悲情和万般辛酸全都包容在这一个"愧"字中。

三 强烈的君权至上观念和君权神授观念

本诗是写给王导的赞美诗,赞美王导的丰功伟绩和崇高品德当然是作品的中心内容,但是实际上,讴歌王导却从晋元帝司马睿的神异和英明写起:即第一章的最后四句"遗黎其咨,天未忘惠。云谁之眷,在我命代"和第二章的开头两句"穆穆皇帝,固灵所授"。遗黎,即亡国之民,此指沦陷地区的广大人民。天,此指上帝;惠,加惠;眷,眷顾,回头看;命代,一作命世,即治世之才,此指东晋王朝的开国皇帝晋元帝司马睿。第一章的最后四句是说,处于水深火热中的广大人民发出了由衷的悲叹,但是上帝没有忘记百姓的疾苦,要加惠于民;司马睿是治世之才,上帝赋予他救民于水火的历史大任。第二章开头两句是对第一章最后四句的进一步申明,是说端庄肃穆的晋元帝,他统驭天下的权力是上帝所授。可以看出,这六句诗并非写皇帝如何重整乾坤,救百姓于水火,而是肯定他与天即上帝的特殊关系,因而受到上帝的顾眷,明显体现着君权神授的观念。这种观念认为,人间的最高统治者皇帝是上帝在人间的代表,上帝究竟让谁代表他统治人间则是根据他是否有盛德,有盛德的人才会受到上帝的顾

---

① 东晋统治者沿袭曹魏以来保证士族特权的九品中正制,出身于庶族、没有显赫门庭的郭璞根本不可能受到重用,注定穷困潦倒,对于这种人生困境,诗人有强烈的感受,请参第二章第三节《学道修仙的原因和思想基础》。

② 郭璞对于自己仕途坎坷,才能得不到发挥深感不平,这种情绪在《客傲》一文中表现甚为明显。

眷，把权力授予他。显然，这种将皇权神圣化的观念是为皇帝统治天下的合法性寻找宗教根据，其维护皇权统治的本质和目的十分明显。

我国西周时期即盛行这种观念，并在《诗经》中留下了明确的记录："皇矣上帝，临下有赫。监观四方，求民之莫……乃眷西顾，此维与宅"①和"有命自天，命此文王"②等都是这种观念的演绎。《与王使君诗》中的这六句诗与此可谓一脉相承。

在讴歌王导的丰功伟绩之前先写这样六句诗的目的十分明显：就是要证明王导辅佐晋元帝复兴晋王朝的统治完全符合上帝的意志，具有无可争辩的神圣性和正义性，从而肯定其名垂青史的巨大价值。

不仅如此，讴歌王导之后的内容安排同样也别具"深意"：在讴歌王导的功德之后特别写了这样两句："方恢神邑，天衢再廓"。神邑、天衢，都是帝京的代称，此皆指建邺；神邑指司马睿从江北移镇于建邺，天衢指司马睿在建邺称帝建立东晋王朝，这两件事都是东晋王朝建国史上具有里程碑意义的大事，足以代表和概括东晋王朝建立的经过。在讴歌王导的功德之后特别回溯这一过程，目的是表明王导的一切建树和功德，都是在为东晋王朝尽忠效力，因而也都是当今皇帝的神异和盛德的体现。换言之，王导的功德也就是朝廷的功德，讴歌王导实际也是讴歌当今圣上。很明显，这是封建时代的另一种重要观念，即君权至上观念的集中体现。

总而言之，讴歌王导功德前后的安排充分体现了封建时代盛行的两种观念：君权神授观念和君权至上观念。应当说作为魏晋时代的诗人受这种观念的影响并不为奇，但是这种安排所体现的良苦用心却很耐人寻味。

四 艺术表现特点和成就

本诗在艺术表现方面的突出特点主要有以下三个方面。

首先，叙述、议论与抒情的有机结合。

以抒情成分为主的赞美诗，有时根据内容的要求需要叙述和议论，在这种情况下如何处理叙述、议论与抒情三者之间的关系就成为赞美诗创作能否成功的关键。一般说来，在赞美诗中适当加入叙述和议论并不很困难，但如何使三者彼此紧密联系，达到有机的统一，却是很困难的。因为

---

① 《诗经·大雅·皇矣》。
② 《诗经·大雅·大明》。

这里的叙述和议论不是一般的叙述和议论,而是属于抒情诗范畴的赞美诗中的叙述和议论,具体语境的特点对叙述和议论提出了特定要求:叙述和议论须含有一定的抒情成分或感情色彩,这样才可能与抒情之间具有一致性并达到有机的统一。本诗在这方面做得比较突出,例如,第二、三章在讴歌王导丰功伟绩和崇高品德之后,第四章的开始四句写自己在这场空前的民族大劫难中的悲惨经历和遭遇,明显属于叙述,但不同于一般的叙述,而是在叙述自己的悲惨经历和遭遇的同时,还表现出对于这场历史大劫难的独特的感受和体验,隐隐透露了对于自己的不幸遭遇的悲哀和无奈,而这恰好与后面所写的患难之人对于王导恩德的感念和真诚讴歌相统一。

再说议论成分:本诗以议论开头:"道有亏盈,运亦陵替。茫茫百六,孰知其弊!"这四句诗虽属于议论,但具有浓重的抒情性,即在说明道理的同时,还反映了诗人的矛盾心态和感情:一方面肯定了治乱、兴衰的交替是历史发展的常态,灾难似乎在意料之中,表现出一定的达观心态;另一方面对于惨重灾难的来临又深感意外和突然,流露出无可奈何的茫然。这种复杂而矛盾的感情,正是"好经术,博学有高才……妙于阴阳历算"[①],并饱尝这场历史劫难的痛苦煎熬的诗人心态的写照。

总而言之,本诗的叙述和议论不是单纯的叙述和议论,而兼具一定的抒情特征和功能,从而使它们与抒情成分密切结合起来,共同构成完整统一的诗歌艺术形象。

其次是结构特点。

从前面的分析可以知道,本诗虽以颂扬王导为题,但内容远远没有局限于此,还写了其他相关的内容,如王导建立丰功伟绩的时代历史背景、诗人的不幸遭遇和感受以及诗人与王导之间的关系,等等;从诗歌的组成成分来看,以抒情为主但不止于抒情,而兼具叙述和议论,这无疑增加了处理和组织材料的困难。所以,如何处理和组织好材料也就显得更加重要。大致说来,诗人的做法是:

中心部分和辅助部分详略不同,而不是不分轻重平均用力:写给王导的赞美诗,当然以讴歌王导的丰功伟绩、崇高品德为中心,这部分内容占了三章的篇幅,即第二、三、五章;其他所有内容则属于辅助部分,这部

---

① 《晋书·郭璞传》,第六册第 1899 页。

分内容涉及面虽广，但统统都被压缩到第一、四两章中。这样主次分明并分别相对集中的写法，既突出了中心部分，又避免了辅助部分喧宾夺主，而使其真正起到辅助作用。

全诗安排顺畅得体：五章诗先写历史背景，后讴歌，接着插入诗人个人的遭遇和与王导的关系，最后收于美好祝愿。先背景，为讴歌的内容定位和确立意义；紧承其后写讴歌以突出中心内容；插入个人的遭遇和与王导的关系彰显讴歌发自肺腑，示其真诚；最后通过祝愿为讴歌完满收场。这样的顺序安排，既凸显了每章的重点，又强化了彼此之间的内在联系，全诗因而形成一个有机整体。

总之，由于诗人对于材料的处理和组织得当，使作品中心突出，脉络清晰，首尾完整，结构严谨，不但充分体现了赞美诗的特点，更突出表现了诗歌的主题。

再有，在诗歌形式和语言方面的特点和成就。

本诗在诗歌形式和语言方面充分借鉴了《诗经》的创作经验，并取得了突出成就。

先说诗歌形式。本诗采用四言诗的形式，充分发挥了四言诗形式的特点和优长。"四言简直，句短而调未舒"①，这既是四言之短处，也是其长处；就长处看，较之五言和七言，四言二拍，读起来铿锵有力，节奏更鲜明强烈。本诗明显具有这一特长，再加上通篇隔句押韵，每章换韵以及虚词和重言的大量运用（详后），充分表现出四言诗所特有的铿锵、和谐的音乐美。

再说本诗的语言。本诗的语言既典重高雅，从容舒缓，又华美俏丽，清新俊逸，具有很强的艺术表现力，这除了诗人的语言功力之外，还与大力借鉴《诗经》的语言密切相关。具体表现如下：一个是大量运用虚词：《诗经》大量采用虚词，而且运用得非常成功，本诗也采用了很多虚词，如云、之、伊、来、其、思，等等。虚词是四言诗构成的不可或缺的语言因素，可以想象，没有这些虚词有些诗句很难构成形式整齐语意顺畅的四言，②更不要说表达特定的情态、语气以使诗句委婉、传神。另一个是像

---

① 胡应麟：《诗薮》内编卷二，上海古籍出版社1979年版，第22页。

② 关于四言诗中虚词多，虚词对于四言诗来说不可或缺，可参见赵敏俐《四言诗与五言诗的句法结构与语言功能比较研究》，《周汉诗歌综论》，学苑出版社2002年版，第180—181页。

《诗经》一样，本诗也注意运用重言，如茫茫、蠢蠢、穆穆、英英，等等。重言的运用可以加强语气，强化表现力，并增添音乐美。

除以上两点之外，本诗还广泛汲取了《诗经》的语言精华，例如第一章"遭此虐戾"中的"虐戾"二字分别取自《大雅·板》"天之方虐，无然谑谑"和《小雅·节南山》："昊天不惠，降此大戾"，是"虐"和"戾"的结合，含义更加丰富。第二章"穆穆皇帝"，以"穆穆"状写皇帝的端庄诚敬，取自《大雅·文王》"穆穆文王，於缉熙敬止"。第三章"穆如德风"与《大雅·烝民》"穆如清风"都是以"穆"修饰某种"风"，彼此完全一致。除了词语之外，本诗在句式上也有多处直接采用了《诗经》的惯用句式，如以语气助词"来"构成诗句，第三章"岂伊来苏"与《国风·邶·谷风》"余伊来暨"完全一致；又如以"靡……匪……"构成的句式，第五章"靡竭匪浚，靡颓匪隆"与《小雅·小弁》"靡瞻匪父，靡依匪母"以及《国风·邶·北风》"莫赤匪狐，莫黑匪乌"彼此也完全一致。这些句中的靡、莫，都是无、没有的意思；匪，同非；"靡……匪……"、"莫……匪……"句式，表示某某事物没有不什么的之意。本诗"靡竭匪浚，靡颓匪隆"是说多深的水没有不枯竭的，多高的山没有不崩塌的，用以反衬王导的功德和美好的名声将万古长存。此外，第一章"遗黎其咨，天未忘惠。云谁之眷，在我命代"这四句诗不但在用字和句式上，而且在思想观念上也与《大雅·皇矣》第一章（详前所引）一脉相承。

可以看出，诗人在借鉴《诗经》的四言诗形式和语言上下了很大功夫，这从一个侧面反映了诗人对于经典作品的高度重视和严肃认真的创作态度。

五 小结

赞颂王导在东晋王朝建立和巩固过程中的功德和建树，对于郭璞来说，绝不是一件事不关己的等闲讴歌，而是与自己有着千丝万缕联系，并足以牵动内心情怀的由衷咏叹。因为王导建功立业的历史环境和空间，即造成中国历史上空前的民族灾难和历史巨变的"永嘉之乱"和东晋王朝的复兴，对诗人来说既不是遥远往事的渺茫传闻，也不是古代历史文献的冰冷记录，而是他的身在其中的鲜活现实：他不但是这场历史大劫难的最早亲历者和见证者，而且也是饱受其煎熬的受难者。所以这场历史大劫难，无论从国家和民族的角度看，还是从个人的角度看，对他来说都早已成为心中挥之不去的阴霾。再从诗人与讴歌对象王导的关系来看，王导不仅是他的上司，更是对他有知遇之恩，使他摆脱生活困境的惠顾者和提携者。亲历者、见证者和受难者以及下级和被提携者等如此多重角色的重叠，使他在讴歌王导时自然比局外人有更多的考量和独特的视角以及不吐不快的情结：不但将王导的功业和建树置于事关社稷安危、民族存亡的时代风云和历史巨变中，而且情不自禁地与自己的经历和遭遇结合起来，所以，在盛赞王导功业和抒写两人关系的同时，也从一个侧面巧妙地反映了时代天翻地覆的变化和民族历史命运的变迁，从而为我们留下了特定时代的历史记忆。在具体抒写中既表现了对于王导的热烈赞颂和崇敬，也表达了对他的由衷感激和真诚；既表现了对于这场历史大劫难的无限悲哀和无奈，也流露出对于自己蒙难遭遇的伤痛和感慨以及对于仕途坎坷，志不得伸的不平和纠结……正是这几个方面的密切交织，使本诗不仅具有鲜明的时代特征和历史纵深感，而且言出有据，内容丰富，倾述内心，感情真挚，加之本诗在艺术表现方面的突出特点和成就，从而使其远远地超越了一般颂歌而成为魏晋时代的杰作。

如果考虑到反映两晋之交的诗歌作品的数量极少的文学史状况，那么，本诗尤其显得珍贵。

第二节 赠答诗

赠答诗是汉魏时期随着人际交往的频繁和诗歌艺术的发展而产生的一种新的诗歌类型，是指那些写给亲友，向亲友倾述对世事、人生的体验和感悟，就两人之间的关系抒发内心情怀的诗。由于赠答诗具有特定的倾述对象，因而有很强的针对性，不同的关系决定了诗歌不同的内容和特征。一般说来，由于赠答的对象多属知己或所崇敬的人，便于抒写情怀，透露心迹，因而为考察诗人内心世界和心灵历程提供了一个极好的窗口，这或许正是这类诗歌的特殊意义和价值。郭璞的赠答诗是他的诗歌创作的一个重要组成部分，不仅体现着他的诗歌艺术成就的一个重要方面，更为重要的是，由于涵容了郭璞生平思想的大量信息，为郭璞生平及其作品研究提供了十分宝贵的资料。

现将诗人的四篇赠答诗即《答贾九州愁诗》《答王门子诗》《赠温峤诗》和《赠潘尼》①分别简要说明如下：

一 《赠温峤诗》

《赠温峤诗》全诗如下：

兰薄有茞，玉泉产玫。亹亹含风，灼灼猗人。如金之映，如琼之津。擢翘秋阳，凌波暴鳞。

擢翘伊何？妙灵奇挺。暴鳞伊何？披彩迈景。清规外标，朗鉴内景。思乐云蔼，言采其颖。

人亦有言，松竹有林。及尔臭味，异苔同岑。义结在昔，分涉于今。我怀惟永，载咏载吟。

子策骐骏，我案骀辔。进不要声，退不傲位。遗心隐显，得意荣悴。尚想李严，逍遥柱肆。

言以忘得，交以淡成。同匪伊和，惟我与生。尔神余契，我怀子情。携手一鏊，安知尘冥？

温峤（288—329），东晋开国元勋。西晋末期在并州协助刘琨抗击异族入侵者刘聪、石勒，失败后南下辅助司马睿建立东晋，明帝时任中书令，先后参与平定王敦、苏峻、祖约叛乱，居功甚伟。曾任江州刺史。

温峤是郭璞同时代人，也是在永嘉之乱中从北方南下避难，并从青年时代起即与郭璞相交，是郭璞多年老友。从"义结在昔，分涉于今。我怀惟永，载咏载吟"四句可知，本诗当作于温峤受重用赴任分别之际。

诗歌重点写了温峤的崇高品德和不凡的风神气度，如"如金之映，如琼之津……清规外标，朗鉴内景"，等等，应当说，一般赠答诗往往都要写赠诗对象的嘉德懿行，本诗也是如此。本诗特别值得注意之处，在于除了赞美温峤的品德和气度之外，还特别写了这样两个内容：

一是凸显了际遇不同，沉浮有别的现实境况：

一般说来，在朋友仕途顺畅，青云直上的情况下，赠答诗中不宜表现对于自己坎坷经历的不平之情，但是，骨鲠在喉，不吐不快，诗人对于自

---

① 逯钦立：《先秦汉魏晋南北朝诗》中册，中华书局1983年版。

己内心淤积的不平之情虽然说得比较含蓄,但还是很明显地流露出来。诗人产生这种情绪当然不是没有原因,这只要对比一下两人的经历和遭际即可一目了然。论才学,诗人"埒于峤、亮,论者美之。"①峤即温峤,亮即庾亮,郭璞与他们的才学不相上下,这是论者公认的。但仕途遭际却大不相同:诗人避地江南,由于没有显赫的身世而陷于困境,虽受到殷祐、王导的器重,但也仅仅是充当参军,后在朝中任著作佐郎、尚书郎等徒具虚名的官职,而始终未得重用,直到晚年不得已而只能充任权臣王敦的幕僚。②同样是从江北逃亡南下,温峤到江南即受到朝廷的重用并顺畅升迁,明帝即位之后,温峤任中书令,"机密大谋皆所参综,诏命文翰亦悉豫焉"③;庾亮也是如此,到江南不久很快飞黄腾达:任明帝中书令,"太后临朝,政事一决于亮"④。原为布衣之交的三个人,其身份地位很快就有了天渊之别。面对如此的残酷现实,诗人内心如何平复?如此看来,在给青云直上的朋友的赠答诗中写出"子策骐骏,我案驽骞"这样具有强烈对比意义的诗句,实在是包含着言说不尽的苦涩。

二是表现出看淡荣利,向往林壑的人生态度:

与上一点比较含蓄的表现方式不同,对于自己人生态度的抒写则显得直接而明确:"遗心隐显,得意荣悴。"是说无论是隐是显都不放在心上,无论是荣是悴都很适意。诗人向往的不是显贵尊荣,而是山林丘壑,远离尘俗:"携手一壑,安知尘冥?"这是一种超然物外的人生态度。如果结合诗人的经历和《游仙诗》等作品,可以知道,诗人从青少年时期就持有这种人生态度,⑤在此赠答诗中不过是顺便提及而已。⑥

二 《答贾九州愁诗》

《答贾九州愁诗》全诗如下:

---

① 《晋书·郭璞传》,第六册第 1904 页。
② 参见第二章第三节《郭璞的生命悲剧意识与〈游仙诗〉》之二《生命悲剧及其引起的焦虑和痛苦》。
③ 《晋书·温峤传》,第六册第 1787 页。
④ 《晋书·庾亮传》,第六册第 1918 页。
⑤ 参见第二章第五节"第二、六、八、十首诗解析"之四"第十首:修炼成仙,赴神仙世界"。
⑥ "尚想李严,逍遥柱肆"这两句诗也反映了诗人的人生态度,可能有讹文,不便做进一步的分析。疑"严"为"聃"之误,李严实为李聃,即老子。老子崇尚自然,提倡无为的人生态度。姑置于此,待解。

广莫戒寒，玄英启谢。感彼时变，悲此物化。独步闲朝，哀叹静夜。德非颜原，屡空蓬舍。轻服御冬，蓝褐当夏。正未墨突，逝将命驾。幸赖吾贤，少以慰籍。

顾瞻中宇，一朝分崩。天纲既紊，浮鲵横腾。运首北眷，邈哉华恒。虽欲凌鷔，矫翮靡登。俯惧潜机，仰虑飞罾。惟其崄哀，难辛备曾。庶晞河清，混焉未澄。

自我徂迁，周之阳月。乱离方炽，忧虞匪歇。四极虽遥，息驾靡脱。愿言齐衡，庶几契阔。虽云暗投，圭璋特达。绵驹之变，何有胡越！子固乔楚，我伊罗葛。无贵香明，终自溉渴。未若遗荣，闵情丘壑。逍游永年，抽簪收发。

贾九州，生平不详。从诗中仅可知道他是诗人的友人，在诗人为逃避战乱而避地江南的过程中曾给诗人以帮助，这对于处于危难中的诗人来说如同雪中送炭，使诗人深感慰藉。

本诗背景明确，即以给中华民族带来惨重历史劫难的"永嘉之乱"为背景，抒写自己被迫逃亡的经历和感怀，内容大致可以这样概括：感时变，伤物化，述困顿，抒悲情，希河清，思逍遥。（关于"永嘉之乱"及其所造成的惨重灾难，在上一节对《与王使君诗》的分析中有详述，请参阅）

本诗比较突出之处在于直接描写了"永嘉之乱"及其造成的巨大灾难："顾瞻中宇，一朝分崩。天纲既紊，浮鲵横腾"四句是说西晋末期，皇族争权夺利，异族乘机入侵，纷纷在中原立国，西晋王朝在"永嘉之乱"中风雨飘摇，走向"分崩"。诗中将入侵的异族称为"浮鲵"，把他们在中原烧杀抢劫称为"横腾"，突出表现了诗人的愤懑和沉痛。"乱离方炽，忧虞匪歇"二句高度概括了外族入侵，社稷倾覆，百姓流离四散，痛苦无助的悲惨现实。

不仅如此，诗歌还通过比喻象征的方法突出表现了诗人在这场历史大劫难中陷入无法解脱的困境，其中"惟其崄哀，难辛备曾"涵容了无尽的煎熬和磨难，颇得言外之意。

诗人在巨大的灾难面前并没有放弃对于美好未来的期盼，而殷切期望河清海晏，天下太平，百姓得以休养生息，然而，现实却令人失望："庶晞河清，混焉未澄"，那美好的未来原来是遥不可及的远景！由此不难看出，当时整个国家尚处于西晋王朝行将就木而东晋王朝尚未建立的政权危机中，本诗即作于这个历史时期。

在面对如此悲惨的现实而又看不到前景的情况下，诗人深感无能为力。无奈之下，诗人又想到了远离纷扰现实的另一条人生道路，即山林隐逸之路："未若遗荣，闷情丘壑。逍遥永年，抽簪收发。"遗，遗弃，放弃，丢掉；闷，关闭，止息，此处引申为集中于或集注于……。抽簪，即拔下簪子，在世俗的应酬场合，特别是官场，必须衣冠整齐，束发戴簪，这里以"抽簪收发"代指远离官场和世俗生活。这四句是说：人生要达到清静，就不如放弃尊荣富贵，而寄情于山林丘壑，永享自由逍遥的隐居生活。

总而言之，"永嘉之乱"结束了诗人人生第一阶段的平静生活，而开始了"避地东南"的漂泊生涯，并在饱受战乱和颠沛流离生活的折磨、煎熬之后，对于清静的隐居生活更加向往了。

三 《答王门子诗》

《答王门子诗》全诗如下：

芊芊玉英，济美琼林。靡靡王生，实迈俊心。藻艳三秀，响谐韶音。映彩春兰。擢蕊秋岑。

我虽同薄，及尔异颖。翘不冠丛，荣不熙町。因夷杖平，藉澄任静。思乐逸惊，翻飞云领。

畴昔之乖，永言莫见。之子于雁，再离沦湮。茗不凋翠，柯不易蒨。染霜滋芬，在陶隐弥练。

诗亦有言，兄弟无远。矧我暨尔，姻媾缱绻。猗人其来，青阳载婉。言归于好，如彼琴管。

皇极委夷，运有经纶。聊以傲咏，不荣不遁。敢希寂放，庶几无闷。匪薰匪獯，安知藜荪？

遗物任性，兀然自纵。倚荣涧蔼，寓音雅弄。匪涉魏阙，匪滞陋巷。永赖不才，逍遥无用。

封建时代，卿、大夫之嫡子称门子，意为将代父当门之人。从诗中可以知道这位王姓门子乃诗人的姻亲，即诗人的妻兄或妻弟，他们之间发生过龃龉，一度关系不睦，后来随着诗人之妻结束归宁而重归于好。至于这位具有大夫身份的王门子之父究竟是谁，已无从考究。此诗即诗人对王门子赠诗的回答，其内容应是针对赠诗而写，可惜赠诗不存，其中一些有针对性的诗句已经无由确切疏解。现只能就部分内容简单说明如下：

全诗共六章。第一章，热情讴歌王门子的优秀品德和杰出才能。"芊芊"四句，以"玉英"即玉之精华形容其高贵不凡的资质；济美，继承祖先或前人的业绩，说明作为未来的当门人能够继承前人的业绩。"靡靡"二句是说王生英俊超逸，才能杰出。"藻艳"四句通过优美生动的形象以象征和比喻的方式重申前四句之意。第二章述说自己资质平庸，"翘不冠丛，荣不熙町"，没有任何卓异出众之处，根本无法与王生相比。此章朴素的自谦之词与上章对王生的声情并茂的描写形成鲜明的对比。第三、四两章述说姻亲之间从彼此乖戾，不相往来到重归于好的关系变化，并从"姻媾缠绻"的角度说明没有理由不保持良好的关系。第五、六两章从国运说到自己的处世态度：国运衰颓不振，必须筹划治理才能改变这种颓势，但我不追求荣耀，也不出逃；我只是追求自由宁静，所以没有什么烦闷。一个人没有嗅过香臭的气味，也就分不清藜、荪，不能分辨善恶是非（疑就双方关系不睦吸取教训而言）。今后，我既不斤斤于政事的纷争，也不会像颜渊那样因为待价而沽而滞留于陋巷，而要无拘无束，任性自适，永乐逍遥。①

本诗从王门子的高尚品德和杰出才能说起，回忆了诗人与姻亲之间关系由不睦而重归于好，并从国运衰颓说到自己人生态度的变化，内容较为广泛，涉及的方面比较多，但由于这些内容之间缺乏内在的联系，全诗显得不够集中，结构比较松散，削弱了艺术表现力。

四 《赠潘尼》

《赠潘尼》全诗如下：

杞梓生南荆，奇才应世出。擢颖盖汉阳，鸿声骇皇室。遂应四科

---

① 第五、六两章主要词语解释如下：皇极，皇帝之位、王室，句中指王室的统治。委夷，衰颓。夷，平坦、平，引申为低，降低。经纶，整理、理顺丝缕，引申为筹划治理国事。薰，芳草的香气。殽，借为莸、𣏌，朽木的臭味。藜，藜草。荪，香草。遣，使离开。物，指世事。遣物，即疏远世事。

运，朱衣耀玉质。

有的学者认为将此诗题作"赠潘尼"是《诗纪》误读《艺文类聚·衣冠部》的结果：《艺文类聚》将此诗"次陆机赠潘尼后，《诗纪》即以此诗为赠潘尼，其实未必即赠潘也。"[①]此说不无道理。潘尼，西晋末期作家，潘岳之侄，叔侄合称"两潘"。潘尼为荥阳中牟（今河南中牟县）人，属北方，而诗歌首句谓之"生南荆"，非一人明矣。其次，潘尼的文学创作虽取得一定成就，但远逊于其叔，更没有达到"鸿声骇皇室"的惊人地步。诗歌这样描写应是另有所指，但究竟为何人，由于资料缺乏，尚不能确定。

"遂应四科运，朱衣耀玉质"：四科运，即四科举士之考。"四科"，孔门以德行、言语、政事和文学等四个方面品评弟子，后代所指各有不同。朱衣，红色的官服，此代指入朝做官。这两句是说，应试考中入朝做官，红色的官服更凸显其德才出众。

此诗诗义庸浅，辞藻乏味，可能是应酬之作。

五 小结

根据以上所述，可以将郭璞赠答诗的共同特点归纳如下：

首先，在这四首赠答诗中，有两首即《答贾九州愁诗》和《答王门子诗》都写于"永嘉之乱"或"永嘉之乱"之后。由于诗人亲历了这场历史浩劫，饱受其折磨和煎熬，并直接看到它给中华民族带来沉重灾难，所以在给友人和姻亲的诗中都十分自然地直接写到这一点，并表达了对于异族入侵，在中原大地烧杀劫掠的忧愤和对于百姓悲惨遭遇的同情，从而为作品提供了重要的历史背景，不但丰富了作品的思想内容，而且为赠答诗打上了乱离时代的鲜明印记。其次，一般的赠答诗所写多是两人之间之事，但郭璞赠答诗的内容绝没有仅仅限于两人之间的关系，而是在抒写对友人情谊的同时，还在一定程度上涉及现实生活一些方面，如，诗人对于贾九州在他危难之中的帮助虽然心存无限的感激，但在诗中仅用了"幸赖吾贤，少以慰藉"这样两句表达感激之情，而将其他所有篇幅都用来写与现实密切相关的内容，如感时变，伤物化，述困顿，抒悲情，希河

---

① 参见丁福保辑《全汉三国晋南北朝诗·全晋诗》郭璞部分。

清，等等，由于没有局限于单纯的卿卿我我个人之间的小天地，从而使作品具有一定的社会现实内容和意义。再次，面对友人和亲眷，诗人敢于表达出自己的真实感情和想法，在《赠温峤诗》中，把自己对于不合理的人才选拔制度的不平之情丝毫不加掩饰，在《答王门子诗》中对姻亲之间关系的龃龉和不快不加回避，这在赠答诗中是很有特点的。不只如此，更为重要的是，诗人还向亲友直接透露了自己内心更深的"隐秘"，在《赠温峤诗》《答贾九州愁诗》和《答王门子诗》中都深浅不同地说明了自己人生态度的变化，即疏远世事，看淡荣利，向往山林，任性自纵。这不但表现出诗人为人的坦荡，更反映了对于亲友的真诚；从诗歌艺术的表现来看，这既丰富了诗歌的思想内容，又增强了艺术感染力。最后，诗人的赠答诗在艺术表现方面也有其突出的特点：一是四言诗的诗歌形式运用纯熟（参阅上一节对《与王使君诗》的有关分析）；二是抒情、叙事和议论多种方式并用，丰富了赠答诗的艺术表现手段；三是描写生动，形象优美，如《答王门子诗》对王门子风姿的描写："藻艳三秀，响谐韶音。映彩春兰。擢蕊秋岑。"《赠温峤诗》对温峤品德的描写："矍矍含风，灼灼猗人。如金之映，如琼之津"等；四是在语言运用的成就方面，虽然与其代表作《游仙诗》不能相比，但在丰富性、表现力以及艺术风格等方面还是颇有特色的。

　　郭璞的赠答诗也存在一些如前所说的问题，但这些问题并不能遮掩其赠答诗的成就。

　　如前所说，赠答诗是东汉时期产生的一种新的诗歌类型，就目前所知，最早出现的赠答诗是汉代秦嘉夫妇的创作，即秦嘉写给妻子徐淑的《赠妇诗》和徐淑写给丈夫的《答秦嘉诗》。汉魏时期赠答诗盛行，很多诗人都写有赠答诗，其中曹植不但善于写赠答诗，而且创作的数量也比较多，如《送应氏》（《送应氏》属送别诗，可归入赠答诗一类）《赠王粲》《赠徐干》《赠丁仪》《赠丁仪王粲》《赠丁翼》和《赠白马王彪》等都是很有影响的作品。曹植的创作极大地促进了赠答诗的发展，到东晋时期郭璞运用赠答诗的形式抒写与现实生活密切相关的多方面的内容，提高了赠答诗反映现实生活的能力，对于赠答诗的发展起了一定的推动作用。然而迄今为止，文学史论述郭璞的创作成就和贡献往往只限于游仙诗的范围，而对这方面的成就和贡献从来没有予以肯定，这种情况应当引起注意。

附

今存的郭璞诗歌作品除以上所论的《游仙诗》、颂歌和赠答诗之外,还有一些零星作品,其中四首诗都是有诗无题,如以首句相称大致如下:"北阜烈烈"、"青阳畅和气"、"羲和骋丹辀"和"君如秋日云"。除此之外,还有一些残句,如"林无静树,川无停流"和"得意在兰荪,忘怀寄萧艾"[①]。

无论在思想上还是在艺术上,上述作品多属平庸之作,只有"君如秋日云"和残句"林无静树,川无停流"在思想内容和艺术表现上特色比较突出,能够给人留下深刻的印象:"林无静树,川无停流"出自《世说新语·文学》,这两句诗不但形象鲜明,而且富于象外之意,既含蓄蕴藉,又有妙趣玄理,难怪在当时就受到人们的激赏,所谓"……每读此文,辄觉神超形越。"[②]阅读的感受和效果足以说明这两句诗的艺术感染力。"君如秋日云"见于《初学记》卷十八、《诗纪》三十一,全诗共四句:"君如秋日云,妾似突中烟。高下理自殊,一乖两绝天。"连用比喻反映封建时代男尊女卑、地位悬殊的不合理现实。全诗明白如话,浅显通俗,颇得乐府民歌神韵。

[①] 郭璞的残句除以上两则之外,逯钦立:《先秦汉魏晋南北朝诗》还辑有一则:"翩翩寻灵娥,眇然上奔月。"但这则残句为定稿《游仙诗》删除诗句,与这里所录残句不同。详见本书第三章"关于《游仙诗》残句的性质与价值"。

[②] 杨勇:《世说新语校笺》,中华书局2006年版,第一册第238页。

第五章　郭璞的辞赋

　　郭璞驰名于文学史，除了诗歌作品之外还有辞赋，时人以及后代学者常常将他的诗赋并称。据明张溥《汉魏六朝百三名家集》收郭璞赋作九篇：《南郊赋》《江赋》《巫咸山赋》《登百尺楼赋》《盐池赋》《井赋》《流寓赋》《蜜蜂赋》和《蚍蜉赋》而没收《客傲》。由于《客傲》不以赋为名，究竟是否为赋，古今认识不尽一致：比如《文心雕龙》就没有将《客傲》视为赋，而将它与东方朔《客难》、杨雄《解嘲》、班固《宾戏》和蔡邕《释诲》等一并列入"对问"体中。刘勰认为作为文学的一种体式，"对问"起于宋玉："宋玉含才，颇亦负俗，始造'对问'，以申其志，放怀寥廓，气实使文。"[①] 张溥《汉魏六朝百三名家集》赋类中不收《客傲》，而将它列于《对问》体中，显然是直接承袭了刘勰的观点和做法。现代学者对这个问题的看法也不一致，有的学者将它归于赋类，有的学者持相反的看法。本书认为如何为作品分类主要不是看题目，而应当从作品的实际出发，以内容、语言和形式特点为根据，按照这样的分类原则，将《客傲》归为赋类中的设难驳诘之辞是比较合适的。

　　这样看来，郭璞的赋作今存共十篇：除上面所说的张溥《汉魏六朝百三名家》所收的九篇赋之外，还有《客傲》。像郭璞的诗歌作品一样，他的赋作大部分也都散佚，在现存的十篇赋中篇幅完整的仅有《江赋》和《客傲》两篇，其余八篇，即《南郊赋》《巫咸山赋》《登百尺楼赋》《盐池赋》《井赋》《流寓赋》《蜜蜂赋》和《蚍蜉赋》皆为残缺程度不等的残篇，且多为后人所辑录。由于文本来源不同，各家辑录的内容多少不等，文字也略有出入。这些赋作除《晋书》本传提到的《江赋》《南郊

[①] 《文心雕龙·杂文》。

赋》和《客傲》①之外，其他几篇多出于类书，如《艺文类聚》《北堂书钞》和《初学记》等。辑录本主要有明张溥《汉魏六朝百三名家集》和近人严可均《全上古三代秦汉三国六朝文》。本书以张溥《汉魏六朝百三名家集》（光绪五年信述堂刊本）为根据，在对作品分析过程中，必要时参考其他各家的辑录本。

此外，还有学者认为除上述赋作之外，《龟赋》也是郭璞的作品，所以，今存郭璞的赋作应为十一篇。例如，严可均《全上古三代秦汉三国六朝文》认为《龟赋》为郭璞的作品，但只辑录了两句："应交甫之丧珮，愍神使之缨罗"，并注明出自《初学记》卷三十。②《初学记》卷三十确实收有这两句，但明确指出是出于郭璞的《江赋》而不是《龟赋》。③ 曹道衡《郭璞》一文也说《龟赋》只有两句，但没引原句，也没说出处，④ 是否就是指严可均所辑录的"应交甫之丧珮，愍神使之缨罗"两句还是另有所指，不得而知。

可见，把"应交甫之丧珮，愍神使之缨罗"这两句话作为郭璞写有《龟赋》的根据并不能成立。这样看来，郭璞今存的赋作还是十篇之说比较稳妥。

第一节　中国历史上第一次南北对立与《江赋》

以全面铺写和赞美长江为中心内容的《江赋》，是郭璞辞赋创作中一篇最为重要的作品，也是两晋辞赋中的重要作品之一。之所以这样说，固然与它的富有骨力和美感特征的艺术描写有直接关系，但最为主要的原因却不在此，而在于其题材的现实性。原来，在两晋之交的特定历史语境中，长江已经成为一个具有鲜明现实意义的题材，特别是对于那些"过江诸人"来说尤其是如此。这是因为两晋之交这段关系到民族生死存亡的惨烈历史，使本来属于自然地理范畴的长江一跃而成为东晋王朝的生命线，并被赋予丰富的社会现实内涵而寄托着包括作者在内的"过江诸人"

---

① 本传载《客傲》全文，《江赋》见于《文选》。
② 严可均：《全上古三代秦汉三国六朝文·全晋文》，中华书局1958年版，第2150页。
③ 《初学记》卷三十，中华书局1962年版，第三册第746页。
④ 曹道衡：《郭璞》，《中国历代著名文学家评传》，第一卷第391页。

这一代人的诸多情志和理想。就是说，长江对于东晋社会来说，已经具有了全新的意义，在人们心中的重要性和地位因而也得以空前提升。对于长江的这种鲜活认识和感情，由于源自人们亲身经历的那段惨烈历史（为数众多的"过江诸人"都是那段惨烈历史的亲历者和蒙难者，详后），而具有鲜明的现实性和迫切性，因此萌生于心，必欲吐之而后快。

《江赋》题材和内容的这一特点，决定了要正确把握它必须首先搞清楚它的问世与时代历史之间的关系，也就是必须深入东晋社会的现实生活去寻绎作者写这篇大赋的深刻原因。一般说来，一个作家写什么不写什么，并非偶然，而总有其内在的原因，特别是在事关民族历史命运、个人前途和身家性命的历史紧急关头，尤其是如此。生当两晋之交，经历了"永嘉之乱"的民族历史悲剧的郭璞，恰恰就生活在这样的历史关头。他以长江为题材创作《江赋》绝非偶然。

按照习惯，如果要进行归类，那么《江赋》无疑当属体物大赋一类。表面看来，尽管它没有完全摆脱追求繁复，夸奇炫博，好用生僻怪字的赋家陋习，但它却以辞赋创作中一系列难得的优长，如选取的题材具有强烈的现实意义，对长江艺术形象的成功塑造以及思想内容的丰富性和复杂性，等等，而使之既不同于夸张失实、劝百讽一的《子虚》《上林》，也不同于铺张扬厉、润色鸿业的《两都》《二京》，从而在辞赋园地中别树一帜。

一 前人研究的成绩和存在的问题与不足

首先来看一看古今学者是如何认识《江赋》的，他们的研究取得了什么成绩，存在哪些问题和不足，有什么经验教训值得借鉴，等等。把握了这些问题，那么，如何推动《江赋》研究的进一步发展，从哪些方面继续努力也就明确了。

对于《江赋》的评价古今之间存在很大差异：总体说来，古代评价较高，如本传："璞著《江赋》，其辞甚伟，为世所称。"[1]这一点得到了钟嵘、刘勰的充分肯定，钟嵘谓之"中兴第一"[2]，刘勰谓之"足冠中

---

[1] 《晋书》本传，中华书局1974年版，第1899、1901页。
[2] 钟嵘：《诗品》卷中《晋弘农太守郭璞诗》。

兴"①、"景淳绮巧，缛理有余……魏晋之赋首"②，这些评论不但充分肯定了《晋书》对《江赋》的评价，而且特别提出了《江赋》在东晋乃至魏晋时期全部诗赋中"第一"的地位。显然，这样的评价是十分高的。在历史上第一个从整体上把握《江赋》的是李善，他在《文选》注中引《晋中兴书》对《江赋》做了概括性的论断："璞以中兴王宅江外，乃著《江赋》，述江渎之美。"③这个论断言简意赅，切中要害：不但正确概括了《江赋》的思想内容，更为重要的是指出了《江赋》的创作动机及其与时代历史背景的关系，为正确认识《江赋》提出了极具启发性的观点和思路。前人评之为"一字一句，罔非瑰宝"④，良有以也。可惜其后出现的《六臣注文选》中的另外"五臣"，只是在字句疏解方面做了些补充，而在《江赋》的思想内容及其与时代的关系等这些涉及作品整体的问题上，并没有沿着李善开拓的思路继续前进。

与古代学者对《江赋》的评价和重视程度相比，现代学者对《江赋》的评价普遍不高，而且重视程度也远远不够：

首先，几部通行的文学史大多对此赋不置一词，个别文学史虽有提及，但只是做一些极为简单的介绍，而对其丰富而复杂的思想内容和艺术表现特点未做任何分析和评论；综合来看，这几部文学史的观点和态度很有代表性，可以说在一定程度上反映了学术界对《江赋》的看法。另外，钱钟书先生对《江赋》的论述也很值得玩味：他一方面将郭璞《江赋》与大约同时代的木华《海赋》加以对比，认为《海赋》"远在郭璞《江赋》之上"⑤，另一方面又特别指出《江赋》中某些句子袭用前人某作品的某句，等等。此外，还特别引证前人就《江赋》在地理问题方面的错误的评论："作者借珠翠以耀首，观者对金碧而炫目。"⑥这些零散材料虽然不是全面系统研究《江赋》，但从中也足以大致看出钱氏对《江赋》的认识和评价。

20世纪80年代以后情况稍有变化，在有关赋的论著中，对《江赋》

---

① 刘勰：《文心雕龙·才略》。
② 刘勰：《文心雕龙·诠赋》。
③ 《文选》李善注，中华书局1977年版，第183页。
④ 《四库全书简明目录》，中华书局1985年版，第827页。
⑤ 钱锺书：《管锥编》，中华书局1979年版，第四册第1217页。
⑥ 同上书，第四册第1235页。

时有涉及，反映出对《江赋》开始有所重视，例如马积高《赋史》除点出它在艺术方面的一些优长和特点外，还特别指出："此赋又是有为之作，它在当时，对于稳定士大夫立国江东的信心，是有一定的积极作用的。"①话虽不长，但涉及的问题很重要，对认识《江赋》与时代历史的关系及其意义价值提出了明确的观点。可以看出，马氏的观点与前面提到的李善关于《江赋》的论断可谓一脉相承，正是因为如此，其观点受到一些学者的重视和肯定也就完全可以理解了。②另外，这个时期出现的郭璞著作的注本（如聂恩彦《郭弘农集校注》）和研究专著（如连镇标《郭璞研究》）对《江赋》主题、现实意义以及艺术成就开始有所论及。③此后，还有一些关于《江赋》的论文，不过这些论文多是从某一个具体方面，如地理、名物等方面展开研究，而很少对作品做整体把握。

综观现代学者对《江赋》的研究和评价，与开始阶段相比，后来虽有所重视，认识也有某些变化和加深，但总体看来，无论是重视程度还是研究的深度和广度都远远不够，不但与前人比较相差甚远，而且与此赋在文学史上的地位也不相称。其中一个最为突出的问题就是未能全面、深入地从整体上把握作品：即未能就《江赋》产生的时代历史背景，与诗人思想、经历的关系、作品的思想内容、主题、现实意义和价值以及艺术成就等问题展开全面、系统研究。而这些问题恰恰正是认识和评价作品不可或缺的最基本的问题。前面提到的马积高《赋史》关于《江赋》的论述虽然涉及一些基本问题，但仅仅是限于个别问题，而未能论及其他；就所涉及的问题看，或许是写作体例和篇幅的限制，也仅仅是片言只语，并没有展开深入论证。连镇标的《郭璞研究》在这方面虽做了探索，但一些问题未能结合文本展开深入、具体分析。学术史研究的实践说明，不解决这些基本问题，也就根本无法从整体上把握作品，而从整体上全面把握作品正是进一步对作品展开深入研究的前提。长期以来，《江赋》研究一直停滞不前，或许正是由于这项基础工程的缺失。

其实，前面提到的李善在《文选》注中对《江赋》所做的概括性论断就是针对这些基本问题而言，是从整体上把握《江赋》的十分深刻的

---

① 马积高：《赋史》，上海古籍出版社1987年版，第186页。
② 王浴贤《六朝赋述论》（河北大学出版社1999年版）对《江赋》的论述即本马说。
③ 聂恩彦：《郭弘农集校注》，山西人民出版社1989年版；连镇标《郭璞研究》，上海三联书店2002年版。

见解。可惜，现代学者对李善的论断没有予以重视，更未能沿着这个正确方向走下去，以致直到今天对于《江赋》还没有形成一个完整的基本认识和评价。鉴于这种情况，本文将在前人研究成果的基础上沿着李善开拓的方向，为解决那些基本问题，从整体上把握《江赋》而"接着讲"。

二 《江赋》是历史上第一次南北对立特定背景下的产物

西晋末期的"八王之乱"和随之而来的异族入侵使北方人民陷于水深火热之中。[①]为了摆脱异族统治，躲避战乱和灾难，人们携家带口匆匆出走，逃亡之风迅速席卷广大北方地区，并最终形成了对历史产生深远影响的人口"大流动、大迁徙"[②]。逃亡的人群，除少数人逃往东北和西北，依托于当地的统治者之外，大多数人，特别是中上层士人则是向南渡过长江，到江东即江左一带，所谓"中州士女避乱江左者十六七"[③]，其次是到江汉一带。初期，"海内大乱，江东差安"[④]，异族入侵和骚乱的范围还仅限于北方，而没有威胁到江南。所以，人们到了江南便意味着摆脱了异族的铁蹄，获得了暂时的安全和稳定。

当然，人们不辞颠沛流离，千辛万苦奔向江南，除了生命财产安全的考虑之外，更为重要的是出于一种政治和民族感情的驱使。原来，就在中原大乱，万民逃亡，西晋王朝处于风雨飘摇之际，坐镇江北的琅玡王司马睿已经渡过长江移镇到建邺，接着，又在西晋王朝灭亡的第二年即建武元年（317）在建邺赓继大统，正式建立了东晋王朝。在这个特定的历史时期，"晋皇朝已是汉族政权的象征，北来侨姓只能在晋朝旗号下才能在江南立足，南方士族也只能在晋朝旗号下才能抗拒来自北方的各种势力"[⑤]。这样看来，北方士人避地江南而依附于东晋王朝，实际也是寻找自己的政治和民族的归属。就这样，北方士人纷纷聚拢于建邺司马睿的麾下；为笼络人心，司马睿在丞相王导的辅佐下对这些"过江诸人"也尽量予以

---

① 关于这段时期的历史背景情况，请参见第四章第一节"一首富于时代特征和人生悲情的颂歌：《与王使君诗》"之一、二。

② 关于西晋末期人口迁徙的情况可参阅陈寅恪《晋代人口的流动及其影响》，参见万绳楠整理《陈寅恪魏晋南北朝史讲演录》，黄山书社1987年版，第114—129页。

③ 《晋书·王导传》，第1746页。

④ 《资治通鉴·怀帝永嘉五年》，古籍出版社1956年版，第二册第2766页。

⑤ 唐长孺：《王敦之乱与所谓刻碎之政》，《魏晋南北朝史论拾遗》，中华书局1983年版，第151页。

安顿和优抚。

西晋灭亡以后,异族入侵不断深入,很快向南推进,胡马临江,对东晋王朝形成了巨大威胁。而当时"南北比较,经济、武备,北方远胜于南方。"①所以,形势对东晋政权极为不利:"季龙自率众南寇历阳,临江而旋,京师大震。"②类似的情况多次出现。可以想象,如果不是长江天堑,东晋王朝的江南半壁山河早已被胡骑的铁蹄踏遍。事实上,对于刚刚建立且处于劣势的东晋政权来说,长江已经成为胡马难以逾越的万里长城。正如赋中所说:"所以作限于华夷,壮天地之崄介。"从这个意义上,可以说东晋王朝得以延续,避地江南的士人得以生存已经完全系于长江一线——历史就这样决定了长江真正成了东晋王朝的生命线。

除了南北形势和地理的原因之外,再看东晋王朝的内部的情况。

在社稷倾覆,江山残破,国脉动摇,全民逃亡的危急情况下仓促建立的东晋王朝,不但国力衰微不振,而且晋元帝司马睿在臣民中也没有什么威望,乃至朝纲废弛,君臣关系失统:"当厄运之极,臣节未立,匡救未举"③,这对于一个王朝来说,形势是十分严峻的。与司马睿从北方同来的"北人"尚且如此,南方士族也就更不把他放在眼里,以致司马睿登基,王朝建立多日,南方士绅仍不前来朝见。这种情况使那些抱着恢复江山,实现一统理想来到江南的"过江诸人"大失所望。"桓彝初过江,见朝廷微弱,谓周顗曰:'我以中州多故,来此欲求全活,而寡弱如此,将何以济!'"④桓彝的牢骚很有代表性。另外,广为人知的"过江诸人"的新亭"相视流泪"和"风景不殊,正自有山河之异"⑤的哀叹,更充分说明抱有悲观失望情绪的绝不仅仅是桓彝个人,而是弥漫在士人中的一种普遍的情绪。

就对这种现实情况的体验和认识之深刻和迫切来看,除了司马睿之外,大概没有人能够比得上饱受这场历史劫难之苦,且有志于振兴邦国的那些"过江诸人"了。

事实上,作者郭璞正是这样的"过江诸人"之一。如前所说,西晋

---

① 陈寅恪:《南北对立形势分析》,《陈寅恪魏晋南北朝史讲演录》,第 226 页。
② 《晋书·石季龙载记上》,第九册第 2763 页。
③ 《晋书·元帝纪》,第一册第 149 页。
④ 《晋书·王导传》,第六册第 1747 页。
⑤ 杨勇:《世说新语校笺》,中华书局 2006 年版,第一册第 80 页。

末期，敏感的诗人很早就意识到即将大难临头，并历尽千辛万苦，渡过波涛汹涌的长江而"避地东南"①。作者在《与王使君诗》中对这段梦魇的痛苦经历的记述，不但简要概括了他在这场民族灾难中的不幸遭遇，而且字里行间透露出他的独特感受。这说明，郭璞不但是这场民族大迁徙和历史大劫难的最早亲历者和见证者，而且也是饱受其煎熬的蒙难者。

前面说过，郭璞过江之后，先后受到殷祐、王导的提携，任他们的参军，并通过王导的推介而为晋元帝所知。这篇《江赋》大约即作于这个时期，并立即产生了广泛的影响，作者因此也得到了元帝的赏识；而郭璞则充分利用这个机会，不失时机地多次上疏，拾遗补缺，匡正时弊，竭尽全力为朝廷尽忠。他曾在《疏》中谈及自己对于朝廷的态度："……耻其君不为尧舜者，亦岂惟古人！是以敢肆狂瞽，不隐其怀。"②可见他对朝廷的一片拳拳之忠。与此同时，他也不断升迁，先后任著作佐郎、尚书郎，后因母亲去世而去职。

对于上面所说的两种情况，即东晋士人中广为弥漫的悲观失望情绪和皇威不振，朝纲废弛的情况，郭璞在这段时间里自有可靠的渠道可以得知。从《晋书》和《世说新语》的叙述可以知道，桓彝是满怀悲观失望情绪的"过江诸人"的代表人物之一，而他恰恰是郭璞的十分要好的朋友："璞素与桓彝友善，彝每造之，或值璞在妇间，便入。"③二人关系之亲密竟到如此的程度，他的悲观失望情绪郭璞不可能不知道。关于皇威不振，朝纲废弛的情况，郭璞更为了解，他在给朝廷的上疏中多次表达了对王朝前途命运的忧虑。（详后）

为了改变东晋王朝面临的内外交困的严峻局面，怀有振兴邦国之志的士臣做了很多努力，例如王导为了改变皇帝"名论犹轻"④，毫无威信的局面，经过精心策划，特地导演了一出为司马睿大扬皇威的政治戏剧，并取得了令南人"咸惊服，乃相率拜于道左"⑤的如意效果，此后南人才"渐相崇奉"，局面开始逐渐改变。⑥再有，面对满怀悲观失望情绪的"过

---

① 《晋书·郭璞传》，第六册第1899页。
② 同上书，第六册第1903页。
③ 同上书，第六册第1909页。
④ 《晋书·王导传》，第六册第1745页。
⑤ 同上书，第六册第1746页。
⑥ 同上书，第六册第1745—1746页。

江诸人",王导的一番话更是令人警醒:"当共戮力王室,克复神州,何至作楚囚相对!"①

其实,对于产生于同一历史背景下的《江赋》也应当作如是观。只有这样,才有可能真正理解在江山残破,生灵涂炭,皇权式微,朝纲不振,士臣悲观失望,不思作为的危难之际,作者以时空寥廓的视角塑造长江浩瀚、雄奇、壮阔的艺术形象,满怀激情地讴歌这条王朝生命线的非同寻常的历史意义。

总而言之,两晋之交我国历史上第一次南北对立的特定背景,使本来属于自然地理范畴的长江,不但一跃成为关系到东晋王朝前途和命运的生命线,而且成为了现实性很强的文学题材,寄托着包括作者在内的"过江诸人"的诸多情志和愿望。

三 长江的艺术形象及其意义

《江赋》的篇幅比较长,但结构却很简单,全文由两大部分组成:

第一大部分(从开头到"寻风波以穷年"),集中表现长江的艺术形象及其意义,包括两大段:第一大段(由开头到"乃溢涌而驾隈"),从地理、地貌的角度总写长江,是对长江源流地理历程和地貌特点的全面把握,具体可以分为三小段,第一小段(从开头到"淙大壑与沃焦"),写长江从发源到入海的全程,具体刻画了长江网络群流,挟带万山,穿越华夏大地的景象;第二小段(从"若乃巴东之峡"到"岩碻磁碻"),立体地再现了长江三峡的图景;第三小段(从"若乃曾潭之府"到第一大部分结束,即"乃溢涌而驾隈"),写与长江相连的"曾潭"和"灵湖"的景象。第二大段(从"鱼则江豚海狶"到"寻风波以穷年"),分别写江中的物产、神异怪物和沿岸的人文、自然风光,也可以分为三小段:第一小段(从"鱼则江豚海狶"到"鸳雏弄翩乎山东"),集中写长江中林林总总、不可胜数的物产;第二小段(从"因岐成渚"到"吸翠霞而夭矫"),写沿江的自然风光和神异灵迹;第三小段(从"若乃宇宙澄寂"到"寻风波以穷年"),写长江的人文景观:江上便捷的水路交通和江边芦人、渔子的简朴生活。

第二大部分(从"而乃域之以盘岩"到结尾),就长江话题抒写希望

---

① 杨勇:《世说新语校笺》,第一册第80页。

东晋君臣践行他所提出的思想主张，包括两段：第一段（从"而乃域之以盘岩"到"事不可穷之于笔"），总结全文并向皇帝司马睿提出如何为政治理国家。第二段（从"若乃岷精垂曜于东井"到结尾），通过发生在长江上的历史典故说明正是长江孕育了忠贞高洁，刚正不阿，视死如归，宁可殉节而死也绝不苟活的士不可辱的精神，[①]并殷切希望东晋广大士臣努力践行这种崇高的道德精神。

先来考察第一大部分，即长江的艺术形象及其意义。

本部分以长江作为表现对象，不仅再现了长江的外在形象，更凸显了长江的内在精神气质、强大的生命力和集多种审美形态于一体的阳刚之美。正是外在形象与内在精神气质兼顾，形、神密切结合，使长江获得了永恒的艺术生命。具体说来，可以从三个方面来看：

首先，作者从宇宙宏观的寥廓视角，以纵横的笔墨具体描写了作为华夷天然屏障的长江的整体面貌，凸显了长江一往无前，气吞万里的宏伟气魄。

作者在描写长江从发源到入海，穿越华夏大地的过程中，凸显了其网络群流，挟带万山，冲击奔突，席卷天地，吐纳灵潮，鼓怒作涛的丰富而不平凡的壮阔历程。只此一点，就把长江特有的风貌和性格与其他万千江河溪流十分明显地区别开来。作者的传神描写处处突出了长江艺术形象的这一特点：

> 聿经始于洛沫，拢万川乎巴梁。冲巫峡以迅激，跻江津而起涨。极泓量而海运，状滔天以森茫。总括汉泗，兼包淮湘。并吞沅澧，汲引沮漳。源二分于崏崃，流九派乎浔阳。鼓洪涛于赤岸，沦余波乎柴桑……注五湖以漫漭，灌三江而漰沛。滈汗六州之城，经营炎景之外。所以作限于华夷，壮天地之崄介。呼吸万里，吐纳灵潮。自然往复，或夕或朝。激逸势以前驱，乃鼓怒而作涛……协灵通气，溃薄相陶。流风蒸雷，腾虹扬霄。出信阳而长迈，淙大壑与沃焦。

在这段对万里长江鸟瞰式的全景描绘中，使用了一系列极具视觉冲击力的词语，例如"拢万川"、"冲巫峡"、"跻江津"、"极泓量"、"流九

[①] 事实上以长江为主，还有其他江河。

派"、"鼓洪涛"、"沦余波"、"注五湖"、"灌三江"……直至"出信阳"、"渌大壑",十分有力地表现出长江一路以雷霆万钧之力长驱奔突,冲破险阻,浩浩荡荡,最终流向大海,表现出一往无前,气冲云霄的浩瀚气魄。除此之外,在描写长江万里流程的同时,还有声有色、富于动感地描写了沿江的绝岸壁立、江湖漫潆、风雷流转、虹霄腾扬,从而使"洋洋大观"的长江形象更加丰富和富于立体感。

其次,通过描写江中和两岸欣欣向荣的无限风光,反映出给华夏大地带来蓬勃生机与活力的长江具有生生不息的强大的内在生命力和润泽千里的博大胸怀。

作者对于长江中不可胜数的物产的描写,再现了长江所孕育的广大生命世界。这个生命世界可谓林林总总,丰富繁盛:例如种类繁多的鱼类、稀奇怪异的生物、鼓翅争鸣的群鸟、绚烂葱茏的草木和各显神态的珍禽异兽,等等,就连那冰冷沉寂的金石矿物,在作者笔下也充满了富于生命特征的光彩和温润。不只如此,岸上也是一片欣欣向荣。作者先描写江边渚、涧、渠、浦以及湖泊的形成:"因岐成渚,触涧开渠。潋壑生浦,区别作湖",然后又描写江边的独特风光:

标之以翠翳,泛之以游菰。播匪艺之芒种,挺自然之嘉蔬。鳞被菱荷,攒布水蓣,翘茎瀵蕊,濯颖散裹。随风猗萎,与波澹沱。流光潜映,景炎霞火。

这是长江水陆交错地带草木茂密葱郁的景象,其中特别值得注意的是,不但草木种类繁多,而且各尽其态,各有特点:或高高标识,或水面漂浮,或密叶如鳞,或攒聚广覆,或水下伸展,或水上高翘,还有那浸水的花蕊、草穗和被风吹起到处散播的草籽……特别是当江风吹来,如火的红霞映照江水之际,生命活力的诗篇显得更加绚烂和壮丽!除了水陆交错地带,那被各种各样的花果草木荫庇着的长江两岸的漫山遍野,"繁蔚芳蒿,隐蔼水松。涯灌芊蒹,潜荟葱茏",更为美丽广袤的山河增添了生命的光彩。

总之,无论是江中还是江上,也无论是水陆交错地带还是两岸高山原野,到处是一片繁荣茂盛的欣欣向荣景象,而那些不同生命各显神通的生存方式所形成的"竞自由"的场景,更是充溢着生命的不可抑制的郁勃之气。而这一切生命的奇迹和生机勃勃的美好景象，无不是长江化生和哺育的结果，充分表现出长江润泽千里的博大胸怀。

除以上两点之外，作者笔下长江的艺术形象还凸显了各种不同形态的美，特别是雄伟美、壮丽美、奇险美和流动美。

关于表现长江之美，在前面论述长江艺术形象的雄浑、壮阔、宏伟的艺术特征时，实际上已经涉及长江的雄伟美和壮丽美。这里再做进一步的说明：作者根据长江的固有特点，在对长江的具体描写中还突出了与长江有关的种种物象的无与伦比的巨大和席卷天地的威力：无论是穿越华夏大地，还是连通浩瀚江湖，无论是万里长驱奔突，还是淼茫朝宗于海；也无论是直插云霄的高山，还是纵横天地的大壑，等等，莫不如此。而作者能够一览无余地将这些物象尽收眼底，与他具有宇宙宏观特征的寥廓视角有直接关系，并在一定程度上体现着作者的胸怀和气魄。正是因为如此，这些物象的浩瀚气势，才令人敬畏、折服并产生美感，同时使人心胸也为之开阔，精神为之振奋，崇高感随之油然而生，并不由自主地发出惊叹和赞美。"巨大的自然对象，通过想象力唤起人的伦理道德的精神力量与之抗争，后者在心理上压倒前者、战胜前者而引起了愉快，这种愉快是对人自己的伦理道德的力量、尊严的胜利的喜悦和愉快。"[①]而这种"喜悦"和"愉快"正是长江的雄伟美和壮丽美带给我们的审美享受。

除了雄伟美、壮丽美之外，本赋还表现了长江形象的另一种美：奇险美和流动美。这主要体现在对三峡的描写中：

若乃巴东之峡，夏后疏凿。绝岸万丈，壁立赮驳。虎牙嵯竖以屹崒，荆门阙竦而磐礴。圆渊九回以悬腾，湓流雷响而电激。骇浪暴洒，惊波飞薄。迅澓增浇，涌湍叠跃。砯岩鼓作，湁潗滎瀯……

这段文字先写三峡的悬崖峭壁：万丈绝壁矗立长江两岸，群峰高耸如虎牙交错，对岸荆门山险峻如城阙傲视，[②]短短几句就突出了三峡长江两岸群山的根本特点。作者还着力从动态的视角刻画惊涛骇浪与流水的运动

---

① 李泽厚：《批判哲学的批判》，人民出版社1979年版，第372页。
② 句中的虎牙和荆门既是山名，也是状写山貌，参阅《文选》李善对这两句的注释，参见《文选》，中华书局1977年版，第184页。

和变化。"圆渊"二句写三峡水流十分具体形象,《文选》注释者张铣曰:"峡间江水深急,激岸石而成圆流,故云'圆渊'也。'九回'者,言深而至九泉,或悬浪而下,腾波而上,溢突击礚如雷顷之声,疾如电光之激。"① 除"九回"的解释有误外,② 其他解释还是符合原意的。对于流水和波浪则从动荡、起伏、回旋、汹涌、飞腾以及(水花)暴散等多种不同侧面展开描写,真实地再现了三峡流水状貌的多样性。对于流水和惊涛骇浪音响的描写也是如此:流水激石而"鼓作",江涛溢涌而"雷响",惊波飞涌,骇浪咆哮,音响的变化丰富而逼真。这说明,对于三峡不同景物的描写各有特点:悬崖峭壁状其"奇险"和"静",惊涛骇浪状其"喧豗"和"动"。"奇险"与"喧豗"、"动"与"静"之间的自然结合,形成了一个十分奇妙的时空境界。进入这个富于奇险美的艺术境界中,便会强烈感受到大自然的奇妙而多变的性格及其所蕴含的巨大的内在力量,并为此而深感惊惧和敬畏。

关于欣赏奇险美的心理感受和变化,康德做了比较具体的说明:面对悬崖峭壁、闪电雷鸣、狂涛汹涌、瀑布飞腾等令人惊心动魄的现象,我们会感到恐惧和渺小,"但是假使发现我们自己却是在安全地带,那么,这景象越可怕,就越对我们有吸引力……"③在安全的前提下,越可怕越有吸引力,正是奇险美的特点和魅力之所在。这是因为这种美奇险而动荡,在形式上呈现出严峻而冲突的特征,足以引起我们心理矛盾并为之震撼。

可以看出,作者通过多种不同的艺术手段充分展示了长江的雄伟美、壮丽美、奇险美和流动美,而这诸多审美形态却具有共同的基本特征:都属于富有内在力量的阳刚之美。而这种美与前面论述的长江艺术形象所显示出来的精神气质恰恰具有内在的统一性,换言之,长江的精神气质正是通过具有阳刚之美的艺术形象而表现出来。

综上所述,第一大部分通过长江网络群流,挟带万山,长驱奔突,冲破一切艰难险阻,穿越华夏大地,浩浩荡荡流向大海的壮阔历程,塑造了以阳刚之美为特色的长江完整的艺术形象,凸显了其生生不息的强大生命力和卓越的精神气质:即一往无前,气吞万里的宏伟气魄,席卷天地,

---

① 《六臣注文选》,中华书局 1987 年版,上册第 238 页。
② "九回"是反复回旋之意。
③ 康德:《判断力批判》,宗白华译,商务印书馆 2009 年版,上卷第 96 页。

"作限华夷"的巨大威力和润泽千里给华夏大地带来蓬勃生机与活力的博大胸怀。

在社稷倾覆，半壁江山，民族生死存亡命悬一线的"最危险的时候"，作者如此满怀激情地讴歌长江，赞美长江，无疑具有非同寻常的意义：因为作为中华民族文明摇篮的黄河和长江，它们的精神气质实际上早已成为中华民族精神和品格的象征，讴歌和赞美长江就是讴歌和赞美中华民族不屈不挠的民族性格、冲破一切艰难险阻的坚定意志和仁爱包容的博大精神。从这个意义上，可以说《江赋》真实而清晰地传达了视长江为生命线的东晋广大士臣的心声，反映了时代历史的要求。传诵和聆听这样的声音必将使人受到震撼，引起强烈的共鸣，从而使人们更加热爱长江，依恋长江，这对振奋民族精神，强化爱国热情，增强民族凝聚力具有重要意义。因为民族精神是一个民族赖以生存和发展的精神支柱，在东晋王朝内外交困的严峻形势下这个支柱尤其显得重要，有了它的支撑，对消解东晋士臣的悲观失望情绪，提振信心，鼓舞士气，恢复江山，洗刷民族耻辱都将增添无穷的力量。由此不难看出此赋的重大现实意义。"璞著《江赋》，其辞甚伟，为世所称。"[1]《江赋》的诞生可谓正当其时，受到人们的充分肯定绝非偶然。

四 作者对东晋君臣所寄托的希望

如前所说，在《江赋》的第二大部分中作者提出了他的思想主张，希望东晋君臣践行。

这部分文字虽然不长，但由于涉及很多历史典故和道家思想等古代哲学问题以及一些含义比较复杂的词语，给理解造成不少困难。根据这种情况，本部分将结合疏解句段之意、解释复杂词语、分析有关的历史典故和古代哲学问题进行论述。

在抒写思想主张之前，作者先写了这样十二句：

> 尔乃域之以盘岩，豁之以洞壑。疏之以沲汜，鼓之以朝夕。川流之所归凑，云雾之所蒸液。珍怪之所化产，傀奇之所窟宅。纳隐沦之列真，挺异人乎精魄。播灵润于千里，越岱宗之触石。

---

[1]《晋书·郭璞传》，第六册第1901页。

结合前后的内容,可以知道这十二句的作用有二:一是通过对前一大部分内容的回顾和概括,明确两大部分之间的联系;二是表明接下来所写的对东晋君臣的希望都是就长江的话题而发。

作者对东晋臣君的希望分为两个方面:一是对东晋皇帝司马睿的希望,二是对东晋广大士臣的希望,希望他们分别践行他的思想主张:

先说对皇帝司马睿的希望,主要体现在如何为政和渡江北伐,恢复江山两个方面:

关于如何为政:作者认为处理政事虽应重视"符祥",但更为重要的是以天地关系为纲常、法度,同时根据世事变化灵活处理:

> 及其谲变倏恍,符祥非一。动应无方,感事而出。经纪天地,错综人术。妙不可尽之于言,事不可穷之于笔。

要正确理解这几句话,首先应将几个词语搞清楚:符祥,吉祥的符瑞,它的出现预示着吉祥顺利。从本质上看,符祥就是物占,物占也称杂占,是一种以物象作为善恶凶吉征兆,推究神的意志的术数,只不过"符祥"只是吉祥的征兆而已。作品这里提到"符祥"是有所指的。据《晋书·元帝纪》:建武元年司马睿即位,"乃备百官,立宗庙社稷于建康,时四方竞上符瑞……"[①] 事实上,历朝历代每当新帝即位,臣下为了取悦于皇帝都会附会编造这类符瑞;虽然完全是虚妄的把戏,但皇帝却把它视为自己的统治符合天意的证明。这里作者特别提出"符祥","动应无方",它的出现具有偶然性,所以,为政的根本主要不能根据"符祥",而在于"经纪天地,错综人术"。"经纪天地"中的"经纪",即纲常、法度之意。《管子·版法解》:"天地之位,有前有后,有左有右,圣人法之,以建经纪。"[②] "经纪天地"即以天地的关系为纲常、法度。"错综人术"中的"错综",交错总聚之意。"错综人术"本"错综其数"而来,《周易·系辞》:"参伍以变,错综其数。通其变,遂成天下之文;极其

---

① 《晋书·元帝纪》,第一册第 145 页。
② 《管子·版法解》:"天地之位,有前有后,有左有右,圣人法之,以建经纪。"《诸子集成》,中华书局 1954 年版,第五集第 339 页。

数,遂定天下之象。非天下之至变,其孰能与于此?"①句中的"数"指阴阳之数,大意是说,交错总聚阴阳之数亦即阴阳之变,穷其变化就能把握天下万事、万物之理。赋中变"错综其数"为"错综人术",人术,人为之术,即为政之术。"错综人术"是说要交错总聚为政之术,通权达变,把握为政适时变化之理。

根据以上对有关词语的解释,这几句话的大致意思是:事物千变万化且十分迅速,而祥瑞征兆也彼此不同,随机出没,没有常规可以遵循。"符祥"的出现虽是吉祥的征兆,预示国祚隆盛,中兴有望,但它的出现具有偶然性,处理政事的根据不在"符祥",而在于法天地,即以天地的关系为纲常、法度,并根据世事变化,把握时机,有针对性地灵活处理。这其中的玄妙道理是语言和文字无法完全表达清楚的。

关于希望皇帝司马睿渡江北伐,恢复江山,主要是通过历史典故表现的:

想周穆之济师,驱八骏于鼋鼍。感交甫之丧珮,慭神使之婴罗。

这段文字涉及三个典故:

第一个典故"想周穆之济师,驱八骏于鼋鼍"是关于周穆王征伐的典故。《纪年》曰:"周穆王三十七年,伐楚,大起九师,至于九江,驾鼋鼍以为梁。"②作者以周穆王伐楚,鼋鼍为之架桥的历史传说,说明正义之师必得神助而获胜。

第二、三个典故"感交甫之丧珮,慭神使之婴罗",是关于郑交甫和神龟与宋元君的典故:前一个典故是说郑交甫求玉珮得而复失的故事,据王先谦《诗三家义集疏》引鲁诗:郑交甫向江妃二女求佩,"二女……遂手解佩与交甫,交甫悦,受而怀之中当心。趋去数十步,视佩,空怀无佩;顾二女,忽然不见。"③郑交甫求玉珮得而复失的故事,说明机会稍纵即逝,必须审时度势,把握时机。后一个典故说的是神龟托梦给宋元君最终被杀的故事,据《庄子·外物》:"宋元君夜半而梦人被发窥阿门,曰:

---

① 《十三经注疏·周易正义》,中华书局1980年版,上册第81页。
② 《古本竹书纪年辑证》,上海古籍出版社1981年版,第49页。
③ 王先谦:《诗三家义集疏》,中华书局1987年版,上册第51页。

'予自宰路之渊，予为清江使河伯之所，渔者余且得予。'元君觉，使人占之，曰：'此神龟也。'……龟至，君再欲杀之，再欲活之，心疑，卜之，曰：'杀龟以卜，吉。'乃刳龟，七十二钻而无遗筴。"①在这个故事之后，庄子引用了孔子对这个故事的评论："神龟能见梦于元君，而不能避余且之网；知能七十二钻而无遗筴，不能避刳肠之患。如是，则知有所困，神有所不及也。虽有至知，万人谋之。鱼不畏网而畏鹈鹕。去小知而大知明，去善而自善矣。"②这个典故说明处理政事应当"去小知而大知明"，即应当去掉小聪明，发挥大智慧。③

可以看出，这两个典故与前面所说如何为政的思想主张是完全一致的。

将以上两点结合起来看，就是希望皇帝为政不能逞一己之能，而应当以天地的关系为纲常、法度，运用大智慧，根据世事变化审时度势，把握时机，有针对性地灵活处理。这样就能像周穆王一样取得渡江北伐的胜利，最终实现中兴，恢复一统。

再说对东晋广大士臣的希望，希望他们弘扬长江所孕育的崇高道德精神，"戮力王室，克复神州"。

关于长江所孕育的崇高道德精神，是通过发生在长江上的四个历史典故表现的：④

> 骇黄龙之负舟，识伯禹之仰嗟。壮荆飞之擒蛟，终成气乎太阿。
> 悍要离之图庆，在中流而推戈。悲灵均之任石，叹渔父之棹歌。

第一个典故"骇黄龙之负舟，识伯禹之仰嗟"是关于大禹临危不惧，折服黄龙的典故，《吕氏春秋·知分》："禹南省，方济乎江，黄龙负舟。舟中之人，五色无主。禹仰视天而叹曰：'吾受命于天，竭力以养人。生，性也；死，命也。余何忧于龙焉？'龙俯耳低尾而逝。"⑤

---

① 郭庆藩：《庄子集释》，中华书局2004年版，下册第933—934页。
② 同上书，下册第934页。
③ 关于孔子对于这个故事的评论，请参见陈鼓应《庄子今注今译》对孔子评论的译文，中华书局1983年版，第717页。
④ 事实上，是以长江为主，还有其他江河。
⑤ 陈奇猷：《吕氏春秋校释》，学林出版社1984年版，第三册第1346页。

第二个典故"壮荆飞之擒蛟,终成气乎太阿"是关于荆国佽非的典故,刘良据《吕氏春秋》和《越绝书》等古籍注云:"荆佽非得太阿宝剑,从楚王渡江,江神将夺之。风波大起,两蛟挟舟,佽非以剑斩蛟,风乃止。故思而壮之,终能成剑之神气。"①这两个典故充分表现了大禹和佽非临危不惧,将生死置之度外,最终分别战胜了兴风作浪的黄龙和两蛟。《吕氏春秋·知分》以"达士"来评价大禹和佽非的上述行为:"达士者,达乎死生之分。达乎死生之分,则利害存亡弗能惑矣。"②充分肯定了他们不苟活,不贪利害义的道德品格和临危不惧、视死如归的精神。

第三个典故"悍要离之图庆,在中流而推戈"是关于要离为吴公子光谋杀庆忌失败后而自尽的典故,《吕氏春秋·忠廉》:"……要离得不死,归于吴。吴王大悦,请与分国。要离曰:'不可,臣请必死。'吴王止之。要离曰:'夫杀妻子焚之而扬其灰,以便事也,臣以为不仁。夫为故主杀新主,臣以为不义。夫捽而浮乎江三入三出,特王子庆忌为之赐而不杀耳,臣已为辱矣。夫不仁不义,又且已辱,不可以生。'吴王不能止,果伏剑而死。"③《吕氏春秋》就此事论及士应当如何对待"辱"的问题:"士议之不可辱者大之也,大之则尊于富贵也,利不足以虞其意矣。虽名为诸侯,实为万乘,不足以挺其心矣。"④这个典故充分肯定了士不可辱的精神。对于一个士人来说,不受辱,保持尊严比富贵、权势更为重要;只要有了这种精神,为了国家和民族大义,就能赴汤蹈火在所不辞。

第四个典故"悲灵均之任石,叹渔父之棹歌"是关于屈原正道直行,不与时俯仰,同流合污,最终投江殉国的典故。关于屈原的品德和精神,王逸《楚辞章句》这样评论:"……人臣之义,以忠正为高,以伏节为贤……今若屈原,膺忠贞之质,体清洁之性,直若砥矢,言若丹青,进不隐其谋,退不顾其命,此诚绝世之行,俊彦之英也。"⑤

以上四个典故充分表现了大禹、佽非、要离和屈原等忠臣义士的忠贞高洁,刚正不阿,视死如归,宁可殉节而死也绝不苟活的士不可辱的精

---

① 《六臣注文选》,中华书局1987年版,上册第245页。
② 陈奇猷:《吕氏春秋校释》,第三册第1345页。
③ 同上书,第二册第588页。
④ 同上书,第二册第587页。
⑤ 洪兴祖:《楚辞补注》,中华书局1983年版,第48页。

神。作者如此热情地讴歌忠臣义士,十分明显,就是希望东晋广大士臣继承和弘扬长江所孕育的这种崇高道德精神(详后)。

如果联系《江赋》产生的历史背景,可以清楚看出作者所提出的这些思想主张具有鲜明的现实针对性和目的性:例如作者讴歌忠贞高洁,刚正不阿,视死如归和不可辱的崇高道德精神,是因为如前所说的当时东晋广大士臣缺乏的正是这种道德精神,因此如何继承和弘扬这种崇高道德精神,以戮力报国,振兴王朝也就成为当务之急。而写如何为政和周穆王渡江征伐的典故,则是希望当朝皇帝司马睿"经纪天地,错综人术",勤于国事,振兴王朝。总之,作者认为无论是东晋的国君还是士臣,都应当振奋精神,有所作为,如此君臣上下同心,和衷共济,那么渡江北伐,驱除异族,洗刷民族耻辱必将指日可待。

应当指出的是,在作者提出的思想主张中特别强调发扬士不可辱的精神,更是有其迫切的现实意义。因为在异族入侵,山河破碎的背景下,作者心目中的"辱",主要不是指个人人格所受的小辱,而是指"永嘉之乱"中民族尊严和文化体统以及生命财产受到重创和侵犯的奇耻大辱。关于作者话语中"辱"的这一特定含义,可以从其他的作品得到有力的证明。作者在《与王使君诗》中对异族入侵给中原地区造成的空前历史劫难时这样写道:"遭蒙之吝,在我幽人。绝志云肆,如彼涔鳞。"如前所说,吝,耻辱;"遭蒙之吝"即指"永嘉之乱"中民族遭受的奇耻大辱。后两句是说,"永嘉之乱",异族入侵,人们决心离开家乡犹如云散;生活困苦不堪,如同涔中之鱼陷入了绝境。[①] 由此不难看出,作者在本赋中特别强调士不可辱的精神确是"别有用心":那就是强调不要忘记异族入侵之辱,并以"戮力王室,克复神州"的实际行动来彻底洗刷全民族的这一奇耻大辱。

最后,应当说明的是,本部分的历史典故中涉及的人(神)很多,除大禹等圣王、忠臣、义士之外,还有周穆王、郑交甫和神龟,等等。从今天的角度看,将这些分别属于不同时代和范畴,性质互不相同的人物(神)、故事放在一起相提并论,似乎有些不伦不类;不过,作者只是顺手拿来,譬喻取义,用它们说明一定的道理,而不是评价这些人物(神)本身,因此,作为一种表现手段也无可厚非。

[①] 详见第四章第一节"一首富于时代特征和人生悲情的颂歌:《与王使君诗》"之二。

五　长江孕育了崇高的道德精神

上面所说的大禹等忠臣义士的那些故事都发生在长江上，从现代的认识水平来看，故事本身与其发生的地点之间没有什么必然的联系，但在作者看来却不是这样，他认为那些表现崇高道德精神的故事发生在长江上具有必然性，也就是肯定长江孕育了这种崇高的道德精神。从赋中的具体抒写来看，可知作者的根据主要有二：

（一）从有关段落的安排看：作者在叙写这些表现崇高道德精神的故事之前，先写了这样四句：

> 若乃岷精垂曜于东井，阳侯遁形乎大波。奇相得道而宅神，乃协灵爽于湘娥。

岷精，岷山之神，此指岷山；岷山为长江的发源地。东井，星宿名，二十八宿之一。岷山的位置上对东井，《水经注》引《河图括地象》："岷山之精，上为井络，帝以会昌，神以建福。"① 可见，古人认为上对东井，为吉祥之地。阳侯，波神；奇相，江神；湘娥，湘江女神。这四句的大意是说长江的神奇不凡：长江发源于吉祥之地，并有神灵驻守，亦即得到神灵的保佑。神奇不凡的事物必然带来不同寻常的结果，显然这是为其后的那些故事发生于长江做前提性的准备和铺垫。

（二）在叙写那些故事之后，作者从哲学的高度说明了长江孕育崇高道德精神的原因：

> 焕大块之流形，混万尽于一科。保不亏而永固，裹元气于灵和。考川渎而妙观，实莫著于江河。

要正确理解这六句话的大意，首先要搞清楚有关的古代哲学概念。

关于"大块"，《庄子·齐物论》："夫大块噫气，其名为风。"成玄英疏："大块者，造物之名，亦自然之称也。言自然之理通生万物，不知

---

① 《水经注校证》，"江水"注，中华书局2007年版，第766页。

所以然而然。大块之中，噫而出气，仍名此气而为风也。"① 关于"流形"，《周易·乾》："大哉乾元！万物资始，乃统天。云行雨施，品物流行。大明终始，六位时成。"②品物，即众多之物，也就是万物；流形是指万物形体。万尽亦即万物。李善注："混万尽于一科，言混万物尽归于一科也。"③并引用《周易》和《孟子》赵岐注"科"即坎，引申为洼地，认为"混万尽于一科"的大意是：万物如同丰沛的泉水日夜流淌，注满洼地后向大海流去。事实上，这样的解释是完全错误的。这两句话与道教，特别是庄子关于自然的哲学思想密切相关。在庄子看来，万物之间既相同又不相同，他说：

　　自其异者视之，肝胆楚越也；自其同者视之，万物皆一也。④

　　就事物的外在形态看，可以说是千差万别，但从其本质和根源上看，却完全是一样的，都以道为本质和根源，这就是所谓的"道通为一"⑤。

　　可见，"混万尽于一科"正是继承庄子的这一哲学思想，肯定了万物尽归于道。⑥这样理解这句话，还可从下一句"保不亏而永固"得到证明：刘良特别解释"不亏"就是指道不亏,⑦可以进一步证明它们贯穿着"道通为一"的思想。

　　再看下两句"保不亏而永固，禀元气于灵和"：

　　我国古代认为，水与元气有特殊的关系，对此李善注引《春秋元命包》："水者，五行始也，元气之凑液。"⑧是说水为五行之始基，由元气聚合而成。元气是指天地未分之前的浑沌之气，与初始状态的道之间关系密切，故曰道不亏。禀，承受。《宋书·谢灵运传》："虞夏以前，遗文不

---

① 郭庆藩《庄子集释》，上册第 46 页。
② 《十三经注疏》，上册第 14 页。
③ 《文选》第 190 页。
④ 《庄子·德充符》。
⑤ 《庄子·齐物论》。
⑥ 科，类，品类，引申为道。
⑦ 不亏是指道不亏，可参阅六臣注刘良对这句的解释，参见《六臣注文选》上册第 245 页。
⑧ 《文选》第 190 页。

睹，禀气怀灵，理无或异。"① 禀气、禀元气意思相同，都是指承受天地自然之气。本赋开门见山即指出："咨五才之并用，实水德之灵长"，刘良注："灵长，言上善柔德，广大利物。"② 可见，本赋结尾充分肯定水与道、元气之间的关系，正是与开头高度评价水德遥相呼应。

根据以上解释，可知"焕大块之流形，混万尽于一科。保不亏而永固，禀元气于灵和。考川渎而妙观，实莫著于江河"这六句话的大意是：光辉的大自然化生了万物，万物尽归于道，但只有作为秉受天地自然之气而形成的水，才能得道而永固，并达到柔软无欲的神圣境界。由此可以知道，考察川渎而明了奥妙之理（即水的得道而永固的特征与崇高的道德精神之间的关系，详后），再没有比考察长江和黄河看得更清楚了。

可以看出，作者自认为找到了其所寄寓思想主张的最终根据，即取法长江精神处理政事和弘扬崇高的道德精神。很显然，这种观点与以老庄为代表的道家思想密切相关。众所周知，道家的一个重要思想主张就是"法自然"，即以自然为取法对象。《老子》："人法地，地法天，天法道，道法自然。"③所谓自然，是指事物的本然状态，亦即充分展示事物本性的自然而然的状态。所以，"道法自然"就是"道以自然为归，道的本性就是自然"④。庄子认为"已而不知其然，谓之道"。意思是说，遵循自然而行而不知其所以然，就是道。综合老庄的论述，可以知道，"法自然"就是以自然作为包括人在内的宇宙万事万物的最高标准和根据，也就是说，无论是人还是其他什么事物，其理想状态都是充分体现其自然本性的存在状态。可见，作者主张取法长江处理政事，即以长江精神和品格来处理政事，正是道家所倡导的"法自然"的具体体现。同样，作者以"道通为一"即万物以道为本质和根源的道家哲学出发，论证水"禀元气"而得道"永固"的特征，则是说明长江与崇高道德之间的关系：按道家哲学，什么事物一旦得道便会产生非同寻常的神奇后果⑤，上面所引的六句话表明，在作者看来，长江孕育出崇高的道德精神，也就是那些表现崇高道德

---

① 《宋书》，中华书局1974年版，第六册1778页。
② 《六臣注文选》上册第236页。
③ 《老子》第二十五章。
④ 陈鼓应：《老子注译及评介》，中华书局2009年版，第165页。
⑤ 关于事物得道便可产生神奇的后果，庄子有明确论述，参见《庄子·大宗师》"夫道，有情有信"至"而比于列星"一段，郭庆藩：《庄子集释》，中华书局2004年版，上册第246—247页。

精神的故事发生在长江上，正是水的得道"永固"特征的具体表现。

六　结构安排的得与失

按照《江赋》题目命意的要求，第一大部分通过多侧面的形象描写成功塑造了长江的神形兼备且富于阳刚之美的艺术形象，内容已经相对完整，对于以形象反映生活、抒发情怀的文学作品来说，这当然就意味着基本完成了任务，可以就此告结。但是，作者没有这样做，而是调转笔锋继续抒写另一内容：为使东晋王朝摆脱内外交困的窘境而提出了一系列希望东晋君臣践行的思想主张。这一部分所涉及的哲学思想、道德精神、政治主张和治国方略等无一例外都属于政治、哲学、道德精神范畴，与前一部分所涉及的悬崖峭壁、惊涛骇浪、日月星辰、风雷流转等自然景观没有任何形象上的直接联系。从篇幅上看，作者提出的思想主张虽然只有前一部分的六分之一，但在内容上却是完全独立的。如此结构安排，十分自然地就产生了这样的问题：在描写和讴歌长江的体物大赋中为什么要续接作者的思想主张，并以这样一段内容收尾？这样的结构安排，其"得"、"失"如何？显然，这是正确认识和评价《江赋》必须正确回答的问题。

先说这样结构安排的原因，即在塑造了长江的艺术形象之后为什么还要阐述自己的思想主张？这个问题可以从两个方面考虑：

第一，决定于东晋王朝内外交困的严峻形势和作者心系天下，匡时济世的襟怀。

前面说过，在社稷倾覆，江山残破，全民逃亡的危急情况下仓促建立起来的东晋王朝，外有胡马临江的严重威胁，内部国力衰微、朝纲不振，士臣悲观失望，人心涣散，随时都有覆灭的危险。在这民族存亡、社稷安危命悬一线的紧急历史关头，一切有志于抗敌救国的有识之士，都迫切认识到根据纲常、法度和世事变化，审时度势，把握时机处理政事以及弘扬崇高道德精神以提振信心，鼓舞士气的极端重要性。郭璞作为"过江诸人"之一，在"避地东南"途中由于饱受这场历史大劫难的煎熬和折磨，使他对东晋王朝所面临的巨大威胁和严峻形势有着更为深刻的认识，因而也就更加认识到践行这些思想主张的迫切性和重要性。

郭璞入朝以后，凭借他敏感的政治嗅觉，面对内外交困的危急局面，更增加了他的危机感："陛下即位以来，中兴之化未阐，虽躬综万机，劳逾日昃，玄泽未加于群生，声教未被乎宇宙，臣主未宁于上，黔细未辑于下,《鸿雁》之咏不兴,康哉之歌不作者……"①为此,他曾"数言便宜,多所匡益"②,在《省刑疏》《因天变上疏》中针对朝政弊端和影响国家长治久安,百姓安居乐业的严重问题提出不少谏议和匡正措施。这些奏疏不仅辞情恳切,而且直击要害,充分反映了郭璞心系天下,匡时济世的襟怀和对于晋王朝的拳拳之忠。

正是对于东晋王朝所面临的严峻形势的深刻认识和强烈的危机感以及对于东晋王朝和民族历史命运的关注,才使他在热烈讴歌作为东晋王朝生命线的长江的大赋中提出了件件都切切实实地点在了东晋王朝虚弱病体穴位的思想主张,并辞情恳切希望东晋君臣践行。

第二,与汉代大赋结构特点的影响有关。

如果联系汉代以来的辞赋发展史,即可知道《江赋》在塑造长江的艺术形象之后,又针对时局阐述其思想主张的结构安排有其深刻的渊源。我们知道,汉赋在铺张排比、靡丽夸饰的描写之后,往往还要加上一个体现其写作主旨的所谓"讽喻"。关于这种结构安排和写法形成的历史,《后汉书》作者在论述班固《两都赋》时有一段简要说明:班固"感前世相如、寿王、东方之徒,造构文辞,终以讽劝,乃上《两都赋》,盛称洛邑制度之美,以折西宾淫侈之论"③。事实上,为大赋安上"讽喻"尾巴的除上面提到的辞赋家外,其他大家,如同样以辞赋闻名且广有影响的杨雄、张衡等也是如此。杨雄《羽猎赋》讽"苑囿之丽,游猎之靡"④,张衡《西京赋》讽"以靡丽为国华,独俭啬以龌龊"⑤,等等。看来,"造构文辞,终以讽劝"的写法在两汉时代就已经成为大赋结构的固定模式。十分明显,《江赋》的结构安排,即在铺写长江的艺术形象之后为凸显创作主旨,特别以一个段落阐述其思想主张,与汉代大赋的传统结构模式具有某些相似性。

不过,在这个问题上,不应当只看到这种相似性,更为重要的看到它们之间存在的明显不同:一般说来,汉代大赋的讽喻不但十分简单,而且言不由衷,空洞泛泛,以致"劝百讽一",讽喻完全流于形式。对于这一

---

① 《晋书·郭璞传》,第六册第1903页。
② 同上书,第1904页。
③ 《后汉书·班固传》,中华书局1965年版,第五册第1335页。
④ 扬雄:《羽猎赋》,《文选》,第135页。
⑤ 张衡:《西京赋》,《文选》,第50页。

点人们早就有看法，例如张衡对他的前辈就提出过这样的批评："故相如壮《上林》之观，杨雄骋《羽猎》之辞，虽系以隤墙填堑，乱以收罝解罘，卒无补于风规，祇以昭其愆尤。"①与汉代大赋相比，郭璞在《江赋》的最后所提出的思想主张则完全不同：无论是对皇帝司马睿的中肯谏议，还是对广大士臣的谆谆告诫，对处于内外交困的东晋王朝来说，都是令人警醒，催人奋进的良药，其效用和影响为那些流于形式的"讽喻"望尘莫及。除此之外，通过这些思想主张还能看出作者以天下为己任的忠贞情怀和把握形势、洞察世情人心的睿智。

总而言之，《江赋》的结构安排虽然借鉴了汉代大赋的"造构文辞，终以讽劝"的写法，但"青出于蓝而胜于蓝"，与大赋中"讽喻"的苍白无力的刻板说教相比，郭璞的思想主张则充满了真知灼见。因此，可以说这些思想主张不是"讽喻"而胜似"讽喻"。

以上简要说明了《江赋》最后阐述其思想主张的原因，那么，从文学作品艺术整体的角度来看这样的结构安排，又应当如何评价呢？

简言之，对《江赋》来说，这样的结构安排可谓有"得"有"失"。

先说"得"的方面：

如前所说，在社稷倾覆，山河残破，民族生死存亡命悬一线的"最危险的时候"，在长江空前地成为东晋王朝生死存亡的生命线的极为特殊的关键历史时期，作者满怀激情地塑造具有宏伟气魄、博大胸怀并充满生机活力，富于阳刚之美的长江的艺术形象，并热情讴歌长江的精神气质，无疑，会使人们更加热爱长江，依恋长江，对振奋民族精神，强化爱国热情，鼓舞士气，增强民族凝聚力具有重要意义。在这种语境下，在塑造并讴歌长江艺术形象及其独特的精神气质之后，又针对当朝形势提出自己的思想主张，抒写对于东晋君臣的殷切希望，不但彰显了其创作意图，而且会丰富作品的思想内容，强化艺术形象的现实意义。

再说"失"的方面：

十分明显，作者阐述的思想主张属于议论，一般说来，文学作品并不排斥议论，但文学作品中的议论毕竟不是政治宣言和策论纲领，其思想内容、表述方式乃至语言特征等与其他部分之间在艺术形式上必须达到有机的统一，共同构成具有审美特征的艺术形象，才能焕发艺术魅力，从而感

---

① 张衡：《东京赋》，《文选》，第67页。

染人打动人，真正达到写作目的。如前所说，在《江赋》的两部分内容之间虽然不能说完全没有联系，但远没有达到有机的统一。例如，为了说明"经纪天地，错综人术"的为政之术和伦理道德问题，不但用了很多历史典故（其中有些是比较生僻的），而且还以道家的高度抽象哲学概念进行枯燥的说教。这些与前一部分对长江的充满激情的讴歌和赞美及其所表现的对长江的热爱和依恋，无论在思想感情上还是在性质特点上都会使人产生明显的割裂之感。

众所周知，汉代大赋中存在的普遍问题之一就是形象的铺陈描写与讽喻之间难以达到有机的统一，看来，在结构安排上借鉴大赋而创作的《江赋》也未能完全避免这一弊端而留下了历史性的缺憾。虽然如此，如果考虑到二者性质的差别和完全不同的时代历史背景，我们就不能将《江赋》最后部分的"概念化"、"实用化"说教与汉代大赋的"无贵风轨，莫益劝诫"①的"讽喻"等量齐观。

第二节　关于《客傲》

《客傲》是郭璞现存赋中最后的作品，具体写作时间有太兴三年（320）、太兴四年（321）和永昌元年（322）三种不同说法；究竟是哪一种说法符合实际尚待进一步确证。郭璞于太宁二年（324）四十八岁时被他的上司实际也是政敌王敦杀害，②上述三种说法不管是哪一种成立，都可以说明《客傲》是他人生晚期的作品。

关于《客傲》的思想内容，自古至今主要有两种观点：一种观点认为《客傲》主要是作者针对"客"（即缙绅，下同）讥笑他好占卜而作，《晋书》本传："璞既好占卜，缙绅多笑之。又自以才高位卑，乃著《客傲》。"③另一种观点认为《客傲》"是一篇发泄牢骚的作品……抒写赋家政治上的抑郁愤懑"。④两种观点各有所得，分别从不同角度揭示了《客傲》思想内容的一些重要方面，有助于进一步把握作品。但两种观点也

---

① 参见《文心雕龙·诠赋》。
② 详见第一章第三节"尸解升遐：郭璞之死解读"之一"政治、宗教背景"。
③ 《晋书·郭璞传》，中华书局 1974 年版，第六册第 1905 页。
④ 连镇标：《郭璞研究》，第 255 页。

存在着共同的缺憾,即都没有正确回答"客"傲视和讥笑郭璞的究竟是什么?从表面看来,前一种观点认为是讥笑郭璞好占卜似乎有充分根据,实际不然。"客"傲视和讥笑郭璞虽然与占卜有关,但主要却不是占卜。那么,"客"所"傲"郭璞的究竟是什么,也就是"客"为什么要傲视和讥笑郭璞?这与占卜又有什么关系?显然,这些都是正确把握《客傲》必须回答的重要问题。

实际上,"客"傲视和讥笑郭璞的原因在客对"郭生"即作者本人所提出的问题中表述得十分清楚:

> 今足下既以拔文秀于丛荟,荫弱根于庆云,陵扶摇而竦翮,挥清澜以濯鳞,而响不彻于一皋,价不登乎千金。傲岸荣悴之际,颉颃龙鱼之间,进不为谐隐,退不为放言,无沉冥之韵,而希风乎严先,徒费思于钻味,摹《洞林》乎《连山》,尚何名乎!夫攀骊龙之髯,抚翠禽之毛,而不得绝霞肆,跨天津者,未之前闻也。

仔细品味这番话便可看出,缙绅一方面傲视和讥笑郭璞"陵扶摇而竦翮,挥清澜以濯鳞……攀骊龙之髯,抚翠禽之毛",即傲视和讥笑郭璞投靠和依附权贵,凭借他们的权势而"傲岸荣悴之际,颉颃龙鱼之间",挥澜濯鳞,沉浮宦海;另一方面又傲视和讥笑他"响不彻于一皋,价不登乎千金……不得绝霞肆,跨天津",即未能攀附权势飞黄腾达,而不得不靠占卜打卦招摇于世。就是说,尽管郭璞自叹"才高位卑"、壮志未酬,但他的经历和作为还是令某些缙绅眼红了。

那么,郭璞怎样的经历和作为而贻人以"陵扶摇"、"挥清澜"、"攀骊龙"、"抚翠禽"的口实呢?

如前所说,郭璞为躲避战乱和异族统治,于西晋末年即离开家乡奔赴东南,渡过长江以后,先后投靠宣城太守殷祐和扬州太守王导,并被他们引为参军。后来,王导升为丞相,并深得司马睿的宠信。正是当朝丞相王导的器重和向皇帝推介,为郭璞的进仕打开了无限广阔的前途。①

在王导的大力提携和推介,并获得司马睿赏识的情况下,郭璞入朝以

---

① 关于王导器重郭璞并向皇帝推介,参见阅第一章第一节"郭璞生平若干史实考辨"之三"郭璞与丞相王导的关系及其为皇帝直接效命的机缘"。

后决意为朝廷效力以实现其匡时济世之志。例如，他在上疏中曾这样表明自己对于皇帝的态度："……耻其君不为尧舜者，亦岂惟古人！是以敢肆狂瞽，不隐其怀。"①为此，他针对朝政弊端，"数言便宜，多所匡益"，写了很多奏疏。但是，本传的记载说明，他的有关建言只被采纳了很少的一部分，如实施大赦和改年号，而更多针对"刑狱殷繁，理有壅滥"、"法令不一"、"职次数改"、"官方不审"、"惩劝不明"以及"赋税转重"、"百姓困扰"等朝政严重弊端的奏疏却统统遭冷遇。原来，无论是王导还是司马睿以及其他重臣，他们看重郭璞都是为了利用他占卜决疑，例如，郭璞到王导营中，曾应王导之令为他作卦消灾；到建邺后，王导又令璞筮之。对司马睿尽忠也主要在占卜方面："及帝为晋王，又使璞筮，"司马睿正式即位以后，恰好地下出土一锺，璞曰："盖王者之作，必有灵符，塞天人之心，与神物合契，然后可以言受命矣……瑞不失类，出皆以方，岂不伟哉！"②是以钟的出土，论证司马睿的统治甚得天意，这当然会深讨皇帝的欢心。此外，郭璞还为温峤、庚翼、庚亮等朝廷重臣以及叛将王敦占卜，并因占卜违逆王敦而被杀害。以上事实说明，郭璞终生从事占卜，并以占卜名世，并非完全决定于他本人，而在很大程度上与朝廷对他的利用密切相关。

当然，对郭璞怀有偏见的某些缙绅绝不会考虑朝廷的态度对郭璞人生道路的决定性影响，而仅仅根据郭璞以占卜名世，在政治上少有作为便断定：郭璞既没有文韬也没有武略，根本不是经国济世之才，不过是凭借占卜依附权贵而青云直上，殊不知郭璞不被重用，匡时济世之志无从伸展的苦衷。可见，缙绅们傲视和讥笑郭璞虽与占卜有关，但最主要的还是认为他攀援权贵，醉心功名，志大才疏庸碌无为。也就是说，不是技术性的占卜问题，而是涉立身处世的人生态度和做人操守的根本问题。

对"客"的那番充满挑衅和嘲弄意味的话的要害，把握最为准确的当然还是郭璞，所以，他对"客"的反驳根本没有纠缠于占卜，而是直接针对要害从自己的现实处境、人生态度及其哲学根据谈起，力图从根本上予以反驳。

在辩驳的开始先以具有浓烈感情色彩的夸张语言，说明了朝廷人才济

---

① 《晋书·郭璞传》，第六册第 1903 页。
② 同上书，第六册第 1901 页。

济,大备于时,为后面的言说做了有力的铺垫,接着便开始了辩说:

首先,说明在竞争激烈的仕途上,人各有志:功名利禄虽然令很多人向往,但也有人并没有把它放在心上,就像那"窟泉之潜不思云翠,熙冰之采不羡旭晞"一样;而那"和其光,同其尘"者,更把"沧浪之深"和"秋阳之映",也就是隐逸清静和仕途显赫等同视之。在此基础上说明了自己的人生态度:

> 不尘不冥,不骊不骍,支离其神,萧悴其形……不恢心而形遗,不外累而智丧,无岩穴而冥寂,无江湖而放浪。玄悟不以应机,洞鉴不以昭旷。

尘,尘世、尘俗;不尘,即不受尘俗束缚。冥,冥寂之省,郭璞曾自称冥寂士,《游仙诗》之三"中有冥寂士,静啸抚清弦"可证;所谓冥寂士是以升入太清境为目标的学道修仙者。[①]句中冥(即冥寂)正是指学道修仙。骊,指传说中的骊龙,《庄子·列御寇》:"夫千金之珠,必在九重之渊,而骊龙颔下。"骊龙居深海,故句中以喻隐逸。骍,赤色,也指赤色牛,而祭祀多用赤色的公牛。句中骍与骊对举,以骍代指祭祀,引申为入朝为官。根据以上解释,"不尘不冥,不骊不骍"正是当时自己的生活状态和人生态度的集中概括:自己不想受尘俗束缚,但也没有完全脱离仕途;虽未远离世俗深隐山林,却也不热中功名入朝为官。"支离其神,萧悴其形"二句说的正是这种矛盾的人生态度所造成的精神痛苦和对形体的摧残。而"不恢心而形遗,不外累而智丧,无岩穴而冥寂,无江湖而放浪。玄悟不以应机,洞鉴不以昭旷"六句则是这种生活状态和人生态度的进一步说明和具体化。

应当说,作者自述的这种生活状态和人生态度与其生活实际经历,即一面做权贵、重臣的幕僚和朝廷命官,一面坚持学道修仙,是完全一致的,因而也可以说是他思想和精神状况的真实写照。

不只如此,作者还进一步说明了采取这种人生态度的哲学根据:

> 不物物我我,不是是非非。忘意非我意,意得非我怀。寄群籁乎

---

① 详见第二章第四节之二。

无象，域万殊于一归……

大意是说，不分物我，混同主观与客观的关系；不分是非，消除是非之间的界限；既然物我同一，是非不分，因此也就不计较得意、失意。万物虽然纷纭复杂，千差万别，但这不过是经验世界的外在表象，实际上都统一于道，也就是都以道为本质，就像自然界的各种声音都来自无形之物一样。正是因为如此，自然界和人类社会中的各种差别也就没有什么意义：殇子不是不长寿，彭祖、涓子不是不夭亡；细如秋毫不是不壮大，高峻的泰山不是不矮小……

十分明显，这里作者提倡的"齐是非"、"等万物"和"道通为一"的思想都不是他的发明，而完全是继承庄子哲学思想的结果。例如"不物物我我"出自《庄子·齐物论》："天地与我并生，而万物与我为一。既已为一矣，且得有言乎？既已谓之一矣，且得无言乎？"[1] "不是是非非"出自《庄子·齐物论》："……以为有封焉，而未始有是非也。是非之彰也，道之所以亏也。"[2] "域万殊于一归"出自《庄子·齐物论》："……举莛与楹，厉与西施，恢诡谲怪，道通为一。"[3] 又《庄子·德充符》："自其异者视之，肝胆楚越也；自其同者视之，万物皆一也。"[4] 甚至连一些例证，如"不寿殇子，不夭彭涓，不壮秋毫，不小泰山……"也与《庄子·齐物论》："天下莫大于秋毫之末，而大山为小；莫寿于殇子，而彭祖为夭"[5]完全一致。

以上所述说明：作者不但完全认同庄子齐生死、齐万物的哲学思想，而且以这种哲学思想作为自己人生态度的根据，既然已经从思想上彻底否定了权贵和功名，当然也就证明自己并非像"客"所说的那样依附权贵，醉心功名。这样抬出庄子的思想来回击"客"的傲视和讥笑，确实提高了驳难的力度，同时也反映出作者人生观的道家思想特征。

最后，作者特别举出他所景仰的八位贤者，即庄周、老莱、严平、梅真、梁生（即梁鸿）、焦先、阮公（即阮籍）和翟叟（即翟公）来进一

---

[1] 郭庆藩：《庄子集释》，中华书局2004年版，上册第79页。
[2] 同上书，上册第74页。
[3] 郭庆藩：《庄子集释》，上册第69—70页。
[4] 同上书，上册第190页
[5] 同上书，上册第79页

步表明他所向往的人生态度。这八位贤者中有四位,即庄周、老莱、梅真和焦先都是神仙;三位,即严平、梁鸿和翟公都是遗民即避世的隐士;还有一位即阮籍是具有某些隐士特征的"竹林七贤"之一。①八位贤者,身份上虽有神仙、隐士和一般名士之别,但在人生价值取向上却完全相同:超越世俗,远离官场,向往心灵的自由和快乐。而这恰恰正是神仙道教所追求的理想境界,也是快乐神仙的基本思想特征。

结尾二句"吾不能几韵于数贤,故寂然玩此员策与智骨"是很值得玩味的:前一句表面"不能几韵于数贤"实际上正是表示自己决心向他们看齐,否则就根本谈不到"几韵于数贤";后一句"故寂然玩此员策与智骨"的语气明显表现出不得已而为之的内心状态。可以看出,这两句话既重点突出了自己所向往和追求的人生态度,而这恰恰与前面的所述说的"祛子之惑"的具体内容相一致,因而足以反驳"客"对自己依附权贵,醉心功名的指责;同时又特别点明占卜,表明自己并没有躲闪"璞既好卜筮,缙绅多笑之"的舆论关注。

从写作方面看,作者对"客"的反驳,其态度可谓不温不火,绵里藏针:既有理有据地陈述了自己的观点,有力驳斥了"客"的指责,又显得从容不迫,不失风度。这说明,作为一篇驳难之赋,《客傲》在写作上是很成功的。

第三节 辞赋残篇

以上分别论述了篇幅完整的《江赋》和《客傲》,本节来考察其他八篇赋,如前所说,今存的这八篇赋都是残缺程度不等的残篇。由于不得窥其全貌,无法就主题思想、结构特点等涉及作品整体的问题做出全面、系统的论述和评价,而只能就所见的现存部分随文就义,做出阅读札记式的简要评说。根据残篇的不同情况,评说的具体内容、重点和角度各不相同,评说的长短亦颇参差。总之,因作品而异,不强求一致也。

---

① 关于这八位贤者的生平和处世态度,详见第一章第二节"郭璞的神仙道教信仰"之二"郭璞对于神仙世界的向往和追求"。

一 《蜜蜂赋》

《蜜蜂赋》是一篇咏物赋，也是残篇；现所见残篇都辑自类书：《艺文类聚》卷九十七、《北堂书钞》卷一百四十七、《太平御览》卷九百二十八和卷八百五十七。张溥《汉魏六朝百三名家集·郭弘农集》在正文外又辑录四句："穷味之美，极甜之长。百果须以谐和，灵娥御以艳颜。"严可均《全上古三代秦汉三国六朝文》辑本除将这四句楔入正文，置于"髓滑兰香"句后；"灵娥御以艳颜，□□□□□□"置于"扁鹊得之而术良"句后。除此之外，严可均辑本较张溥辑本在"叠构玉室"句后有"应青阳而启户，□□□□□□。"赋文的结尾有："大君以总群民，又协气于零雀。每先驰而葺宇，番岩穴之经略。"总之，后出的严本辑录最多，但从文义来看，还是不够完整，就是说，严辑本仍是一个残本。

本赋以蜜蜂为表现对象，从不同的角度和层面具体描写了蜜蜂的种属、习性、采吮花津、酿造蜂蜜、营造蜂房、蜂蜜的特点和功效以及蜜蜂的分工和严密的组织纪律，等等，特别突出的是对于群峰飞舞的描写："近浮游于园荟，远翱翔乎林谷；爱翔爱集，蓬转飚廻；纷纭雪乱，混池云颓；景翳耀灵，响迅风雷……"[1]简洁的白描结合生动传神的比喻，不但形象逼真地把群蜂云集翻飞的图景再现于眼前，而且突出了其遮天盖日、迷乱炫目的特点和迅如狂飙、声似雷鸣的气势。

从思想意义的层面看，如此具体传神地描写出有关蜜蜂的方方面面，反映出作者对于生活的细致观察和热爱，这本身就有一定的意义，体现出本文的价值。但学者们并没有满足于此，而是另挖掘其微言大义：《蜜蜂赋》"可能有感于蜜蜂当能听命于蜂皇，以捍卫其巢，借此感叹晋朝诸将不能同心协力抵御刘渊、石勒的侵掠"[2]。更有学者又进一步具体化：作者"希望晋惠帝能够像蜂王一样，'大君以总群民'，平息'贾后乱朝'之后的'八王之乱'，从而加强封建王朝的中央集权制，维护国家的安定团结局面"[3]。这些都属于"大胆假设"的推测之词，而没有经过严格的科学论证。

---

[1] 严可均辑本"混池"作"混沌"。
[2] 曹道衡：《郭璞》，《中国历代著名文学家评传》，山东教育出版社1983年版，第391页。
[3] 聂恩彦：《郭弘农集校注》，第42页注①。

有的学者在上述推论的基础上断定本赋的写作时间是晋惠帝元康年间（291—299），同样也是缺乏有力证据的推测之词。在没有得到新资料的进一步证明的情况下，本赋的写作时间还是"避地东南"离开家乡之前的说法比较稳妥。

二 《蚍蜉赋》

《蚍蜉赋》是作者另一篇以昆虫为题材的咏物抒情小赋，见于《艺文类聚》卷九十七、《北堂书钞》卷一百五十八、《太平御览》卷九百四十七。张溥《汉魏六朝百三名家集》和严可均《全上古三代秦汉三国六朝文》都收有此赋，但文字略有不同。[①]

"物莫微于昆虫"，昆虫本是"微物"，而蚍蜉又是昆虫中的"贱类"，所以自古以来即为人所轻贱。但是，本赋却不拘于传统习惯认识，也不为常见所囿，而特别注意到蚍蜉的优长，赞美它的勇敢和智慧。比如描写蚍蜉的勇敢："迅雷震而不骇，激风发而不动，虎贲比而不慑，龙剑挥而不恐，乃吞舟而是制。无小大与轻重，因无心以致力，果有象乎大勇。"[②]描写蚍蜉的智慧："济齐国之穷师，由山东之高垤。感萌阳以潜出，将知水而封穴。"其中对蚍蜉勇敢的描写，与其说是夸张和渲染，不如说是对于昆虫的一些生活习性的错误解读。就是说，作者把"勇敢"和"智慧"这样的崇高美德和禀赋赋予蚍蜉，主要不是艺术上的瑕疵，而是科学发展水平所决定的认识的局限性。所以，对于此赋我们完全不必苛求其这方面的不足，而更应看到作者敢于打破传统习惯认识的创新精神和对于昆虫的细致观察及其所反映的对于生活的热爱。

至于本赋是否另有寓意，在有新的资料确证之前，最好不做随意猜想，具体理由详前对《蜜蜂赋》的有关说明。像《蜜蜂赋》一样，本赋也是写于"避地东南"离开家乡之前，具体时间有待进一步考察。

三 《井赋》

《井赋》是一篇残赋，见于《艺文类聚》卷九、《初学记》卷七和

[①] 张辑本"饰人士"严辑本作"饰殷人"；张辑本"济齐国"句末无"兮"字，而严辑本有；张辑本"由山东"严辑本作"由东山"；张辑本"将知水"严辑本作"将知雨"。

[②] "因无心以致力，果有象乎大勇"二句，《艺文类聚》作"因无心以致果，有象乎大勇。"参见《艺文类聚》，上海古籍出版社1982年新一版，下册第1690页。

《太平广记》卷一百八十九等。各辑录本的文字略有不同：严可均《全上古三代秦汉三国六朝文》所辑比张溥《汉魏六朝百三名家集》多出四句："怪恒季之穿费兮，乃获羊于土缶；重华窜而龙化兮，子求鉴以忘丑。"不过，严氏所增辑的这四句与其前的内容根本衔接不上。这说明，在二者之间本来还有一些内容，由于亡佚而成为互不相干的两个片段。除此之外，严氏所辑文字顺序与前人也不同："气雾集以杳冥兮，声雷骇而潚潏"两句被提到了"瑶礨龙腾而洒激"句之前。

《井赋》是一篇以井为题材，围绕井而展开叙写的赋作。具体记述了井水的潜源浡臻、幽溟深玄和打井时井上施工所用的栏杆以及井壁砖瓦鳞比交错的情形，记述可谓具体详细。尤其突出的是，对于使用辘轳汲水劳作的描写更为真实而生动："鼓辘轳，挥劲索，飞轻裾之缤纷，手争鸷而互搦；长缥委蛇以曾萦兮，瑶礨龙腾而洒激。"飞袖缤纷轻挥，双手争相互搦，井绳蜿蜒萦绕，礨水洒激龙腾；这四句描写不但抓住了辘轳汲水的特点，而且表现出汲水劳作的紧张和繁忙。而对汲出的井水静止后澄明如镜的描写，则含蓄地透露出对于劳作收获的喜悦。此外，还赞美了水广施德泽，滋润下土和虚静玄澹的本性。

有的学者据开头"益作井，龙登天"和严氏所增辑的四句，认为此赋是针对晋武帝太康五年（284）"春正月己亥，青龙二见于武库井中"[1]一事而作，"辛辣地讽刺了晋武帝和他的臣下们欲贺龙见的迷信愚妄，昏庸鄙俗的行为"[2]。这种观点，从作品内部既找不出直接的证据[3]，作品外也没有资料予以支撑，根本无法成立。

与此相关的是，这位学者据"青龙二见于武库井中"一事发生在太康五年（284），这一年郭璞九岁，便断言本赋为作者九岁时所作。这一说法同样不能成立。这一推断缺乏根据，而赋本身却提供了相反的根据：如前所说，赋的最后赞美了水广施德泽，滋润下土和虚静玄澹的本性，一个九岁的孩子不可能从哲学的角度把握水，这就是说，作品的思想内容也不支持本赋作于作者九岁之说。

---

[1] 《晋书·武帝纪》，第一册第75页。
[2] 聂恩彦：《郭弘农集校注》，山西人民出版社1989年版，第36页注①。
[3] 聂氏把"益作井，龙登天"和严氏所增辑的四句话作为证据，但却没有对它们做出有说服力的具体分析，不足以服人。

四 《巫咸山赋》

《巫咸山赋》是一篇残赋，见于《艺文类聚》卷七，张溥《汉魏六朝百三名家集》和严可均《全上古三代秦汉三国六朝文》都收有此赋。此赋的写作时间有二说：一是作于"避地东南"离开家乡之前；二是作于"避地东南"途经此地而作。究竟作于何时，由于内容残缺不全，从现存的文字无由断定，只能待资料的进一步发现。

巫咸山在今山西省夏县，距离作者家乡闻喜不远。关于巫咸山名称的来历作者有明确的说明："盖巫咸者，实以鸿术为帝尧医；生为上公，死为贵神，岂封斯山而因以名之乎？"

由于巫咸山与神话传说关系密切，因此有关的情况可以从神话传说中得到进一步的了解：巫咸山又名灵山，灵山即巫山。[①]"言群巫上下灵山，采药往来也。盖神巫所游，故山得其名矣。谷口岭上，有巫咸祠。"[②]可见，作者家乡附近的这座巫咸山是一座充满神话宗教色彩的大山，这对于好闳诞迂夸，奇怪俶傥之言的郭璞来说，无疑具有极大的吸引力。[③]

作者描写了作为华山、霍太山之主山的巫咸山的崇山峻岭的多样而奇特的山貌，丰茂葱茏的草木以及禽鸟喧戾、熊虎咆哮的景象，此外，还特别描写了巫咸山神灵致雨，润泽百里的神异，表现出巫咸山的多姿多貌并充满了蓬勃生机，反映出作者对于家乡的热爱。

五 《盐池赋》

《盐池赋》是一篇残赋，见于《艺文类聚》卷九，《北堂书钞》也辑录部分，张溥《汉魏六朝百三名家集》和严可均《全上古三代秦汉三国六朝文》都收有此赋。从内容可以推知本赋作于"避地东南"离开家乡之前。

盐池，咸水湖，即今山西省运城县之盐池。《水经注·涑水》："涑水西南迳监盐县故城，城南有盐池，上承盐水。水出东南薄山，西北流迳巫咸山北……长五十一里，广七里，周百一十六里……"[④]盐池距离作者家

[①] 参见袁珂《山海经校注》"有灵山"注，上海古籍出版社1980年版，第396页。
[②] 陈桥驿：《水经注校证》，"又西南过安邑县西"注，中华书局2007年版，第169页。
[③] "闳诞迂夸，多奇怪俶傥之言"是郭璞评论《山海经》之语，参见郭璞《山海经叙》。
[④] 《水经注校证》，第169页。

乡闻喜很近，本赋是作者记家乡风物之作。从艺术描写的角度看，有两处值得注意：一是对盐池所傍的山岳和盐池水源，特别是对池水的描写，突出了其蜿蜒迤逦、绵延浩淼和波光潋滟的美丽景象；二是对晶莹盐块的描写："磊崔碌堆，锷剡棋方；玉润膏津，雪白凌冈；粲如散玺，焕若布璋。"短短数语，形、色、质具备，状其逼真形象如在眼前。此外，还写了治盐的方法，并将盐池所产之盐与饴盐、井盐加以对比，认为哪种盐也比不上"吸河汾之灵润，得浍涑之膏液"而形成的盐池之盐。从对盐池景物的描写和对盐池之盐的赞美中，不难看出作者对自己家乡的热爱和骄傲自豪之情溢于言表。

六 《流寓赋》

今存《流寓赋》是残赋，见于《艺文类聚》卷二十七，张溥《汉魏六朝百三名家集》和严可均《全上古三代秦汉三国六朝文》都收有此赋。《流寓赋》是纪行述怀之作，主要写作者为了躲避战乱，与亲眷、乡亲逃离家乡闻喜到洛阳的沿途经历和感怀。据史载，匈奴贵族刘渊乘"八王之乱"西晋王朝国势衰微之际，于永嘉二年（308）自立汉国，翌年，其部下王弥即窜入洛阳，可见，作者到达洛阳的时间当在此之前。关于本篇写作的具体年代，陆侃如《中古文学系年》据《晋书》本传和《世说新语·术解》引《璞别传》，断为永嘉元年（307）[1]，还有学者断为永兴二年（305）或更早。[2] 究竟哪一说为是，有待进一步确证。在诸说都得不到确证的情况下，说它作于作者"避地东南"的漂泊时期是比较稳妥的。

当时正处于"八王之乱"末期，更为惨烈的"永嘉之乱"即将开始之际，战争给广大人民带来了巨大的灾难，中华大地满目疮痍，惨不忍睹。作者在纪行的开始即突出了这一点，在开头两句写躲避战乱天不亮就启程赶路之后，接着写道："观屋落之隳残，顾但见乎丘枣，嗟盐池之不固，何人物之稀少。越南山之高岭，修焦丘之微路，骇斯径之峻绝，感王阳而增惧。"战争洗劫之后一片残破凋敝景象，并时有强盗、乱兵杀掠，令逃难的人们充满了恐惧。[3] 作品开头的这些描写赋予整个作品以战乱的

---

[1] 陆侃如：《中古文学系年》，第823页。
[2] 聂恩彦：《郭弘农集校注》，山西人民出版社1989年版，第39页。
[3] 作者在《易洞林》中记述了王屋山南遇贼遭险等令人恐惧的情况。

严峻、惨烈氛围。

在记述战乱的环境特点之后,便开始结合沿途所见、所闻抒写感怀:例如,途中经解池(即今运城盐池)到河北(即今山西芮城,春秋时代魏国所在地)而联想到《魏风》所反映的"魏地陋隘,其民机巧趋利,其君俭啬偏急,而无德以将之"①的情况。离开河北到春秋时代虢国所在地陕城(今河南陕县),因郭姓即出于虢国而想到"实我姓之攸出,邈有怀乎乃迹",对此地的风光分外感到亲切。在随事抒怀中比较有思想意蕴的是以下两处内容:

一是过王成(城)想到西周末期天下大乱而决意走"远游"、"轻举"之路的王子乔:"过王成之丘墉,想谷洛之合斗,恶王灵之壅流,奇子乔之轻举。"关于西周末期周灵王和太子晋(即后来成为神仙的王子乔)对"谷洛合斗"导致的"壅流"看法的分歧,诗人对于主张"壅流"而导致天下大乱的周灵王的"恶"即反感和憎恶,对高翔避世,求仙道而最终修炼成仙的王子乔的"奇"即由衷嘉许和赞美,及其所反映的诗人对于神仙道教的信仰和对神仙世界的向往和追求等内容,在第一章第二节《郭璞的神仙道教信仰》中已经做了具体说明,请参阅,这里不再重复。将这几句话与其他有关资料结合起来可以看出,作者对于神仙道教的信仰和追求,早在"避地东南"之前既已开始。

另一处是到西晋都城洛阳而思晋文帝司马昭治理、经营洛阳之事:

游华辇而永怀,乃凭轼以寓目,思文公之所营,盖成周之墟域。

华辇,帝王都城,此指西晋都城洛阳。文公,指晋文帝司马昭。这四句大意是说,达到都城洛阳凭轼观览,而想到当年文帝司马昭治理、经营成周遗址洛阳之事。《晋书·文帝纪》:"文皇帝讳昭……魏景初二年封新城乡侯。正始初,为洛阳典农中郎将。值魏明奢侈之后,帝蠲除苛碎,不夺农时,百姓大悦。"②这说明当年司马昭在治理、经营洛阳时免除苛捐杂税,减轻人民负担,不夺农时,发展农业生产,使老百姓过上安稳的生活,因而受到人们的欢迎。

---

① 《诗经·魏风·葛屦》序,《十三经注疏》,中华书局1980年版,上册第356—357页。
② 《晋书·文帝纪》,第一册第32页。

如前所说，当时正值西晋末期天下大乱，"八王之乱"向更为惨烈的"永嘉之乱"转化之际，中华大地一片凋敝、败落景象。永兴三年（306）晋惠帝死，怀帝即位。这位皇帝即位之前对政务就没有兴趣，所谓"冲素自守，门绝宾游，不交世事，专玩史籍"①，即位以后一仍其旧。这样一位心不在焉的皇帝面对天下纷扰，瞬息万变的乱世，根本不可能有所作为。当时的形势"需要的是拨乱反正的才干，怀帝缺乏统治经验，没有办法把当时的险恶政局扭转过来"②。在这种情况下，作者途经洛阳而特别想到"雄才成务"③ 的晋文帝司马昭，特别是他治理、经营洛阳的杰出政绩，正是大旱望虹霓，乱世思明君，含蓄而恰当地表现出闵时丧乱，向往太平的情怀。

七 《登百尺楼赋》

今存《登百尺楼赋》是残赋，见于《艺文类聚》卷六十三，张溥《汉魏六朝百三名家集》和严可均《全上古三代秦汉三国六朝文》都收有此赋。《登百尺楼赋》是一篇以西晋末期"八王之乱"为历史背景的抒情小赋。在长达十六年之久的"八王之乱"中，当朝皇帝惠帝于永兴元年（304）先后两次被废赶出洛阳，光熙元年（306）被东海王司马越毒死。从赋中"哀神器之迁浪，指缀旒以譬主"二句可以知道，当时惠帝已经被废赶出洛阳，但还在世。据此可知，本赋即作于永兴元年至光熙元年（304至306）之间；有的学者断作于光熙元年（306），有待进一步确证。所以，此赋的写作时间现在能够肯定的还是"避地东南"的漂泊时期。

百尺楼在何处，有两种不同的说法：一谓在洛阳，二谓在距离家乡闻喜不远的盐池，何者为是，也有待于进一步确证。

开头四句是说暮春三月上百尺楼登高观景本是十分愉悦的事情，但第四句"乃老氏之所叹"，使感情陡然"转弯"，由愉悦而悲哀。这句话化用阮籍"烈烈褒贬辞，老氏用长叹"④，不只是以老子悲叹儒术六艺不足以救世代写自己的悲哀，同时巧妙地点明本赋抒写的重点不在"高观"赏景，而在结合"所叹"、"遥想"和"思远"抒写自己的忧思和惆怅。

---

① 《晋书·孝怀帝纪》，第一册第115页。
② 王仲荦：《魏晋南北朝史》，上海人民出版社2003年版，第202页。
③ 《晋书·文帝纪》，第一册第45页。
④ 参见阮籍《咏怀诗》之六十，陈伯君：《阮籍集校注》，中华书局1987年版，第363页。

作者所思、所想的内容之一是："异傅岩之幽人，神介山之伯子。揖首阳之二老，招鬼谷之隐士。"其中"傅岩之幽人"是指隐居在傅岩的傅说，幽人即隐士；"介山之伯子"指隐居介山的介子推；"首阳之二老"指在首阳山隐居的伯夷和叔齐；"鬼谷之隐士"指在鬼谷隐居的鬼谷子，总之这里所想的都是远离世俗纷扰的隐士。作者一连串想到如此多的隐士，正是希望远离纷扰现实的反映。

作者所思、所想的另一个内容是王室内讧，兵戎相见的乱象："嗟王室之蠢蠢，方构怨而极武。哀神器之迁浪，指缀旒以譬主。雄戟列于廊板，戎马鸣乎讲柱。"神器，指帝位，统治国家的权力。缀旒，同赘旒，指君王为臣下所挟持，大权旁落。"哀神器"两句是写"八王之乱"中，惠帝先后两次被迫离开洛阳，一次在永兴元年（304）三月被赶出洛阳，另一次在同年十一月被劫持到长安。廊板、讲柱，都是指朝廷。"雄戟"二句写"八王之乱"中庄严神圣的朝廷遭乱兵肆虐蹂躏，短短几句便概括了皇帝被迫流浪，庙堂战马嘶鸣，王室自残，国将不国的惨象。

面对此情此景，作者的感情十分复杂：

瘠苕华而增怪，叹飞驷之过户。陟兹楼以旷眺，情慨尔而怀古。

句中"苕华"出自《诗经·小雅》中的诗篇《苕之华》。据《诗序》："《苕之华》，大夫闵时也。幽王之时，西戎、东夷交侵中国，师旅并起，因之以饥馑。君子闵周室之将亡，伤己逢之，故作是诗也。"[①]这是《诗序》对《苕之华》一诗的解说。此说并不符合诗义，但作者用它来说明两晋之交异族入侵，山河破碎，社稷倾覆，借以抒写自己"闵时"的情怀，确是完全恰当和得体的。"瘠苕华"句中的"怪"，本是责怪、埋怨之意，这里引申为悲抑、懊恼。通观这四句，可以说充分表现了登楼旷眺，面对复杂、纷乱，充满危机的形势的复杂心情：既有对异族入侵之愤，又有祸起萧墙之忧，悲抑、懊恼交织着忧伤、愤慨，内心如同一团乱麻，令人不由想到《苕之华》中那位"闵时"、"伤己"的大夫，而自己现在的心情正像那位大夫一样。如此借古诗巧妙抒写自己的复杂情怀，取得了以少胜多的艺术效果，反映了本赋抒发感情含蓄蕴藉的特点。

---

① 《十三经注疏》，上册第 500 页。

八 《南郊赋》

《南郊赋》文字有缺失，是一篇残赋，见于《艺文类聚》卷三十八和《初学记》卷十三，张溥《汉魏六朝百三名家集》和严可均《全上古三代秦汉三国六朝文》都收有此赋。这是专写晋元帝即位祭天的赋作。郊，祭天，属于大祀。因祭祀地点在都邑之南，故称《南郊赋》。据《晋书》：太兴元年（318），"三月癸丑，愍帝崩问至，帝斩缞居庐。丙辰，百僚上尊号……是日即皇帝位。诏曰：'……遂登坛南岳，受终文祖，焚柴颁瑞，告类上帝……'"[①] 按传统礼制，新帝即位都要祭天以告上帝，证明自己继承帝位已经征得上帝的允许，亦即统治符合天意，所以历代统治者对于郊祀无不十分重视。本赋正是对于这次祭天大典的具体记述。据此可知本赋即作于太兴元年。

本赋从"我后"，即我主"将受命灵坛"，"造旷场，戻坛庭"写起，通过记仪仗、车马、舆服之美，"百寮山立、万乘云萃"之盛以及"飞廉鼓舞"、"丰隆击节"等神话因素的融入，比较充分地状写和渲染出祭天大典的神圣、隆重和热烈。与此形成鲜明对比的是，对于祭祀的具体过程的描写则显得比较简明："……延祝史，肆玉牲，登圆邱，揖太清，礼群望，告皇灵"，而完全避免了烦琐祭祀过程的枯燥记录。

此外，值得提出的是，本赋不仅突出描写了参加和观看祭天大典的"峨峨群辟"和"蚩蚩黎庶"以及从远地赶来的少数族群，而且表现了他们对于理想政治的殷切希望："翘怀圣猷，思我王度。事崇其简，服尚其素，化无不融，万物自鼓"，也就是君王圣明，谋划鸿远，重振朝纲，修明法度，轻服简政，广施教化，使国家走上中兴之路。作者认为，这样就可以实现振兴东南，收复西北，最终完成统一大业的理想。在此基础上，作者进一步想象王朝大军出师北伐，如同神兵"电扫神宇"，直抵琳圃，取得北伐的重大胜利，其丰功伟绩五岳不足刊，九韶不足赞，足以感天动地，直使人神共舞，普天同庆。

在异族入侵，江山破碎，西晋王朝覆灭，民族面临生死存亡的最危险的时候，东晋王朝的及时建立是一个具有重要进步意义的历史事件，完全符合历史的要求和广大人民的愿望。本赋在第一时间具体记录这一重大事

---

① 《晋书·文帝纪》，第一册第 149 页。

件的全过程，并表现出振兴王朝，收复失地，实现统一的强烈愿望，其进步意义是十分明显的。这是一方面，另一方面，如果把赋中所写的皇帝受到群臣崇奉和拥戴，王朝之师威镇四海，所向披靡，轻而易举克复神州的情况与东晋王朝积贫积弱，与北方对峙明显处于劣势和晋元帝"名论犹轻"①，皇威不振的实际情况加以对比，②就可以看出，本赋不顾王朝内外交困的严峻现实和随时灭亡的重重危险，虚张声势，歌功颂德，明显具有掩盖矛盾，粉饰太平的作用。尽管作者是出于美好的愿望，希望王朝强盛，树立皇威，但其效果却可能适得其反，使偏安一隅的小朝廷忘乎所以，自我陶醉。不过，此赋却因此深得皇帝欢心："后复作《南郊赋》，帝见而嘉之，以为著作佐郎。"③从这个角度看，本赋的创作与《江赋》相反，从根本上背弃了现实主义的创作精神。

第四节 小结

以上三节分别论述了《江赋》《客傲》和八篇残赋，可以看出，这些赋与作者生活经历之间的联系十分密切，其思想内容随着他的生活经历的变化而改变，因而不同人生阶段的赋作呈现出完全不同的面貌。在第一章第四节《郭璞的生平简历和特色人生》中指出，郭璞的人生经历可以划分为四个阶段，这些赋作分别写于前三个阶段，具体情况如下：

第一阶段，三十一岁（306）之前，平稳、安适的家乡生活，赋作有《盐池赋》《井赋》《蜜蜂赋》和《蚍蜉赋》。

第二阶段，三十二岁至四十一岁（307—316），"避地东南"的漂泊生活，先后任殷祐、王导参军；作品有《登百尺楼赋》《流寓赋》和《江赋》。

第三阶段，四十二岁至四十七岁（317—322），朝廷命官生涯，作品有《南郊赋》《客傲》。

第四阶段，四十八岁至四十九岁（323—324），人生的最后阶段，没

---

① 《晋书·王导传》，第六册第 1745 页。
② 关于东晋王朝建立的重要意义和王朝积贫积弱、皇威不振的情况，详见第五章第一节"中国历史上第一次南北对立与《江赋》"之二"《江赋》是两晋之交特定历史背景的产物"。
③ 《晋书·郭璞传》，第六册第 1901 页。

有赋作流传。

以上共涉及九篇赋,另有一篇赋即《巫咸山赋》无法确定其隶属于哪个人生阶段。

从数量上看,今存郭璞的赋作并不算多,但却具有鲜明的特点:

(一)题材广泛,体式多样:

在题材方面,从王朝重大政治事件到个人躲避战乱的颠沛流离遭遇,从庄严、神圣的祭祀大典到繁忙热烈的日常劳作,从浩瀚、壮阔的万里长江到家乡山水、风物景观乃至飞舞的蜜蜂和微贱的蝼蚁,凡此种种都有触及,充分反映了作者赋作在题材选择方面不拘一格的优长。作者赋作的数量虽然不多,但在体式上却多种多样:既有繁复铺张,洋洋大观的体物大赋,又有随事述怀,即景生情的抒情小赋;既有登临纪行,又有寄情咏物;既有平铺直叙,又有设难驳诘。作品数量虽然不多,但广泛涉及赋作的多种体式,说明作者对于赋作这一体裁各种体式的全面把握和驾驭能力。

(二)强烈的现实性:

与夸张靡丽、劝百讽一、润色鸿业、粉饰太平的汉代大赋相比,郭璞的赋作则以强烈的现实性为显著特征:多以现实生活为表现对象,并能够及时地反映现实生活的变化。从过江之前的《流寓赋》和《登百尺楼赋》,到过江之后的《江赋》都贯穿着这一重要特点:前两篇赋在第一时间真实地反映了"八王之乱"和"永嘉之乱"初期中华大地满目疮痍的悲惨景象,表现了王室内讧和异族入侵给广大人民造成的巨大灾难;后一篇赋作十分敏感而及时地抓住了长江题材的历史性变化,其现实性更为突出:两晋之交我国历史上第一次南北对立的特定背景,使本来属于自然地理范畴的长江,不但一跃成为关系到东晋王朝前途和命运的生命线,而且成为寄托包括作者在内的"过江诸人"的诸多情志和愿望的具有强烈现实性的文学题材。郭璞及时地抓住这一题材,创作出文学史上第一个以长江为集中表现对象的文学作品,并成功塑造出充满时代激情和无限艺术魅力的长江艺术形象。在胡马临江,社稷倾危,朝纲不振,士臣悲观失望,民族生死存亡命悬一线的"最危险的时候",作者满怀激情地讴歌长江,赞美长江,并在此基础上抒写对东晋君臣践行他的思想主张的殷切希望,无疑反映了历史的要求,传达了人们的心声,对振奋民族精神,增强民族凝聚力,和衷共济,渡江北伐,洗刷民族耻辱具有重要意义。

(三) 没有放弃对于理想的追求：

面对异族入侵，危机四伏的乱世，尽管作者内心充满了忧伤、悲愤和痛苦，"闵时"、"丧乱"的情怀虽然占据上风，但诗人并没有完全悲观失望，更没有放弃对于美好生活和理想政治的追求与向往：《流寓赋》中在江山残破，民生凋敝的背景下而特别想到司马昭治理、经营洛阳使人民安居乐业的历史往事；在《南郊赋》中更表达了对于理想政治的殷切希望和振兴东南，收复西北，实现中兴，完成统一大业的理想。当然，作者的理想显得很渺茫，表现的力度也不够，但在王朝前途一筹莫展，士大夫缺乏理想和壮志，只能新亭"相视流泪"[①]，一任悲观失望情绪四处弥漫的具体形势下，就不难看出，这些赋作发出的理想之光尽管很微弱，但毕竟划破了茫茫夜空，因而显得十分可贵。

(四) 具有世俗生活情趣：

郭璞除写有《江赋》《客傲》《南郊赋》和《流寓赋》《登百尺楼赋》等作品之外，还写有《盐池赋》《井赋》《蜜蜂赋》和《蚍蜉赋》，这些赋的题材及其所表现的情趣既不是庙堂和贵族的，也不是宗教和神秘的；既不是清高和超脱的，也不是仕宦和功利的，而是一种接近普通百姓日常生活，具有现世关怀特征的世俗情趣。上述作品中无论是晶莹盐块、治盐方法，还是打井施工和汲水劳作，也无论是蜜蜂飞舞、蜂蜜酿造，还是微贱的蚍蜉和蝼蚁，都是不登大雅之堂的所谓"俗物"，但是，作者将世俗情怀与对它们的审美观照结合起来，不但赋予它们以诗意之美和浓厚的生活气息，从而增加了其艺术魅力，而且巧妙地表现出对于乡土风物、日常生活的热爱和对家乡物产的自豪。

(五) 出色的艺术描写和形象塑造：

郭璞赋作的艺术成就主要体现在对于长江的艺术描写和形象塑造上。作者以色彩浓烈的笔墨多层次、多角度地描写长江：在纵向描写长江以雷霆万钧之力长驱奔突，冲破险阻，穿越华夏大地，从发源地一往无前直奔大海的同时，又从横向上展开，描写其网络群流，挟带万山，滴汗州城，"作限华夷"，吐纳灵潮，凸显其丰富而不平凡的壮阔历程；不只如此，在此基础上又向空间开拓，立体化地展示江中和两岸一片繁荣茂盛的欣欣向荣风光，反映出长江润泽千里，给华夏大地带来蓬勃生机与活力的博大

---

① 杨勇：《世说新语校笺》，中华书局2006年版，第一册第80页。

胸怀和宏伟气魄；在从宇宙宏观的寥廓视角展开描写巨大宏伟物象的同时，又从具体微观的视角精雕细刻流水、波浪的运动和变化以及各尽其妙的生命形态，从而不仅使长江的艺术形象更加厚重和丰富，而且充溢着生命不可抑制的郁勃之气。总之，作者笔下的长江浩瀚、雄奇而壮阔，不但外在形象鲜明、生动，内在精神饱满，蕴含丰富，而且富于憾人心魄的阳刚之美。长江的艺术形象以作为东晋王朝生命线的长江为原型，由于与那段关乎民族生死存亡的惨烈历史密切相关而具有强烈的现实意义和巨大的审美价值，并因而成为魏晋文学艺术形象中的灿烂巨星。除此之外，其他赋中出色的艺术描写也时有闪亮，如《蜜蜂赋》对群蜂飞舞的描写，《盐池赋》对晶莹盐块的描写以及《井赋》中对于使用辘轳汲水劳作的紧张和繁忙景象和澄明如镜的井水的描写，等等。这些描写真实生动，抓住特点，准确传神，取得了以少胜多的良好艺术效果。

总而言之，郭璞的赋作在思想艺术成就方面彼此之间存在着明显的差别，在文学史上的地位和影响也彼此不同，但却具有共同的基本特点，并体现出鲜明的艺术风貌和突出的个性特征。这一点在赋体文学中尤其难能可贵，是值得十分珍惜的。

结　语

本书一方面吸取了前人的研究成果，一方面从前人所走的弯路中吸取教训和启示，有针对性地改进研究方法，在此基础上对郭璞的生平简历和他现存的包括残篇、残句在内的全部诗赋作品，做了比较全面、系统的研究，提出了一些新的观点和见解，对文学史上一些长期悬而未决的重要问题给出了全新的答案。

在郭璞生平研究中，除通过考辨对一些重要史实提出新看法之外，还第一次提出了郭璞与丞相王导的关系、占卜生涯对郭璞人生道路的影响以及郭璞的神仙道教信仰、郭璞之死的宗教性质等问题并做了具体考辨和论证。有关郭璞生平研究的这些新内容，不但有助于全面认识郭璞的生平和精神世界，而且有可能为正确理解其作品提供新的线索和根据。

从与时代的关系看，郭璞虽然说不上时代风云人物，但他一生的命运和经历却与时代脉搏密切相关，所以，无论是他的生活经历、人生道路，还是他的人生观、价值观乃至其诗赋作品，特别是《游仙诗》、《与王使君诗》、《答贾九州愁诗》和《江赋》等作品无不深深地打着鲜明的时代烙印。

关于《游仙诗》的主题思想和结构，本书的观点与古今通行的观点完全不同：

《游仙诗》作为诗人学道修仙历程的"自叙"，是从学道修仙的原因和思想基础"自叙"起，经过实际践行，最终修炼成仙而告终，完整地反映了魏晋时代在神仙道教成为人们共同价值取向的条件下，一个有抱负而又高度敏感的士人为了摆脱生命悲剧，是如何在痛苦、焦虑和苦闷中通过反复探索而最终走上学道修仙的人生之路的。说明学道修仙是摆脱生命悲剧及其所带来的焦虑和痛苦的根本途径，反映了诗人对于生命永恒和自由的向往以及力图摆脱悲剧性命运的超越精神。这种为寻找和确立安身立命之本以安顿灵魂的形而上的追求,既是对于人的终极关怀的体现,也是愚昧落后思想观念的反映。

诗人创作的主观意图与诗歌艺术形象之间存在着巨大的背离:诗人对于如何摆脱悲剧性命运所给出的答案是完全错误和荒谬的,没有任何积极意义可言,但他所提出的问题,即通过形象描写所反映的对于悲剧性命运的感受和体验,对于如何超越悲剧性命运的探索及其所表现的对于人的终极关怀,则集中体现着《游仙诗》的思想艺术精华,具有巨大的思想艺术价值。

《游仙诗》虽然把追求神仙世界,成为神仙的宗教理想作为全诗表现的中心,但在内容安排上却没有局限于此,而是首先寻绎导致产生这种理想和追求的原因,即生命悲剧所带来的焦虑和痛苦以及为了摆脱悲剧性命运所做的反复探索。就是说,诗人没有把反映学道修仙历程的诗歌局限于狭隘的宗教生活范围内,而是首先放在生命存在、人生理想的高度和视域加以审视,从而赋予作品以鲜明的社会内容和浓重的人间色彩,这不仅极大地开掘了作品的思想空间和深度,提升了作品的意义和价值,而且决定了《游仙诗》主题的浓重的悲剧性、超越性、哲理性和人类普遍性等思想特征,从而使之远远超越了一般游仙诗而成为不朽之作。

《游仙诗》在艺术表现和语言方面也取得了很大成就,特别是它的结构尤其突出:十首诗紧紧围绕主题展开描述,共同构成了结构严谨,首尾完整,阶段分明,衔接紧密,收放自如,曲折有致,并严格遵循生活逻辑和历史真实的优秀组诗。

本书列专章研究《游仙诗》残句,得出了与时下通行观点完全不同的新认识:现存的十二则残句都是被删除部分,而根本不是《游仙诗》组成部分的散佚。这样不但恢复了残句的本来面貌和性质,而且为《游仙诗》的主题和结构研究清除了一个严重障碍。

除《游仙诗》之外,郭璞今存的作品还有颂歌和赠答诗。《与王使君诗》是一首颂歌,讴歌丞相王导在东晋王朝建立和巩固过程中的丰功伟绩和表现出的崇高品德,不但将王导的功业和建树置于事关社稷安危、民族存亡的时代风云和历史巨变中,而且情不自禁地与自己的经历和遭遇结合起来,既表现了对于这场历史大劫难的悲哀,也流露出对于自己蒙难遭遇的伤痛和对仕途坎坷,志不得伸的不平,从而赋予本诗以鲜明的时代性内容和某些人生悲情，其内容的丰富和历史纵深感因而也远远超越了一般颂歌。赠答诗如《答贾九州愁诗》以诗人在永嘉之乱中被迫逃亡的经历为主线，描写了永嘉之乱造成的巨大灾难，并在此基础上感时变，伤物化，述困顿，抒愤懑，希河清，思逍遥。诗歌内容丰富，感情强烈，爱憎分明。

以上两首诗以及部分诗歌残篇都是以给中华民族带来历史大劫难的"永嘉之乱"和东晋

王朝的复兴为背景，从不同角度反映事关民族生死存亡的重大历史事变，广大人民的悲惨遭遇和个人命运的变化，具有鲜明的时代特征和强烈的现实意义。如果考虑到反映两晋之交，特别是"永嘉之乱"的诗歌作品的数量极少的状况，那么，郭璞的这些四言诗尤其显得珍贵。

《江赋》是郭璞辞赋的代表性作品。

本书对《江赋》做了全新的阐释：两晋之交我国历史上第一次南北对立的特定背景，使本来属于自然地理范畴的长江，不但一跃而成为关系到东晋王朝前途和命运的生命线，而且成为现实性很强的文学题材，寄托着包括作者在内的"过江诸人"的情志和愿望。对于这些"过江诸人"来说，逃出北方异族统治，过了长江投奔东晋王朝，不但生命财产有了保证，而且找到了自己民族的和政治的归属，因而十分自然地将长江与特定的现实紧密结合起来，并基于"过江诸人"对于长江和那段惨烈历史的亲身感受，塑造了富于阳刚之美的浩瀚、雄奇和壮阔的长江艺术形象，展示了长江独特的精神气质和蕴含的强大内在生命力。在胡马临江，社稷倾危，士臣悲观失望，民族生死存亡命悬一线的"最危险的时候"，作者满怀激情讴歌、赞美长江，并在此基础上抒写对东晋君臣的殷切希望，无疑对振奋民族精神，增强民族凝聚力，渡江北伐，洗刷民族耻辱具有重要意义。

除此之外，对《客傲》、《南郊赋》和其他早中期的辞赋作品也做了分析和评价，最后从整体上总结了郭璞辞赋的特点和成就。

对郭璞诗赋创作的重新评价：

在诗赋创作方面，郭璞既有洞察世事的高度敏感，又有对于人生境遇的深刻体验；既有深厚的功力和多方面的才能，又有不拘于传统，勇于开拓创新的精神，正是这一切决定了他对于中国诗歌史和辞赋史的开创性贡献。

一 《游仙诗》扩大和丰富了我国诗歌的题材，其主题具有全新的思想内涵。

《游仙诗》的问世，说明诗歌由对现实的揭露和对美好未来的追求转向了对人生意义的思考和生命价值的探索，亦即由社会的现实问题转向了人生的终极问题，作品因而也超越了世俗性的理想和追求，而具有明显的终极关怀特征。

二 《游仙诗》完整地再现了诗人人生价值取向形成的丰富而复杂的心路历程。

《游仙诗》作为诗人学道修仙历程的"自叙"，其意义和价值主要不在学道修仙历程本身，而在于这个历程所展现的诗人精神世界的深刻变化：《游仙诗》完整地再现了诗人在人生价值取向形成过程中的丰富而复杂的心路历程，深刻反映了魏晋时期一代知识分子在精神寻觅过程中富有时代特征的人格心理和精神风貌。这一点，在中国诗歌史上具有特殊意义。

三 强烈的抒情特征和以抒情的方式表现悲剧美。

与叙事性作品展示悲剧美的方式不同，《游仙诗》中的抒情部分和抒情成分则是通过诗人对于悲剧性命运的感受和体验及其所引起的内心世界的深刻变化而表现悲剧美，亦即不是通过再现悲剧性的真实"现场"，而是通过令人震撼的"悲剧情态"来感染和打动读者，使人从中获得审美心理体验!

四 《游仙诗》在题目运用上的创新。

"游仙诗"本是指通过描写神仙世界以寄托主观情志的诗歌，而郭璞的《游仙诗》却"自叙"其学道修仙历程。这样，"游仙诗"虽然失去了"本意"，但却换来了"游仙诗"这一诗歌类别的丰富和进一步发展，反映了诗人不受传统定义和现成规则约束，勇于创新的精神。

五 郭璞对于四言诗发展的贡献。

郭璞纯熟地运用四言诗的形式记述社会变化，抒发个人情怀，议论时局动向，反映重大历史事变条件下民族的前途命运以及人生际遇，从而扩大了四言诗反映生活的范围，提高了四言诗的艺术表现力。

六 郭璞对于辞赋发展的贡献。

从体物大赋的发展来看，《江赋》的出现，说明这一体裁除了夸张失实，劝百讽一、铺张扬厉，润色鸿业的一面之外，还有与时代历史和现实紧密结合，突出现实性的一面。郭璞对于辞赋史的这一贡献极大地推动了辞赋的发展，在辞赋发展史上具有重要意义。

如果以上观点和见解可以成立的话，那么，本书对于郭璞诗赋作品的全新解读以及对于郭璞开创性贡献的肯定，将使《游仙诗》等作品以"全新"的内容和主题重新出现在中国文学史上，因而有必要重新予以评价。

附　录

　　本书的部分章节曾以论文的形式发表，现将这些论文及其所属章节开列如下：

1. 从《游仙诗》看郭璞的神仙道教信仰（第一章第二节），《中州学刊》2011年第5期。
2. 驾鹤仙去——郭璞之死解读（第一章第三节），《北京师范大学学报》2012年第1期。
3. 郭璞《游仙诗》研究历史的教训和启示（第二章第一节），《天津社会科学》2015年第2期。
4. 两种不同人生价值取向的抉择——郭璞《游仙诗·京华游侠窟》试解（第二章第二节），《北京大学学报》2011年第3期，《高等学校文科学术文摘》2011年第4期学术卡片发表内容提要。
5. 郭璞的生命悲剧意识与《游仙诗》——试论"非列仙之趣"部分及其与"列仙之趣"部分之间的关系（第二章第三节），《天津社会科学》2011年第6期，复印报刊资料《中国古代、近代文学研究》2012年第3期全文转载。
6. 郭璞《游仙诗》中的神仙世界与宗教存想（第二章第四节），《文学遗产》2012年第4期。
7. 郭璞《游仙诗》的主题及其思想特征（第二章第七节），《北京大学学报》2013年第6期，复印报刊资料《中国古代、近代文学研究》2014年第6期全文转载。
8. 郭璞《游仙诗》中方术修炼内容的艺术处理及其贡献（第二章第九节），《上海师范大学学报》2012年第5期，《高等学校文科学术文摘》2012年第6期学术卡片发表内容提要。
9. 关于郭璞《游仙诗》残句的性质和价值（第三章第二节），《中州学刊》2014 年第 12 期。
10. 一首富于时代特征和人生悲情的颂歌——论郭璞《与王使君诗》的思想艺术成就（第四章第一节），《中州学刊》2013 年第 12 期。
11. 我国历史上第一次南北对立与郭璞的《江赋》（第五章第一节），《上海师范大学学报》2014 年第 1 期。

后　记

　　本书写于 2010 年 2 月至 2013 年 9 月，除去因病因事耽搁的四个月之外，实际用了大约三年又三个月的时间。回想起来，这段远离浮华与喧嚣的清静小书斋的研究经历，可以说是我学术生涯中最快乐的一段时光。

　　退休以后搞学术研究，没有诸如职称评定、量化考核等带来的压力和限制，更由于没有任何出版社愿意接受这样的"赔钱书"的选题，自然也就没有出版合同的约束：题目任凭学术兴趣自选，进度听其自然，随兴所致，涵泳玩索，泛舟学海，优哉游哉！当然，这是退休以后搞学问享受学术自由的共同境界，不独此论题为然。

　　就本论题来说，郭璞是魏晋时期重要的诗人和辞赋作家，一千多年来，历代研究者络绎不绝，并取得了一定的成绩；但由于种种原因，无论是作者生平还是其诗赋作品，都还没有或缺乏深入系统的研究，以至连他的一些重要作品的主题和思想内容也没有完全搞清楚。不解决这些问题根本不可能正确认识和评价郭璞及其在文学史上的地位。从学术探索的角度看，这样一个困难大，问题多，长期悬而未决的论题，或许正是其富有学术诱惑力和挑战性，因而也是能够给人带来更多研究乐趣的重要原因。

　　这一点可以说是人文社会科学和自然科学研究的共同特点。众所周知，对于数学研究来说，最有趣和最困难的问题之一是证明一些著名的猜想和定理，例如哥德巴赫猜想、费马大定理，等等，所以，数学家才把这些问题径直称为谜语，西方科学史家西蒙·辛格就写过《费马大定理——一个困惑了世间智者 358 年的谜》。我觉得，解决人文社会科学中的学术问题，特别是文学研究中作品的主题和其他一些长期被忽略的扑朔迷离的学术问题，例如，就郭璞研究来说，关于《游仙诗》《与王使君诗》和《江赋》的主题和思想内容以及他的人生道路、宗教信仰和被杀而死的性质等问题都是如此。由于这个论题是发自内心愿意做，且不能不做的事情，因此，这几年来面对上述那些问题，特别是《游仙诗》，我觉得自己就像小学生猜谜语那样趣味盎然地玩味那十首诗和"残句"，力图破解这个谜。破解的过程实际是通过探索由表及里，由浅入深，从未知到已知的过程，因而也是一个创造的过程；由于其间充满了追求和探索的乐趣，所以又是一个享受学术研究的过程：这个过程辛苦而有趣，紧张而新鲜，寂寞而充实，并使人充分体悟到生命的意义和价值。如果将这个探索和研究的过程与其结果相比较，虽然说结果中凝聚着意义和价值，用马克思的话来说是人的本质力量的对象化和对人的本质力量的肯定，并因而成为社会评价的唯一根据，但这丝毫也不能取代和削弱过程对于生命的重要意义。

记得一位哲学家说过：人是天生的猜谜者。猜谜既是人的天然属性，因而更离不开有关规律、原则的规范和制约，否则就是胡思乱想，游谈无根。本书对于郭璞及其作品的言说，得出的每一个主要观点和结论，都经过"小心求证"。例如，在研究《游仙诗》的主题和思想内容时，我吸取了前人研究郭璞作品的教训和启示，没有像前人那样直奔主题，而是首先解决作品中的一系列具体问题，在解决了这些具体问题之后才回过头来审视主题。鉴于这些具体问题对于理解作品来说十分重要，而且都是前人未曾提出或充分注意的新问题，并可能存在争议，同时，也为了更广泛地征求意见，因而首先以它们为研究对象，前后用了大约二年半的时间，写成十二篇论文，并正式发表了十一篇。（另一篇《郭璞生平若干史实考辨》即第一章第一节，因本书即将出版而没有再外投。）这些论文覆盖了全书的大部分篇幅和几乎全部重要内容。本书就是在这些论文的基础上写成的。

当然，这些观点和结论是否正确，书的具体质量和水平如何，都还有待验证，衷心希望有关专家和广大读者予以批评指正，这不仅是对我的帮助，更是促进学术研究的深入发展。

本书的出版，得到了中国社会科学出版社领导和责任编辑刘艳女士的信任和支持；在审稿过程中，刘艳女士十分认真细致，提出并帮助我解决了很多具体问题，其敬业精神令人感动；此外，在写作过程中还得到了我院科研处领导和图书馆有关人员的支持和帮助。在此谨向他们表示衷心的感谢！

在本书部分章节以论文形式发表的过程中，还得到了《文学遗产》

等六家学刊、学报编辑部有关主编、责任编辑和匿名审稿专家的支持和帮助，这些主编和责编多次通过电话和电子邮件就文章中的问题提出意见和建议，对我修改这些文章，提高文章的学术水平起了很大作用，在此也向他们表示衷心的感谢！

最后，当这本书——可能也是我的最后一本专著——即将出版之际，还应当特别感谢发妻王振伦。从往昔青丝闪亮到如今白发苍苍，多年来她任劳任怨，承担了家中全部生活琐事，使我没有后顾之忧，而得以专心致力于学术。她的专业不在文史哲方面，对我研究的具体问题虽然没有什么帮助，但书中同样凝聚着她的辛勤汗水，一如以前出版的那几本书。

顺便将我的电子邮箱公之于此，以便学术交流：zhpL381@163.com

赵沛霖 2015年3月于多雾的香港